二見文庫

愛する道をみつけて

リズ・カーライル／川副智子＝訳

A Deal With the Devil
by
Liz Carlyle

最愛の夫に捧ぐ
困難にあって勇気を

愛する道をみつけて

登場人物紹介

オーブリー・ファーガーソン(ミセス・モントフォード)	カードウ城の家政婦
ジャイルズ(ウォルラファン伯爵)	政治家
イアン	カードウ城に暮らす少年
エライアス・ロリマー少佐	ジャイルズの叔父
セシリア	ジャイルズの継母
デイヴィッド	ドラコート子爵。セシリアの再婚相手
サイモン	デイヴィッドの息子
マックス	ド・ヴェンデンハイム卿。元警部。ジャイルズの友人
ジョージ・ケンブル	マックスの友人。骨董商
ペヴスナー	カードウ城の執事
ベッツィ	カードウ城の女中
ジェンクス夫妻	カードウ城の使用人
スマイス	ジャイルズの執事
オグルヴィー	ジャイルズの秘書
クレンショー	医師。ジャイルズの友人
ヒギンズ	治安判事
ミュリエル	オーブリーの姉

プロローグ　活気づく悪魔

サマセットの海岸地帯の冬は荒涼としたなかに美しさがあるとされているが、一八二七年の二月はただ荒涼あるのみと感じる者もいた。でも、もっとつらかったのかもしれない、とオーブリー・ファーガーソンは思った。八七三年の冬はこんなものではなかったのかもしれないと。

その年、飢えに苦しみ疲れ果てた小作農たちは、北方からの侵略者を見張るためにブリストル海峡に臨む小高い岩山に石塚を築いた。しかし、およそ侵略者というものはそうであるように、彼らもまた油断ならぬ敵で、しかも粘り強かった。小さな石塚が時をおかずして監視塔となり、ついで防壁塔となるのは必然のなりゆきだった。さらに年月を経てその場所に城が築かれると、岩山の名にちなんでカードウ城と呼ばれた。

こうした経緯から、ウェセックス王の旗のもと、戦略上の重要拠点たるカードウ城の胸壁に銃眼が設けられるのに時間はかからなかった、そもそもの始まりから、カードウは嘆きの地としての宿命を背負っているように思われた。村人の涙で石を塗り固めて城が築かれたと伝えられるように、おびただしい涙が流されたことは想像に難《かた》くない。デーン人との二度めの戦いに屈して侵略を許すと、城を警護していた勇敢な男たちはデーン人のヴァイキング王、グントラムの配下にあるヴァイキングたちに焼き殺され、拷問《ごうもん》を受け、生きながら皮を剥がれた。なかでも野蛮を極めていたのがウォルラファン一族のマングス、別名〝死を告げる鴉《からす》〟である。この男がそう呼ばれたのは、翼を広げた巨大な黒い鳥、怪しむことすら知らぬ人々に空から襲いかかる腐食動物と首の曲線が似ていたからだという。

象徴的なその名に呼応して、マングスは城を荒廃させただけでは飽き足らず、死骸のひとつひとつをつつきまわした。カードウの美しい跡取り娘を見つけると、略奪して自分の妻とした。金髪碧眼《きんぱつへきがん》のサクソン人の娘の名はアーメンギルド、〝戦闘の猛者《もさ》〟という意味だった。だが哀れにも、マングスは娘の名に秘められた意味を解さなかった。彼は城と村を自分にちなんだ名前に改め、その地に住み着いた。

二年にわたってヴァイキングはウェセックスを奪い尽くし、マングスは妻を我が物としたのだが、アーメンギルドは潔《いさぎよ》くこれに耐え、やがてウェセックスの王、のちにアルフレッド大王と呼ばれることになる男が野蛮なヴァイキングどもを征服して、イングランド全土のみならず彼らをもキリスト教に改宗させると、不面目な敗北を喫したグントラムは配下の者を引き連れて撤退した。マングスも、かならず戻ってくると誓って妻と三月《みつき》になる子を置いて城を去った。

この約束が果たされたときには、カードウ城は——人がどういう名で呼ぼうとも——完全防備を誇る要塞《ようさい》と化していた。もっとも、アーメンギルドは銃眼を備えた胸壁をほとんど必要としなかった。夫の乗った船が海峡に姿を現わすや、彼女は城を囲む壕《ほり》まで降りて跳ね橋でマングスを抱擁すると、城内でもっとも切れ味の鋭い包丁を夫の肩胛骨のあいだにずぶりと埋めこんだのである。こうしてカードウ城における数多《あまた》の痛ましい結婚のひとつめは終わりを告げた。あるいはそのように伝えられている。

オーブリー・ファーガーソンがこの逸話をほかの多くの話とともに聞いたのはバーミンガムからの旅の途だった。語り手は郵便馬車で向かい合わせに座ったブリストル出身の海軍医。窮屈な馬車に閉じこめられた乗客たちを愉《たの》しませようと、軍医は嘘か真《まこと》かわからぬ話を嬉々として語りつづけた。オーブリーはその男に礼を述べてマインヘッドで馬車を降りるなり、粗末な小さい旅籠《はたご》に駆けこんだ。が、危惧していたことが現実となった。

予定より大幅に到着が遅れたために城からよこされた迎えの馬車に間に合わなかったのだ。旅籠の主人によれば、ロリマー少佐の召使いが二時間ほどまえに諦めて引きあげたという。ただし、いい知らせもある、と主人はつけ加えた。古い貸し馬車が一台あるという。いい知らせとばかりもいえないけれど、ほかに選択肢はない。彼女はがま口から小銭を取り出し、みずからの運命に対峙すべく出発した。

がらがらと馬車が音をたてて海岸沿いの道から古い壕を渡り、きつい坂を上りはじめると、オーブリーは窓に身を乗りだし、ガラスの曇りを拳でこすりながら坂の上に目をやった。前方にそびえるのはラドクリフ夫人（アン・ラドクリフ一七六四〜一八二三年）のものする背筋が凍る小説の舞台かと思うような古城だった。実際のところ、そこに欠けているのは、鉛色の空をおおう不吉な雲のなかに羽ばたきの音も荒く飛びこむ鴉の群れだけだった。

しかし、その考えはウォルラファン伯爵家のおぞましい伝説を思い起こさせ、オーブリーは身震いをして目をそむけた。この先十年もこの城に幽閉されたくはない。こんな陰鬱なところに子どもを連れてきたくもなかった。馬車が上下に激しく揺れた。御者が馬たちに坂道のつぎのカーブを曲がらせると、車輪は泥の地面をとらえて進んだ。馬車のなかには腐って型崩れした革と朽ちた木の饐《す》えたにおいが籠《こも》っていた。向かいの席に座ったイアンが目をまん丸にして彼女を見上げた。まだ顔色が悪い。五歳の子を有無を言わさず見知らぬ土地へ連れてくるなんて、いったいなにを考えていたのだろう。緊張がこの子の病を悪化させたにちがいない。やはり人にあずけたほうがよかったのだろうか……

いいえ。そんな相手はいない。信頼してイアンを託せる人などいない。

「着くのが遅れても、その方はお仕事をくださるかな、お母さま？」イアンが小声で尋ねた。

「マールバラでわざと具合が悪くなったんじゃないんだよ。その方に――少佐に――言いつける？　ぼくのせいで遅れたって」

オーブリーは身を乗りだし、イアンの艶やかな黒髪を片手で撫でた。彼女の父親から譲り受けた黒髪。名前もそうだ。名前まで変えるのは怖かったから。新しい姓を受け入れて、べつの姓があったことは忘れるようイアンを説得するまではよかった。この子のかすかなスコットランド訛りを矯正し、北イングランドの炭鉱で父親を亡くした少年だと偽らせるのもさほど難しくなかった。けれど、この子の洗礼名まで変えるのは？　自分自身の名前を偽るのは？

無理だった。本能がそれを許さない。そのうえ、今日はこの子の名前を切り札にすることを余儀なくされるかもしれない。そうならぬよう祈るばかりだが、イアンに住むところを与え、猟犬ににおいを嗅ぎつけられぬために必要ならやるつもりだった。このカードウ城よりましな場所があろうはずはないのだから。これほど荒廃して何物をも寄せつけぬところがほかのどこにある？

「イアン」オーブリーは声を落として言った。「あなたのせいじゃないのよ。なにも言ってはだめよ。わかった？　横になれる場所はきっと見つかるわ。お母さまがちゃんとロリマー少佐にお願いするから。少佐はきっとお仕事をくださるわ。大丈夫よ」

イアンは座席の背にもたれ、目をつぶった。ほどなく地面が玉石敷きとなり、馬車はけたたましい音をあげて門衛室のほうへ向かった。坂のてっぺんのアーチ型の城門の中央に、窓の細い隙間から漏れるかすかな光が見えていた。アーチの下の古めかしい落とし格子の重く太い鉄串が、馬車の入城を認めて吊り上げられているのがわかった。あるいは、三百年まえに吊り上げられたまま、錆《さ》びついて忘れ去られているのかもしれない。が、その下を通るときに馬車の黒い屋根を見上げたオーブリーは肌が粟立《あわだ》つのを感じた。背後で落とし格子がぎしぎしと押しつぶすように下りてきて自分たちを永遠に城内に閉じこめようとしているのだと、謂《いわ》れのない恐怖に襲われた。

猫背の御者は城の中庭へ馬車を進めて屋根付きの馬車置き場でふたりを降ろすと、重い旅行鞄も地面に降ろし、慌ただしく御者台に戻った。オーブリーはもう少しで〝待って〟と叫びそうになったが、唇を噛んでその言葉を飲みこんだ。激しい雨がまた降りだしている。御者は曲がりくねった泥道のぬかるみがひどくなるまえに引き返せるかどうかを心配しているのだろう。オーブリーはイアンの手をつかんで重々しい扉に向かうと、ノッカーを打ちつけた。

「子ども連れとは聞いてませんでしたけど」ふたりの外套を受け取りながら、家女中が言った。疑わしげな表情を浮かべながらも目は優しかった。追い返されることはなさそうだと思いながら、オーブリーは努めて笑顔をつくった。

家女中は肩をすくめ、ぺちゃくちゃとしゃべりつづけた。「ペヴスナーは――ああ、執事のことです――従僕と一緒に〈国王の紋章〉《キングズ・アームズ》亭へ行ってます。ペヴスナーがいれば、どうすればいいのか訊けるんですけど」

使用人がこんな時間に酒盛りをしているの？　そんなだらしないことを。「ロリマー少佐へお出しした手紙のなかでイアンについて書くのをつい忘れてしまったのだけれど」オーブリーは嘘をついた。「この子なら面倒をかけないわ。あなたの名前を訊いてもいいかしら?」

「ベッツィです、マダム」

「そう、ありがとう、ベッツィ」オーブリーはもう一度笑みを浮かべた。「ロリマー少佐とお話ししているあいだ、イアンを厨房の炉端《ろばた》にでも寝かせてもらえる? あなたの邪魔はけっしてさせないから」

ベッツィは目を細めて少年を見てから、やっと言った。「それはかまいませんけど、マダム、お茶の時間までにみえるって話だったでしょ。お茶の時間を過ぎると少佐はどなたにもお会いにならないんですよ」

「ほんとうに申し訳なかったわ。郵便馬車が遅れてしまって」こちらは些細な嘘だ。

ベッツィは外套と少年をべつの女中に引き渡した。そばに控えて無邪気に見開いた目でふたりをじろじろ眺めている若い女中に。カードウ城には来客がめったにないらしい。どうりで調度に埃が積もっている。オーブリーがイアンの頬に軽いキスをすると、ふたりは広間の逆の端にある階段を降りて姿を消した。

オーブリーは新たな身分にふさわしく客間の椅子は勧められずに、広間の黒く硬い木の長椅子で待つように言われた。ベッツィはまたも疑わしげに微笑むと、厨房へ降りる階段の何倍も幅広く何倍も優雅な階段を昇りはじめた。階段は広間の端から端まであるバルコニーに通じていた。

オーブリーは神経を鎮めるために周囲を見まわした。大広間の丸天井はいかにも中世風で、部屋に漂うじめついて腐ったようなにおいまでも中世風だ。並はずれて大きいタペストリーの裏の黴《かび》のせいとしか考えようがない。バルコニーを支える受け材《コーベル》には小型の平底船の帆ほどもある蜘蛛《くも》の巣が張っているし、二カ所にあるどっしりとした暖炉は汚れが目立ち、揃いの大理石の煙突も煤《すす》で汚れていた。南側の暖炉の炉棚の上方に紋章が掛けられている。血のような赤を背景に黒い鴉が翼を広げ、左後足で立って右後足をまえに出した二頭のライオンが楯を支え持っている図柄だ。

なるほど。ウォルラファン伯爵家代々の家訓がここにはっきりと示されているということね。とはいえ、この厳然たる紋章学と黴の存在があってもなお、カードウ城はこの千年で少なくとも一度か二度は近代化されたとみえる。石の床には今は見る影もないとはいえトルコ絨毯《じゅうたん》が敷かれているし、調度はウィリアム三世とメアリ二世の共同統治時代に制作されたもののようだ。また、壁の半分はタペストリーで隠されているが、残り半分にはジェームズ一世の時代から始まるジャコビアン様式の羽目板が使われている。凝《こ》った彫刻装飾をほどこされたオークが経年によって黒ずんでいるのはバルコニーと同様だった。

バルコニーを見上げて観察するうちに、ぼそぼそとつぶやくような声が階上《うえ》から聞こえてきた。つぶやきはすぐに口論となり、つぎの瞬間、野太い声が響き渡った。「そういうことだ！　さあ、出ていけ、売女《ばいた》め！　その盆を下げろ。そんな呪われたものは豚も食わん」

これに答える低い声。皿がぶつかる派手な音。

「わしが生煮えだと言ったら生煮えなんだ！」ふたたび怒鳴り声。「出ていけ！　つべこべぬかすな」

またも低い声がして、またもカチャンと皿が鳴った。

「子どもも一緒に追いだせ！　もう四時半だ。くそっ、わしはウイスキーをたしなんでいるんだぞ」

ぼそぼそと低い声がもう一度返されたかと思うと、今度は短く鋭い悲鳴があがり、ガラスの割れる音がそれに続いた。

オーブリーは思わず長椅子から立ち上がり、階段を駆け上がった。広いバルコニーには明かりが灯《とも》されておらず、角を曲がって廊下の一本にはいると、石造りのアーチにはめこまれた扉が左右に並んでいた。その廊下を少し進むと、かすかな光が扉から床石に漏れているのが見えた。オーブリーは迷わずその部屋に飛びこんだ。

ベッツィは扉の内側にひざまずき、磁器の破片を拾い集めてエプロンのポケットのなかに落としていた。オーブリーは仄暗《ほのぐら》い部屋を覗きこんだ。暖炉の火はあるが、低い炎をあげているその火明かり以外に部屋の明かりは見あたらない。書斎のようだ。

「なんともない？」オーブリーは膝をついてベッツィを手伝いながら尋ねた。ベッツィは感情を抑えながらも、体を震わせている。

「いいや、なんともあるぞ」物陰から男の唸り声がした。「その女はくそいまいましい役立たずだ。だれだ、おまえは？ ノックもせずにはいってきおって」

オーブリーは立ち上がり、部屋の薄明かりに目を慣らした。「ロリマー少佐でいらっしゃいますか？」

背もたれが樽のように湾曲した椅子が、戸口から一番遠い隅に、深い影に埋もれるようにして置かれていた。あたかも椅子の座り手が人目に触れるのを避けているかのように。オーブリーには男の姿が見分けられた。その人物はおぼつかない足つきで椅子から立つと、杖をついてこちらへ向かってきた。やかましい音をたて、異様なほど右側に体を傾けて。

床にひざまずいた召使いはすくみあがり、絨毯に刺さった磁器の破片を引き抜く作業を続けた。ロリマー少佐は数フィート手前で足を止め、右目だけでオーブリーを眺めまわした。左目は眼窩《がんか》に吸いこまれてしわしわの肉の塊りと化し、大きな嫌らしい臍《へそ》のように見えた。左腕は硬直しているらしく、左脚の下半分がなかった。思っていたよりはるかに老いていて、はるかに癇癪《かんしゃく》持ちだった。しかも、思った以上の泥酔ぶりだ。

彼は木の義足でよろめきながら、さらにそばへ寄り、眇《すがめ》で彼女を見た。「おまえはなにやつだ？」

オーブリーは腰を上げて立つと、相手の目をまっすぐに——自分としては精いっぱい——

見据えた。「お初にお目にかかります、ロリマー少佐」と、しっかりした口調で言った。「ミセス・モントフォードと申します。新しい家政婦《ハウスキーパー》としてこちらへ伺いました」

「ほう？」老人は唸り声で応じ、彼女のほうに身をかがめた。「くそいまいましいその手を出せ」

オーブリーはよくわからないままに片手を差しだした。少佐は彼女の手を取ると、親指と人差し指で挟んでこすった。毛織物の質を確かめるように。「へん！　おまえがくそいまいましい家政婦ならば、わしはカンタベリー大主教だろうよ」

オーブリーは少佐の物言いにうんざりした。「いえ、わたくしはごくふつうの家政婦であって、くそいまいましい家政婦ではございません。旦那さまはそれ以外の言葉をお遣いにならないのでしょうか？」

少佐は一瞬、その場に棒立ちになり、よいほうの目をぱちくりさせた。「とっとと失せろ！　失せろ！」言葉に合わせて杖で彼女をぐいぐい押した。「とっとと城から失せろ、この雌牛め！」

「おやめなさい！」オーブリーは命令口調で言い、杖をつかんだ。「今すぐおやめなさい」しかし、ベッツィは割れた皿の破片でエプロンをかちゃかちゃ言わせながら、小走りに部屋を出ていこうとしていた。

少佐は両手で杖につかまり、オーブリーのほうに身をかがめた。「ほう、なるほど、ミス

――ミセス……なんだと？」

「モントフォードです」オーブリーは明瞭に発音した。

「では、ミセス・モントフォード」悪意をにじませた口調。「歳は？」

「二十八でございます」彼女は嘘をついた。

少佐はけたたましく笑った。「怪しいな」だが、もはやその声からは怒りが薄れていた。

「で、一緒に連れてきた坊主の父親は？　最後《ラスト》の雇い主か？」

オーブリーは顔が熱くなるのを感じた。「亡き《ラスト》夫ですわ」この嘘はさっきの嘘より苦しかった。

少佐は彼女のためらいを感じ取り、さっきとは反対の手をとらえた。結婚指輪が暖炉の火にきらめいた。「夫は炭鉱職員をしておりました。夫ともどもノーサンバーランドの出身です」

少佐は彼女の手を放し、すばやい視線を投げた。「スコットランド人のように見えるがな」

「は？――はあ、そうかもしれません。祖母はスターリング生まれですので」

「まあ、どうでもいい」またも唸り声。「家政婦は間に合っておる」

オーブリーは頑として首を振り、ポケットに手を入れた。「わたくしを家政婦にすると約束なさったではありませんか、ロリマー少佐」偽造した書状を取り出して迫った。「最後の雇い主の推薦状を持参するようにと手紙にお書きになったでしょう。もし、それが満足のいくものであれば家政婦として雇うと」

「で、それを持参したわけか！　満足などいくものか！」

オーブリーは彼の顔に推薦状を突きつけた。「そんな、ろくにごらんにもならないで！　こちらで働かせていただくつもりでバーミンガムからはるばるまいりましたのに」

少佐は書状を手でつかむと、片足を引きずって窓辺の机へ向かった。「わしは約束しておらん！　くそいまいましい甥のジャイルズがやったことだ。この城の主《あるじ》はあいつだからな、わしではなく」少佐は書状を机の上に投げた。

「ウォルラファン伯爵がご城主であることはだれもが存じております」オーブリーは言った。「ですが、めったにこちらへはお出ましにならないと伺いました。それでは、どうして家政婦が間に合っているのかを説明していただけますか？　わたくしがお話を頂戴したのはつい三日まえですのに」

ロリマー少佐はせせら笑った。「ずいぶんと生意気な口の利き方をするじゃないか、ミセス・モントフォード」

オーブリーは一歩も譲らず、きっぱりと言った。「軽々しく扱われたくありませんの、ロリマー少佐。それに、カードウ城が家政婦を必要としているのは目に見えています。ご当主は一族のお城がどんな状態にあるかご存じなのでしょうか？」

少佐は苦しげな息遣いのなかで笑った。「あやつがそれを知っていても、なにが変わるわけでもない。明日この城が瓦礫《がれき》となろうとジャイルズは気にもかけまい。わかったら、さあ、出ていけ。今夜きみと息子が寝る場所はベッツィに見つけさせよう。家政婦の件はわしの気が変わったのだ。城のなかを忍び足で歩きまわって、わしのウイスキーをくすね、あれこれうるさく口を出す召使いはこれ以上いらんのだよ」

少佐が本気で語っているのがオードリーにはわかった。酩酊しているのはたしかだ。毛穴からはアルコール中毒者特有のにおいが染み出ているし、クラヴァットは乱れている。顎には無精ひげを生やしている。それでも、彼にはまだ自尊心が残っているのが察せられた。歳は彼女の父親よりも上だが、軍人らしい湾曲のない頑強な背骨をしている。その姿を見た瞬間は嫌悪をもよおしたのに、オーブリーはなぜか惹《ひ》きつけられていた。

こうなったからにはほかに手段がなかった。オーブリーは深々と息を吸ってから手提げ袋を開き、べつの手紙を取り出した。古いものなので便箋のへりがめくれ上がっている。なにも言わずにそれを手渡した。

ロリマーは不思議そうに彼女を見た。「これはなんだね?」

「べつの手紙ですわ」

「なに?」彼はしぶしぶ受け取った。「だれからの?」

「あなたからの」彼女は答えた。「将校として、紳士として、あなたがお約束なさったことです。わたくしの父が世を去ったときに母へ宛てたその手紙のなかで、必要とあらば援助すると申し出てくださいました」

表情は読み取れなかったが、少佐は机の脇の椅子に腰をおろした。オードリーも腰掛けた。彼は便箋を広げて暖炉の火明かりのほうに向けた。長い沈黙ののち、その手紙で最初の手紙をくるむと、抽斗《ひきだし》のなかに落とし、囁き声で言った。「なんということだ、気の毒に。ジャネットは亡くなったんだな?」

「はい」

「上の娘はどうしている? 結婚してつつがなくやっているんだろう? 姉上がきみを援助してくれないのか?」

「ミュリエルは昔から病気がちで、母の跡を追うように亡くなりました」

少佐は彼女を見ようとしなかった。「そういうことか、きみがスコットランド人に見えると言っただろうが」彼は片手で頭を抱えた。「その目も、その髪も、母上から受け継いでいる」

「ええ」彼女は優しく答えた。

少佐は鼻をすすった。「それで今は困っているのか? わしがそこから助けだすのを期待しているのかね? だとしたら、来る場所をまちがえたようだ。今のわしは体を壊した老いぼれの軍人にすぎない。もはやなんの威光もないばかりか、酒と女を自分にあてがう金にも事欠くありさまだ」

「旦那さま」オーブリーは懇願の口調になった。「わたくしが欲しいのは仕事です。日々の糧《かて》を得るチャンスをいただきたいのです」

少佐はまたしても声をたてて笑い、闇に目を凝らした。「イアンなんだぞ。わしをこんな悪習に染めたのは」それは静かな告白だった。「娼婦買いはちがうけれども、ウイスキーは彼から教わった。彼は〝グラスゴー・ゴールド〟と呼んでいたがね」

「父は上質なウイスキーの価値を知っている人でした」

少佐は上目遣いに彼女を見ると、怪訝《けげん》そうに片目を細くした。「きみの父上は素封家《そほう》だったじゃないか。どうしてきみが仕事をしなくてはいけないんだね？」

オーブリーは言いよどんだ。「どうしてもです。どうか、父の人生についてそれ以上お訊きにならないで。わたくしのこともご存じだとは口外なさらないでください」

「なんだと、きみを知らないことにしろというのか！」

「そうです」オーブリーは即答した。「わたくしはただのミセス・モントフォード、あなたの雇った家政婦だということにしてください」

答えるかわりに少佐は体を乗りだして、中身が半分になったウイスキーの瓶を手に取った。机の上の彼の肘のそばに汚れたグラスが置かれていた。彼はゆっくりとした手つきでそのグラスにウイスキーをなみなみとついだ。「今、父の人生と言ったな？」と唸り声で言う。「それはわしのために浪費された人生だったろうよ」

「そんなふうに思われてはいけませんわ」

ロリマーの目がさっと彼女に向けられた。その目に突如、炎が揺らめいた。「わしの思いなど知りもせんくせに」彼は鋭く言い放った。「ええい、くそ、わしに向かって説教するな！」そこで片目が切れこみのように細くなった。「待てよ、そうか！　頭のなかに埃が舞い上がってきたぞ」

オーブリーは唾をごくりと飲みこんだ。「はい？」

「この春、ちょっとした醜聞が新聞を賑《にぎ》わせた」彼は頭を大きく横に傾けて掻きむしった。「いや去年の春だったか。聞き覚えのある名前が載っていた。いくら酒浸りでも覚えているぞ。そうだ！　ミセス・モントフォード、いやはや。十ギニー賭けてもいいぞ」

オーブリーは目をつぶった。「それ以上はもうお訊きにならないでください、お願いです」

「ああ、むろん訊くまい！　きみのことも、きみが起こした不祥事も詳しく知りたいとは思わん。きみの父上への恩義は果たそう。だが、それだけだ。聞いているのか？」

「はい、旦那さま」

すると、ロリマーは彼女ではなく暖炉の火をにらんで言った。「きみのような血筋の女には召使いは務まらん」

「家政婦はまっとうな職業ですわ」オーブリーは言った。「わたくしには大家族の家政をまかされた経験もございます」

少佐は鼻を鳴らした。「ボックス・マングル（洗濯物の手動絞り機）とボトル・ジャッキの区別がきみにつかなくても、べつにかまわんよ。もしジャイルズがうんと言えば、この城の大勢の召使いをお払い箱にしたいところだが、うんとは言わんだろう。そこへもってきて、きみまでも押しつけられた。ちがうかい？」

オーブリーは肯定も否定もしなかった。

少佐は声をひそめて悪態をつき、ウイスキーの瓶をぎこちなく下へおろした。あたかも机までの距離を測りかねるように。「では、さっそく仕事を与えよう」彼は言葉を切り、服の袖で口をぬぐった。「ウイスキーはかならず冷やしておけ。浴槽にはかならず熱い湯を張っておけ。お茶は四時、正餐は六時。この部屋に盆で運べ」

オーブリーは安堵の吐息をついた。「承知いたしました」

「ああ、それから、この城が炎に巻かれるか、フランス艦隊がブリストル海峡から攻め入るかしないかぎり、きみの姿を見たくない。きみの声も聞きたくない。この城の家政についての質問はいっさい受け付けない。なんとなれば、わしには意見がないからだ。所領の運営についても同じく。なんとなれば、わしはその方面の知識をなにひとつもたず、学ぼうという気もないからだ」

オーブリーはなんとかうなずいた。「承知いたしました」

が、ロリマーはもう一回深呼吸をしてこう言った。「朝食はとらない。朝の来客は取り次ぐな。郵便物を開封して請求書なら支払いをすませ、領地関係のものならジャイルズに指示を仰げ。そのほかの郵便物は焼いてしまえ。村まで出かけて娼婦を連れて帰る。それがわしの仕事だ。酔っぱらって正体をなくし、糞尿まみれになる。もしも、素っ裸でケツを丸出しにして城の胸壁を駆け抜けてやろうとわしが決めたら――さあ、なんだね、ミセス・モントフォード？」

「そ、それがあなたのお仕事なのでしょうか？」

「くそいまいましくも大正解だ。文句をつけるやつは吊るし首にされるかもしれんぞ。ここまでは頭に入れたかね、ミセス・モントフォード？」

「はい、旦那さま」

ロリマーは皮肉めかした笑みを浮かべた。「もうひとつあったよ、ミセス・モントフォード――わしは子どもが大嫌いなんだ。鼻水を垂らしたきみの子をわしの目に入れてくれるな。わかったか？　なんとなれば、そのガキを近づけたら、神に誓って、自分のもてる全知識を授けてしまうからだよ。まず手始めに、くそいまいましいという言葉から」

オーブリーは膝が崩れそうになるのを感じながら答えた。「承知いたしました。息子をおそばに近づけないようにします、誓って。ほかにもなにか……ございますか？」

少佐はぜいぜいあえぎながら笑った。「おう、そうだ！　あと二日したら、村に噂が立つだろう、きみはわしがロンドンから呼び寄せた新顔の情婦だという。この城に見目麗《みめうるわ》しい女が雇われるたびにそう囁かれているんだ」

オーブリーは吐き気がこみあげるのを感じた。

「まあ、しっかりやってくれ！」ロリマーは唸るように言って、ウイスキーがはいったグラスごとうしろへ投げた。「さて、尊い職業を手に入れたな、ミセス・モントフォード。それが大いなる喜びをきみにもたらさんことを」

オーブリーはぐらつきながら膝を曲げる正式な一礼をした。「お、恐れ入ります」

ロリマー少佐はげっぷをした。

オーブリーは部屋から逃げだした。

1　ド・ヴェンデンハイム卿、不興をかこつ

一八二九年九月

ロンドンはメイフェア地区の気持ちのいい午後のことだった。通りに連なる店も家もみな窓を開け放って秋の風を入れていた。ハイ・ストリートのあちらでもこちらでも、家女中たちが陽の暖かいうちに石段の掃除をとばかりに玄関から出てきた。行き交う馬車の御者が帽子を持ち上げる仕種もふだんより軽やかだった。従僕が五人、六人と舗道に出て、爽やかな空気を吸いながら用を言いつかるのを待っていた――あるいはただの時間つぶしなのかもしれないが。

ウォルラファン伯爵の書斎はこうした日和を愉しむには絶好の三階の角部屋で、四枚ある上げ下げ窓はすべて開けられていた。せっせと羽繕いをする鳩の鳴き声が背中に聞こえていた。だが、家女中のような満足を感じていないウォルラファンは――彼の場合、満足すること自体めったにないのだが――読んでいた手紙を机に投げると、部屋の反対側にいる秘書に向かって顔をしかめた。

「オグルヴィー！　鳩だ！　鳩！　窓台から追っぱらえ！」

オグルヴィーは顔を蒼白にしながら、あっぱれにも即座に物差しをつかんで書き物机から立ち上がり、窓へ突進した。「シッシッ！　どけ、小悪魔ども」ばさばさと羽をはためかせる鳩たちに囲まれて声を張りあげた。

使命を終えるとしゃちほこばって一礼し、書写の作業に戻った。ウォルラファンは咳払いをした。おとなげないことをしたものだと後悔の念に襲われた。まだ一人前ではないとはいえ、鳩を追い払うのは秘書の役目ではない。ウォルラファンは謝罪を述べようと口を開いた。が、その刹那、風が急に勢いづいて机の上の書類挟みを開き、二年ぶんの書簡を部屋のなかに舞わせた。さながらフールスキャップ紙（筆記用箋）の小さな竜巻だ。

ウォルラファンは悪態をついた。「あの女は毎週の熱弁でぼくを悩ますだけじゃ気がすまないらしいぞ、オグルヴィー」秘書とともに手紙を拾い集めながら、彼はぼやいた。「ミセス・モントフォードの手紙は悪魔にも取り憑《つ》かれているらしい」

そこで風が完璧に鎮まったところをみると、実際そのとおりだったようだ。オグルヴィーはウォルラファンの机で手紙の束の縁をとんとんと合わせてから、彼に手渡した。「被害はありませんでしたね。全部揃っています」

伯爵は苦笑いを浮かべた。「だからこそ悩ましいのさ」

秘書はにやりと笑って、自分の仕事に戻った。ウォルラファンは書類挟みを開き、一番上の手紙から読み返した。

カードウ城にて
九月二十一日

閣下

最近四回の手紙でご説明申し上げましたとおり、西の塔に関するご決断をくだされることが肝要かと存じます。ご返信がいただけませんので、わたくしの責任においてブリストルの建築家に調べさせましたところ、ミスター・シンプソンおよびミスター・ヴァーニーから、長年の風雪で壁に深いひびがはいり、土台のずれもひどいという報告を受けております。西の塔は取り壊すか建てなおすか手を打たねばならないのではないでしょうか？　どうかご決断を。あなたさまがお城に関心がないことは承知いたしております。不運な園丁の上に塔が崩れ落ちるまえに、善き人々がお城へ立ち寄りにくくなるまえに、ご決断をくだされるよう切にお願い申し上げます。

従順なる召使い
ミセス・モントフォード

いやはや、あの黴臭い塔の件で彼女がよこした手紙はこれでじつに五通めか？　今ごろはもう彼女の一存であの厄介な塔が修復されていると思いたいところだ。ウォルラファンはこれ以上この問題を考えたくなかった。手回しよく建築家まで雇っている。ミセス・モントフォードの有能な手にゆだねれば、カードウ城と城内のあらゆる面倒を忘れていられる。願ってもないことだ。自分はなにもせずに安心していられるのだから。これは驚くべき贅沢といってよかった。

ウォルラファンはつぎの一枚へ進んだ。おっと！　これも彼女の十八番《おはこ》のひとつ、エライアス叔父に関する苦言だ。可哀相に叔父貴は気の休まる間もなかろう。

閣下

叔父上さまは相変わらず体調が思わしくなく、今は肝臓で苦しんでおいでなのではと拝察いたします。クレンショーをお部屋に入れようとなさいませんし、先週などは馬車に乗って帰ろうとする医師の頭にウイスキーの空瓶を投げつけるという暴挙に出られました。肝臓の機能ばかりか視力も衰えておられるため、瓶はあたらず事なきを得ましたけれど、どうか叔父上さまに心をお向けくださり、処方薬をきちんと服用なさるよう説得していただきたく……

「マダム」ウォルラファンは筆記用箋に向かってつぶやいた。「きみのひっきりなしの小言でも効き目がないなら、ぼくごときには手も足も出ませんよ」

「なにかおっしゃいましたか、閣下？」オグルヴィーが目を上げた。

ウォルラファンは手紙をハンカチーフのように二本の指に挟んで持ち上げてみせた。

「ああ！」秘書は得心したように言った。「例の家政婦ですね」

そのとおり、例の家政婦。言わずと知れた目の上のたんこぶ。ウォルラファンは浮かない笑みを送り、手紙を書類挟みに収めてから、ふと奇妙な衝動に駆られて、べつの一通を引き抜いた。日付はなんと二年まえの三月だ。最初のころはこの手の内容が多かった。

閣下

叔父上さまはまたわたくしを解雇されました。お城にとどまるべきか去るべきかご指示くださいませ。去れと仰せならば、わたくしが一ポンド八シリング六ペンスお貸ししておりますことをご承知おきください。先週、叔父上さまが悪意をもって金庫の鍵を飲みこまれたときに薬局に前払いをした金額でございます（村で売っている無税のブランデーを買いたいとおっしゃられ、わたくしと言い合いになりました）。とどまれとの仰せなら、ただちに叔父上さまに手紙をお書きくださり、金庫の鍵は取り戻さなければならないこと、それを見つける義務は叔父上さまにあることをあなたさまから……

哀れなエライアス叔父！　部屋でペンナイフを手に用便壺にかがみこんでいる姿が今も目に浮かぶ。ミセス・モントフォードがうしろで見張っていたのだろう。おそらく乗馬用の鞭でも持って。ウォルラファンはオグルヴィーの興味津々な視線を無視して豪快に笑い、つぎなる一通を手に取った。そうそう、これは早春に、城内を徹底的に掃除したあとでよこした手紙だ。あの古い城は今はどのようになっただろう。そんな思いがかすかに胸に芽生えた。

閣下
あなたさまがお使いだった着替えの間にある脚付き飾り箪笥《だんす》の一番下の抽斗でヒキガエルが六匹も死んでいたことにお気づきでしょうか？　ベッツィが申しますには、イートン校へ出立の折り、あの飾《かざ》り箪笥に手を触れてはならぬと厳命なさったとか。しかしながら、それは一八〇九年のことで今は一八二九年ですから、処分するのが賢明かと判断いたしました。遺憾ながら申し添えますと、くだんのヒキガエル六匹は今ではただの塵と骨になっております。

心よりお悔やみ申し上げます
ミセス・モントフォード

追伸　叔父上さまはまたしてもわたくしを解雇されました。お城にとどまるべきか去るべきかご指示くださいませ。

ウォルラファンはその手紙を脇に投げ、親指と人差し指で鼻梁をきつくつまんだ。声をあげて笑いたかった。同時に声をあげて泣きたくもあった。去れ、去れ！　去ってくれたらせいせいするぞ、ミセス・モントフォード！

が、本心は去ってほしくないのでは？　そうなのだ、いまいましいことに去られては困るのだ。用箋が急にまぶしく感じられ、頭痛が始まるのがわかった。この女はいつもぼくを悩ませる術《すべ》を心得ている。いつもぼくを怒らせ、おもしろがらせる。生意気なのに、悔しいかな、ときどき痛いところを衝《つ》いてくる。

それが悩みの種となっているのではないか？　素直になれば、そうだと認めることができた。彼女の手紙を読むとうしろめたさを覚え、しかも、恐るべき規則正しさで手紙をよこすから、三年近くもうしろめたさから逃れられずにいた。近ごろは月を追うごとに口やかましさと要求はますます厳しく、洞察力はますます鋭くなっている。手紙を開くのが怖いくせに、何度もくり返し読まずにはいられなかった。たいていは返事を出さないが、そうするとまたつぎつぎと手紙が来てしまう。最初のころ無礼な態度の兆しが見えたときに彼女を解雇するべきだったのだろう。

しかし、これまでは笑いとあまり縁のなかったウォルラファンが彼女からの手紙を読んで愉快に笑うこともあった。彼女の手紙は故郷での子ども時代を、それも愉しかった部分だけおびき寄せようとしているのではないかと思えることもあった。辛辣《しんらつ》な批判や小言の陰になにかがある。ひそやかな声で語りかける言葉が聞こえる気がするのだ。

ウォルラファンはこの五月に来た一通を取り出し、隅がよれたその手紙の読み慣れた一節を読んだ。

今年のハリエニシダはいつにもまして見事で、さながら丘一面に緑の幕がおりたかのようです。この眺めを閣下にもごらんいただけたらよいのですが。コウシンバラも今年は大いに期待され、石壁の薔薇園に蔓棚《つるだな》を造る案にジェンクスも賛成してくれています……

なぜ彼女はこんなことを書いてくるのか？　なぜ彼女の手紙を何回も読み返してしまうのか？　この家政婦は美しい女なのだろうか。そうした思いがウォルラファンの頭をかすめるのはこれがはじめてではなかった。ミセス・モントフォードの年齢は知らないが、まだ若いということは手紙から察せられた。若くて活力に満ちている。美しい召使いを雇うと、立たせるのをやめて仰向けにしたがるのがエライアスの性癖だ。あの助平じいさん、今度の家政婦もベッドへ引っぱりこんでいるのではあるまいな。

むろん、とっくにそういうことになっているだろう。でなければ、とっくに彼女を厄介払いしているはずだ。ウォルラファンがミセス・モントフォードに支払っている雀の涙ほどの給金だけでエライアス叔父に耐えられる召使いなど、どこを探してもいない。あの城で働くことにそうまで固執する人間がいるものか。それともいるのか？

その問いはウォルラファンの気持ちを……いや、自分でもどう感じているのかよくわからなかった。ただ、イングランド人たる者――男であれ女であれ――つらい境遇にあっても階級や貧困に負けてほしくないと思っているのはたしかだ。頭痛がひどくなってきた。くそ、彼女が呪いをかけているのか、あの口やかましいミセス・モントフォードが！　西の塔が存続しようが崩壊しようがどうでもいい！　園丁が生きようが死のうがどうでもいい。

ああ。

ちがう、そんなわけがない。労働者階級の権利のための戦いに職業人生を捧げてこなかったばかりか、自分自身の権利をも危うくしようというのか。だが、自分がなにもしなくても城はミセス・モントフォードにまかせておけば心配ない。当然のごとくまた怒りをぶつけてくるだろうが。高圧的な手紙が容赦なく雨あられと降りそそぎ、そのあとには請求書と領収書が雪嵐のように襲いかかるだろう。それでも、カードウでは万遺漏《ばんいろう》なく整然と事が運ぶにちがいなく、自分はといえば、我が身の疲労と引き替えに家政婦からの書簡を保管して、贖《しょく》罪《ざい》のつもりで、あるいは気分転換に読み返すのだろう。どちらなのかもうわからなくなっている。そう考えると、またもや疑問が湧く。なぜそんな聡明な女が、エライアス叔父から理不尽な文句を浴びても、はあはあえぐ叔父にのしかかられても許しているのか。

　こめかみを突き刺すような痛みが走った。「オグルヴィー！」彼は鋭い声を発した。「カーテンを引いて、コーヒーを持ってこさせろ」

　オグルヴィーは怪訝な目で彼を見た。「承知しました、閣下」が、立ち上がるまえにドアが勢いよく開けられた。

「ド・ヴェンデンハイム卿がお見えです」執事が告げるが早いか、ウォルラファンの友人のマックスが部屋にはいってきた。

「なんてこった！《ペル・アモール・デイ・デイオ》」マックスは御者用の手袋を脱ぎながら部屋のなかを進んだ。「まだ服を着替えていないとは！」

　マックスは痩身で浅黒く、やや猫背、いつもいらついたようなしゃべり方をして、聞きようによっては傲慢な感じさえある。ウォルラファンの高い身分にマックスが引け目を感じることはほとんどなく、それは、彼がテムズ川沿いのワッピング地区で水上警察の主任警部、ウォルラファンが庶民院の最有力議員だったころから変わらない。マックスは相手が阿呆なら阿呆として扱う。そういう意味では純粋な平等主義者なのだった。

　マックスは顔をしかめ、オリーブ色の大きな鉤鼻越しにこちらを見た。「一緒に行く気はあるのか？」

オグルヴィーが部屋の反対側で声をひそめて悪態をついた。「あの仮装行列へ行かれるんですか、閣下！」

ウォルラファンは引きつった笑みを浮かべて立ち上がった。「われわれが行かないことには始まらないんだよ。とにかく、階上《うえ》へ行って着替えたほうがよさそうだ。それにしても時間が経つのは速いものだ」

マックスの目がウォルラファンの机の上の開かれた書類挟みに留まった。彼は浅黒く長い指で一番上の手紙をつまみ上げた。「また例の家政婦かね」と訳知り顔で言う。「その女をもてあそぶのはいい加減にやめたらどうだ、ジャイルズ」

ウォルラファンは友人に鋭い視線を投げた。「余計なお世話だよ」長く座ったままでいたためにこわばった片脚を引きずらないようにして彼が二階へ向かうと、マックスも手紙を手にして続いた。従者がウォルラファンの上着を脱がせ、クラヴァットを解くあいだ、マックスはウォルラファンのお気に入りの椅子に腰掛け、家政婦からの手紙を声に出して読んだ。「いやはや猛女だな！」読み終えると彼は感想を口にした。「これはぜひとも一度会ってみたいものだ」

ウォルラファンは吹きだした。「〝浅瀬に仇波《あだなみ》〟（〝思慮の浅い人間は騒がしい〟の意の諺）のくちかな？」

マックスは黒い眉を吊り上げた。「ああ、この波は鎮まらんね。流れを意図的に止められたから、ことさら勢いを増しているんだ。ただ、それだけでもなさそうだ……なにが裏にあるかはわからんが」

ウォルラファンは鏡に近寄り、取り替えたクラヴァットの折り目をなおした。「ミセス・モントフォードは召使いのひとりにすぎないよ、マックス。無礼で生意気な家政婦というだけだ」

「だったら馘《くび》にすればいい」

「ほかの雇い主に彼女という重荷を背負わせるのかい?」ウォルラファンは笑った。「推薦状もつけずに召使いを辞めさせるわけにはいかない。当人が殺人またはそれ以上の罪を犯したのでもないかぎり。それに、現実的には彼女のどこがぼくにとって問題なんだろうか?」

「大いに問題だろうが。きみの目を見ればわかる」マックスは腰を上げ、さっとドアを開けた。「彼女があえて殺人のような解雇しやすい罪を犯し、きみを救ってくれるとは思えん。つまり——どういうか——見て見ぬふりの人生からきみを救いだすために。かりにそんなことでも起これば、さすがのきみも否応なしに故郷へ帰らざるをえないだろうがね。どうだい?」

ウォルラファンはマックスのまえを大股に素通りした。「その手紙を置いていけよ。さあ、行こう。ホワイトホール周辺の街路はそろそろ人で埋まるころだ。歩いていかなければならないかもしれない」

「ああ。だれのせいかな?」

ウォルラファンの予想があたった。チャリング・クロスに達するころには群衆を肘で押しのけながら進むことを余儀なくされた。ふだんどおり昼食時にウェストミンスターのほうから吐きだされてきた黒っぽい上着の事務員や眼鏡をかけた商店主らは、道を行き交う馬車によって細い流れとされていた。マックスの執務室の外の廊下は、丈の長い上着の青色の制服と山高帽という格好で走りまわっている警察官でいっぱいだ。階段は事務員や役人にふさがれ、麦わらのボンネットをかぶってパラソルを差した婦人もちらほら混じっている。

そんな混沌とした状況がマックスの一声で一変し、やっとふたりは執務室のドアにたどり着いたが、部屋にはいるとそこにも人がおり、ひと組の紳士淑女が下の通りの混雑に窓辺から見入っていた。ドアの開く音で淑女のほうが振り返った。もっとも、そこにいるのが彼女であることはジャイルズにはすでにわかっていた。彼の亡き父の若き寡婦セシリア、となりに立った紳士はその再婚相手、ドラコート子爵デイヴィッドだ。

「ごきげんよう、セシリア」ウォルラファンは膝を折って一礼した。「ドラコートもお出ましとは驚いたな」

「こんにちは、ジャイルズ」とセシリア。「マックスも！　ここへ来ればあなたに会えると思ったのよ」

セシリアは軽やかな身のこなしでウォルラファンのほうへ近づいた。早くもキスを受けるべく頰を彼に向けていた。彼はもちろんキスをするつもりだった。いつものように。ところが、セシリアのスカートのうしろから突然、小さな少年が現われ、ふたりのあいだに猛然と割りこんだ。

「ジャイルズ！　ジャイルズ！　シスク巡査部長に会ったよ。ジャイルズとド・ヴェンデンハイム卿もシスク巡査部長と一緒にパレードで行進するの？」

ウォルラファンは不意に心が浮き立って少年を抱き上げた。「いや。でも、うんと退屈な演説をするのさ、サイモン。ぼくもシスクと同じ新しい制服が着たかったなあ。あの真鍮の大きいボタンが気に入っているんだ」

少年はけらけらと笑った。セシリアの夫も窓辺から離れた。「セシリアとサイモンがロンドンの新警察創設の宣誓式を見たいと言って聞かなくてね」ドラコートはやや弁解がましく言った。「邪魔にならないだろうか？」その言葉はマックスに向けられていたが、視線はウォルラファンに据えられたままだ。

「いや、まったく」マックスは答えた。

「それならよかった。きみたちの予定と演説の時間が決まっているなら、ブルームズベリーまで馬車で送ろう。サイモン、お父さんの肩に乗りなさい。階下《した》まで肩車だ」サイモンがドラコートの肩によじ登ると、マックスがドアを開けた。

セシリアはにっこりしてウォルラファンの腕に手を掛けた。「ジャイルズ、今日はあなたがとっても誇らしいわ。継母のわたしが親馬鹿な気分を味わわせてもらっているの」

マックスたちが部屋を出ていくと、ウォルラファンはセシリアの美しい青い目を見つめた。「妙なこと言うなよ、セシリア。きみはもう継母じゃない。れっきとしたドラコートの妻で、サイモンの正真正銘の母親だ」

セシリアは不思議そうに彼を見た。「もちろん、それはよくわかっているけれど。そういうことって、お互いのあいだにそんなに強い制約があるものなの？　わたしはいつだってあなたのことを愛してきたのよ、ジャイルズ。母親役は無理だとしても――そうね、姉として」

姉として、精神的に支える。それがセシリアの一貫した身の置き方であり、今はウォルラファンの望みうるすべてだった。教会から見ればセシリアは今も彼の母親で、母親以外の存在ではありえない――それこそが、あろうことか、彼の父が彼女と結婚した目的だった！その後、ジャイルズの悩みをさらに深めようとするように、父は早々と命を閉じ、セシリアのスカートの裾にキスする資格もない放蕩者のドラコートがまんまと彼女の人生に割りこむのを許した。だれもが驚いたのは、そのドラコートが誠実な夫になったことだった。今後も誠実な夫でありつづけたほうが身のためだ、そうでなければ殺してやる、とウォルラファンは苦々しく思った。慚愧《ざんき》に堪《た》えないとはこのことだろう。取り澄ましたドラコートのやつを自分も好きになってしまったのだから。

ウォルラファンはセシリアをうながしてマックスの執務室から出た。「ぼくのほうが歳は上なんだぞ、セシリア」階段を降りながら、彼は言った。「きみが父上と結婚したとき、ぼくは二十三歳ですでに庶民院の議員だった。きみがいまだにぼくの継母を称するのはおかしいよ」

セシリアは慎ましやかな笑い声をたてて足を止め、彼の頬を掌《てのひら》で軽く叩いた。「お気の毒さま、ジャイルズ！」と、唇をちょっと尖らせる。「あなたが望もうと望むまいと、デイヴィッドもわたしもあなたの家族だと思っているのよ。そうだわ、家族といえば、エライアスの様子を教えてちょうだい。手紙を出してもちっとも返事をくださらないんですもの」

「内務省は淑女が訪れるにふさわしい場所じゃないな、セシリア」ウォルラファンは彼女の質問を無視した。「きみの夫はきみをカーソン・ストリートの屋敷に閉じこめておけないのかい？」

セシリアはまたも声をたてて笑った。「あなたはどうしてそう融通が利かないのかしらね、ジャイルズ？　これを見逃したくはないもの。ピール（保守党の前身トーリー党の庶民院議員ロバート・ピール。のちに首相）だって、議会でのあなたの力とマックスの努力なしにこの法案を通せなかったでしょう」

ウォルラファンは降参した。セシリアはそれ以上はなにも言わなかった。ほどなく五人は観覧席につき、できたてほやほやのロンドン警視庁の警察官たちによるパレードを手を振って見物した。流れるようなラインの長上着と山高帽の新しい制服に身を包んだ男たちの眺めは壮観だった。が、退屈な演説が終わって新警察官の宣誓が始まると、拍手と歓声も静まった。セシリアがふたたび頰を差しだしたので、ウォルラファンは律儀にキスをした。彼とマックスはメイフェアまで馬車で送るというドラコートの申し出を辞退して、アッパー・ギルドフォード・ストリートをそぞろ歩きで戻ることにした。

「彼女は稀有《けう》な女性だな」セシリアが別れの手を振って人混みに紛れると、マックスが言った。

ウォルラファンはしばらく返事をしなかった。稀有どころではない。彼女は比類なき女性だ。「それをいうなら、きみの奥方こそ稀有な女性なんじゃないのか？」とようやく答える。「グロスターシャーでは」マックスはむっつり顔で応じた。「近々、彼女の一番新しい姪か甥が――ひょっとしたら両方かもしれんが――生まれる予定なんだ」

「で、きみはどうするんだ、相棒？」ウォルラファンは訊いた。「彼女に付き添って帰るのかい？　もうすぐロンドンにはだれもいなくなるな。狩猟の季節の到来だ」

マックスは新聞売りを追い越して先へ進んだ。ふたりはラッセル広場を抜けた。「まあ、そういうことになるだろう。冬はたいていカタロニアで過ごすんだが、子どもが生まれるとなればそうもいかんだろう？」

「きみはピールとロンドンに残ったらどうだ？」ウォルラファンは水を向けた。

マックスは首を振った。「ピールも故郷に帰るかもしれん。父君《ちちぎみ》の具合がよろしくないらしい」

「そうだった！　となると、彼がロバート卿となる日も近い。最愛の父君と引き替えに称号を得るというわけか。彼としてはこれを公正な取り引きとは考えられまい」

マックスは怪訝なまなざしを向けた。「きみはお父上の死をそういうふうに感じていたのかい？」

ウォルラファンは広場の向こうを凝視し、少ししてから答えた。「父の死はセシリアにもぼくにも大きな衝撃を与えた。健康そのものの人だったからね」

「友よ、それでは質問の答えになっていない」

ウォルラファンは暗い目でマックスを見た。「相変わらず警部なんだな、きみは。いいや、マックス、ぼくは父が死んだときにはなにも感じなかった。少年のころから父とは疎遠だった。父とぼくを和解させようというセシリアの努力も甲斐なく、臨終にもお互いほとんど口をきかなかった。おまけに、父が逝《い》くのをまのあたりにしても、ぼくは哀しくなかった。こんな男にがっかりしたかい？」

するとマックスは、ウォルラファンの肩胛骨のあいだに片手を置いて優しく叩き、彼を驚かせた。「そんなことがあるものか、ジャイルズ。きみにがっかりするわけがないだろう。しかし、ひとりでロンドンに残るのはつまらないぞ。そのつもりなんじゃないのか、ええ？」

ジャイルズはつかのま思案した。だが、やはり、どこへも行くところはなかった。セシリアはドラコートの所領があるダービーシャーへ誘ってくれているが、ドラコートの歓待を受けるのは紳士としてあるまじき行為に思えた。自分がほんとうに欲しているのは彼の妻なのだから。むろん、マックスと彼の妻キャサリンがいるグロスターシャーへはいつでも行けるし、猟期をそこで過ごすこともできる――マックスが今にも誘いたそうにしているのも察している。が、キャサリンの拡大家族のぬくもりとあふれんばかりの情熱に接すると、漠然とした気後れを覚えるのがつねだった。名状しがたい何物かに対する自分の無能ぶりを突きつけられているような気がするのだ。

となると、残る選択肢はカードウ。カードウと、そこに詰まった記憶だけだ。

「マックス、ぼくは今ひどく忙しくてね」ウォルラファンはようやく言った。「議会が再招集されるまえに片づけなければならない仕事が山ほどある。今回の改革の連携を支持しようと世論が高まっていて、ピールは当然ながら頭を悩ませている。平等の思想はすばらしいし、ぼくも原則的には支持しているが、収拾がつかなくなる危険もはらんでいるからな」

マックスは不可解そうに彼を見た。「きみのお父上もかつて改革運動を支持されて、結果的にはナポレオンのせいで頭に銃弾を食らうことになったんだぞ。くれぐれも慎重にな、ジャイルズ。さもないと、きみが最近唱えている高邁《こうまい》な思想がきみ自身に引き金を引きかねない。そうなれば、わたしは立場上、その犯人をあげなければならん。ホイッグ党員であろうと、労働組合員であろうと、改革派の暴徒であろうと、きみの属するトーリー党員であろうとだ」

ジャイルズは肩をすくめた。「だれかがイングランドの将来を憂えなければならないのさ、マックス。これはぼくの人生を賭《と》した仕事なんだ」

マックスは静かなふくみ笑いをした。「いやいや、友よ、人生は仕事だけじゃない。それをわたしはついに学んだのさ」彼はふざけ半分につけ加えた。「そうだ、いい考えがある。妻《めと》を娶れ。これは勧められる解決策だ。なんのかんのいっても、きみには跡継ぎが必要だろう。後生だから、エライアスに家督を譲るのだけはやめてくれ」

「音信不通の親戚のひとりやふたりはいるさ」とジャイルズ。「よくわからんが、ペンシルヴェニア州のあたりに――たぶん。充分な遺産が相続できるとなれば、そのうちのだれかが名乗りをあげるだろうよ。アメリカ人ってやつは骨の髄まで合理主義だから」

マックスは笑った。「きみに恋い焦がれるぽっちゃり美人の田舎娘ひとりぐらいサマセットにいないのかい？　いずれにせよ、故郷へ帰って例の生意気な家政婦に身の程をわきまえさせてやる必要はあるな」

「ミセス・モントフォードか？」ウォルラファンも笑った。「できれば首を絞めてやりたいね」

マックスは興味深げな視線を投げたが、立ち止まらなかった。「教えろよ、ジャイルズ、ミセス・モントフォードは年増なのか？　若い女か？　それとも、その中間か？」

ウォルラファンは動じるふうもなく肩をすくめてみせた。「かなり若いだろうな。いつもそうだから」

「どういう意味だ？」

「雇うかどうかを決めるのはエライアスだ。どういう意味だと思う？」

「なるほど！　家政のほかにも職務があるというわけだ？」

ウォルラファンは即答をためらった。「とにかく、昔はそういうことが多かった。ただ、あの叔父ももう若くはないからね。しかし、聞くところによると、エライアスとミセス・モントフォードはしょっちゅう口喧嘩をしているらしい。それも相当激しいやつを」

「ほう？　だれから聞いたんだい？」

「執事のペヴスナーから。ミセス・モントフォードはエライアスをやりこめてもいるらしい。なのに、叔父がひとことも文句を言ってよこさないところをみると、ふたりのあいだになにかがあるという結論に達さざるをえないのさ。エライアス叔父は広い心の持ち主じゃないからね」

それからしばらくふたりとも黙りこんだ。バークレー広場にさしかかるとマックスがふたたび口を開いた。「ところで、今日は脚の調子はどうだ、ジャイルズ？　少し引きずっているように見えるけれども」

しかし、ジャイルズは午後いっぱいマックスにお節介を焼かれてほとほとうんざりしていた。「この脚がどうでもきみの責任じゃないだろう。そんなことはいいから歩けよ。無駄口ばかり叩くのはやめよう」

なにが無駄口なのかと訝《いぶか》りながら、マックスはジャイルズを見た。脚のことか？　それとも父親か？　カードウか？　いろいろ考えられるが、どれもぴんと来ない。それでも、よき友人であるからには、それ以上の詮索はしなかった。

2　不利な取り引きが成立する

カードウ城の西の塔への出入りが禁じられてからかなり日が経つが、不具合な調度が所狭しと置かれているだけの薄暗くじめついた場所に、あえて禁を犯してまではいろうとする者はいなかった。が、ブリストル海峡からウェールズまで望める北の塔への出入りが少ない理由はまたべつだった。カードウ城の財産が眠る北の塔の最上階には幽霊が出る。使用人や村人が口を揃えてそう言うのである。

十七世紀初頭、第三代の伯爵夫人がその四階の窓から身を投げ、中庭に落ちた伯爵夫人の頭は無惨に割れた。以来、〈国王の紋章〉亭に深夜まで入りびたって城へ戻る召使いが千鳥足で坂を上る途中、胸壁伝いにふわふわと漂うレディ・ウォルラファンの幽霊に目を丸くしたという目撃談が再三再四伝えられてきた。カードウ城での結婚は悲惨な結末を迎えることが多かった。

オーブリーはその屋根裏部屋の扉をおそるおそる押し開けてから、手提げランプを掲げて四方をぐるりと照らした。石を積み上げて造られた広い円形の空間が目に映ったが、窓らしき隙間はほとんどなく、幽霊の姿もない。

「あっ！」ベッツィの声に合わせてランプの光が不安定に揺らめいた。「あの上にいるのはきっと蝙蝠《こうもり》ですよね、ミセス・モントフォード？」

オーブリーは不吉な予感を振り払い、列石伝いに円を描くように歩を進めた。「だとしても、驚かないけれど。鼠や蜘蛛もいるでしょうね」

「ええ、でも蝙蝠は嫌いなんです。ああ、おっかさん！」ベッツィの声が震えだした。蝙蝠は人の血を吸い取るっていうじゃありませんか。あたしの血をやりたくないです」

ここまで上がってきたことをオーブリーも後悔しはじめていた。階下にいれば、自分たちの温かい血は体を駆け巡る仕事に専念できたのに。「蝙蝠は血を吸ったりしないわよ」と、無理に勇ましい声を返す。「それに、あそこに肖像画が掛かっているなら、ベッツィ、取りはずさなければならないわ。何点あるんだったかしら？」

ベッツィが古い乳母車を押して通り道からどけると、鼠が一匹、甲高い鳴き声をあげて暗がりに逃げこんだ。「たしか六つ以上あったと思いますけど、ものすごく大きいから、あたしらだけで運ぶのは無理ですよ」

オーブリーは螺旋階段を昇るまえに用意した箒《ほうき》を高く上げて蜘蛛の巣を払い落とした。すると、手品のように、彼女の背よりも高い堂々たる肖像画が姿を現わした。「まあ！　ちょっと見てくれない？」

「おやまあ！」とベッツィ。「それ、ひょっとしたら、窓から身投げなさった方でしょうかね？」

そうではなかった。この絵に描かれた貴婦人の衣装は背中の中央に箱襞があるゆったりとしたドレスで、百年まえによく見られたものだ。「この方はたぶん少佐の曾《ひい》お祖母さまよ」オーブリーはランプを石積みの壁の釘に引っ掛けた。「位置をずらすから手伝ってちょうだい」

ふたりがその絵を持ち上げて横に移動させると、二枚めの肖像画が現われた。最初のものよりさらに大きくて立派な肖像画だ。ただ、モデルの若い貴婦人は花冠をかぶり、古代ギリシャ風の衣を巻きつけているので年代の推定は難しい。「ああ、この方なら知ってます」ベッツィが今度は断言した。「バルコニーから飛び降りて首の骨を折りなさった奥さまですよ。洗い場女中として最初にこのお城へ奉公にあがったとき、玄関の大広間にこの絵が飾ってありました」

オーブリーはぞっとした。「飛び降りた？」

ベッツィは肩をすくめた。「ええ、飛び降りたって言ってる者もいれば、落ちたっていってる者もいますけど。今の伯爵さまのお母さまでしょう。伯爵さまはつらい思いをなさったはずですよ。自殺の噂やなんかで。それであんなふうになっちまわれたんだと思います。教会にもさんざんに言われたから、その口を封じるために教区に新しい牧師館を造らなくちゃならなかったんです」

「そんな悲劇があったの！」

「そりゃあもう、一族の汚点ってやつですよ。でも、村人はカードウ城の呪いだって言ってますけどね、このお城に嫁いだ花嫁が幸せになれないのは」

「とにかく、そのお気の毒な貴婦人を広間の名誉ある場所に戻してさしあげなくては」オーブリーはきっぱりと言った。「わたしたちでここから引きだしてから、従僕に取りにこさせましょう」

ベッツィはオーブリーを手伝ったが、見るからに気が進まないというふうだった。「だけど、伯爵さまがここに置いてある絵を飾りたくないというお気持ちだったらどうします、マダム？　結局、ここにしまいこんだ人がいるわけでしょ？　それに、あの青と金《きん》のタペストリーはもう長いこと同じところに掛けっぱなしなんだから」

オーブリーは苛立たしげに眉を吊り上げた。「この絵を飾るのは望ましくないって言った人でもいるの？」

ベッツィは手についた埃を払って、肩をすくめた。「そう聞いた覚えがあります。だれが言ったのかは思い出せませんけど」

オーブリーは一歩も引かなかった。「とにかく、広間のタペストリーはぼろぼろで汚れているのだから、おろさなくてはだめよ。飾りのなくなった殺風景な石の壁を見つめるだけになってもいいの？」

ベッツィはどうでもいいという顔をした。それでも、その肖像画を脇へ引きだしたとたん、喜びに顔を輝かせた。重ねられた絵の奥のほうに隠れていたつぎの一点は、オーブリーに勝るとも劣らない見事な赤毛の初々《ういうい》しい貴婦人を描いたものだった。「あっ、見てください！この方が最後のレディ・ウォルラファンですよ！」

オーブリーはその絵に見とれた。びっくりするほどモダンな肖像画だ。愛らしい丸顔をした若い貴婦人。その美しいブルーの目が画家に笑いかけているように見える。体つきは豊満で艶《なま》めかしく、今見ても時代遅れとはいいがたいハイウェストのドレスをまとっている。「思ってもみなかったわ……」オーブリーは戸惑いを隠せずに口ごもった。「つまり、だれも教えてくれなかったんですもの、伯爵が――結婚――していらしたとは」

ベッツィは声をあげて笑った。「いえいえ、マダム。当代のウォルラファン伯爵の奥さまじゃありません。この方は旦那さまの継母で、レディ・セシリア・マーカム・サンズです。この絵はロンドンで描かれたんですよ。ロリマー少佐のお兄さまと結婚なさる直前に」

オーブリーは唖然《あぜん》とした。「まあ、驚いた！　先代の伯爵はおいくつだったの？」

ベッツィは目を細めた。「さあ、五十歳ぐらいでしたかねえ。でも、セシリアさまはまっすぐなお心で伯爵さまを好いてらっしゃるようでしたし、お幸せな結婚だったにちがいありませんよ。なんたって、このお城で亡くならなかったただひとりのレディ・ウォルラファンなんですから」

「ど、どこで亡くなられたの？」

これを聞いてベッツィはげらげら笑った。「やですよ、マダム、この方は亡くなっちゃいません。ご結婚後しばらくして伯爵さまが亡くなって、喪に服されたあと、素敵な求婚者が現われて再婚されました。今はレディ・ドラコートとして、貧者のための慈善活動や仮装舞踏会や、ありとあらゆる当世風のことに励んでおいでです」

オーブリーは仰天した。二年間もカードウ城にいてこの話を聞くのははじめてだった。この貴婦人はカードウ城にはなんの痕跡もとどめなかったらしい。「おふたりのあいだには――お子さまはいらっしゃらなかったのね？」

ベッツィは言いよどんだ。「いらっしゃらなかったはずです、たぶん」そこで声を落とし、「洗濯女中頭だったマディを覚えてますか？　先代の伯爵さまは女癖の悪いお方だったとマディはいつもこぼしてました。ただ、二度めの結婚をされるまえ、洗濯場にいるマディをつかまえてもなんにもできなかったそうです。どういう意味かはおわかりでしょ」

オーブリーは顔が赤らむのがわかった。「陰口はおよしなさい、ベッツィ。失礼ですよ」

ベッツィはうなだれたが、長くは続かなかった。「だから、どのみち、そのレディ・ウォルラファンがこのお城へみえたのは三度か四度なんです」彼女はもう一度、赤毛の女性に目をやった。「でもね、マダム、そりゃあ素敵な方でした！　偉ぶったとこがちっともなくて。

どういう意味かはおわかりでしょ。ある年のクリスマスには、あたしら召使い全員にプレゼントをくだすって、ミセス・ジェンクスが小作人に渡すプレゼントの籠を作るのも手伝っておられました。もっとも、先代の伯爵さまもカードウにはあまり関心をもたれませんでしたけどね」

「息子も同じくのようね」オーブリーにすれば、西の塔の窮状を訴えた手紙をウォルラファン伯爵が無視していることはいまだに腹に据えかねていた。

ベッツィは熱心な目を向けた。「この絵は階下へおろしましょうよ、マダム。お美しいですもん。それに、以前は大広間の南の炉棚に飾ってあったんだし、あの嫌らしい鴉と古めかしい大っきな楯の紋章は廊下に移せばいいですから」

「あれはただの鴉じゃなくワタリガラスだと思うわよ、ベッツィ」オーブリーはやんわりと正した。「まあ、そうね、あの紋章を移動させても問題は――」

恐ろしい音が彼女の言葉を遮った。墓が開かれて化け物が出てきたのかと思うような不気味な音が階段の下から響き、床石が激しく揺れた。ベッツィは悲鳴をあげた。壁に吊るした手提げランプの炎が大きく揺らめいた。なにが起きたの！　地震？　雪崩《なだれ》？　サマセットで？

塔の下の中庭で従僕のひとりが怒鳴っている。「逃げろ！　危ない、逃げろ！」その声ですべてを理解したオーブリーは、幽霊も手提げランプも忘れ、闇のなかを無我夢中で走った。

階段室まで来ると壁に張られた手すり代わりの綱をつかみ、真っ逆さまに下へ落ちないよう必死でその綱を握りながら、急勾配の螺旋《らせん》階段を飛ぶがごとくに駆けおりた。

「ああ、イエスさま、マリアさま、ヨセフさま！」ベッツィがうしろで祈る声が聞こえる。

「みんなが無事でありますように！」

オーブリーは叫びたいのをこらえ、なおも足を止めずに駆け降りた。ひと続きの階段をふたつぶん降りるとオークの厚い扉があった。そこを開ければ外塁（楼門・橋楼などから成る城の外防備）だ。彼女は死に物狂いでかんぬきを押した。

「ああ、神さま、ああ、神さま」ベッツィも手を貸した。地の底から響くような音はすでに薄れていた。どこかで子どもの悲鳴があがっている。従僕はまだ叫んでいる。錆びたかんぬきの振り戻しが親指を押しつぶす。やっと北の塔の外に出ると城壁に沿って全力疾走した。

城壁の向こうのあちらこちらに瓦礫《がれき》の山ができているのが見えた。西の塔が半壊し、血のにじんだ傷口のような姿をさらしている。塔の瓦解によって胸壁の三十フィートが崩れ落ちていた。男たちはまだ中庭を走っている。オーブリーとベッツィも走りつづけた。崩れた胸壁のまえへふたりが達すると、執事のペヴスナーの声が飛んだ。「戻れ、ミセス・モントフォード、戻れ！　そこは全部落ちるぞ！」

が、そのときには、崩れた壁の縁越しの光景がオーブリーの目にはいっていた。片手が口へ持ち上がった。ああ、なんてこと、ああ！　花壇を埋め尽くした瓦礫のなかに白いリネンの一部が見える。散らばった教科書も。空に向かって伸ばされた小さな手も。

恐怖がオーブリーをとらえた。「イアン！　イアン！　イアン！」ベッツィが腰をつかまえて引き戻そうとするのを感じ、一瞬抗《あらが》い、それから本能に衝き動かされてベッツィを振り払うと、北の塔の階段へ猛然と引き返した。下へ降りなければ。イアンのところへ行かなければ。

そのあとのことはほとんど覚えていない。ともかくもふたりは高い胸壁伝いに引き返して北の塔の螺旋階段を一番下まで降りきり、庭園に出た。花壇もその境界も突っ切って、崩れた胸壁のほうへ走ったこと、邪魔な小枝を顔から押しのけたこと、瓦礫をどけるために膝をついたことは覚えている。目のまえに園丁のふたりがいた。

遠くのほうでペヴスナーがまだ叫んでいる。戻ってこいと。塔の残りが落ちてくると。オーブリーはその声を無視した。園丁たちも手を止めなかった。山のような瓦礫がどけられ、やがて、ひとりがイアンの胸に腕をまわした。「息をしてるぞ！」ジェンクスが叫んで、瓦礫の山のなかから引っぱりだした。

もうひとりの園丁がオーブリーの腕をつかんだ。「逃げろ、ミセス・モントフォード！　逃げろ！」

またも石が胸壁にぶつかって跳ね返る音が背後に聞こえた。オーブリーは躊躇《ちゅうちょ》した。イアンの身が心配で凍りついたように動けなくなってしまった。ベッツィが肩胛骨のあいだを押して進ませようとする。そこでまた怒号があがり、積み石と木材と瓦が――西の塔の残骸が――すさまじい音とともに崩れ落ちはじめた。四人はなんとかイアンを城のなかへ運び入れた。ベッツィは厨房へ駆けこんで小姓《こしょう》をつかまえ、ドクター・クレンショーを呼んでこいと金切り声で命じた。

イアンの部屋はオーブリーの居室ととなり合わせで、居間を通り抜けてすぐのところにあった。その部屋まで運んで寝かせると、イアンは瞼をひくひくさせて細い声を漏らした。「お母さま」言葉はほとんど聞き分けられない。埃まみれの顔。「お母さま、少佐が……歩いてらして、倒れたの。石が……石が落ちてきたんだよ」

オーブリーは泣きながらイアンの額に片手をあてがい、口をきかぬようにと言った。幅の狭い寝台の反対側で園丁頭のジェンクスが彼女の視線をとらえ、首を横に振った。「酔ってらした」と、口の動きだけで伝え、頭の動きでもうひとりの園丁を示した。「フェルプスが引っぱって外へお連れして、気を失っておいでだったが、マダム、たいした怪我はなさってなかった」

オーブリーは目をきつくつぶり、ロンドンのウォルラファン伯爵を思い出した。伯爵の残酷さと現状軽視を。彼の無能力と無責任を。これはあの方の過失よ！　イアンをこの城へ連れてきたのは身の安全のためだったというのに！　怠惰なひとりの男のせいでイアンを死なせるところだった。

オーブリーは目を開くと、まっすぐな視線をジェンクスに向けた。だが、その目が見ているのは園丁頭ではなかった。「ひどい男、いくらなんでもひどすぎる」小声だが、ゆっくりと、ぞっとするほどきっぱりと彼女は言った。「今度こそ、あの男の息の根を止めてやるわ」

クレンショーは蠟燭《ろうそく》の光を頼りに仕事を終えた。イアンは肋骨を二本と指の骨を一本折っていた。左の足首は捻挫して、頭の怪我は六針も縫う重傷だった。医師はオーブリーの祈る声に負けじと〝外傷〟だの〝脳震盪《のうしんとう》〟だのという言葉を発した。オーブリーはそういう言葉を受け入れようと、自分になにが求められているのかを理解しようと努めた。必死で涙をこらえていた。

園丁の話では、村の学校から帰ってきたイアンは坂を駆けのぼる途中、千鳥足で幾何学式庭園を通り過ぎるロリマー少佐の姿を見かけた。西の塔の真下で少佐はつまずいた――もしくは意識を失った。そこへ最初のいくつかの石がぱらぱらと落ちてきた。少年がその混乱のなかへ飛びこむのを、園丁は恐怖に凍りついて見つめるしかなかった。崩れ落ちる塔をまともに受けたのが花壇の石の門柱だったのは天の助けといえよう。

とはいうものの、イアンは傷を負った。それも重傷を。医師が診療器具をしまうとベッツィはイアンの部屋の小さな暖炉のそばに座りこみ、火明かりで包帯を巻きはじめた。オーブリーはベッドのかたわらの暗がりに残り、イアンの怪我をしていないほうの手を握った、ありがたいことに今は手に温かさが戻っている。医師はイアンのほうに身を乗りだして最後にもう一度、血圧と心拍を測った。ナイトテーブルに置かれたランプがその顔に不気味な影を投げた。

医師は革の往診鞄に最後の器具を落とし、寝台を挟んでオーブリーを見やった。「幸運だったよ、ミセス・モントフォード、折れた肋骨が肺に刺さらなかったのは」クレンショーは言った。「ただ、浅い呼吸をするにも痛みが伴うだろうから、くれぐれも患者を動かさないように。眠りやすいようにアヘンチンキを飲ませよう」

「脳震盪を起こしたのに？　飲ませなくてはいけませんか？」

医師は安心させるように笑みを浮かべ、彼女の手に軽く触れた。「そのほうが患者が休息できるんだよ、ミセス・モントフォード。脳震盪に関する心配はしなくてもいい。喘息《ぜんそく》の具合は最近どうだい？」

「一度も発作は出ていませんわ。海辺の空気のおかげで」

「大きくなってきたせいもあるだろうな」クレンショーは希望に満ちた口ぶりで言った。「もっとも、明日は打撲したところに痣《あざ》ができて見た目がひどいことになるぞ。内臓にも影響が残っているから食欲はないだろう。ミセス・ジェンクスに言って濃い牛肉スープを用意してもらいなさい。ほかのものは食べさせないように」

オーブリーは立ち上がって医師の外套を取りにいった。「可哀相に」ベッツィが寝台の裾に近づいた。「これじゃ収穫祭に行けないわね。ジェンクスが連れていってやるって約束してたのに。あんなに喜んでたのに」

ドクター・クレンショーは背を向けて、早くもノブに手を掛けていた。「祭りはいつだい？　二週間先か？」

「来週の土曜日です」とベッツィ。

クレンショーは皮肉めかして微笑んだ。「それなら、袋飛び競争に出るのは勧められないな。しばらくはみんなで一致団結して安静にさせることだ。そのあと、なにができてなにができないかは、この子の体が決めるだろう」

ベッツィはにやりと笑った。オーブリーは医師に礼を述べ、階段室を抜けて通路から大広間へ出る医師に付き添った。海峡からの嵐がふたたび近づいていた。クレンショーは馬車置き場の屋根の下に馬車がまわされるのを待った。「明日また来よう、ミセス・モントフォード！」外ではもう雨粒が落ちはじめている。

従僕が馬車の扉を引き開けた。そこでやっとオーブリーは患者がもうひとりいることを思い出した。「ドクター・クレンショー、お待ちください！　ロリマー少佐の様子はいかがでした？」

クレンショーは雨に濡れないように外套のまえをかき合わせた。「例によって例のごとくさ、残念ながら。軽い打ち身のおまけつきだが、きみが見にいく必要はないよ。ミセス・ジエンクスが夜間の世話をする女中をひとり付けたから」

要するに少佐はまたも泥酔して意識を失ったということだ。近ごろではそれが怖いほど定期的に起こっている。オーブリーと少佐の口喧嘩は今や城内だけでなく村じゅうの話の種となっており、あの主人に逆らうなんてどうかしていると召使いたちに思われているが、逆らってしまうのだ、懲《こ》りずに幾度でも。

医師の馬車が霧にかすんでほとんど見えない門衛室のほうへ走りだすのを、オーブリーは心寂しく見送った。少佐がかつてはどんな人物だったかをクレンショーに話すことができたらと思わずにはいられない。だれもが少佐に匙《さじ》を投げているのに、なぜ自分は幾度でも少佐と口喧嘩をしてもいいと思えるのか、そのわけを説明できたらどんなにいいか。

ロリマー少佐はかつてオーブリーの父親の一番の戦友だった。ロリマーに仕えた長い年月、父からの手紙は例外なくロリマーに触れて、戦場での少佐の勇気と名声と武勲をたたえていた。ワーテルローの戦いで負傷したロリマーを前線から引きずり戻そうとした父がフランス軍の砲火の雨にさらされて命を落としたとき、ロリマーが生きながらえて父が死んだと知らされてもオーブリーが腹を立てることはなかった。腹が立つのは、命拾いした自分の人生をロリマーが今、浪費しているというただその一点だ。父の犠牲が無駄だったと思うことに耐えられない。

しかし、嘆願も懇願も功を奏さず、ロリマーのゆるやかな自滅を止める万策はもはや尽きたのだろうと思いはじめていた。また、自分の努力をほかの召使いたちが陰で笑うのも、だれかれなしに口汚い言葉で罵るばかりの男のために有能な家政婦がこんなにも苦労している理由を彼らが詮索するのも、止めることはできないのだろうと。

金属のぶつかるけたたましい音でオーブリーははっと我に返った。クレンショーの馬車は視界から消え、門衛が落とし格子をおろしている。オーブリーは体の向きを変えてなかに戻った。ロリマーのことをくよくよ悩むのはよそう。これっきりにしよう。自分は一介の家政婦にすぎないのだから。

幸運にもイアンは十日間でめきめき快復した。醜い痣は薄くなり、片脚の引きずり方も目立たなくなった。なおよかったのは、長く患ってきた喘息の症状が今年の秋はまったく出ないことだった。そういうわけで収穫祭にイアンの外出を禁ずる理由はなくなった。

その日は夜明けから暖かく空は快晴、サマセットの住民の記憶では過去最高といえる秋日和となった。十時半には早くも太陽が、外壁の低い部分に囲われた庭園の敷石を暖めていた。城の地階では厨房女中が飛びまわって大きなバスケットに昼食を詰め、オーブリーはその様子をやや心配げに眺めていた。

馬丁のひとりが二輪馬車をまわしてきた。荷物台の扉はすでに左右に開け放たれていた。中庭で召使いたちのしゃべる声が石壁に跳ね返って大きく響いている。少佐の短気を気遣って静かにさせようと立ち上がったオーブリーが家政婦室の扉を開けるのと同時に、レティーとアイダが蒸留室から駆けてきた。ふたりとも林檎酒用の水差しの取っ手を指に引っ掛け、馬車に荷物を積んでいる馬丁たちに向かってくすくす笑いを送った。だが、家政婦室の扉が開けられる音に気づくと不安そうに目を見交わし、声をひそめて悪態をつき、大急ぎで通り過ぎた。オーブリーはふたりをたしなめようと口を開きはしたものの、すぐにその口を閉じた。笑っただけよ。たかが林檎酒じゃないの。

が、そこで不意に声を張りあげた。「レティー！　ちょっと待って！」

ふたりは洗い場のそばでぴたっと足を止めた。レティーが伏し目がちに振り返った。「はい、ミセス・モントフォード？」

「ビール貯蔵庫にある特上のエールの大樽を持っていくといいわ。ジェンクスに手伝ってもらいなさい」

家女中ふたりは笑みを広げ、水差しを持って小走りに去った。

今日は達成された仕事に対してささやかながらも報いる日だ。それが収穫祭に参加して村の草原へピクニックに出かける意義なのだ。この日ばかりは城内の務めは我が身ひとつの肩にかかってくるが、ちっともかまわなかった。カードウ城をかつての優雅で整然とした姿によみがえらせるために召使いたちは懸命に働いてくれたのだから。

イアンのこともある――ずっとあの子を抱っこしてやるわけにいかないのだから。もうじき八歳になるイアンを、城の園丁頭と料理人のジェンクス夫妻は孫のように可愛がってくれる。あの子の暮らしのなかに男性の存在があるのはありがたい。それに、怪我が良好に快復しているので祭りに出かけてもいいというクレンショーのお墨付きももらっている。

そのとき、廊下に人影がよぎった。目を上げると若い男の姿が視界にはいった。西の塔の残骸の解体を指揮しているミスター・ブルースターだ。ブリストルの建築家、シンプソンとヴァーニーが送りこんだ人物である。ブルースターは野外用の服装をして片手に帽子を持っている。「祭りに行くんですか、ミセス・モントフォード？」

オーブリーは微笑んだ。「いいえ、ミスター・ブルースター。お城の用事を片づける者がいなくてはいけませんから」

ブルースターはにんまりした。「こんな晴れた日に屋内に残ることをあなたに納得させたのはどんな用事なんでしょうね？」

オーブリーは少しためらってから答えた。「だれかが少佐のコーヒーをお淹《い》れしなくてはいけませんでしょ」我ながら言い訳にもならない言い訳に聞こえたけれど、城を留守にするつもりはない。「それに、来客に応対する者がいなくては」

ブルースターは頭をのけぞらせて笑いだした。「おやおや、ミセス・モントフォード！ぼくがこちらへ伺ってから一週間、来客を告げる鈴はただの一度も鳴ったことがありませんよ」

オーブリーは顔を赤らめた。「とにかく、わたくしはまいりません。でも、あなたは行かれるべきですわ。今日はお城で働く者全員に休みを取らせているので、あなたのために石を運ぶ者もおりませんし」

「ではご随意に、マダム」ブルースターはにっこりして、頭に帽子を載せると、幅広のオークの梢《まぐさ》をひょいとくぐって中庭へ出た。そこでは二頭立ての四輪の荷馬車に荷物が積まれているところだった。

オーブリーはふと寂しさを覚えて部屋へ戻った。オーブリーもブルースターも出自の卑しい人間ではない。執事のペヴスナーを除けば、ふたりはカードウ城でもっとも位の高い使用人であり、ほかの者たちは敬意を払っている。ペヴスナーがふたりほどに敬意を払われていないのは、酷なようだが彼自身の責任だ。オーブリーがこの城へ来るまで、ペヴスナーは、いわばこの漂流船の舵取り役だったたが、彼の場合、自分より位の低い使用人と馴《な》れ合っているようなところがあった。

「お母さま、用意ができたよ」小さな声が背中に聞こえた。

オーブリーはくるっと振り向き、黒い綾織りのスカートに皺《しわ》を寄せてひざまずくと、イアンを抱き上げ、そっと抱きしめた。「まあ、なんて素敵なの！　いい子にしていなくてはね。ミスター・ジェンクスの言うことをようく聞いて、けっして――」

「わかってるよ」イアンは言葉を挟んだ。「無茶をしちゃいけないんでしょ」

「そうよ」オーブリーは物静かに答えた。「けっして無茶をしてはいけません、可愛い子」

いつもの癖でイアンの髪を片手で梳《す》き、じっと目を見つめた。自分の父親と同じ目を。姉とも同じ目を。ファーカーソン家に代々受け継がれてきたその濃いブルーの瞳は、クラグウェル・コートの廊下に飾られた古色蒼然たる肖像画にくり返し現われていた。ぞっとするほど陰気なスコットランドの先祖たちのあの顔が見られなくて寂しいと思うことなどなかったくせに、こうして今、二度と見られなくなってみるとやはり寂しい。だが、オーブリーは胸に湧いた郷愁をねじ伏せた。

イアンは彼女の顔をかすめた表情にめざとく気づき、励ますように言った。「ぼく、元気になったよ。ほんとうだよ、お母さま、元気だよ」

オーブリーは緑色の目を閉じて上体を乗りだし、イアンの額に唇を押しあてた。ああ、わたしには今でもこの子は赤ちゃんのときと同じにおいがする。イアンは彼女の頬にさっとキスを返して駆けだし——といっても、まだおぼつかない足つきだが——陽光降りそそぐ中庭でエールの大樽を積みこんでいるミスター・ジェンクスのほうへ向かった。

ほどなく一行は出発した。召使いたちも、ピクニックの敷物と大籠と大樽を山と積んだ荷馬車も。最後に従僕のひとりが立ち止まって中庭の門を施錠し、村の小径に姿を消すのを見送ると、一抹の寂しさを覚えながらオーブリーは重い扉を持ち上げるようにして引き戻しながら、そのまま扉が閉まるところまで歩き、かんぬきを挿《さ》した。

かんぬきが定位置に収まるズンと重く硬い音が聞こえた瞬間、城に置き去りにされたような錯覚に陥った。オーブリーはその思いを強引に振り払って厨房へ足を向けた。この新たな人生には自己憐憫《れんびん》に浸っている暇はない。もうすぐ十一時。少佐のコーヒーの時間だ。しかも、今日は——神よ、お力をお貸しくださいー少佐の世話役を務めなければならない。

厨房から南の塔までは長い道のりであるうえに、少佐の部屋は三階にある。部屋のまえに着いたときには軽い息切れがして、神経も少々苛立っていた。檻《おり》のなかのライオンのひげをつかみたくはないが、しかたがない。形式的なノックを一回してから部屋にはいり、盆をベッドのそばに置くと、たっぷり襞《ひだ》を取った分厚いベルベットのカーテンを引き開けに窓際へ向かった。

暖かな陽が部屋に流れこむ。四柱式寝台の垂れ布のうしろで少佐が早くも毒づいているのが聞こえた。オーブリーの主張で毎朝コーヒーとトーストをとらされる、この些細な日課がお気に召さないのだ。それでも彼女はカードウ城へ来て以来、この習慣を強引に守らせていた。とにもかくにも、食べなくては生きていけないのだから。

「おはようございます、少佐」オーブリーは明るく声をかけた。「熱いコーヒーを淹れましたわ。起きて、お飲みになってくださいな」

またも口汚い言葉が返され、むせたような咳が続いた。「わしをまた苦しめにきたのか?」

昨夜の口論を思い出さずにいてくれたらと淡い期待を抱いていたのだけれど。「ほかの者たちを収穫祭へ行かせることには同意されたはずですが、お忘れになりました？」

「忘れてやせん、うるさい！」少佐は唸り、垂れ布の一方の側をよいほうの手で引き開けた。

「わしは呑んだくれだが、阿呆ではない」

寝間着姿の少佐は体を起こし、勘ぐるような目をオーブリーに向けた。昨夜はことさら酩酊していたわけではなく、むしろ今日のほうが様子がおかしい。そんなことがありうるのなら。皮膚は青白く、骨と皮だけといってもいいほど痩せ細っているのに、腹だけが膨れている。なお困ったことに、近ごろはまた正餐の料理に口をつけなくなっている。それが昨夜の口論の発端だった。

オーブリーは胸のまえで両手を組み合わせ、一歩も譲らぬというように言った。「どうぞコーヒーをお飲みください。それと、今日こそはトーストをなんとしても召し上がっていただきますからね」

少佐は思いきり顔をしかめた。「ほう、今日こそはトーストをなんとしても召し上がっていただきますからね、か！」と、馬鹿にしたような裏声で鸚鵡《おうむ》返しに言った。「ミセス・モントフォード、きみはここの召使いだろう。わしが召使いなのではない。そのことを思い出させなくてはいかんのか？　自分がなんとしても召し上がりたいときに、なんとしても召し上がりたいものを召し上がらせていただくよ。それから、手を組むのはやめろ。さも殊勝ぶって。殊勝顔をした女は我慢ならん」

オーブリーは組み合わせた両手をほどき、険しい目で彼を見た。「少佐、このままお酒ばかり飲みつづけて食事を拒否なさっていたら大変なことになります。ご自身の体をもっといたわってくださるようにお願いしているんです。あなたのことが心配なんです」

少佐はとびきり罰あたりな言葉を小声でつぶやいた。

「ロリマー少佐、言葉遣いにはお気をつけくださいませ」

ロリマーの顔に怒りの赤みが差した。「言葉遣いに気をつけろだと！　トーストを食べろだと！　くそ、なんたる惨めな人生だ！」ひとしきりわめいてから、彼はよいほうの腕のすさまじいひと振りで盆を専用台から床へ払い落とした。

「あっ！」オーブリーは飛びだしたが遅かった。コーヒーポットが絨毯にひっくり返り、焦げ茶色の染みを広げた。トーストとマーマレードとバターが混じり合って、べとべとの汚れと化した。

「どうだ、ミセス・モントフォード」意地の悪い口調でロリマーは言った。「トーストとコーヒーはこれで片づいたぞ」

オーブリーは憤りをあらわに、裏返った盆をすばやい動作で元に戻すと、叩きつけるように皿と銀器をその上に置きはじめた。「いいえ、片づいていませんわ。すぐに階下へ行って、新しいものを用意してきます。今度はゆで卵をお持ちしますからね」

「ゆで卵なんぞ食べたくない！」

「でも、食べるんです」オーブリーは絨毯で腰を落としたまま、鋭い視線を投げた。「もしお食べにならなければ、天地神明に誓って、貯蔵庫のウイスキーを一本残らず流しに捨てますよ。で、昼食に子羊の脚をまるまる一本持ってきます――もちろん、それも召し上がっていただきます」

無意味な脅しだが、それよりましな台詞《せりふ》が思い浮かばなかったのだ。オーブリーは盆を手にして立ち上がった。少佐の顔は怒りに震えていた。「そんな真似をさせるものか！　わしのウイスキーに指一本でも触れたら、くそっ、推薦状を付けずに馘にしてくれる！」

しかし、それは口だけで、今ではお互いに承知のうえだった。ロリマーは本心ではオーブリーに辞めてほしくないと思っている。いくら彼が癇癪を起こして意地悪をしても、ふたりのあいだにはある意味で友達といえる関係が築かれていた。オーブリーはやるせないため息をつくと、盆を脇に置き、身を乗りだして少佐のよいほうの手を取った。

「お願いです、旦那さま、喧嘩はやめましょう」その手を軽く叩いて微笑もうとした。「召使いたちを動揺させるだけですもの。ゆうべはわたくしたちが殺し合うんじゃないかとみんな怯えていたんですよ」

「しかし、今はこの城に召使いはいないだろう、ええ？」ロリマーは駄々をこねた。「どいつもこいつも村へ行ってしまったんだから」

オーブリーは肩をすくめた。「村にいても、わたくしたちの声が聞こえることがあるんです」

彼女の物言いのなにかがロリマーの怒りをやわらげた。怒鳴り声が静まり、染みの浮き出た老人らしい手の甲で口をぬぐうと、負けたといわんばかりに彼はこう言った。「いいだろう、くそいまいましい卵を持ってこい。試してみなければならんのだろうよ」

「ありがとうございます」オーブリーは下がろうとした。「バターも温めましょうか、よろしければ」

突然、ロリマーの手に力がこもった。人目を気にするような奇妙な視線を投げると、彼はしわがれ声で訊いた。「オーブリー、坊主はどこにいる？」

洗礼名で彼女を呼ぶのははじめてではない。なぜかその名を口にするたび、彼の目にはうつろな、混乱したような表情が浮かぶ。「今なんとおっしゃいました、少佐？」オーブリーは優しく訊き返した。「だれのことをお尋ねですか？」

「坊主だ！　坊主！」と苛立たしげに言う。「あの子は城にいるんだろう、ええ？」

オーブリーは当惑した。少佐がイアンを話題にしたことは一度もなかったから。「ジェンクスがお祭りに連れていきましたけれど」

「そうか」少佐は唇を引き結び、ふと本来の自分を取り戻したように見えた。「ああ、イアンだ、そうだった。塔が崩れたときに肋骨を折ったとベッツィが言っていた」

折ったのは肋骨だけではないと言いたいところをオーブリーはこらえた。「はい、旦那さま」

「ふうむ」少佐はナイトキャップを頭から取り、ごま塩の髪を掻きむしった。「そこの小間物入れを持ってこい。ちがうちがう、そっちの木の箱のほうだ。化粧台の上の」

オーブリーはその箱を見つけてベッドまで運んだ。少佐は蓋を開けて、金鎖のついた懐中時計を引っぱりだし、オーブリーの手に落とした。「取っておけ、坊主にやる」いつにも増してぶっきらぼうな口調。

オーブリーは懐中時計を見つめた。掌に置かれたその時計は石のように重く、まちがいなく純金製だった。「でも、少佐、このようなものはいただけ――」

「つべこべ言うな！」少佐は最後まで言わせなかった。「坊主にやるといったらやるんだ」

オーブリーはちょっとのあいだ彼を観察した。よいほうの目の白目が黄ばんでいる。団子鼻には血管が浮き出ている。顔の皮膚はだらしなく骨から垂れてしまっている。「どうしてこんなことをなさるのですか？」

少佐は眉間に皺を寄せた。「あの子は落ちてくる石からわしをかばおうとしたとジェンクスが言っておったからな。むろん、そんな気遣いは無用だった。ぴんぴんしていたんだ。しかし、勇気のある子だ。その時計はきみの父上と彼の部下から贈られたものなのさ。トゥールーズの戦いのあとの夏だった。わしにはもう必要ない」

「頂戴するわけにはいきません」オーブリーは懐中時計を返そうとしたが、少佐は彼女の手に押しつけた。「おっしゃるとおり、わたくしはただの召使いです。そんな大切なものをいただくわけにはまいりません」

「いつきみにやると言った？　坊主にやったんだぞ。ケースにはあの子の祖父が率いた連隊名が刻まれている。あの子に持っていてもらいたいんだ」

オーブリーは下唇を噛んだ。「わかりました」と静かに言う。「ひとつ条件がございます」

「ほう？」少佐は挑むように言った。「なにを条件にしようというんだね？」

「クレンショーを明日、お部屋に入れることに同意なさってください。旦那さまはお具合がよくありません。医者に診てもらって、医者の言うとおりになさらなくてはだめです。それがわたくしの条件です」

少佐のたるんだ顎が一瞬ぷるぷると震えたが、怒りのためか病のためかはオーブリーには判断がつかなかった。「上等だ！　あの藪《やぶ》医者をここへ連れてこい。それでわしがちょっとでもよくなると思うなら。いいだろう、明日、お茶に招いてやろうじゃないか！　ピケット（トランプ・ゲームの一種）の三回勝負をしたっていいぞ」彼は頭をのけぞらせて甲高い笑い声をたてた。

交渉をまたひとつ成立させて満足すると、オーブリーは懐中時計をポケットにしまった。

「ありがとうございます、旦那さま。卵をお持ちしたあとにクレンショーへ言づてしますわ」

「ああ、そうするといい、ミセス・モントフォード」少佐は皮肉たっぷりに言った。

戸口でノブに掛けた手を少佐の声が止めた。「オーブリー、待て」

オーブリーは振り向いた。「はい、少佐？」

「きみと坊主は――」あてこすりが急に消えた。「つつがなくやっているのかい？　ここにいることはだれにも言っていないんだろう？」

オーブリーは首を振った。「はい、だれにも」

少佐はうなずいた。自分に納得させるように。「その時計は坊主に渡してくれるんだな？」

「はい、そういたします、少佐」オーブリーは肩越しに答えた。「そのうちに」

「なに？　そのうちに？」

オーブリーは視線をはずした。「あの子はまだ幼すぎます。こみいった事情を話すのはまだ無理ですわ。成年に達したらかならず渡します。それでよろしいでしょうか？」

ロリマーは同意らしき言葉をぶつぶつつぶやいた。オーブリーは盆を片手でバランスよく持ちながら、扉を引いて閉めた。

イアンが成年に達するのはまだずっと先のことだわ。オーブリーは真鍮のノブを見おろした。いいえ、ちがう、もうすぐよ。あっというまにその時が来る。さっと向きを変えると懐中時計がポケットのなかで重く揺れた。オーブリーは人気《ひとけ》のない廊下を大股に歩み去った。

3　神々の寵愛を受ける者は若死にする

その日もウォルラファン卿の執務室は午前の早い時間から多忙をきわめ、法律関係の資料やら法制の立案書やら緊急の公文書やらを持った事務員や郵便配達人やおべっか遣いの政治家たちが慌ただしく出入りしていた。それというのも、ウォルラファンは、政治に首を突っこむにとどまらず、寝ても覚めても食べても息をしても政治という、政界の陰の実力者であり、連帯の立役者、論戦の避雷針でもあるからだった。

ウォルラファンの傑出したところは、庶民院に在任してこのかた一度たりとも議会欠席をしていない唯一の貴族だということだ。父親から爵位を継承するのと同時に庶民院から貴族院に場を移したが、この三月には、カトリック解放令成立に際してピールがおこなった悪名高き四時間の弁舌中、まんじりともしなかったという栄誉ある実績を打ち立てた。

ウォルラファンは名目上はトーリー党に属しているが、少なくない数の人々が彼をトーリーとは呼びたくないと考えている。ただ、そうした人々はみな彼を恐れてもいる。ウォルラファンは自分が納得すれば、破壊的にも、傲慢にも、目的のために手段を選ばぬ人間にもなれる男だが、彼のもっと厄介な部分についてはたいていの場合、陰でこそこそと囁かれた。ウォルラファンは――あろうことか――自由主義者であると。みずからの身をホワイトホールのど真んなかでさらし台（罪人の頭と手を固定してさらし者にする刑具）に載せるまでもなく、トーリーにあるまじき自由主義者であると。イングランドはあまりにも多くの罪人を絞首刑に処し、あまりにも多くの貧しい民を飢えさせている、というのが伯爵自身の考えだった。彼は両手を広げてアイルランド人を議会に迎え入れたいと考えていたし、あのめかしこんだ浅黒い成り上がりのユダヤ人、ベンジャミン・ディズレーリとともに文学サロンに参加する姿を見受けられることさえあった。大胆不敵な政治的野心の持ち主でもあった。ことほどさように、彼にまつわるすべてがショッキングなのだった。

だれにショックを与えようと、それに根拠があるのなら、ウォルラファンは厭わない。ただ、今朝は時間の余裕がないうえに懸案事項があった。それは個人的な性質を帯びた問題で、しかもウォルラファンにとっては最悪の問題だった。そこで彼は機械のような精度で執務室での日課をこなし、机に広げられた十種類の書類に署名をして、最古参の実務家、ワートホイッスルに続けざまに突きだした。

「恐れ入ります、閣下」ワートホイッスルは書類をひとつ受け取るたびにそう言って、骨をきしらせて膝を折り、銀縁の眼鏡が鼻にずり落ちるほど深い一礼をした。

署名が全部すむと、ドアの向こうで行列をつくる郵便配達人たちから安堵のため息が漏れた。執事のスマイスは、伯爵の注意を至急に惹かなければならない事項を個別に提示できるように、手振りで順に彼らを招じ入れた。それぞれの文書をウォルラファンの目がすばやく追い、ふたことみこと言葉が交わされ、機械的にまた署名されると、配達人はホワイトホールなりどこなり、送り主のところへ帰っていった。

「つぎだ、スマイス」ウォルラファンが執事に声をかけるのと同時にワートホイッスルが自分の執務室へ姿を消した。

スマイスは咳払いをしながら一覧表を開き、ウォルラファンのほうへ進み出た。「まず、ジェームズ・シース卿より、本日三時半に始まる聖トマス病院の外科施設の落成式ご出席の予定に変更はないかとのご伝言です」

「ああ、十五分まえに彼と会うつもりだ」

「承知いたしました」スマイスは一覧表に目を落とした。「二番めは、レディ・カートンが遣いの者をおよこしになりまして、ナザレ会の明日の会合の主人役を務めていただけないかとお尋ねです。ローダーウッド少佐が痛風でご欠席だそうで」

ウォルラファンは秘書のほうを向いた。「オグルヴィー、今の件を書き留めてくれ。七時に正餐、そのあと、あの細長い応接間で家庭教師たちとの会食だ、スマイス。レディ・ドラコートのためにウミガメのスープを用意するのを忘れずにな。それと、ミスター・アマーストのために一八〇九年物のボルドーを手配してくれ」

「承知いたしました、閣下」

そのとき、オグルヴィーの机で小さな置き時計が鳴った。彼は伯爵の日程表を取り上げた。

「おっと、そうでした！　ホワイトホールで開かれる首相と内務大臣との午餐会があと一時間で始まります」

「ウェリントンとピールとの昼食会？　そんなものに同意するとはぼくもどうかしていたな」ウォルラファンは無理して微笑むと、着替えのために階上《うえ》へ行こうと決意して、椅子をうしろへ押した。が、案に相違して彼は椅子から立とうとしなかった。オグルヴィーとスマイスは宙ぶらりんの沈黙に陥った。

ついに執事がもう一回、咳払いをした。「なにか……べつのご都合でもおありなのでしょうか、閣下？」

ウォルラファンはぼんやりと机の残りの書類を混ぜるような仕種をした。「スマイス、朝の郵便はこれでおしまいかい？」

執事は困惑の表情を浮かべた。「はい、さようでございますが」

「そうか」ウォルラファンはまたも書類の束を混ぜた。

「ほかになにかお待ちだったのですか、閣下？」オグルヴィーが気遣わしげに訊いた。

「いや」首を振ってはみたものの、気がかりなことはなかなか頭から消えてくれない。「そういうわけではないんだ」

ウォルラファンはさっと立ち上がり、断わりを入れて中座した。だが、廊下を進んで階段を昇り、自室へ向かうあいだも、気がかりの種は彼を悩ませつづけた。今朝の伝言と手紙はあれで全部だというが——ミセス・モントフォードからはなにも言ってきていないのか？彼女からの最後の手紙を受け取ってから二週間が経っていた。どう考えてもおかしい。叔父があの家政婦を雇ってから、一週間とて気の安まったことはなかった。なのに、この二週間、うんでもなければすんでもないのはどういうことだ？　こちらの態度が彼女を追いつめたのだろうか。まさか辞めたのでは？　エライアス叔父のせいで彼女の精神状態がおかしくなったのか？

事情が皆目わからない。しかも、悔しいことに、そのために自分のほうがおかしくなっている。

問題は新しい愛人が必要だということだ。彼は唐突に決めつけた。継母と彼女の再婚相手について思い悩むのをやめ、家政婦の去就と彼女がよこす手紙のことを思い悩むのもやめなくてはいけない、とりわけ、カードウ城と自分の昔の生活についてくよくよ考えるのをやめなくてはいけないのだと。そんな暇があったら、艶めかしい愛人の腿のあいだで欲求不満を解消するべきだと。イヴェット——いや、イヴォンヌ——を手放したことが悔やまれる。もっとも、あの女はぼくが仕事に費やす時間が長すぎると不満を漏らしはじめていた。

ロンドンの人口の半分が極貧にあえいでいようと彼女にはどうでもいいのだろうし、極限の貧しさはとうてい彼女の理解しうるものではない。イングランドでは上流階級の気まぐれで未成年が当然のごとく殴打され、牢にぶちこまれ、絞首刑に処せられていることなど思い出したくもなかっただろう。そんなことよりイヴォンヌは——この際、名前なんかどうでもいいが——自分の帽子と手袋が似合っているかどうかが心配な女だった。そこでまた彼は唐突に思いいたった。結局、新しい愛人ができたところで、自分の一挙一動についてまわる不安が薄れるわけではないのだと。

不安だと？　くそ、なんて女々しい言いぐさだ！　いい歳をして母親を失った子どもでもあるまい。息子がいると不自由だという父親の手前勝手な都合で全寮制の学校だの召使い部屋だのに追いやられたと嘆く歳ではあるまい。小声で悪態をつくと、ウォルラファンは寝室のドアを突き破らんばかりに開けた。さっさと服を着替えて出かけたかった。が、従者のビドウェルがモーニング・コートを脱がせるか脱がせないかのうちに、執事が部屋にはいってきた。

「閣下」スマイスは緊張した声で言った。「たった今、使者がまいりまして——」

「待たせておけ」伯爵はそっけなく応じた。「午餐会の約束があると言え」

「——カードウからでございます」執事は不吉な口調で続けた。

「カードウから？」

ウォルラファンはおろしたてのクラヴァットを持ったビドウェルを手振りで下がらせた。

スマイスはひどく沈んだ顔をしている。「どうした、なにかあったのか？」ウォルラファンはさっきよりも穏やかに訊いた。

スマイスは悲嘆に暮れて薄い笑みを浮かべた。「悪い知らせでございます、閣下」

その一瞬、ウォルラファンは人生に幾度もない背筋が凍る感覚を味わった。「それは……エライアス叔父のことか？　そうなんだな？」

「ご愁傷さまでございます」スマイスは静かに言った。「ロリマー少佐が身罷《みまか》られました」

「なんと」ウォルラファンはつかのま目をつぶった。「で？　なにがあったというんだ、スマイス？」

「それが遺憾ながら、閣下」スマイスはつぶやいた。「ただちにカードウへお出ましになるよう治安判事から求められております」

「いわずもがなだろう」ウォルラファンは苛立たしげに応じながら、ビドウェルに着替えの間へ行けと身振りで伝えた。「だが、治安判事と言ったな？　治安判事とこの件とどんな関係がある？」

スマイスの眉間の皺が深くなった。「まことに遺憾ながら、叔父君《おじぎみ》は疑問の余地ある状況で亡くなられたようでございます」

ウォルラファンは気持ちが悪くなった。膝ががくがくする。突如として深い孤独感に襲われた。なんの因果でこんなことが起こるのだ？　ミセス・モントフォードのあからさまな再三にわたる警告がふたたび思い出された。が、ウォルラファンにすればエライアスは昔と変わらぬ不死身の男だったのだ。

「叔父上はどういう亡くなり方をしたと？」彼は声をひそめた。

ふくみのある沈黙が返された。ビドウェルが手回しよく旅行鞄を出して動きまわる音が聞こえる。「叔父君は銃で撃たれたのです」スマイスがやっと言った。

「銃で撃たれた？」信じられない思いでウォルラファンは執事に目を据えた。「どうして？だれに？　そいつらを吊るし首にして、地獄へ送りこんでやる」自分が死刑廃止論者であることも忘れて言った。

「強盗が図書室に押し入って叔父君を脅したと聞いております」

「強盗？」ウォルラファンは鋭い口調で訊き返した。「カードウに？　そんな物好きがいるものか。第一、城壁はあの高さで銃眼もある。低い窓には鉄格子がはまっているし、二カ所の中庭の門もつねに施錠されている」

「錠がこじ開けられたのではないでしょうか、閣下？」とスマイス。

「ありえん」ウォルラファンは険しい声を出した。「カードウは要塞だぞ。書斎の窓でさえ三十フィートの高さがあるんだ。あの城に外部から忍びこめた人間はひとりとしていなかった。ともかくも、この八百年でただのひとりもだ」

「となると……」スマイスは恐ろしい結論めいたものを引きだしたようだった。

しかし、伯爵はきびきびとつぎの行動に移り、すでに外套を羽織ってドアへ向かっていた。「首相への伝言を頼むぞ、スマイス。会合の予定も変更しなくてはならん。ジェームズ卿との会合は取りやめ、ナザレ会は延期だ。カーソン・ストリートのレディ・ドラコートに遣いをやって、三時までにカードウへ発つ準備をするように伝えてくれ」

スマイスの顔に驚きの色が浮かんだ。「奥方さまも同行されるのですか？」

「そうしないわけにはいくまい」ウォルラファンは厳しい口調で言った。「ぼくはこのおぞましい問題に対処しなければならないし、弔問客が訪れれば食事の用意も必要となる。ほかになにを手配するべきかは神のみぞ知るだ。つまるところ、彼女は今でも叔父の義理の姉である以上、我が一族に対する義務を負っているんだよ」

結局、セシリアは謹《つつし》んでその義務を果たすと言ってきた。ウォルラファンには昔からよくわかっているのだ。継母は人に必要とされるのが好きな人間なのだということも、今もロリマーの一族の一員でありたいと願っているということも。ただし、そう願うわけは神のみぞ知る。ウォルラファンの父との結婚で彼女は家族という歯車の歯のひとつとなり、夫の死後も夫の親族との接触を続けた。さらに重要なのは、些細な喧嘩はしても、彼とセシリアはすでに親友同士になっているということだった。接触がなにもないよりはましだ。ウォルラファンはそう自分に言い聞かせた。それに、今こそ彼女の助けが必要だと。

そんなわけで、セシリアが西へ向かう長旅の準備を整えて予定より十五分早くヒル・ストリートに到着すると、彼は深い安堵を覚えた。当然ながらドラコートが付き添っていて、ウォルラファンはそれも予測していた。かりにセシリアと結婚しているのが自分だったら、彼女を目の届かぬところに置こうとは思わないだろうし、ときに彼女はいたずら心を発揮することがあるから。

大型の四輪馬車四台のうち二台には荷物とともに召使いたちが乗りこみ、残りの二台の一方にはウォルラファンと若いオグルヴィーが、もう一方にはドラコート子爵夫妻が乗った。目的地に近づいても、この旅が果てしなく続くように思われた。なお悪いことにカードウ城にまだ着かないうちから、呪われた城から早く帰りたいという思いがウォルラファンの胸に芽生えていた。できることならば明日にも帰りたかった。

しかし、叔父を殺した人間を突き止めたいという思いのほうがもっと強かった。カードウ城に耐える方法を見つけてやる。たとえ苦しむことになっても。エライアスと親密な間柄だったとはいえないかもしれないが、叔父の心根は善良だった。王と祖国のためにすべてを擲《なげう》った男だ。その叔父を殺した輩が罰せられないということは想像しがたい。簡単に片づけられてたまるか。それに、正義はこの自分がなによりも重んじている信念ではないか。イングランドの貧しい民に正義のあり方を示せるならば、我が叔父にも同様のことができるはずだ。

ウォルラファンは目の裏に熱いものがこみ上げるのを感じて衝撃を受けた。悔いが彼の心を沈ませた。ああ、もっとまえにエライアスをロンドンへ呼び寄せ、ロンドンで暮らすよう命じるべきだった。カードウ城を閉鎖して、叔父に選択肢を与えなければよかったのだ。そうすれば、こんなことにはならなかっただろう。情に流されまいと、その考えをウォルラファンは無理やり頭から追いだした。そうした手を打ったところでどうにもならなかったかもしれない。エライアスの頑迷さは尋常ではなかったから。

一行が到着した午後、ブリストル海峡は濃霧に包まれていた。サマセットの内陸まで霧が広がり、畑も森も村も灰色の分厚い毛織物にくるまれたようで、ウォルラファンの悪いほうの脚はひどく痛んだ。カードウ山の麓《ふもと》で馬車は左へ方向転換し、城に続く険しい坂道を上りはじめた。壕に架かる橋を渡るときにはどの馬車も速度を落とした。

気を紛らすために彼は馬車の窓から坂の上をまっすぐに見つめ、城の西側の低い外壁を見分けようとした。なかなか見えてこないが、それはたしかにそこにある。頭上に垂れこめる霧のどこかに、巨大で不気味な姿がそこに存在している。今度ばかりはその場所から逃げることはできないのだろう。あとになってからウォルラファンは、霧がなければ西の塔の無惨きわまる残骸がすぐに目にはいったはずだと気がついた。だれかが——おそらくペヴスナーだろう——正式な規則に則《のっと》って召使いたちを中庭に整列させていることにも気づいたはずだった。

しかし、坂を上るほどに霧はますます濃くなった。馬車が楼門をくぐり、馬車置き場ではなく中庭の中央に停まると、ウォルラファンは扉を開け、御者に小言を言うつもりでステッキを外に突き出した。が、馬車から降り立つなり、渦巻く霧のなかで二列に並んだ召使いたちが目にはいった。ウォルラファンとオグルヴィーが列のあいだを進むと、向かい合わせの二名ずつが完璧に合わせた動きで片膝を曲げる正式なお辞儀をした。目を伏せ、口もとにかすかな笑みすら浮かべずに。

正面玄関のまえに執事が立っていた。片腕に喪章を巻いている。「お帰りなさいませ、閣下」

「ごきげんよう、ペヴスナー。たいそう整然とした出迎えだったな」

が、ウォルラファンが見ているのは執事ではなく、執事のうしろにいる背の高いほっそりとした娘だった。〝娘〟という言葉が思い浮かんだのは、その繊細でしなやかな体つきのせいだが、薔薇色の若さのころはやや――ほんのわずかに――過ぎているように見受けられた。彼がこれまでに見たどんな雪花石膏《せっかせっこう》も見劣りする透き通った白い肌が、くすんだ黒のドレスによく映えていた。顔の骨は驚くほど細く鋭く、背丈はペヴスナーと変わらない。帽子にほとんど隠れた鳶《とび》色の髪は痛ましいほどのひっつめにされている。そうした努力にもかかわらず、彼女は家政婦にはとても見えなかった。

ウォルラファンは露骨な視線をペヴスナーに向けた。執事は奮起して言った。「閣下、ミセス・モントフォードを紹介申し上げます。早いもので彼女がこちらのお城へあがってかれこれ三年になります」

ミセス・モントフォードは宮廷の謁見《えっけん》さながら膝を折って優雅に深々と一礼した。肩をうしろに引き、ウォルラファンのステッキにも負けず背筋をぴんと伸ばして。「カードウへお帰りなさいませ、閣下」rの硬い発音と巻き舌でカードウ《Cardow》と言ったが、その目はウォルラファンを見ていなかった。見透かすようなまなざし。それが彼の怒りに触れ、すり減った神経に障《さわ》った。

「ミセス・モントフォード、ぼくが話しかけているときにはぼくを見てくれたほうがお互いうまくやっていけると思うんだがね」

彼女は全身をこわばらせ、冷ややかに応じた。「失礼ながら、閣下、わたくしにお話しくださっているとは存じませんでした」

ウォルラファンは彼女の目をまっすぐに見据えた。と、そこに見えたものに衝撃を受けた。嫌悪だ。激しくも一途な嫌悪の感情が彼女の視線を焦がし、緑の目を邪悪なまでに翳《かげ》らせている。彼はつかのま言葉に詰まった。だが、彼女のその表情はみるみるうちに消え、従順な召使いの無表情な仮面に取って代わられた。一瞬の変化にウォルラファンはうろたえた。

結局、こうした展開を彼自身、心のどこかで予測していたのだろう。カードウはいつもウォルラファンの気力をくじくのだ。「では、ミセス・モントフォード、今は確実にきみに話しかけているのだが」彼はペヴスナーにステッキを突きだし、手袋を脱いだ。「三十分後、ぼくの書斎へ来てくれたまえ、もしよければ」

「仰せのままに、閣下」今度は如才なく調整された低い声音《こわね》だが、それがまた彼をいらつかせた。家政婦はふたたび、ゆっくりと慎重なお辞儀をした。視線を片時もそらさずに。挑むがごとく、あるいは、けしかけるがごとく。しかし、なにをけしかけているのか？

セシリアがうしろから近づく気配がした。年配の召使いたちに優しく語りかけたり肩や腕をそっと叩いたりしながら、彼らのまえを通り過ぎる。召使いたちも言葉を返している。もはや陰気な堅苦しさはなかった。「ミセス・モントフォード」ウォルラファンはぎこちなく声をかけた。「こちらは亡き父の寡婦にして現在はレディ・ドラコート、それに、ご夫君のドラコート卿だ。おふたりがくつろいで過ごせるように万事よろしく頼む」

セシリアは執事の腕を軽く叩いた。「なんて立派な出迎えだったでしょう、ペヴスナー。でも、もうみんなをなかへ戻らせて。雨に濡れてしまうから。ほんとうによくやってくれました。こちらがミセス・モントフォードね？　ごきげんよう。カードウにもまた、有能な家政婦がいてくれるとわかって喜んでいます」

ウォルラファンはなにも言わずに城内へ一同を導いた。城のなかは彼の記憶とあまりちがっていないように思われた。まず鼻についたのが蜜蠟と石鹼のにおいだ。昔風の掃除をしたあとの、どこか安心できるにおい。が、それが自分の幼いころの記憶であることに遅ればせながら彼は気づいた。最後に二度か三度、短期間ながら城へ戻ったときには清潔どころか黴臭いにおいがしていたことも思い出した。見た感じも……あのときは若干みすぼらしかった。

背後でセシリアが、前夜の宿のひどさをミセス・モントフォードに語っている。目が薄暗さに慣れてきた。ウォルラファンは逸《はや》る思いとかすかな危惧を抱いて、玄関広間から丸天井の大広間へと歩を進め、その古めかしい場所に視線をさまよわせた。ただ、どこかちがう。なにかがなくなっている。そこではっとした。なんと、タペストリーが全部消えている！彼は掛け物のなくなった壁から壁へ目を移した。すると、もっと嫌なものが目にはいった。

息を吸いこむ音が周囲に聞こえたにちがいない。すかさずセシリアがとなりへやってきた。

「まあ、ジャイルズ！　わたしの若いころの肖像画をここに飾っているなんてちっとも知らなかったわ」しかし、このときばかりは彼の頭からセシリアが消えていた。彼の目が釘付けになっているのはその肖像画ではなく、それと向き合う形で飾られたもうひとつの肖像画だった。

十七歳の母のなんと美しかったことか。人生の春を迎えたばかりの、まだ幸福への期待に輝いていた目が永遠にそこにとどめられている。けれど、母の期待が満たされることはほとんどなかったのでは？　実際、そこにいる母とその後の母とのあまりのちがいを思うと、今でも彼は哀しみに打ちのめされた。こんなに美しい女《ひと》だったのに、あんなに母を愛していたのに、この場にこうして母の肖像画が飾られているのを見ると、激しい怒りを覚える。ここは母が度しがたい侮《あなど》りを受けた場所なのだから。

母の意思に反して取り決められた結婚は悲惨な過ちだった。そこで母は、愛情と関心のすべてをひとり、息子のジャイルズにそそぐことで夫にその償いをさせた。そのことの是非はともかく。いや、そんなふうにカードウで生きるよりほかに母には道がなかったのだ。父はこの不幸な場所から出ることを禁じるという罰を母に与えた。しかし、神にかけて、たとえ墓に眠っていようとおのれの肖像画が飾られる場所を選ぶ権利は母にある。

「ミセス・モントフォード」ウォルラファンは不自然なほど穏やかに声をかけた。「ちょっと来なさい」

召使いたちが今は彼のまわりにあふれていた。荷物が運びこまれて仕分けが始まると、全員が我先にしゃべりだした。自分が玄関からの通り道をふさいでいることはウォルラファンにもわかっていた。

「ミセス・モントフォード！」今度は怒鳴った。「こっちへ！」

その声に召使いたちが凍りついた。片肘に温かい手が触れるのを感じたが、彼は肖像画から視線をはずさなかった。

「はい、閣下？」家政婦は冷静に応じた。

「この肖像画だが、きみの責任において飾らせたのか？」

「責任と申しますと？」謙虚な物言いにわざとらしさが感じられる。「お城の内に関することはすべてわたくしが責任を負っておりますので――」

「ふん、口の減らない女だ！」ウォルラファンは彼女の言葉を遮った。「きみがこれを飾らせたのかと訊いているんだ」

彼女は即答した。「はい、さようでございます。わたくしが決めたことです」

ジャイルズはさっと彼女に目を移し、射すくめるように見た。「たった今、きみの刑執行の猶予が三十分から十分になったよ、マダム。書斎で会おう」

彼女は召使いとしては法外な量の軽蔑をこめて主《あるじ》を見据えた。「もちろん伺わせていただきますわ、閣下」


きっかり十分後、ミセス・モントフォードが書斎にはいってきたときには、早くもオグルヴィーがウォルラファンの机の整理を始めていた。伯爵は若い秘書が家政婦に投げた同情の視線に気づかぬわけにはいかなかった。ウォルラファンが怒りまくっているのは彼を知る人間が見ればあきらかだ。しかし、なぜこんなに怒っているのか自分でもよくわからないのが始末に悪い。

ひとつには肖像画だ。もうひとつは、この場所、つまり、この城だろう。それに彼女も理由のひとつだと彼は認めた。彼女は美しかった。静かで優雅な佇《たたず》まいが美しい。予想は見事に裏切られ、なぜだか彼女のその優雅さに腹が立った。彼は上階の中庭に面した高さのある窓のそばで彼女を待ち受けていた。

「時間には正確らしいな」と言って、懐中時計の蓋をぱちっと閉める。

「はい、かならず。どのようなご用向きでしょうか、閣下？」

「まず第一に、ミセス・モントフォード、不可解な謎を説明してくれ」これではなにを要求しているのかわからない。

彼女はほんの数フィートしか部屋のなかへ進んでいなかった。それでも、顎をつんと上げたところに、そこはかとない傲慢さが感じられた。「肖像画のことをおっしゃっているのでしょうか、閣下？」

下顎が引きつるのがわかる。「では、最初から始めることにしよう、マダム。フランドル製のタペストリーはどうなってしまったのかね？　三百年間この城の大広間に掛かっていたものだ。ところが、今日、久しぶりに戻ったらきれいさっぱり消えていて、そのかわりに、きみが許可なく保管場所から持ち出した肖像画が飾ってあった。あれはすぐにはずしてほしいものだ」

ミセス・モントフォードは意外にもたじろぐことなく平静にこう言った。「お母上の肖像画は一時間以内にはずさせます。それから、タペストリーはおっしゃるとおり大変にすばらしいものですが、黴がひどくて腐食寸前の状態にありました。隅のほうは鼠にかじられてちぎれていましたし」

「鼠――?」

「わたくしがこちらへあがったときには、そこらじゅう鼠だらけでした。それで、タペストリーはフランドルへ修復に出したのです」

彼女の一存で? たぶんそうなのだろう、くそっ。

が、ミセス・モントフォードの説明はまだ続いている。「母君《ははぎみ》の肖像画は従僕に取りはずさせますが、レディ・ドラコートの肖像画もはずしたほうがよろしいでしょうか?」

ああ、そうとも。しかし、今そこまでさせたら面倒なことになるだろう。セシリアはあの絵をもう見てしまったのだから。「あれはそのままでいい」彼はぶっきらぼうに言った。「とにかく母の肖像画をはずして……木箱に収めておくように。あの絵をあそこに飾りたくはない。いや、むしろ……いっそ城を発つときに持って帰りたいくらいだ」

嘘だった。彼女にも見抜かれていた。相変わらず肩を張って堂々と構えた様子は、襟ぐりの深い夜会服でも着せたら貴婦人といっても通りそうだ。だが、むろん、ミセス・モントフォードは彼女の立場にふさわしい服を着ている。喉まで隠した黒いボンバジーン地のドレスを。ほっそりした腰にさげた鎖の先には鍵束がぶら下がり、髪は黒いレースの帽子で包まれている。

「では、さっそく木箱に収めるよう手配いたします」彼女の口調はあくまでも冷静で控えめだった。「ほかにもなにかありましたら申しつかりますが、閣下?」

「ああ、そういえばあるな」彼は陰鬱な調子で言った。「昔はこの部屋まで来るのに、南の翼を通って西の翼の吹き抜け階段を昇るという単純なルートを使っていたのに、今見たらその通り道は木材やら帆布《はんぷ》やらでふさがっていた。ひどい散らかりようだったぞ、マダム、すぐに片づけて移動させてもらいたいね」

「移動させる？」彼女の声が鋭くなり、控えめな冷静さが失われた。

ウォルラファンは頭に剣が突き刺さるような痛みを覚え、こめかみに指をあてた。「ここへたどり着くのに召使い部屋を通って五分間も歩かされるのはどうかと思うがな、マダム。続々と訪れる泊まり客を迎えるまで、時間があり余っているわけではない。改装に取りかかる時期としては、いかにも思慮を欠いていたといわざるえないな。おまけに、その許可を求められた覚えがぼくにない」

彼女の緑の目が敵意の色を帯びて光った。「改装などしておりません。掘削《くっさく》の作業をしているだけです」

「なんだって？」

彼女の顔は憤怒でひきつったように見えた。「西の塔が崩壊したのですから」

ウォルラファンは思わず懐中時計を手から落とした。時計はズボンのポケットから垂れた専用の鎖の先で大きく揺れた。「今――なんと言った？」

「西の塔が」頭の弱い相手に語りかけるような調子でくり返す。「崩れ落ちました。これまで手をこまねいておきながら、いったいなにを期待されていたのですか?」

「手をこまねいていただと?」彼は唾を飛ばさんばかりに言い返した。「しかし、きみは――ぼくはてっきり――きみが――」

「五回も手紙を差し上げました」彼女は彼に最後まで言わせなかった。緑の目が今は切れこみのように細くなっている。「でも、まったくの時間の無駄でしたわ。今は通路を両方向とも遮断せざるをえない状態にありますが、それは閣下にご不便をおかけするためではなく、むしろ、上から落ちてくる瓦礫から召使いたちを守るためです。つぎになにが崩れ落ちるかは神さましかご存じないでしょうから」

ウォルラファンは家政婦の言ったことを完全には理解できなかったが、彼女に立場をわきまえさせる潮時だと考えた。「マダム、きみのそうした物言いは好ましくないね。ぼくには使用人への配慮が欠けていると言いたいのかい?」

ミセス・モントフォードは怒りを通り越したといわんばかりに両手を上に投げ出した。「呆れましたわ、なんにもわかっていらっしゃらないんですね! みんなはそのそばで働かなければならないのですよ! 子どもはそこで遊ぶのですよ! 危険な場所で。実際、そこはまだ危険なんです。それでも、通行の邪魔だからどけろと本気でおっしゃるつもりですか?」

最後の問いかけには大量のあてこすりが詰めこまれていた。「しかし、手紙を再度よこしてもよかっただろう。だが、きみはよこさなかった。なぜだ？」

ミセス・モントフォードは怒りをこらえてぶるぶる震えていた。「これ以上議論しても無駄かと思われます。わたくしは西の塔が危ないということをはっきりとお知らせしました。そして自然のなりゆきにまかせた結果、塔が崩れ落ちました。ですから今、瓦礫を取り除き、危険な通路を煉瓦でふさいでいるのです」

「いや、それは断じて認められない」ウォルラファンは吐き捨てるように言った。いよいよ念願が果たせるのか？　カードウ城の崩壊は近づいているということか？　が、そう思った刹那、自分がそれを望んでいないと気づかされた。「西の塔がなければ城の釣り合いが取れない。それに、一方の端から逆の端まで行くのに四分の一マイルも歩かなければならなくなる」

彼女の眉が大幅に吊り上がった。「では、建てなおしがご希望ですの？」

「そのとおりだ」彼は答えた。

ミセス・モントフォードは頑《かたく》なに頭《こうべ》を垂れた。まるで、その要求を彼女が却下するとでもいうように。「では、さっそくミスター・シンプソンとミスター・ヴァーニーにご意向を伝えます」

シンプソンとヴァーニー？　ああ、建築家か！　そこでやっと、最後の手紙にしたためられていた彼女の率直な嘆願を思い出した。西の塔は取り壊すか建てなおすか手を打たねばならないのではないでしょうか？　どうかご決断を。西の塔が運の悪い園丁の上に崩れ落ちるまえにご決断をくだされるよう切にお願い申し上げます……

ウォルラファンは気分が悪くなってきた。彼女の無礼な態度はたしかに受け入れがたいが、再三の訴えを無視してきたのは事実だし、その結果起こった今回の混乱は彼女の通常の手腕では収拾しきれない事態でもある。彼女は有能な家政婦かもしれないが、石工ではないのだから。「ミセス・モントフォード？」

彼女はぴたりと足を止めた。片手はすでにノブにかかっていた。「はい？」

「ぼくが知りたいのは……つまり、その、今回の事故で命を落とした者や怪我をした者はいないんだろうね？」

「命を……落とした者はおりません」どこか歯切れの悪い返事だった。

「よかった。それならよかった」

彼女は無言で立ち去ろうとした。

ウォルラファンはしかし、このまま彼女を行かせたくなかった。いったいどうしたというんだ？　なぜこの女につらくあたる？　今まで彼女が気に障ることをしたといっても、歯に衣着せぬ手紙を幾度もよこし、カードウ城と伯爵領に対する責任をぼくに果たさせるためにたゆまぬ努力をしたというだけだ。それを無視した結果――そうだ、西の塔の崩壊は、その結果なにが起こってしまったかを如実に示しているではないか。

彼は大きな咳払いをした。「ミセス・モントフォード？」

彼女はもう一度振り向いた。「はい、閣下？」

「まだ下がっていいとは言っていないぞ」冷ややかな物言いにならぬよう努めたが、あまりうまくいかなかった。「まもなく到着する客人について伝えておきたいことがある」

ミセス・モントフォードはポケットから一枚の紙切れを取り出し、こちらへ戻ってくると、その紙を両手で手渡した。華奢《きゃしゃ》だが仕事ができそうな手だ。じつに美しい手だ。しかも、まったく震えていない。「教区牧師にご協力願って一覧表を作成いたしました」

ウォルラファンは彼女の手から一覧表に視線を移した。バースから来る叔母のハリエットとその家族。祖母方の大叔父。ウェールズの従兄弟がふたり。アメリカへ渡った者を除き、わずか六行のなかに親族の全員が収まっている。彼はふたたび荒っぽく咳払いをした。「これで……遺漏はないようだ」

「それはようございました」辛辣な返事が返ってきた。

手持ち無沙汰になった彼は懐中時計の蓋をぱちりと開け、目をしばたたいて文字盤に見入った。この女は――優雅に見えて芯の強いこの女は――やはり叔父の情婦だったのではないかという考えがまたしても頭をかすめる。だとしても、それがどうした？　自分とどんな関わりがある？

ミセス・モントフォードはじれたように言った。「まだなにかございますでしょうか、閣下？」

彼はどうにかうなずいた。「ああ、ある。レディ・ドラコートの滞在中は彼女から家政全般についての指示を仰ぐように。今も彼女が当家の女主人であると考えて接してくれ。一日の予定やら料理やら、だれをどこの部屋に泊めるか、だれがいつ来ていつ帰るかといったことに煩わされたくない。ぼくにはもっと大事な仕事があるのでね」

「承知いたしました、閣下」

「それと、レディ・ドラコートは以前本人が使っていた続き部屋にお泊めするように」

ミセス・モントフォードはふとためらいを見せた。「主寝室にでございますか？」

「そうだ」

ミセス・モントフォードはすばやく部屋を横切り、呼び鈴の紐の取っ手に手を掛けた。

「お荷物を上階へ運んでしまいましたので」

「なら、すぐに移動させろ」

彼女はひょうきんな目で彼を見た。「今、ベッツィを呼びますわ」

「いいだろう」彼は片手を払う仕種をした。

呼び鈴を鳴らすと、ミセス・モントフォードは彼に目を戻した。「旦那さまはどちらでおやすみになりますか？」

「どこでもいいさ」彼は即答した。「オグルヴィーのそばであれば」

「では、昔お使いでいらした北の翼のお部屋はいかがでしょう?」

ウォルラファンは首を横に振った。「いや。北側は好かない。それに、ぼくの着替えの間には例のヒキガエルの死骸があったと聞いたしな。そいつらが化けて出てやろうと待ちかまえているかもしれん」最後のほうは小声でつぶやいた。

ミセス・モントフォードの口もとに笑みらしきものがよぎるのを彼は見た気がした。「それでは、中国式の設《しつら》えの寝室にいたしましょうか? こちらからも近いですし」

「ああ」

そのとき、女中のひとりがこわごわと部屋に顔を覗かせた。ミセス・モントフォードは扉のほうを振り向いた。「ドラコートご夫妻の荷物を主寝室へ移すよう従僕に言ってちょうだい、ベッツィ。閣下は中国式寝室をお望みなの」

「かしこまりました、マダム」家女中は困惑した面持ちながら従った。

「それが終わったら、蒸留室へ行って、シモツケとニワトコで薬湯《やくとう》をお作りして。作り方は覚えているわね?」

「はい、マダム」家女中はすっ飛んでいった。

「薬湯!」とウォルラファン。「いったいなんのために?」

ミセス・モントフォードは両手の指を組み合わせて、苛立たしいほどかしこまった。「頭痛がなさるのではないかと。左の御御足《おみあし》をかばっておいでなので、そう拝察しました」

ウォルラファンは鼻を鳴らした。「頭痛などしていない。第一、薬草茶など主治医が賛成しかねるだろうよ」

「さあ、それはどうでしょうか」またも言葉尻に鋭さが感じられる。「いずれにしても、シモツケにはサリシンがたくさんふくまれておりますから」

家政婦の自信たっぷりな物言いが彼を苛立たせた。頭痛と左脚についての指摘が正しいのも癪《しゃく》の種だった。「サリシンだと。そんな名前は聞いたこともない」

「炎症を抑える成分で、リウマチにとてもよく利きます」

「馬鹿な！　ぼくはリウマチ持ちではない！」

「もちろん存じておりますけれど、閣下」

今度は調子を合わせられているのだとはっきりわかり、それがウォルラファンは気に入らなかった。「ミセス・モントフォード。目下の問題に戻ろう。叔父の亡骸《なきがら》はどこに安置した？」

「金箔の間ですが、即刻の移動をお望みでいらっしゃいますか？」

「なに？」

「場所の割り振りに関してはことごとくお気に召さないのかと思いまして」彼女は落ち着いて応じた。「叔父上さまもほかの部屋へお移ししたほうがよろしければ、そのようにいたしますが」

「いや」ウォルラファンは不意にこみあげた哀しみをこらえて言った。「そのままでいい」叔父を動かしたいのではない。叔父には生きていてほしかっただけだ。今も元気な姿で城内をどかどか歩きまわり、ぶつぶつ文句を言い、罰あたりな言葉を吐いていてほしい。だが、さすがのミセス・モントフォードもこればかりはどうしようもないだろう。

「金箔の間は広い部屋だから」ジャイルズは無理して先を続けた。「大勢の者が哀悼の意を表しに訪れただろうな?」

「サマセットの半分の人々がまいりました。一度ならず」

そうだろう。そして、そのほとんどは叔父の死を悼《いた》むよりも興味本位でやってきたのだろう。家政婦も同様に思っているようだ。彼女の声音にはかすかな懐疑が混じっていた。ジャイルズは家政婦に目を戻し、今度はその顔をしげしげと観察した。この女をどう評価するべきかわからなくなった。

ずいぶん長いこと黙りこんでいたらしい。ミセス・モントフォードがまた咳払いをした。

「ほかになにかございますか、閣下?」

「ああ、ミセス・モントフォード、あるよ。訊くのを忘れていた。きみは何歳だ?」

「何歳?」彼女は鸚鵡返しに言った。「三十歳になりますけれど、閣下」

ジャイルズは怪しむような笑みを送った。彼女は嘘をついている。まちがいない。だが、それが自分とどんな関係がある? 大事なのはきちんと仕事のできる女かどうかだ。「ご苦労だった、ミセス・モントフォード」彼は唐突に言った。「もう下がっていいぞ」

「恐れ入ります、閣下」彼女は堅苦しく応じた。

「ああ、そうだ、ミセス・モントフォード？」

彼女は振り返って彼を見たが、なにも言わなかった。

「今は城内の者みなに大変な負担がかかっている。そのことに鑑《かんが》みて、先刻のきみの無礼な口答えは大目に見るつもりだ。しかし、今後は、いかに仕事ぶりが優秀であろうと、使用人の無礼な言動に対してそうそう寛大ではいられない。そのことを覚えておいてもらいたい。いいな？」

彼女の顔がまたも無表情な仮面のようになった。「お言葉、肝に銘じます、旦那さま」

ウォルラファンは不意にひとりになりたくなった。喪失の哀しみに襲われて気が沈みこむ。抗しがたい義務感が追い討ちをかける。ミセス・モントフォードの怒れる緑の目には必要以上に多くのことを見透かされているように思えてならない。彼女は聡明すぎるし、遠慮がなさすぎる。それよりなにより美しすぎる。予想とは全然ちがっていた。簡単に操縦できるような相手ではなかった。実際、この女を解雇したいとさえ切実に思う。でも、できないのだ。カードウ城には彼女が必要だ。そのうえ、今夜は客で城が満杯になるだろう。一族の義務とはなんと厄介なものだろう。カードウ城での暮らしに比べたらロンドンの改革派の暴徒すら恐るるに足りない。だから、マックスにきみは勇ましいなどと言われるのだ！

「ご苦労だった、ミセス・モントフォード。もう下がってかまわないよ」彼はやっとのことで言った。

ミセス・モントフォードがいるときには口を開かなかった秘書が、退出する彼女を興味津々のまなざしで見送った。「オグルヴィー、一時間以内に叔父の主治医に会いたい」ウォルラファンは机のそばの若い秘書に近づきながら言った。「明日の朝一番には教区牧師にもな」

「治安判事にも会われますか？」

「ヒギンズか？　では、治安判事にも明日会う手はずを整えてくれ」

しかし、オグルヴィーは戸惑い顔をしている。ウォルラファンは老練の実務家、ワートホイッスルが懐かしくなりはじめた。だが、あのやわな老人は座席のスプリングの具合が最高にいい馬車にさえ長時間座っていられないときている。「オグルヴィー、まごついているようじゃないか」

扉に据えられていたオグルヴィーの目がようやく雇い主に向けられた。「いや、あの家政婦のことが気になりまして」オグルヴィーはおぼつかなげに言った。「ミセス・モントフォードはどこの出身なのでしょうね？」

ウォルラファンはオグルヴィーが解いたばかりの手紙の束を手に取り、うわの空で応じた。「たしか北のほうだ。ニューキャッスルだったたか」

オグルヴィーは眉をひそめた。「いや、ちがう」と小声でつぶやく。「ちがうと思いますよ」

ウォルラファンは片眉を吊り上げた。「彼女を知っているのか？」

オグルヴィーはかぶりを振った。「そうではなくて話し方が――話し方がちがうんです。訛りがありました。スコットランドの。ほんのわずかですけど。それも上流階級特有のものですね、まちがいなく。だけど、それなら……」

ウォルラファンにすれば、ロンドンのホワイトホールより北は月の裏側も同然である。「まあ、どこでもいいさ」彼は手紙の束を無造作に混ぜ合わせた。「それにしても、オグルヴィー、こういう書簡はどうしてこうも早く着くんだろうな？　これには仰天させられるな、ええ？」

「おっしゃるとおりです」若い秘書は言った。「仰天していますよ」

＊

ウォルラファン卿の書斎を辞去したオーブリーはどうにか静かに扉を閉めた。ほかの召使いたちに口を酸っぱくして言っているとおりに。召使いは見るのはいいが、見られてはいけない。召使いに給金が支払われているのは周囲になにかを感じさせるためではない。ならば、なぜ、わたしは今、心臓が喉までせり上がりそうになりながら、分別を忘れて階段を駆け上がっているの？

たった今、自分で自分の人生を危険にさらしてしまったからだ。口を閉じていられなかっただけでも充分に失態だった。そのことが書斎を出たところで足を止めさせた。おまけに平静さを失ってふらついた。それで、ミスター・オグリヴィーがなにげなく口にした感想が耳にはいってしまった。訛りがありました。スコットランドの。ほんのわずかですけど。それも上流階級特有のものですね、まちがいなく……

伯爵の返事が聞こえるまで、じっとしていられなかった。自制心の糸が切れ、怒りが恐慌に変わった。考えるより先に人影のない廊下に飛びだした。恐怖がつのる。身に馴染みすぎた無力感と恐怖感。逃げだしたい。ここから逃げてしまいたい。オーブリーは急に足を止め、腰にさげた鍵束を狂ったように手探りした。取り乱した様子を人に見られてはならない。けっして。

だれもいない寝室の鍵を開けると、悪魔が踵《かかと》に取り憑いたかという勢いでなかに飛びこんだ。思いきり扉を閉めて背中をもたせかけ、堅いオークに掌を力いっぱい押しつけた。背中で扉がばらばらになるとでもいうように。ああ、神さま、どうしてこんな取り返しのつかない失態を演じてしまったのでしょう。どうして短気を抑えることができなかったのでしょう。

少佐がこの世を去り、あの方がやってきた。氷のように冷たい目をして、口もとに冷笑を浮かべて。でも、心配しなければならないのは軽蔑されることではない。疑問をもたれること、疑惑を抱かれることだ。それに、これから大勢の客人――見知らぬ人々――が城内にあふれる。そのなかに気づく人がいるかもしれない。このわたしに、あるいはイアンに……

どうしてウォルラファン卿と口論をするなどという大胆な真似をしてしまったのか。あの場で解雇されなかったのは運がよかった。イアンの運命はわたし次第なのだから。オーブリーはベッドに置かれたクッションのひとつをつかんで口に押しあて、全身をつらぬくあえぎを抑えこんだ。ああ、神さま、ああ、神さま。落ち着きを取り戻さなければ。あの子のためにうまくやらなければならない。冷静さを保つこと。この職を死守すること。余計な口は開かぬこと。要するに、あの傲慢なウォルラファン伯爵を満足させるためならなんでもやらなければならない――それが自分を殺すことになろうとも。状況が一変したのだから。

少佐がこの世にいない今、カードウはもうわたしの逃げ場ではないのだから。

4　眺めのいい部屋

その日の午後遅く、書斎にはいってきた紳士を見てジャイルズはうれしくなった。もっとも、子どものころによく遊んだ丸っこい体つきにくしゃくしゃ髪の少年とその紳士とは似ても似つかなかった。ジェフリー・クレンショーはせわしなく部屋にはいってきた。シャツの裾はかろうじてズボンに押しこまれ、上着の袖口の片方は黒ずんだ血で汚れている。丸々していた体が今は痩身となり、片手に往診鞄をさげた姿は、浮き世の重責をその双肩に担っているといった風情だ。外見と中身が一致しているなら。

「遅くなってすまん」クレンショーは空いているほうの手を差しだして言った。「帰ってきてくれてよかった、ウォルラファン」

ジャイルズは手振りで医師に椅子を勧めた。「ちょうど忙しいときに呼んでしまったようだな」

クレンショーはにやりとした。「飲みすぎたジャック・バートルが運悪く切れ味のいい大鎌でひと騒動起こしてね。だが、緊急だというきみの伝言を聞いたので、傷口の縫合《ほうごう》をしてすぐに飛んできた。このたびはご愁傷さまだった、ウォルラファン。あんな悲劇が起こるとは。母上の葬儀以来、この城で二週間と過ごしていないきみが叔父上の葬儀のために帰ってくることになったわけだな」

ジャイルズはゆっくりとした足取りで窓辺へ向かい、また戻った。「ここはぼくが帰るべき我が家ではないよ、クレンショー」と静かに言う。「しかし、やむをえない状況となれば帰ってくる。義務を果たすために」

クレンショーは一瞬、居心地の悪そうな表情を見せた。「ウォルラファン、われわれは昔からの友人だ」と、短い間を挟んで言った。「カードウでともにすばらしい子ども時代を過ごしたじゃないか。きみの母上の意に染むことでなかったのはわかっているが、ここだってそう悪くはないだろう?」

伯爵はいわくありげに両手を上げた。「この城を見ろよ、クレンショー。ここには母のためのものはなにひとつなかった。母は若く美しく活気に満ちていた。この陰気な古城と海と霧が、完全な孤立が――母の生気を吸い取ってしまったんだ」

「母上にはきみがいた」とクレンショー。「きみは母上の生き甲斐だった」

「ああ。で、父はそれまでも母から奪い取る決意をした。そうだったろう?」

「男子の多くは寄宿学校へ行くものだぞ、ジャイルズ」医師は穏やかに言った。「それがこの世の終わりであらねばならない理由はなかった」

ジャイルズはふたたび窓辺へ近づき、暗くなった窓の外に目を凝らした。「あの悲劇にはもはや解明の道はない。復讐の望みがある悲劇のほうに目を向けよう」

「ああ、むろんだ。なにを手伝えばいいのか言ってくれ」

ジャイルズはエライアスの死に関する友人の見解を聞きたかった。クレンショーは父親の代からの優秀な医師で、ジャイルズは友人として彼が好きなだけでなく、信頼もおいている。

クレンショーはブランデーに口をつけながら、エライアスが死んだ日の午後に城に呼ばれたときの様子を説明した。その日は収穫祭で、酒に酔ったカードウ城の従僕が死に物狂いで村から走ってきて、腹の底から声を張りあげて言ったのだという。少佐が殺されたと。

クレンショーは往診鞄をわしづかみにし、丘の上の城へ馬を走らせたが、望みはすでに絶たれていた。教区の警察官と治安判事もほどなく到着した。図書室の窓は開け放たれていた。暖かい日だったのでそれ自体はとくに驚くことではなかった。外部から何者かが城内に押し入った形跡もなかった。

ジャイルズはこの説明を懸命に理解しようとした。「クレンショー、実際に叔父を見つけたのはだれなんだ?」

医師は言いよどんだ。「ミセス・モントフォードだと聞いている」

「銃声を聞いて駆けつけたということか?」

クレンショーはブランデーに目を凝らした。「彼女は銃声を村の祭りの騒ぎと聞きちがえたんだろう。叔父上が殺されていることに気づいたのはお茶の用意をして部屋にはいったときだった」

「なんてことだ！」

クレンショーは椅子に掛けたまま身を乗りだした。「だが、その時間差はたいした問題ではないんだよ、ウォルラファン。叔父上は胸を撃たれて、祈りを唱える間もなく亡くなったはずだから」

「胸？」ジャイルズはブランデーグラスを脇に置いて、荒い息を整えようとした。「ジェフ、まさか……まさかきみは……」

クレンショーは首を振った。「声をひそめても同じさ。こういうときにいろいろと憶測がなされるのはきみも知り抜いているだろう。おまけに銃が見つかっていないわけだし」

ジャイルズは片手で髪を梳き、医師の言葉を熟考した。「だが、健康状態はどうだったんだ？　具合が悪くて落ちこんでいた可能性は？」

「たしかにひどい状態ではあった」クレンショーは認めた。「肝臓が膨張して黄疸が出ていた。衰弱もひどかったが、頑として治療を拒んでいた。しかし、軍人は、なかんずくロリマー少佐ほどの勇猛果敢な軍人ともなれば、みずから命を絶つということはしないものだ。自殺は不名誉な行為だとされている」

「それはそうだ。そんなことは考えもしなかったさ」

クレンショーは耳障りな音をたてて自分のグラスを置いた。「とにかく今はそのことを考えるのはよせ。叔父上の財産を差し押さえるには検察官が必要かい？」

伯爵は寂しげに微笑んだ。「叔父には財産などほとんどない。英雄という評価を除けば」

「それがなによりも重要じゃないのかい？」クレンショーは大仰に両手を広げた。「叔父上は、キリスト教徒としての祈りも捧げられず真夜中に墓へ投げこまれてもかまわないような人間ではない。ここは閉鎖的な時間が止まったような村だ、ジャイルズ。つい十年足らずまえまでは自殺者の心臓に杭を刺して四辻で葬っていたくらいだからな。まずは、まともな埋葬を教会に許可させて、そのほかのことは警察にまかせよう」

ジャイルズはため息をついた。「きみは殺人だと確信しているんだね？」

「ほかに考えようがないじゃないか。凶器が見つからず、城内にだれもいなかったのなら」とクレンショー。「何者かが——おそらく流浪の民だろう——収穫祭を利用して手っ取り早く日銭を稼ごうと思いついたにちがいない。そいつはエライアスについてはなにも知らなかったんだろうよ」

ジャイルズはぽかんと彼を見た。「城内にはだれもいなかった？」

クレンショーはちょっとためらった。「ミセス・モントフォードが使用人全員に休みを与えて祭りへ行かせた」

「それは妙だな」ジャイルズは考えこんだ。「きみは彼女のことをどれぐらい知っているんだ？」

医師はまたもためらいを見せた。「みんなと同じぐらいと言っておこう。彼女には……人を寄せつけないところがある。頑固というか。ただし、ずば抜けて有能だ。城内をざっと見渡しただけでもわかるだろう。なにしろ彼女が来るまえはこの城はまるで豚――」クレンショーの顔がわずかに青ざめた。

「豚小屋のようだったか」ウォルラファンが冷ややかに締めくくった。「ああ、知っているとも。ミセス・モントフォードが定期的に手紙でやいのやいの言ってきたからな」そこでふと言葉を切った。「彼女がこの城にもたらした変化は画期的なものだ、そうだろう？　現実に今はこの場所にぬくもりがあるんだから」

クレンショーはこわばった笑みを浮かべた。「カードウがはるか昔からイングランド屈指の城であることには変わりない。そして、ようやく城内の体裁もこんなふうに整って、それがだれの功績であるかは疑うべくもないさ」

伯爵は物思いに沈んでちびりちびりとブランデーを口に運んだ。「クレンショー、あの女のことでなにか知っていることがあるなら教えてくれ。彼女は叔父の……情婦なのか？　いや、情婦だったのか？」

クレンショーの顔から完全に血の気が引いた。「それは主治医が口を挟むことではないよ」

「もちろんそうだ、ああ。だが、どう言われている？」ジャイルズはもどかしげに問うた。

「きみが言うように、ここは閉鎖的な小さな村だ」

「そうだな」クレンショーはグラスの底をじっと見つめた。「だからこそ、耳に聞こえてくることの半分は信じられない。最初のころはたしかに噂があった。彼女は老いた悪魔を——お許しを、ウォルラファン——手練手管で操っているという噂が。エライアスが彼女を好いていたことを否定するつもりはない。ただ、その噂を村のなかに根づかせたのは彼女が城へやってきてまもなく、少佐の……女遊びがぴたりと止まったからなんだ」

「娼婦買いのことを言っているのか？」

クレンショーは力なく微笑んだ。「娼婦買いか、まあ、そうだ。それに、外へ出ていく回数も減った。しかし、そうなったのは年齢と飲酒の習慣と——あとは、活力減退の結果だと思う。この意味がわかればだが」

ウォルラファンは皮肉めかした笑みを浮かべた。「残念ながらわかるよ。それで、クレンショー、治安判事の考えは？」

クレンショーの顔が暗くなり、「オールド・ヒギンズの考えかい？」と、軽蔑するような口ぶりになった。「彼は当然、ミセス・モントフォードを疑っているさ。彼女がなにかを隠していると思っているらしい。孤立した人間をひっとらえるのが一番容易なのは世の倣《なら》いだからな。だろう？　彼女は周囲と交わらないし、小作人の求めがないかぎり村まで出ていくこともめったにない。そこでヒギンズは、彼女と少佐の痴話喧嘩が悲劇を生んだのだろうと推論した。だが、それはちがうんだ、ウォルラファン。オーブリー・モントフォードはきみの叔父上を殺してはいない」

医師の強い口ぶりはウォルラファンを驚かせたが、一方で同感したい気持ちもあった。先ほど出会ったあの女がそんな犯罪で手を汚すとはとても思えない。ミセス・モントフォードには人が殺せないというのではなく、彼女の仕業ならもっと手際よく事が運ばれただろうと思うのだ。抑制できぬ怒りを発散させ、絨毯に血痕を残したり城内を乱したりという不始末はしでかさないだろうと。

「きみはうちの家政婦にぞっこんのようだな」ジャイルズはぼそっと言った。

クレンショーは少年のような笑みを浮かべた。「ああ、少し。それによってぼくにもたらされた利益は大きいからね。いや、正直に認めるが、ウォルラファン、彼女はたぐいまれな美人だし、非常に魅力的な人物でもある。強くて有能な女に怖じ気づかない男にとってはということだが」

「それは気づかなかったな」ジャイルズは嘘をついた。ミセス・モントフォードに対してはさまざまな感情が入り交じっているのだ。腹立たしく感じることもある。彼女の歯に衣着せぬ物言いも、どことなく超然として傲慢な雰囲気も好ましいとは思わない。だが、ヒキガエルの話をしたときに彼女の目に浮かんだひょうきんな表情を彼は見逃さなかった。どういうわけかそれで怒りが治まったのだった。彼女に対する口調のきつさは変わらなかったとしても。

クレンショーの言うとおりだ。彼女はたぐいまれな美人だが、あの繊細なハート型の顔もきらきら光る緑の瞳もただ美人というにはあまりにも知的すぎる。それに、どういうわけか、帽子という制約があるにもかかわらず、あの豊かな赤毛は少しも制約を受けているようには見えず、むしろしっかりと主張している。そうだ、彼女のあの容姿には驚きを禁じえなかった。エライアスの好みは官能的な女だったから。

「オーブリーというのが彼女の洗礼名なのか？　その名をぼくが知らなかったのは妙といえば妙なんだが。ヒギンズは彼女に不利な証拠でもつかんでいるのかい？」

クレンショー医師はまたしても肩をすくめた。「彼女の衣服に大量の血がついていたのさ。城内には彼女しかいなかったはずで、本人もそう言っている。おまけに、事情を訊かれたときの態度が、ヒギンズいわく冷静すぎた。だがね、ミセス・モントフォードは芝居がかってわめきたてるタイプの人ではないんだよ」

まったくそのとおりだとジャイルズは思った。今日の午後の彼との直接対決でも彼女は一歩も引かなかった。彼の知っているたいていの女なら泣くかわめくかしそうな場面だったのに、涙の兆しもヒステリーの兆候も見せなかった。いくらこちらが怒ろうとこれっぽっちも動じなかった。解雇すると脅したときでさえ。

どうすればあの冷静な表面にひびを入れられるのだろう？　それとも表面だけではないのだろうか。もしかしたら、あの女は表面だけでなく中身まで鋼鉄なみに強固なのかもしれない。ヒギンズが疑っているように、なにかを隠しているのかもしれない。と、部屋の扉が開き、目を上げるとペヴスナーが立っていた。

「これはご無礼を、閣下。クレンショー先生がお見えとは存じませんで」執事はすでに扉を閉めかけていたが、ウォルラファンは呼び戻した。

「ペヴスナー、ずいぶん困った顔をしているじゃないか」

執事の唇は非難がましく薄く引き結ばれていた。食堂のテーブルに鼠の死骸を見つけたとでもいうように。ペヴスナーは部屋にはいり、慎重な一瞥をクレンショーに投げてから扉を閉めた。「遺憾ながらご報告申し上げますが、叔父上さまの懐中時計が紛失いたしました」

「懐中時計？」ジャイルズはいらついた表情になった。

「さようで。サファイアをはめこんだ純金の金時計でございます、閣下」執事は身構えた調子で言った。「大変に大切になさっておいででした。化粧台のベルベットの小箱にいつもしまわれて。先ほどまでご遺品をまとめておりましたが、その時計がお部屋のどこにも見あたらないのです。ひょっとしたら盗まれたのではないかと」

ウォルラファンはやれやれというようにため息をついた。実際にはエライアスは物に執着のない男だったから。「ヒギンズに報告しておく。気を遣わせたな」

「早々に見つからない場合は」執事は食い下がった。「城内を徹底的に探したほうがよかろうかと存じますが」

スナー」

「ああ、そうだな」ジャイルズは下がれというように片手を振った。「そうしてくれ、ペヴスナー」

執事はうなずいて辞去した。クレンショーが唐突に腰を上げた。「ぼくもそろそろ失礼しよう。ほかに力になれることがなければ」

「ああ、クレンショー、ありがとう」ジャイルズも立ち上がった。片手を差しだしてから思い出したように言った。「待てよ、もうひとつあった。オグルヴィーが郵便の仕分けをしていたら、きみ宛の手紙が一通紛れこんでいたんだ」

机に近づき、郵便物の束を親指で繰って小ぶりの封書を医師に差しだす。「これだ。大広間の側卓にあったのをオグルヴィーが見つけたんだが、この混乱のなかで、だれかがきみに出すべき手紙を上に置いてしまったらしい」

クレンショーは折りたたまれた手紙に目を凝らした。「これはミセス・モントフォードの筆跡だな」封蝋《ふうろう》を剥がして開き、中身に目を通すと、安堵の表情を見せてジャイルズに手渡した。

「なんと驚いたな」ジャイルズは読みながら、思わずつぶやいた。「ミセス・モントフォードはきみに城へ来て叔父を診察するよう頼んでいたのか？　本人が同意したと書いてある。とても信じられん」

「どうして彼女が嘘をつく？　これが書かれたのは叔父上の亡くなった日の朝だぞ。彼女は翌日も彼が生きていると思っていたのは明白だろう。あらかじめこんな計画を立てるほど知恵のまわる人間はいないよ」

しかし、ミセス・モントフォードは知恵がまわるのだ、驚くほどに。彼女と直接会ってそれがわかった。だからといって、ミセス・モントフォードが殺人を犯すだろうか？　答えはノーだ。「むろん、きみの言うとおりさ。では、その手紙はきみが持ち帰ってくれ。ぼくは自分に来た手紙だけで手いっぱいだ」

クレンショーはにやりと笑った。「皮肉屋が健在とわかって安心した」ミセス・モントフォードからの手紙を上着のポケットに突っこむと、クレンショーはジャイルズと握手を交わし、戸口へ向かった。

「待ってくれ、クレンショー！　晩餐会までいられないのかい？　バースの親戚がもうすぐ来るんだ。正直なところ多勢に無勢の心細さなのさ」

クレンショーは同情のまなざしを向けた。「サブリナにサラにスーザンか？」

「シルヴィーにシビルにセリーナかもしれん。いやサンドラかな？　だれがだれだか区別がつかん。むろん、ハリエット叔母もやってくる」

クレンショーは顔をしかめながら血のついた上着の袖を身振りで示し、むしろ活気づいて言った。「申し訳ないが、相棒、こんななりでは人前に出られないよ」

傍目《はため》には平静そのものだったが、時計が五時を告げるころにはオーブリーは不安のあまり吐き気をもよおしそうだった。初対面の雇い主を侮辱してしまったばかりか、カードウ城の家政婦となってはじめての晩餐会が刻一刻と近づいている。ロリマー一族の優に半数が訪れることだろう。

オーブリーはカードウ城に複数ある儀式用の大広間を見てまわり、床や調度やカーテンに不具合がないかどうか目を光らせた。何度も立ち止まっては、カーテンの襞をなおしたり生けられた花の向きを変えたりした。すべてが完璧でなくてはいけない。城の原初のままの優雅さがなくては。晩餐会は彼女の定めた目標のひとつだった。それは、この城で働く人々のためであると同時に、自分のためでもある。生意気なだけでなく無能な家政婦だという印象をウォルラファン伯爵に植えつけたくない。

大広間と応接室の点検が終わると、儀式用の食堂へ向かった。従僕が食卓を整えるまえに家女中たちが拭き掃除の仕上げをすることになっている。ところが、オーブリーが近づくと食堂の扉は大きく開け放たれていた。話し声が廊下にまではっきりと、うるさいぐらいに聞こえている。部屋にはいったところでオーブリーはいったん立ち止まった。奥の壁に並べて掛けられた鏡付きの飾り燭台を磨いているベッツィの姿が目にはいった。が、レティーとアイダは仕事に精を出しているとはいいがたい。窓際に突っ立って頭を寄せ合い、無駄口を叩きながらカーテンの隙間から庭園を覗きこんでいる。

「相変わらずおきれいねえ」レティーが値踏みするように言った。「あんな見事な赤毛は見たことないわ。それにウォルラファン卿も相変わらずの男っぷりだこと。でも、目に隈《くま》ができてやしない？」

「ベッツィが言うには、奥さまをご自分の部屋にお泊めしろとミセス・モントフォードにおっしゃったんだってよ」アイダが声をひそめた。「変だと思わない？　おかげで荷物を運びなおさなきゃならなかった」

レティーは鼻で笑った。「まったく、うぶなんだから、アイダ。ロンドンから来たくせに！」

「なによ？」アイダはむっとしたらしい。

オーブリーはふたりの会話に割ってはいるべきだと思ったが、足が床で固まったように動かなかった。レティーがカーテンをもう一インチ引き開けた。「ドラコート卿は夜通し奥方の部屋のまえに貼りついてらしたほうがいいわね。今でも奥さまがウォルラファン卿の想い人だってことを知らない者はいないんだから。ほら、ごらんよ、今だってうっとり見つめ合っちゃって」

「またまた！」とアイダ。「あたしにはうっとり見つめ合ってるようには見えないけど！それに、奥さまの一度めの結婚相手は老伯爵だったんでしょ？」

レティーはまたもせせら笑った。「それは老伯爵がミスター・ジャイルズを出し抜いたってだけの話。意地が悪いったらないわ。ほんとに虫酸《むしず》が走る御仁だった。いい女にはかならず手を出してたのよ。自分の出る幕じゃなくても」

「大きな声出さないでよ、レティー」アイダは声をひそめた。「モントフォードに聞かれたらどうするの？」

オーブリーは腕組みをして部屋のなかに踏みこんだ。「あいにくともう聞こえてしまったわ」と物静かに言う。「アイダ、レティー、なにが始まっているの？」

家女中ふたりはぱっと振り返り、目を見張った。「いいえ、なにも、マダム」とレティー。

「わたしには非常に下品な噂話に聞こえたけれど。掃除が終わったのなら、道具を片づけて階下《した》へ戻って、従僕がワインクーラーを磨くのを手伝いなさい」

レティーとアイダは雑巾をひっつかんで脱兎のごとく去った。飾り燭台を磨き終えたベッツィが窓際へやってきて、バケツを床におろした。突如として酢の強烈なにおいが漂った。

オーブリーは窓の外に目をやった。ウォルラファン卿とレディ・ドラコートの整形庭園の散策はまだ続いていた。レディ・ドラコートの手がウォルラファン卿の腕に添えられている。頭をそらして笑う彼女の髪が夕陽に映えて、このうえもなく魅惑的だ。ウォルラファンもそれには異論ないだろう。彼はふと足を止め、かたわらの植えこみから緑の小枝を引き抜くと、レディ・ドラコートの耳のうしろに挿した。彼女の頬にそっと手を触れる彼の表情はびっくりするほど優しい。たしかにふたりはお似合いだった。ふたりの仲を人が勘ぐりたくなるのも無理はない。

「レティーたちが噂話をしていたのよ、ベッツィ」オーブリーは庭園の光景に目を奪われながら言った。「とっても……聞き苦しい話を。ウォルラファン卿とレディ・ドラコートについて」

ベッツィがとなりに来て窓に身を乗りだした。「でも、ほとんどはほんとのことなんですよ、マダム。レティーの口は閉じさせなくちゃいけませんよ、ええ。だけど、嘘をこさえてるわけじゃないんです」

「そうなの。気がつかなかったわ」

オーブリーは説明のつかぬ不安を覚えながら、カーテンを手から落とした。

その夜の晩餐会の直前、ジャイルズの親戚がバースから大挙して押し寄せるや、彼が答えたくない質問があれやこれやと繰り出されて、晩餐会はゆるやかな苦行の様相を帯びた。ハリエット叔母と彼女のオールドミスの娘たちは無類の噂好き、ただし、叔母の連れ合いのマイルズは寡黙な男だった。ことさら詮索がましい質問はセシリアがあたりさわりのない話題でそつなくそらしてくれた。七品のコース料理が途切れることなく供される間《かん》、彼女の夫、ドラコートが叔母や従姉妹たちに浮ついた言葉をかけつづけてくれたのもありがたかった。

だが、一方ではべつの衝撃もあった。エライアス叔父は使用人を甘やかしがちだったため、この城の召使いのふるまいについては最悪の事態も念頭に置いていた。ジャイルズの知るかぎり、召使いの半数は晩餐会の給仕など生まれてから一度も経験していないはずだった。ところが、申し分なくアイロンのかけられたテーブルのリネン類から食後のポートワインにいたるまで、一点の瑕疵《かし》もない。哀れなペヴスナーの手柄と考えるほど彼は愚かではなかった。やはりミセス・モントフォードは猛女だったのだ。

晩餐会はとどこおりなく幕を閉じ、ジャイルズは中国式設えの寝室へ引っこんでベッドにもぐりこんだが、眠りは浅かった。夜明けとともに起きて部屋着を羽織ると、コーヒーを待ちきれずに呼び鈴を鳴らした。夜のうちにホワイトホールからの郵便が届いているはずだから、目を通すべき大量の書類をオグルヴィーがすでに用意しているだろう。朝の九時には治安判事と会う予定がある。エライアスを殺した人間を見つけだすという決心は揺るがぬものの、あの役人の唸り声を聞かされるのは気が重かった。それに、使用人のひとりが疑われているとは思いたくない。たとえそれがミセス・モントフォードでも。いや、ミセス・モントフォードだとしたらなおさら。

そう思うとにわかに落ち着きをなくして窓辺に近づいた。重いベルベットのドレープ・カーテンを、必要に迫られてというよりは、みずからを奮いたたせるために引き開けた。霧が晴れているかどうかも確かめたかった。が、カーテンリングのぶつかる音がやむかやまないかのうちに、彼は大声で従者を呼んでいた。目を疑った。身繕いもそこそこのビドウェルが顔をこすって眠気を覚ましながら部屋に飛びこんできた。

ジャイルズは「ミセス・モントフォードを呼べ」とだけ言った。かすれ声で。「今すぐ」

「しかし、閣下！　お着替えもまだですのに！」

ジャイルズは従者のほうを振り向いた。「彼女は単なる家政婦だぞ、ビドウェル。イングランド女王ではない。階下へ行って彼女を連れてこい。今すぐだ」

二分も経たぬうちにミセス・モントフォードが現われ、窓辺に彼と並んで立った。彼女も激しく息を切らしていることにジャイルズは理不尽な喜びを感じた。彼は片手を上げ、腕をしっかりと伸ばして窓ガラスの向こうを指差した。「ミセス・モントフォード」と、異様に物静かな声で言う。「この崖からまっすぐ下に目をやると、うっとうしい霧のほかになにが見える？　あるいは、なにが見えない？　こう尋ねたほうがわかりやすいか？」

ミセス・モントフォードは額に皺を寄せた。「なにも――なにも見えませんが……わたくしには、閣下、おっしゃることがよく……」

ジャイルズは腕を乱暴におろした。「海だ！　海！」彼は怒鳴った。「海はどうなった？　むろん、マダム、むろん、ぼくがロンドンにいるあいだに海が干上がったわけではあるまい？　きみがブリストル海峡をひとまとめにして、どこかへ――小アジアなり神も見捨てた荒野なりへ追っぱらったわけでもあるまい？　要するにだ、もしまちがっていたら指摘してくれ、ミセス・モントフォード、ここはかつては海に臨む眺めのいい城だったな?」

ミセス・モントフォードは口を開いてから、また閉じた。「さようでございます、閣下」と、緑の瞳がきらっと光った。「小さな干潟《ひがた》にはこうした劇的な出来事がつきものなのではないでしょうか? 神の御業《みわざ》とは——」

「このことと神とはなんの関わりもない!」ジャイルズは吐き捨てるように言い、霧を透かしてかすかに見える平坦な土地に作られた肥沃な田畑を見つめた。「いったいどういうことだ、マダム? 信じがたい! 想像の域を超えている! きみがなにをしたにしろ、ただちに元どおりにしろ。ここから海を眺めたいんだ。わかったかね?」

ミセス・モントフォードの背筋はたっぷり三インチ伸びたにちがいない。「大変よくわかりました」彼女はぴしゃりと言った。「ですけれど、そのまえにわたくしからミスター・バートルと八人の子どもたちに荷造りをするように伝えたほうがよいかと存じます。彼らの新しい住まいが水浸しになるといけませんから。現状の位置からするとあの小屋が一番先に流されそうですもの」

つぎなる長広舌に備えて大きく息を吸いこみかけていたジャイルズの動きがぴたりと止まった。「ジャック・バートル? どういうことだ? 彼となんの関係がある?」

ミセス・モントフォードは人差し指を窓に押しあてた。「この春に干拓事業で拡張した小作地を彼も借りております。恐れながら、閣下はこのたびの干拓事業の性質も範囲も把握しておられないのでは？　手紙でご説明申し上げたはずですが」

ジャイルズは片手を上げた。「ちょっと待て――」

しかし、ミセス・モントフォードは待とうとしなかった。「それとも、あの手紙もあえて読むまでもない一通として放置されたのでしょうか？　でも、それはもうどうでもよいことですわ。もし、農地を元どおりにすることがお望みなら、そして、三人もの小作人を――妻や子どもらともども――立ち退かせ、無職の身にしてもかまわないとお考えなら、そのための手立てを探ることにいたします。つまるところ、閣下、あなたのありとあらゆる気まぐれを満たすのがわたくしの務めですから」

ここまで言われれば充分だった。「マダム」ジャイルズは爆発した。「気まぐれなどではない」

ミセス・モントフォードはあつかましくも両手を腰にあてがった。「では、どういう言葉ならご納得いただけますか？」

「なんとでも言いたければ言え」彼は唸った。「しかし、忘れるな、ミセス・モントフォード、きみに給金が支払われているのはぼくの命令を実行するためだということをな」

ミセス・モントフォードの緑の目が大きく見開かれ、嘲笑の色が浮かんだ。「喜んでご命令を実行させていただきますわ、閣下、なんであれ、そうすることをお望みだとはっきりとわかるなんて、こんな機会はめったにございませんもの」と切り返す。「今回の干拓を望んでおられるのだとばかり思っておりました。そうではないというお言葉をいただきませんでしたから」

いまいましいことに、そんな提案の手紙を読んだ覚えはこれっぽっちもなかった。しかし、考えてみれば、彼女からの手紙は選り好みをして、機知に富んだ愉しい手紙ばかりを丹念に読み、退屈な話やカードウ城についての深慮を求める内容は読み飛ばすのがつねだった。干拓はそのどちらにもあてはまっていた。

ミセス・モントフォードの指はまだ窓を差していた。「あなたは庶民の強い味方の政治家でいらっしゃると思っていましたのに、閣下」口調に苦々しさが混じった。「あの新しい田畑で何人の小作人が働けるかおわかりですか？　所領のほかにも村全体でどれだけの農民が田畑を耕せるか？　この窓からのすばらしい眺めは彼らの生計を奪うに値するのでしょうか？」

ちょうどそのとき神の祝福のようにコーヒートレイが運ばれてきてジャイルズを安堵させた。彼は自分でカップにつぎ、湯気が立つコーヒーをがぶ飲みした。勢いよく流しこまれた熱いコーヒーは食道の皮をえぐるようにして下へおりた。くそ、眺めなどどうでもいい！そんなことはもう問題ではなかった。問題は、自分とこの土地との、この城との接点がもはや感じられないことだった。ここへ来て目にした変化は予想もしなかったほど彼をうろたえさせた。そのうえ生意気な家政婦に言いたい放題言われた。この女を殺すべきなのか彼女にキスをするべきなのかわからなくなっている。どっちにしても彼女の口を閉じさせることにはなるだろうが。

なにを考えている？　とんでもない。そんなことができるはずがないではないか。家政婦に給金が支払われるのは家政を取り仕切るという仕事の見返りだ。娼婦に金銭が支払われるのが——そう、娼婦としての仕事の見返りであるように。それに、ミセス・モントフォードは想像しうるかぎり最悪の種類の口やかましい女だ。ジャイルズは気の迷いを振り払うようにかぶりを振った。

「干拓か！」コーヒーをもうひとくちすすってから、ようやくその言葉をつぶやいた。「ところで、その干拓事業とやらはだれの思いつきだったんだ？　今ここでなにが始まっているのか把握できないのだが。これはだれの責任においておこなわれているんだね、ミセス・モントフォード？　だれがこうした大計画を立案し、大英断をくだしたんだね？　このいまいましい所領を実際に運営しているのはだれなんだ？　それを教えていただけないかい？　ええ？」

この問いは意外にも彼女の自信を打ち砕いた。「それは、おそらく叔父上さまが」ミセス・モントフォードは弱々しく答えた。「わたくしは……そのお手伝いをさせていただいておりました。そう言ってさしつかえないと存じます」

ジャイルズは眇《すがめ》で彼女を見つめた。「ほう、豚が月まで飛ぶと言ってもさしつかえないようなものか」音をたててコーヒーカップを置く。「しかし、今後も運営するのはぼくではないんだろうな、ミセス・モントフォード?」

　ふたりの頭上につかのまの沈黙が垂れこめた。

「わかりました!」ついに彼女が声を絞り出した。「わたくしの思いつきでした。わ、わたくしの。ですが、閣下、お金は木に成ってはくれませんのよ! 所領は利益を生みださなければなりませんでしょう。とどのつまりは事業です。そうではありませんか? 建物は維持しなければなりません。使用人には給金を支払わなければなりません。このお城の維持には莫大な費用がかかります。自作農場にも絶えず新しい技術を導入しなければなりません。そんななかで唯一、恒常的に利益を生み出しているのが耕作地なのです。干拓したあの田畑は金《きん》に変わりうるのですよ。所領が利益を生みだせなければ、どこからそのお金が現われるのですか? あなたは汲めども尽きぬ富の井戸でいらっしゃるのですか? そうなのですか? わたくしはいたずらに時間を遣っただけなのでしょうか? そうだとこの場でおっしゃってください。そうすれば、わたくしは部屋に下がって——未来永劫、枕カバーのアイロン掛けをいたしております!」

　枕カバーのアイロン掛け? まずい、とうとう彼女をほんとうに怒らせてしまった。しかも、顔を上気させて目をらんらんと輝かせると彼女はいっそう美しくなる。だが、そんなことを考えている場合ではなかった。「もういいだろう、その話は」彼はコーヒーのおかわりをついだ。「ああ、そうとも、ぼくはおそらく汲めども尽きぬ富の井戸なんだろうよ。ただ、そんなふうにあらためて考えたことは一度もないということだ」

「無駄をなくせば不足は減ります」彼女は言い放った。

彼はぎろりと彼女をにらんだ。「これこれはご託宣を、ミセス・モントフォード！　今度、賭博地獄で我が人生と財産を浪費しそうになったらその言葉を思い出すよう心しなければならんな」

彼女の顔から瞬時に血の気が引いた。「今なんと、閣下？」声が詰まり、彼を見つめる目がさらに大きく見開かれた。「あなたがどんな――望ましからぬ趣味をおもちであろうと、雇い人の立場で主人の不品行を責めることはできません」

望ましからぬ趣味？　ジャイルズは声をあげて笑いそうになった。ミセス・モントフォードが戸惑っている。それが彼にはおかしかった。「ところで、オールド・アーストウィルダーはどうした？」唇がひくひく引きつらないように努めながら、ジャイルズはなんとか訊いた。「所領の管理人は彼だろう？　なぜ今回の干拓計画についてアーストウィルダーが手紙の一通もよこさなかったんだ？」

彼女のなかでなにかが折れる音が彼に聞こえた。「そんな、信じられません！」ミセス・モントフォードは額を叩いた。「アーストウィルダーはわたくしがお城へあがる一カ月まえに旅籠の女房と駆け落ちしております。彼の後任を置かなかったのではありませんか！」

そういえばそんなことがあった。そのちょっとした醜聞はジャイルズの頭からすっぽり抜けていた。ほかになにを忘れているのだろう。が、今さらそれがなんだというんだ？　ミセス・モントフォードはすべてを掌握している。窓からの眺めが様変わりしていると気づいた瞬間に彼女をここへ呼び寄せたのも、じつはそんな直感が働いたからではなかったのか？　アーストウィルダーもペヴスナーも、いや、ほかのだれをも探しにいこうとは微塵も考えなかったではないか。カードウを取り仕切っているのはミセス・モントフォードで、そのことをみなが知っている。領主の自分が見て見ぬふりをしてきた結果、華奢な体に鳶色の髪と意地の悪い目をした家政婦兼所領管理人という怪物をつくってしまった。おまけに彼女の手綱を引くための手立てをなんら講じてこなかった。

ジャイルズは笑うべきか悪態をつくべきかわからなかった。笑うに笑えぬフランスの喜劇《ファルス》に投げこまれたような気分だ——それもまた身から出た錆ではあるのだが。しかし、家政婦のほうはもっとひどい状態に陥っているように見えた。またも棘《とげ》のある発言をしてしまったことを悔いているらしい。

「親愛なるミセス・モントフォード」彼はやや厳しい口調で言った。「まるで例のニワトコだかの薬湯が必要だという顔をしているじゃないか」

「シモツケです」彼女は小声で言い、額にあてた片手を目まで滑らせた。「シモツケの薬湯です」

「ああ、そうか、なんでもいいが」彼は寛大にもコーヒートレイを手振りで示した。「ほら、コーヒーでも飲むといい。コーヒーで頭痛が治ることもあるんだ。経験則として教えておこう」

ビドウェルがすかさず部屋に現われ、新しいカップが用意されてコーヒーがつがれた。従者がミセス・モントフォードに椅子を勧めると、ジャイルズは彼女の手にコーヒーカップを押しつけた。それを受け取ろうとした温かい指が彼の指を包むように触れた。ふと視線が合い、予期せぬ激しい感情がふたりのあいだに流れた。ひどく素朴な、ひどく抽象的な、言葉や形にならない感情が。これは……どうしたことだろう？　自分にもわからない。ただ、胸で心臓が飛び跳ねるのはわかった。

ジャイルズは一瞬ためらった。ひょっとしたら彼女も同じように感じているのでは？　すぐそばにいる彼女の緑の瞳の金色の斑点までが見える。きめの細かい肌。喉の下のほうで脈打つ血管のかすかな動きも見て取れる。懐かしい甘い香りがする。彼は手を引っこめて唾を飲みくだした。

勇気を奮ってもう一度彼女を見るまでにかなりかかった。もっとも、ミセス・モントフォードはそんなジャイルズの心の動きを感じていないのか、毒殺されるのを恐れるようにこわごわとコーヒーを口に運んでいるだけだった。ふたたび目を合わせまいとしている。ビドウェルは風のごとく着替えの間へ舞い戻った。こんなふうにふたりきりになるのはなんとも奇妙な気がするが、そう思うそばから、彼女がここにいるのが至極自然なことのようにも感じられる。自分は部屋着姿でベッドは乱れたまま、顎のひげもまだ剃っていないにもかかわらず。

もっと奇妙なのは彼女を追い払うのを渋っていることだ。昨日会ったばかりのこの女を。といって、赤の他人というわけでもない。そうだろう？　もう何年もまえから手紙のやりとりをしているし、どういうわけかそれを愉しんでいる自分がいる。そうだろう？　少なくとも、興味を惹かれたところは愉しんできた……

「いいか、ミセス・モントフォード」彼女がカップを置くと、彼は切りだした。「どうやら、ぼくに落ち度があったようだ。修行を積む潮時なのかもしれない。まずは帳簿に目を通すことから始めたほうがよさそうだな。家計簿と所領の帳簿を。どちらもきみの部屋にあるんだろうね。金曜日に時間を取れるかい？」

ミセス・モントフォードは口を開いてから、また閉じた。「帳簿に不正はございませんわ、閣下」とようやく言った。

彼女が緊張しているのがわかった。なにか隠し事があるのか？　まさか叔父の死と関わりがあることではなかろうな？　「不正を疑っているわけではないさ、ミセス・モントフォード」彼は口調をやわらげた。「一から学びたいだけだ。諸事万端どのように執《と》りおこなわれているのかを知りたいんだ。では、金曜日の、ええと、二時ではどうだい？」

「もちろん、仰せのとおりにいたします」ミセス・モントフォードは椅子から腰を上げると戸口へ向かった。つかのまの静寂が部屋を満たした。彼女はそれから、ゆっくりと振り向いて彼を見た。彼女の内面でなにかが変化して、さっきまでの強さがなくなっていた。「閣下、伺いたいことが――わたくしはこちらで引きつづき雇っていただけるのでしょうか?」

「引きつづき雇う?」

彼女は今や微動だにせず真っ青な顔をしていた。「はい、つまり、今回のことで――事情が変わりましても」

ジャイルズはただちに身構えた。「叔父の死のことを言っているのか?」

「ええ――はい、さようでございます」

いったいなにを言いたいのだ? 彼女に殺人の疑いがかかっていることを意味しているのか? それとも、庇護者がいなくなった今、という意味か? しかし、クレンショーは叔父と彼女との噂に疑問を投げていた。彼女が人殺しなどでないことは百も承知だ。もっとも、そう思う自分が人の倍も間抜けなだけなのかもしれない。ジャイルズは彼女の質問に真っ向から答えるのを避けた。「なぜ、きみを引きつづき雇わないこともあるという考えが浮かぶんだね、ミセス・モントフォード?」

彼女は睫毛《まつげ》を伏せて床を見つめた。「それは……わたくしの勝手な推測ですが……閣下はこのお城を閉鎖なさるおつもりなのではないでしょうか?」

そこで彼は、彼女の顔に浮かんだものをはっきりと見た。静かな不安を。無言の懇願を――無慈悲な鋤《すき》にねぐらを壊された臆病でちっぽけな生き物の表情を（スコットランドの詩）。そうか、懇願はプライドが許さないのに彼女はまさにそれをしている。オーブリー・モントフォードとしてはぎりぎりの本音を吐いているのだ。

よし、彼女の表面をおおった殻が砕けるのを見たかったが、これでひびははいった。なのになぜ、満足感が湧かない？　それは自分が彼女を支配する立場にあるからだと彼は悟った。生計手段。金。ねぐら。食料。くそ、だから喜びが湧かないのだ。情けをかけられなければならないという事実を彼女はどう感じているのだろう。

ジャイルズは咳払いをひとつして、彼女との距離を縮めた。「城の閉鎖についてだがね、ミセス・モントフォォード」いささか接近しすぎだった。「ぼくの要求の全部を満たせないと考える理由でもあるのかい？　あるいは、どういう形であれ、ぼくを満足させることはできないと考える理由でも？」

彼は強引に自分の視線を受け止めさせた。彼女はためらった。「いいえ、閣下」と小声を返す。「お望みを叶えるべく最善を尽くします」

いい返答だ。なんとなしに鮮明なイメージを心に抱かせる答えでもある。「それなら、今後きみの雇用を打ち切る理由はどこにもない」

彼女は控えめながらも正式なお辞儀をした。「感謝申し上げます、閣下」睫毛を震わせてすばやい瞬きをする彼女の目に、ジャイルズは緊張を見て取った。怯えといってもいい。

「ご苦労だった、ミセス・モントフォード。もう下がってかまわないよ」

彼女はふたたびノブに手を置き、そこでまた、ためらいを見せた。「閣下、今でもごらんになれますけれど」

「なに？」

彼女は半身に振り返った。「海です」と静かに言う。「霧が晴れれば海が見えます。嘘は申しません。ほんの少し遠のきましたが、それだけのちがいですわ」扉を開けると、黒いスカートの衣擦《きぬず》れの音とともに廊下に姿を消した。奇妙な空虚感を部屋に残して。

5　ハリエット叔母、スズメバチの巣を揺さぶる

「それは受け入れられない」その日の昼近く、伯爵は治安判事に言っていた。「使用人が告発されるのを黙って見ているわけにはいかないね、ミスター・ヒギンズ」

ジャイルズはわざと書斎の机と向かい合わせの椅子をヒギンズに勧めた。ミセス・モントフォードのためにどうしてこれほど攻撃的な態度を取るのか自分でもよくわからなかった。彼女がどういう女だかほとんど知らないというのに。

ヒギンズは足早にやってきて腰をおろした。「叔父君が亡くなられたのですよ、閣下。それに、わたしはだれも告発などしておりません。こちらの家政婦について二、三の質問をしているだけです」

ジャイルズは机の向こうの男をにらみつけた。「叔父が死んだのは承知している」と冷ややかに言う。「叔父を殺した人間が正義の裁きを受けることを望んでもいる。それをするのは治安判事であるあなたの仕事だ。ただ、ぼくにはミセス・モントフォードに疑いの目が向けられているように思えてならない。彼女が無実なのは保証するよ」

ヒギンズは哀れっぽく両手を広げた。「閣下、叔父君とミセス・モントフォードがたびたび激しい口論をしていたことを知らない者はおりませんでした。亡くなる前夜も大声で言い争っているのが城のどこにいても聞こえたそうです。陶器の盆が割れる音もしたと執事は言っています」

ジャイルズは椅子の背にもたれ、治安判事をしげしげと見た。「そこなんだ、ぼくが言いたいのは。ミセス・モントフォードと叔父は週に一度は言い争っていた。叔父の健康と悪い習慣を懸念する手紙が彼女からぼくのところへ頻繁に届いていた。度を超した酒量と不適切な食生活を改善させなくてはいけないと。そこから、ふたりのあいだに摩擦が起こっていたのはたしかだ。しかし、彼女は叔父を生かそうと努力していたわけで、銃で撃ち殺したわけじゃない」

「そういう見方もあるやもしれませんが」ヒギンズはしぶしぶ認めた。

「ぼくはまさしくそういう見方をしている」とジャイルズ。「広い視野で捜査していただけないかな、判事。努力を惜しまず、徹底的に。どうか一刻も早い解決をお願いする」

ヒギンズはさも不満げな顔をした。「ならば、なにを見たのかを使用人全員にもう一度訊いてみましょう。村をまわって、見知らぬ人間を見かけなかったかどうか再度尋ねてみます。ただし、閣下、怪しい輩は今のところは目撃されておりません」

「ドクター・クレンショーは流浪の民ではないかと言っていたけれども」

「サマセットのこのあたりには聖ミカエル祭（九月二十九日にある）以降、流浪の民は現われておりませんよ、閣下」ヒギンズは悲しげに言った。「さらにつけ加えるなら、流浪の民は人を殺《あや》めたりはしないものです。真偽のほどはともかく、彼らは盗みや詐欺を働くと言われていますが、田舎を走りまわって人を殺めるということはしないのです」

ジャイルズはエライアスが知り合いのだれかに——だれであれ——襲われたと考えることに耐えられなかった。「だが、叔父を殺したやつの当初の目的が——盗みだったとしたら？　盗みにはいって偶然、エライアス叔父に出くわしたとしたらどうなんだ？」

ヒギンズは肩をすくめた。「では、どうやってお城にはいったのですか？　凶器はどこから出てきたのです？」

ジャイルズは藁にもすがる気持ちを自覚しながら不意に言った。「叔父はピストルを常備していた。ぼくが子どものころには、図書室の机に鍵を掛けて保管して、ときおり取りだしては手入れをしていた」

ようやくヒギンズが関心を向けた。「その銃を今でもお持ちだったのですか？」

わからない。これも知らずにいたことが悔やまれる事柄のひとつだ。「調べることはできる」ジャイルズは立ち上がった。

図書室があるのは西翼の逆の端だが、早足で歩けば数分で着く。治安判事はうしろに貼りつくようにしてついてきた。扉のまえに達してもジャイルズは扉をすぐには開けなかった。

から。

この部屋にはいるのを控えてきたのだ。叔父が息絶えた場所を見ることに耐えられなかったから。

しかし、当然ながら部屋はきれいになっていた。ミセス・モントフォードが掃除させたにちがいない。床に敷かれていた大きなトルコ絨毯は消えているが、それ以外はなにも変わっていない。机は昔と同じように戸口と向き合った壁に窓を背にして置かれている。ジャイルズは机に近づき、右の一番上の抽斗に手を掛けた。抽斗は簡単に開いた。鍵が掛かっていない。心臓が動きを止めた。

見るまでもなく抽斗のなかは空っぽに近い状態で、あるものといえばウイスキーの空瓶が一本と、底に散らばった黄ばんだ手紙だけ。

「家政婦に銃について訊いたところ」抽斗の底を見つめているジャイルズに向かってヒギンズは言った。「なにも知らないという答えでした」

ジャイルズはおぼつかなげに唇を舐めた。「ああ、そうだろう。彼女がここへ来てそれほど月日が経っていないから」

ヒギンズは問いたげにジャイルズを見た。「最後に銃をごらんになったのはいつごろでしょうか、閣下?」

「気が遠くなるほど昔だよ」彼の声に穏やかな哀しみがにじんだ。「遠い過去の話だ、ヒギンズ。今となっては十億年も昔に思える。まったくの思いちがいかもしれない」

一族と膝を交えての昼食は晩餐会以上に厄介だった。食卓は親類縁者で日ごとに混雑を増していた。その全員を如才なく仕切っているのがセシリアだった。ハリエット叔母とオールドミスの娘たち、すなわちシビルにシルヴィーにソーニャのうちひとりが欠けていた。従妹のシビルが偏頭痛で床についたのだ。偏頭痛の原因は最愛の叔父の死に接して悲嘆に暮れたため――ハリエットはそのように主張している。この十年間に彼女たちのだれひとりとして叔父を訪問しなかったはずだが、ジャイルズはあえて指摘しなかった。

食卓のシビルの指定席には大叔父のフレデリックがついたが、こちらはうってかわって寡黙だった。というのも、フレデリックは一族の集まりにおいてはことごとく眠りとおすという奥の手をもっているのである。そんな大叔父を責める気にはなれない。根も葉もない噂話から逃れられないのがバースから来た一団の宿命だから。コースの二品めを食するころには、早くもおぞましい話題が食卓にのぼった。

食卓を囲む彼らにセシリアが陽気な声をかけたのは一品めの皿が片づけられたときだった。

「ゆうべはみなさん、よくおやすみになれました？　わたしは旅の疲れで綿のように眠ってしまったわ」

ジャイルズが手振りで従僕を下がらせるのとほとんど同時に、従妹のシルヴィーが――たぶんシルヴィーだろう――薄気味悪い身震いをした。「んまあ、セシリア、よくもそんなひどいことが平気で言えるわねえ？」食堂の扉が閉められた。「わたしなど目をつぶることさえできなかったわ。お気の毒なエライアス叔父さまがベッドで殺されたとわかっているんですもの！」

「あら、シルヴィー、叔父さまが殺されたのは図書室よ」セシリアは薬味のトレイをフレデリック大叔父にまわそうとしたが、あいにくと大叔父はいびきをかいていた。「でも、〈国王の紋章〉亭へ行けば泊めてくれるかもしれなくてよ。やっと鼠を駆除したと聞いているるし。シーツは相変わらず満足のいく清潔さとはほど遠いようだけれど」

シルヴィーの顔が蒼白になった。「そ、そんなつもりで言ったのではないわ、セシリア」と、つっかえつっかえ言い返す。「わたしはただ、今度のことは大いなる謎だと言いたかっただけよ。エライアス叔父さまの亡くなり方が。だってそうでしょ。いったいだれがやったの？」

「決まってるじゃないの。家政婦ですよ」ハリエット叔母が薄切りの胡瓜《きゅうり》のピクルスをぱりぱり嚙みながら言った。「わたしの女中のアディーが従僕のミルソンから聞いているわ」

ジャイルズは大きな音をたててフォークを置いた。「そういうことなら、さっそくミルソンを解雇することにしましょう、推薦状をつけずに」恐ろしいほど優しい声で彼は言った。

「ハリエット叔母さま、あなたはミセス・モントフォードのことをなにもご存じないですよね。彼女についての論評は控えていただくようお願いします」

　ドラコートが椅子に掛けたまま姿勢を崩し、気怠《けだる》げにワイングラスをまわした。「彼女はきみにとっては目の上のたんこぶだったんだろう？　ヒギンズのやつが引き取ってくれるかもしれないぜ」

「そうですよ、ええ」とハリエット叔母。「うちのアディーが言うには、あの女は気の毒なエライアスを殺すと脅迫したんですってよ。階下の召使いたちの部屋ではもっぱらの噂だそうよ。脅迫は、あなた、立派な証拠ですよ」

　セシリアが声をあげて笑った。「まあ、ハリエット。ほんとうにミセス・モントフォードの仕業だとしたら証拠なんか残しませんわ。わたしはこのたび彼女と一緒に仕事をしましたけど、〝冷静〟とか〝有能〟とか、そんなありきたりな言葉では彼女を公平に評したとはいえないほどの女《ひと》でしたもの」

「くだらない憶測はいい加減にしてほしい」ジャイルズの癇癪玉が破裂しそうだった。「ほかの話はないのかい？」

「だけど、お母さまの言うとおりだもの」とソーニャ。「あの家政婦が叔父さまを脅してたのはほんとうよ。園丁頭が聞いてミスター・ヒギンズに報告したのよ」

　ジャイルズはソーニャをぎろりとにらんだ。「きみがこの城へ来てまだまる一日も経っていないだろう、ソーニャ。それでなんでもお見通しなのかい？　馬鹿馬鹿しくて話にならない。ミセス・モントフォードがなぜエライアス叔父を脅さなければならないんだ？」

ソーニャのとなりの席についているハリエット叔母がさも無邪気に目を見張ったので、ジャイルズは即座に警戒した。女というのは、彼の経験上、このうえもなく卑劣な噂を流すときにかぎって、このうえもなく無邪気な顔つきをするのだから。「ふたりに関していろいろな噂が流れている以上、疑う余地はないわ。兄さんが聖人君子じゃなかったことは神さまもご存じですからね」

「いいえ、わたしはね、塔の崩壊と関係があるとにらんでるの」ソーニャがまた口を挟んだ。「アディーが言うには、瓦礫が落ちてきたときに家政婦の息子がエライアス叔父さまをかばったそうよ。それで、その子は危うく死ぬところだったんですって。家政婦は悪いのは全部叔父さまだと逆恨みしたのよ」

危うく死ぬところだった？　いったいなんの話だ？

ジャイルズがふたたび口を開くまえに、ハリエットがしたり顔でうなずいた。「盗まれたものもあるんですからね。エライアスの金時計がどこかへ消えてしまったのよ。トゥールーズの戦いのあとにケンロス中尉から贈られた懐中時計が。ようくお聞きなさいよ、ジャイルズ、盗んだのはあなたの家政婦よ」

「いいですか、ハリエット叔母さま」ジャイルズは嚙みつくように言った。許しがたい無礼を働きそうだった。「それはあなたの完全な誤解だと断言できます」

ハリエットはかぶりを振った。「いいえ、坊や、わたしはああいうタイプの女をよく知ってるの。美人すぎてプライドが高すぎる女。召使いのくせに礼儀をわきまえない女。それに、何度もあなたに警告しているように、屋敷を見捨てて召使いにいっさいをまかせるようなことを続けていると――」

ドラコートがまたも割りこんだ。「おっと、もうこんな時間だ！」と言って、椅子をうしろへ押しだした。「親愛なる従妹のソーニャ――従妹と呼んでさしつかえありませんよね？――海に臨むすばらしい眺めの崖があると聞いたのですが、ご存じでしょうか？」

ソーニャは睫毛をはためかせた。「ええ、知っていてよ！　それはもう息もできないほどのすばらしい眺めですわ！」

「ぼくは息ができなくさせられるのがなにより好きでしてね」ドラコートは非の打ち所のない大きな白い歯を見せて微笑んだ。「それに、今日の午後は一緒に散歩をしてくださると約束しましたよね。さて、説得できるだろうか。レディ・ハリエット、シルヴィア、おふたりもご一緒してくださると大変にうれしいのですが」

セシリアはジャイルズに目を剝いてみせた。だが、ありがたいことに彼女の夫の戯《たわむ》れはおぞましい昼食を終わらせる役目を充分に果たした。バースの女性陣はくすくす笑いながら食卓を離れ、羽繕いをするガチョウの群れよろしくにぎやかにドラコートのあとを追った。彼がこよなく愛する西インド諸島の嫌らしい葉巻の木箱詰めを忘れずに買ってやらなくては。ジャイルズは心のなかで言った。

しかし、男性陣も席を立ち、ふらつきながら玉突き室へ消えるのを見送ると、昼食を終わらせてほっとしたのもつかのま、恐怖の暗い影がジャイルズの胸に広がった。今朝がたヒギンズの言い分を一蹴したのは早計だったのだろうか？　治安判事は本気で、それも理由があってミセス・モントフォードに狙いを定めていたわけか。召使いの噂話は危険な要素だ。

この問題にどう終止符を打つべきかをじっくり考えようとジャイルズは書斎に籠った。が、机についてまもなく鈴を鳴らして執事を呼んだ。「訊きたいことがある、ペヴスナー」扉が開けられるなり、彼は言った。「最近はだれが園丁頭をしているんだ？」

ペヴスナーはへつらうような笑みを浮かべた。「昔と変わらずジェンクスでございます。その下にフェルプスという者がついております」

「やはりそうか」それにしても腑に落ちない。ジャイルズはペンを取り、指でもてあそんだ。「ジェンクスをここへ呼んでくれ、ペヴスナー。果樹園を均してフランス式のウォーター・ガーデンを造ってみようかと思っているんだ。近ごろ流行《はや》りの噴水やら水の精やら滝やらをあしらったやつを」

ペヴスナーはひるんだように小さく息を呑んだ。「ただちに呼んでまいります、閣下！」

執事が姿を消すのと同時に、中庭の丸石にがらがらと車輪の音が響いた。立ち上がって窓から覗くと馬車が一台停まり、山高帽にマント姿の年配の紳士がふたり降り立った。セシリアが急ぎ足で迎えに出て、ミセス・モントフォードが荷物と馬の扱いを従僕たちに命じている。ウェールズから来た祖母方の従兄弟たちにちがいない。ウェールズの、たしかスワンジーからやってきたのだろう。いずれにしても彼らとは一度か二度しか会ったことがない。なるべく手短に表敬をすませたいところだ。

つまり、これで全員が揃ったわけで、明日の葬送の儀がすみ、みんなが帰れば、やっと終わる。重要な問題はまだなにも片づいておらず、真実を突き止めるまでは完全に終わったことにはならないけれども。「閣下?」

振り向くとジェンクスが戸口に立っていた。ごわごわした帆布の縁なし帽を両手に握りしめている。

「ああ、ジェンクス、はいれ」ジャイルズは机に戻りながら言った。「扉を閉めてくれ」

「はい」

ジェンクスはジャイルズが子どものころからこの城で働いているが、噂話などする男ではない。ここで遠回しに探りを入れるような余裕もお互いになかった。「じつはな、ジェンクス。どうも解せないことがあるんだ。ミセス・モントフォードが叔父を殺すと脅していた。おまえがそう治安判事に言ったと聞いたのだが、でたらめだろう?」

園丁頭は城主の拳が飛んできたとでもいうように頭をのけぞらせ、きっぱりと言った。

「でたらめですよ。わしはそんなこと、ひとことも言っちゃいません。言ったのはフェルプスのやつです。あいつがペヴスナーのところへ行ってぺらぺらしゃべったので、黙らせたんです。今はフェルペスも後悔してますが、ミセス・モントフォードには迷惑をかけちまいました」

ジャイルズは狐につままれたような顔で首を振った。「なんだってフェルプスが彼女を陥《おとしい》れるようなことを言うんだ、ジェンクス？　迷惑をかけたですむ話ではないぞ。塔が崩れたあと、彼女が叔父を脅迫していたという噂が立ってしまった。彼女はそういう――」

「いやいや、ちがうんですよ！」園丁頭はジャイルズの言葉を遮った。「あの人は全然そんなつもりじゃなかったんだ。ただ息子のことで気が動転してただけで。なにしろ肋骨を折って肺まで傷ついたんですから。実際、ひどい状態だったんです。わしとフェルプスで坊主を瓦礫の下から引っぱりだしたときには死んでると思ったほどでした」

「なんだと？　引っぱりだした……瓦礫の下から？　彼女の息子を？　ジェンクス、きちんと説明してくれ。ミセス・モントフォードがなんと言ったのかを正確に教えてくれ」

帽子を握る手にいっそう力がこもった。

「さあ、教えないか」

園丁頭の顔が怒りに染まった。「言わせてもらいますが、閣下。わしは誠心誠意あなたに仕えてきました。先代と先々代のころから数えれば四十年間」

「ああ、ジェンクス、わかっているよ」彼は優しく言った。「おまえはいつだって模範的な仕事をしてくれた」

「今度の春が来たら、いよいよわしも年金生活です。メアリはペンザンスに別荘を買おうと言っています」

ジャイルズは笑みを浮かべようとした。「ふたりのために喜ばしいことだな、ジェンクス。ぼくが請け合う、おまえは紳士だ。今ここでなにを言おうと、これまでの四十年がご破算になるわけではない」

ジェンクスは目を細めた。「そんなら言いましょう。わしが思うにフェルプスのやつは誤解してるんだ。ミセス・モントフォードが殺したいと思った相手は少佐じゃなく、閣下、あなたです。それだってその一瞬そう思っただけだ。坊主が死んでしまうと彼女は思ったからなんです。わかりますか？」

肋骨を折って、肺も傷ついた。ジャイルズはその状態を理解するのがむしろ怖かった。遅ればせながら自分の不明を恥じ入りながら必死で耳を傾けた。

「あの人は親切で働き者の家政婦ですよ。何度手紙を出しても、なぜあなたは西の塔を放置したままなのか、彼女には理解できなかったんです。正直言って、閣下、わしも同じ気持ちでした。そこへあの崩壊があって、可哀相に小さなイアンの上に塔が落ちてきた」

イアン。その子の名前はイアンというのか。ジャイルズは崩れるように椅子に座った。

「わかっていなかったんだ、まさかそこまで――いや、弁解する気はない――今ここで無為な議論をするつもりもない。いいか、ジェンクス、治安判事がもう一度みんなに話を聞くと言っている。おまえから彼に話してくれ。彼女が殺したかったのはぼくなんだと。真実以外はくそ食らえだ。おまえの言うとおり彼女が本気で叔父を殺したいなんて思うはずがない。だから、その言葉にはなんの意味もない。そうだな?」

ジェンクスは驚いた顔をした。「仰せのとおりですよ、閣下」

ジャイルズは感情をむき出しにしたことに戸惑いを覚えた。だが、ジェンクスは信用できる男だ。「ご苦労だった。もう行っていいぞ。ああ、それと、ありがとう、ジェンクス、正直に話してくれて。来年にペンザンスの別荘を訪ねるのを愉しみにしているよ」

まだきょとんとした顔つきで園丁頭はうなずき、部屋から出ていこうとした。

ジャイルズはばつが悪そうに咳払いをした。「もうひとついいかい、ジェンクス、ええと、おまえの意見を聞かせてくれないか。ここだけの話だが、ほかの召使いたちはミセス・モントフォードを嫌っているのかい?」

ジェンクスはしばし思案した。「最初のうちはたしかに嫌ってたかもしれませんね。怠け癖のついた連中はとくに。でも、彼女はだれにでも分け隔てなく接するし、自分が面倒だから人に押しつけるというやり方は絶対にしません。自分の殻に閉じこもりがちなところはありますが」

「そうか、わかった」ジャイルズが言うと、ジェンクスはノブに手を掛けた。「じゃあ、最後にもうひとつだけ。ペヴスナーには便宜上こう言ってある。果樹園をつぶしてフランス式のウォーター・ガーデンを造ることをおまえと話し合うと」

「冗談じゃない！」

ジャイルズは気弱な笑みを浮かべてみせた。「ああ、だから、おまえの説得でぼくが思いなおしたとペヴスナーに言っておいてくれ。その話はこれで打ち切りだと。この意味はわかるな？」

「ああ、なるほど」ジェンクスは満面の笑みで応じた。「そう伝えときましょう」


ジャイルズがホワイトホール宛の郵便の発送を終えて、オグルヴィーを就寝させたときには午前零時を過ぎていた。過酷な一日の大半は叔父の遺品を検《あらた》める作業に費やされたが、なにも見つからなかった。というより、自分がなにを探しているのかさえ皆目わからなかった。殺人事件の証拠となるのはどんな種類のものなのだろう？　遣いを出してマックスを呼ぼうか、あるいはマックスの友人のジョージ・ケンブルを呼ぼうか。その考えがさっきから何度も頭をかすめている。ケンブルは醜聞を嗅ぎ分けることにかけては猟犬なみの鼻の持ち主だ。ふたりをよく知るセシリアに相談してみよう。

決心がつくと、ジャイルズは書斎から寝室へ戻って上着とチョッキを脱ぎ、自分のためにブランデーをなみなみとついだ。が、それを飲み干したあとも眠気すらもよおさなかった。それでも、この城へ着いてからこのかた、どうしてもできなかったことをついに実行する勇気が湧いたのはアルコールの為せる業《わざ》だった。それをするのは今しかない。自分だけのために時間を遣えるのは今しかないのだから。

いくつもの優美な大広間が配された東の翼までの移動は長旅となった。西の塔が崩壊したために召使いたちの部屋がある一画を通るのが一番の早道で、すでにそれが通常のルートとなっている。仕事中のミセス・モントフォードを再三見かけたのもこのルートのおかげだし、日常の話題をなんとかその場で見つけて彼女とふたことみこと静かに言葉を交わす機会もときどきあった。

金箔の間は、ジョージ三世時代の初期に意匠を凝らして改装されたフランス式の大広間だが、ジャイルズの記憶では祖父の遺体安置以外には一度も使われたことがない。母の葬儀はすみやかにひっそりと営まれ、父が亡くなったのはヒル・ストリートだった。今や残っているのは自分ひとりだ。そう考えると憂鬱になる。

両開きの扉を蝶番《ちょうつがい》のきしみ音もなく勢いよく開くと、目のまえに一ダースはあろうかという蠟燭の揺らめく炎が現われた。蠟燭は叔父の遺体を周到に囲んで置かれていた。イングランド産の頑丈で上質なオークの柩《ひつぎ》が部屋の中央に安置され、柩の置き台は壮麗な黒のベルベットで優雅に飾られている。うやうやしく、だが、多少のためらいとともに柩に近づいたジャイルズは、そこで目にした光景に衝撃を受けた。

エライアスの遺体はか細いうえに皺だらけだった。痩せ細り、老いさらばえたその体には名だたる屈強な軍人の面影は微塵もない。顔はまさしく死人のそれだ。ジャイルズは、死がエライアスを連れ去るよりはるか以前にこういうことが起こっていたのだという思いに打ちのめされた。なんということだ。どうして叔父はこんなに変わってしまったのか。

だれかが――まちがいなくミセス・モントフォードが――エライアスの胸にシモツケの切り花を置いていた。手を差しだしてその花に指で触れた瞬間、暗がりに座っている者がいることに気がついた。ジャイルズは目を上げ、期待をこめて咳払いをした。黒いドレスに身を包んだ女の髪は流れるようなマントの下に隠されている。彼女は立ち上がりも話しかけもしなかった。ジャイルズに対して名乗る努力というものをいっさいしなかった。だが、彼にはわかった。わかるとも。彼女であることを直感が知らせた。

死者をひとりぼっちにしてはならないという伝統があることはむろん知っている。その古いしきたりを召使いが静かに守ってくれていると思うと、言葉にならぬうれしさを感じた。ひとり哀しみにひたろうとしている彼に話しかけることは必要でないばかりか適切でないと彼女は承知している。おかげでジャイルズはずっとしたかったことをすることができた。頭《こうべ》を垂れて、声には出さずエライアスの亡骸に自分だけの祈りを捧げたのだ。

自分が感じているよりも長い時間を祈りに費やしたらしい。頭を上げて目を開けると、蠟燭の炎がまばゆい明るさになっていた。と、だれかの気配が彼の気を散らした。靴の踵が大理石の床に音をたてた。扉のほうを振り返ると若い女の姿が見え、三番手の家女中のアイダが大急ぎではいってきた。

ジャイルズに気づくとアイダは足を止めた。口を手で押さえ、低い声で罰あたりな言葉を吐いた。暗がりにいる女が立ち上がり、こちらへやってきた。黒いマントが頭からはずされ、光を受けて金色に輝く赤毛が光輪のように現われた。ふだんはひっつめにしている髪が今は眠るまえのようにほぐされていた。

ミセス・モントフォードはジャイルズに会釈をしてから用心深い視線をアイダに送り、小声で言った。「四時にベッツィに交替してもらうわね。目を覚ましているのがつらかったら、わたしを呼びにだれかをよこして。わかった?」

アイダはうなずき、任に就くために暗がりの椅子へ足早に向かった。


オーブリーは扉のそばからウォルラファン卿を観察した。今はこちらに背中を向けている。もう行かなくては。彼のいるところには長居をしたくない。だが、ウォルラファン卿からは今までは感じられなかった哀しみが伝わってきた。肩を落としているのは見まちがいではなかった。目にも深い哀しみの色がある。これまでの印象とはまるで別人のようだ。実際、叔父の死を悼む心など彼にはないのだろうと思っていたのに。部屋から出かけたオーブリーは衝動的にまわれ右をして引き返した。

伯爵は彼女を見なかったが、柩のへりを握った指に力がはいり、関節が白くなるのが蠟燭の光でもわかった。本能の命ずるままに手を差し伸べ、伯爵の手に触れた。親密な、でも、不適切ともいえる仕種。

彼は頭を完全には上げずに彼女のほうを振り向いた。視線が合い、オーブリーは手を引っこめた。「安らかに眠っておいでですわ、閣下。わたくしにはわかります」

伯爵は柩から顔を起こして背筋を伸ばし、涙を抑えるように指で鼻柱をつまんだ。「きみの言うとおりだ。叔父はこの世で手に入れられなかったものをこうして永遠に手に入れることができたんだからな」

「お嘆きは少しも恥ずかしいことではありません。叔父上さまを亡くされた哀しみはいかばかりかとお察しします。よい方でいらっしゃいましたから」

ウォルラファンが漏らした苦笑いがだだっ広い部屋に響いた。「ぼくがそのことを知らないとでも？」言葉とは裏腹に怒りの調子はなかった。

「もちろんご存じでしょうけれど」彼女は優しく応じた。「他人からそれを聞けば、わずかなりとお心の慰めになるのではないかと思って」

彼はしばらくなにも言わずに彼女を見つめた。「きみはまだ短い人生のなかで愛する人をたくさん亡くしているのかい、ミセス・モントフォード？　なんだかそういう気持ちをよく知っているように見える」彼の表情が少し崩れたように見えた。「ああ、すまない。きみが夫を亡くしているのを忘れていた」

オーブリーはどう答えていいかわからなかった。「両親も亡くしております」と、やっとのことで言う。「それに数年の看病のすえに姉も。そうです、閣下、わたくしは愛する者を失ったあとの気持ちをよく知っています。自分を責めずにはいられないということを」

ウォルラファンはなおも彼女を見つめていた。といっても、瞼はなかば閉じられていたが。

「姉君《あねぎみ》は病気だったのか？」

「筋萎縮症を患っておりました」オーブリーはなぜ伯爵にミュリエルのことを話しているのだろうと思いながら答えた。「喘息もあり、最後は衰弱して……亡くなりました」

「そうだったのか。ほかに家族は？」

「おりません」オーブリーは消え入るような声で答えた。「イアンのほかには」

伯爵はかなり長いこと黙っていたが、ふたたび叔父に視線を戻した。「人間は結局、心の奥の問いに苦しめられるものなのだろうか？　もっとちがうことができたのではないか、できることがもっとあったのではないかと。この城にひとり残りたいという叔父の強い意向に屈したのはまちがっていたかもしれない。しかし、ここは彼が子ども時代を過ごした家なんだ」

昨日だったら、叔父を見捨てた彼を責めていただろう。が、今夜はそんなふうには思えない。オーブリーはふたたび彼の手に触れた。「叔父上さまがどこで暮らされるか、どういう生活をなさるか、あなたがお決めになることはできなかったのでしょう？」と優しく問うた。

「かりに決めたとしても、そのとおりにはなりませんわ。頑固な方でしたもの。ほんとうですよ。きちんと食事をとっていただくために毎日が戦いでした。食事のことだけでなく……」言葉が先細りになった。

「度を超した飲酒をやめさせようとした？」伯爵は引き取った。「それで叔父とたびたび喧嘩をしていたのは知っているよ。きみの手紙を開くのが怖かった日もある」

「きつい言葉を投げ合うこともときにはありました」彼女はやや守勢にまわった。

だが、今のウォルラファンはつい数時間まえの自信に満ちた様子を相殺《そうさい》するほど謙虚に見える。「ロンドンで一緒に暮らそうともっと強く主張するべきだった」彼は頼りなげな手振りで叔父の亡骸を示した。「こんなに痩せ細って弱った叔父がここへ来ることを許すべきじゃなかったんだ」

オーブリーは首を横に振り、穏やかに反論した。「弱っただなんて、閣下。精神と肉体はべつべつのものですわ。少佐ほど強い方はいらっしゃいません。そんな方でも人生の最後には疲れてしまわれたのだと思います」

「そう思うか？」伯爵は囁き声で言った。

オーブリーは自分が薄氷を踏んでいるのがわかっていた。「軍人は人間のもっとも醜い部分を見るのですよ、閣下。戦争の恐ろしさを体験したあとも生きなければならないのですよ。銃後の者には理解しえない醜悪さを身をもって知ったあともずっと。わたくしたちは、彼らの勇ましさを楯として、その醜さを見ずにすんでいますけれど、そのためにどれだけの犠牲が払われているでしょう。戦場では死ななかったとしても、帰還してから少しずつ死んでいくということもあるのです。そのことを忘れてはいけないんですわ。彼らにどれだけの恩義をこうむっているかをつねに思い出さなくてはいけないいんです」

「ずいぶん詳しいんだな、ミセス・モントフォード。それに軍人にそれほど心をかけられるとは。もしかしたら、きみのご夫君は軍人だったのかい？」

オーブリーは首を振った。ここで父について語るつもりはなかった。父がどのようにして死んだかということについても。

ふたりは沈黙に陥った。「ありがとう、ミセス・モントフォード」かなり経ってからウォルラファンが物静かに言った。

彼は体の向きを変え、叔父の柩から離れた。オーブリーはそのあとも残り、最後の祈りを捧げて寂しい役目を務め終えた。部屋を出たところでぎょっとした。伯爵が暗い通路にまだ立っていたのだ。

堅苦しい上着を着ていない今夜のウォルラファンはふだんの洗練された雰囲気とちょっとちがう。無地の白いシャツの袖を肘までまくり上げ、たくましい筋肉がついた上腕をあらわにしている。ボクシングで鍛えているにちがいない。うんと控えめに評価してもフェンシングだろう。そんなことを思いながら、ふと我に返った。なにをしているのかしら？　通路に突っ立ってこちらをじっと見ているけれど。

「もう少しお部屋にいらっしゃいますか、閣下？」オーブリーは困惑して尋ねた。「おひとりのほうがよろしければ、アイダを引き取らせますが」

ウォルラファン卿がとなりにやってきた。「いや、もういいんだ。きみを待っていたのさ」

オーブリーはすぐさま警戒して彼を見た。大広間で分かち合ったひそやかな親密さが薄れはじめた。「遅くまで起きているんだね？」伯爵は続けた。

「閣下と同じくですわ」

アーチ型の石造りの通路にふたりの足音がうつろに響いた。「きみは叔父のために召使いに寝ずの番をさせてくれている。感謝する」

オーブリーは歩調を落とすことなく不思議そうに彼を見た。「風変わりなしきたりだと感じる人もいるかもしれませんが、わたくしにはそれが故人への敬意の表し方だと思えますから」

「きみには大事な意味をもつことなんだね、ミセス・モントフォード？」

「しかるべき敬意を表することができでしょうか？　はい」

彼は唐突に足を止めた。彼女も倣った。そうするよりほかになかったので。城のこのあたりを照らす明かりは、アーチ型をした天井までの長い窓と交互に配された張り出し燭台の蠟燭の光だった。揺らめく光のなかに見る彼のまなざしには奇妙なまでの激しさがあった。

「ぼくは悪い人間ではないんだ、ミセス・モントフォード」

オーブリーは不意を衝かれた。「わたくしに対して名誉挽回なさらなくてもよろしいでしょう」眉を少し吊り上げて、つぶやくように言った。

彼はかすかに微笑んだ。「だったら、どうしてきみといるとそうしなくてはいけないという気にさせられるのかな？」

オーブリーは姿勢がこわばるのを感じた。「失礼な態度のせいでしたら、お詫びいたします」

これで無罪放免としてくれる気はウォルラファンにはなさそうだった。「ミセス・モントフォード、西の塔が崩壊したときにきみの息子が大怪我をしたことをなぜ言わなかった？」

その瞬間、感情が入り乱れてほとばしった。「息子の健康をお気遣いいただくにはおよびませんわ、閣下」意図したよりもはるかに辛辣な口調になった。

「それはちょっとちがうのではないか？　きみの息子はこの城で暮らしている。その子の健康を気遣わないのでは、ぼくは実際、血も涙もない人間で、きみに恨まれて当然だということになる。ところが、きみは恨んではいない。いったいぼくはなにを信じればいいんだい、ミセス・モントフォード？」

「ですから、お気遣いにはおよびませんと申し上げています」オーブリーは身を引いた。高窓のひとつから月影が彼女の肩に落ちた。

「こう思えるんだ、ミセス・モントフォード、ぼくが気遣っているということを認めずにすむように、きみは息子の怪我を隠したのではないかと。ぼくが血も涙もない人間だと考えていたほうがきみには楽なんじゃないかと」

「お言葉ですが、閣下、あなたのことを考えることはめったにありませんの」

「ほう」彼は片方の眉を吊り上げた。「それは残念なことを聞いてしまった」

自分がなにを口走ったかに気づき、彼女は青ざめた。「いえ、つまり、自分の役目は一生懸命に果たし、ご満足いただけるように努めるつもりです。ただ、それ以外の――」

「わかったよ、ああ」彼は穏やかに言葉を挟んだ。「喧嘩はよそう。今夜のきみの心遣いにはほんとうに感謝しているし、きみの息子に怪我をさせてすまなかったと言いたいだけなんだ。ぼくの油断が事故を招いたのだから。それに関しては今後も自分を許すつもりはない」

彼女は目を伏せて床を見つめた。「イアンは閣下のお情けでここにおいていただいております。そのことにお気づきでしょうか？」

「ミセス・モントフォード、きみの子ならむろん喜んでこの城に受け入れるさ。今までもそう考えていた。彼の全快を祈っているよ」

オーブリーは不意にここから逃げだしたくなった。「その点はドクター・クレンショーが保証してくださいました。ではこれで。おやすみなさいませ。厨房に用事がございますので」膝を曲げるお辞儀をして、急いで立ち去ろうとした。

ジャイルズは彼女の肩に片手を置いた。手の下の肩が震えている。彼は小声で言った。

「待ってくれ」

当然ながら彼女は従った。彼はこの城の主なのだから。

揺らめく光のなかでジャイルズは彼女の顔を注意深く観察した。どんな変化も見逃すまいと。喜びの表情が幾度かよぎったかに見えたが、はっきりとは現われなかった。だが、待てよ、相手が喜んでいると思うのはおこがましくないか？

「オーブリーというのは」彼はぽつりとつぶやいた。「洗礼名だね？　とても美しい名前だ」

彼女は横目で奇妙な視線をよこしたが、なにも言わなかった。

ジャイルズは自信なげに片手を上げてから、またおろした。「ちょっとのあいだ、見ていたいだけなんだ」声がかすれる。「きみは絶えず……動いているように見える。というより、絶えず物陰に隠れようとしているように見える。絶えずなにかに……とにかく、それがなぜかぼくを苛立たせるんだ」

彼女は黙ったままだ。ジャイルズは彼女をひたと見据えて先を続けた。「変な質問をしてもいいか、ミセス・モントフォード？」

彼女はふと不安そうな様子を見せた。「はい…？」

「朝、寝室で——」ごくりと唾を飲みこんで続ける。「なにかを感じたんだ。どういうか——きみとのあいだになにかが通じた気がした。きみにコーヒーを手渡したときに。聞かせてくれないか、きみもなにかを……感じたかい？」

彼女はゆっくりとかぶりを振った。「いいえ。記憶にございません、なにも」

窓から射す月光を浴びて、彼女はなおも従順な直立不動の姿勢を取っていた。柔らかくカールした髪が顔を縁取っている。訳知りな美しい目には疲労が色濃く刻まれている。警戒しているようにも見える。そうか、そういうことか。こちらの思いが彼女にも伝わっているらしい。

彼女が欲しい。どうして急にこんなことが起こるのだろう？　高慢な家政婦とのあいだで。つい今朝までは彼女に対して腹を立てていたというのに。第一、彼女は使用人なのだぞ。

しかし、服従は諸刃《もろは》の剣《つるぎ》となる危険をはらんでいる。ジャイルズの視線はふたたび彼女に流れた。自分のもてる力、彼女の生活のいっさいを牛耳っている力が彼自身を責めたてていた。城主という立場から生まれる支配力を心地よく感じた経験は一度もないし、今もそんなふうには感じられない。ただ、立場がもたらす利点に無頓着でいられるのは修道士ぐらいのものだろう。自分が望みさえすればそれをいくらでも利用できるのだから。いや、奪いさえすれば手にはいるといったほうが正直だろうか。これはとんでもなくスリルに満ちた、胸がむかつくほどの誘惑だった。

今夜、ひっそりと寝ずの番をしながら、どこかの時点で彼女は泣いていたのではないか。透明感のある白くなめらかな肌にうっすらと残った涙の跡がかすかな光のなかでも見て取れた。どうしても知りたい。彼女はぼくをどう思っているんだ？　ほんのわずかでも心にかけているのか？　彼女はほんとうに叔父の情婦だったのか？　そうだったのか？

いや、そのことはもう問うまでもない。それよりも、今後はぼくの情婦になろうとしているのだろうか？　問題はぼくと寝ることにどれほどの嫌悪を覚えるか、また、この城の家政婦という職にどれほど執着しているかだ。あらぬ方向へ進む想像にジャイルズは身の毛がよだった。カードウでの滞在はどんな悪夢をもたらすつもりなのか。支離滅裂な感情にどこまで悩まされるのだろう。悲嘆と情欲をふたつながらに感じられるものなのか？　罪悪感と後悔はどうなのだ？

わからない。今わかるのは、心の奥にあいた穴に向かって彼女が語りかけているように思えるということだけだ。ジャイルズは心の赴くままに月光を浴びた彼女に見とれた。息が詰まり、股間が緊張するのがわかった。我慢できずに片手を上げ、指の節で彼女の頬をゆっくりと撫でおろした。

「ミセス・モントフォード」と囁き声で言う。「今はなにか感じるかい？」

彼女は動かなかった。口もきかないし、目も伏せない。そのかわり挑むように彼を見た。だが、それにもかかわらず手の下で彼女が震えているのが彼にはわかった。息を呑む音がして、鼻孔が小さく広がった。すると唐突に、しかも猛烈に、オーブリー・モントフォードが欲しくなった。相手が人であれ物であれ、こんなに強く欲しいと思ったのははじめてだった。

どうしようもなく彼女が欲しい。ひょっとしたら、日ごろ軽蔑している男たちと同じふるまいにおよんでしまうかもしれない。弱い者を力で思いどおりにする。肉体的にということではない。自分のもてる権力と支配力によって暗に相手を操る。それは肉体をねじ伏せるよりもたちが悪い。

だめだ。そんなことはしたくない。狂気の沙汰だ。彼女のことをなにも知らないというのに。全面的に信用していいのかどうかもわからないのに。それどころか、彼女はなにかを隠しているにちがいないと直感が訴えている。そのくせ、これまで身を賭してきた人生の大義名分の高潔さまでが、彼女への切望のまえに突如として色褪せたように思えるのも事実だ。むき出しの欲望と熱い羞恥心が全身を駆けめぐり、まるで血管を流れる血そのもののようにどくどくと音をたてて脈打った。欲情がいかに危険なものになりうるかをジャイルズは生まれてはじめて理解した。

ここで終わらせなければならない。彼は手をおろした。「おやすみと言ったほうがよさそうだな、ミセス・モントフォード」と静かに言う。「叔父への今夜の奉仕に感謝する。深い尊敬を示してくれたことに」

「叔父上さまは深い尊敬に値する方でした」と彼女は答えた。

オーブリーは地階の厨房へは向かわなかった。そうするかわりに、暗い階段を昇って伯爵が姿を消すまで、怒りと動揺をこらえながらじっと待った。それから家政婦室へ直行した。

が、部屋に着いたときには病人のように悪寒が走っていた。まずイアンの小さな寝室へ行って、すやすや眠っているのを確かめなかったのは、記憶にあるかぎり、ここへ来てはじめてだった。震える手でやかんを暖炉の横棚に載せ、机のまえに座ると、膝のあいだで両手を握りしめた。

ああ、神よ。目をぎゅっとつぶった。この危機を脱せるでしょうか？　脱することができるでしょうか？　今夜の遭遇は最悪だった。ひとりの男性にあんな二面性があるなんて。あんなに謙虚に、あんなに立派にふるまえる人が――それもこちらが城主らしい尊大さを予測しているときに――つぎの瞬間には欲望をあらわに熱い目で見つめてくるなんて。瞼を薄く開くと、そっと頬を撫でた伯爵の手のぬくもりがまだ感じられる。今朝、寝室で彼が口にした問いを思い出すと苦しくなった。

ぼくの要求の全部を満たせないと考える理由でもあるのかい？　あるいは、どういう形であれ、ぼくを満足させることはできないと考える理由でも？

あのときも、言葉の裏にもっと深い意味がこめられているのではないかと不安になったのだけれど。オーブリーはあのときに見た彼を思い出した。普段着の伯爵を。氷のように冷たく美しい目を。端整な顔立ちに陰影を落としていた顎の無精ひげを。そんな姿を目にした瞬間、足の下で地面がずれるような感覚に襲われた。でも、その質問には答えなかった。ただ身を低くして、精いっぱい務めると約束しただけだった。そうするよりほかになかったから。

実際、今となっては選択肢がない。かりに今ウォルラファン伯爵がこの部屋の扉をノックして、階上の自分の寝室へ来いと命じれば、従うしかないだろう。彼はなんでも命じることができる立場にある。なんでも。そう考えるとふたたび身震いがした。なぜだかわからない。あの天蓋付きの広いベッドに全裸で横たわる自分たちを思い浮かべると、屈辱と不安の入り交じった感情に襲われる。

オーブリーは男女のことをなにも知らないほどうぶではなかった。貴族の屋敷では日々そうしたことが起こっている。少なくとも伯爵は既婚者ではないから不貞にはならない。ちょっとした慰みということなのだろう。もし、命令を拒めば、その場で解雇を言い渡すつもりだろうか？　それとも、あのよく光る小さな丸い目をした治安判事に引き渡し、好きに処置していいと言うつもりなのか？　ヒギンズが真実にたどり着くまでにどれぐらい時間がかかるだろう？

人殺し。それは以前にも一度、吊るし首の縄のようにオーブリーにつけられたあだ名だった。その重みがいまだに首に感じられる。二度めはもっとたやすく首を絞めることだろう。もう一度イアンをこの手に抱いて逃げるべきなのかもしれない。多少の金の蓄えはできた。母の形見の宝石もいくらかはある。あの懐中時計も。でも、あれはイアンのものだし、今どこかに売るのは危険すぎる。オーブリーの心臓は喉までせり上がったままだった。追いつめられていると自覚しながらも逃げるのは怖かった。逃げたら罪を犯したと認めることになるのだから。

今では遠い昔のように思えるが、臨終のミュリエルにイアンを自分の子として育てると誓ったのだ。なにがあろうとイアンを守ると。そうすることが喜びだった。そうしたいと願った。マンダーズ卿は大金持ちだが、甘やかされて育った美食家でもあり、我が子を育てるという仕事を嬉々として人まかせにした。実際だれが育ててもよかったらしい。喘息持ちの痩せた子を、しかも、自分よりも死んだ妻によく似ている子を育てるなんて彼の人生の優先事項ではなかったのだ。義兄の怠慢をオーブリーは即座に非難した。いささか軽率すぎたかもしれない。

いずれにしても、マンダーズ卿があれほどの悲劇に見舞われる謂《いわ》れはなかった。その後、彼の身に起こったことは正真正銘の悪夢、カインとアベルの物語の再現だ。静かなる嫉妬と積年の恨み。長い観察の果てに企てられた陰謀。並みの人間には想像もつかぬ膨大な富と土地と多岐にわたる所有物。それらがすべて、長子の相続権によってマンダーズ卿のものとなっていた。マンダーズ卿が没したからには、彼の息子がそれを受け継ぐこととなる。

しかし、イアンにはまだ父親の遺産相続の主張ができない。この大問題は保留のままだ。イアンにとって今、なにが最善なのか？　このカードウにとどまるのが一番いいに決まっている。イアンはここで元気になり、幸せに暮らしてきた。エディンバラの煤煙と寒さから逃れ、サマセットの岩畳に富んだ海岸の澄んだ空気に洗われて見ちがえるように成長した。そのうえ、ウォルラファン伯爵という後ろ楯もある。伯爵に怪しまれているのはわかっているが、人殺しだと疑っている節はなさそうだ。彼の顔にそう書いてある。それを利用できなくはない。そういう形で伯爵を利用してはいけないだろうか？　彼に屈服しても殺されるわけではないのだから。そもそも伯爵に屈服するのはそんなに不快だろうか？

ちっとも不快ではないかもしれない。そう思えるのがむしろ怖かった。彼に触れられたときに体に走った感覚――あの快感が怖い。温かいものが全身に流れた。身をよじるほどの心地よさ。あれは罪深いものにちがいない。とはいえ、オーブリーは罪を恐れてはいなかった。まだ二十六年の短い人生で一度ならず罪を犯したし、これからも必要とあらば罪を犯すことを厭《いと》わない。自分を救おうなどとは思っていない。なんのために救う必要がある？　かつての人生も、かつて無邪気に思い描いた将来も、今はただの夢でしかないというのに。イアンがひとり立ちするにはまだ何年もかかるのだ。

ふたたびウォルラファン伯爵に考えが戻った。あの愛撫の先にある快楽を思うと恐ろしい。カードウという聖域を失うのが怖い。なにより自分自身が怖い。オーブリーはつねづね自分以外の人間との触れ合いを求めていた。だれかを抱きしめたい、だれかに抱きしめられたいと本心では願っていた。けれど、ウォルラファンの目を覗きこむと、自分が求めているのはそういうものとはまったく別種の触れ合いではないかと思えてくる。彼はまちがいなくハンサムで、本人もそのことに気づいているはずだ。それに、予想していたよりはるかに若い。三十を少し超えたぐらいだろうか。

もっと偉ぶった年配の男性を想像していたのに、目のまえに現われた伯爵はすばらしく頭の回転が速い若い男性だった。背が高くて肩幅が広く、そのくせ体全体はほっそりしている。髪は黒く、白いものはまだ混じる気配すらない。顔はというと肌はすべすべで、目鼻立ちは鑿《のみ》で彫り出したかのようだ。自分の手に幸運があることに慣れている男。銀色に近いきらめく灰色の目には笑みの兆しもなく、傲慢な視線をさっと一巡させるだけであらゆるものをその手に収めてしまいそう。

ただ、通路ですれちがうときに彼の視線が自分を追っているのをオーブリーは見逃していなかった。今朝がた、寝室で手と手が触れたときに電流のように走った感情を取りちがえてもいなかった。そう、もちろん、気づいていた。

ぼくは悪い人間ではないんだ。

伯爵は今夜そう言ったが、不思議にもオーブリーはその言葉をすでに信じかけていた。イアンの一件を心底すまながっていることも信じられた。叔父の亡骸をまえにして頭《こうべ》を垂れ、驚くほど長い祈りを捧げている姿も目撃した。あれは見せかけの姿ではない。目が涙で潤んでいるのがわかっていた。

彼は悪い人間でないばかりか、いろいろな意味で善人だ。悪人なら、だれよりもこのわたしがよく知っている。おまけに、ウォルラファンはイングランド屈指の権力者で、その気になれば恐ろしい同盟を結ぶ力さえもっている。実際、そのつもりなのかもしれない。信念の政治家、ウォルラファン。イングランドの法律を遵守《じゅんしゅ》することを誓った人間。一方のわたしはいくつもの法律を破った人間だ。

やかんが煮たっていた。オーブリーは機械的に立ち上がって、お茶を淹れた。体の震えはようやく止まっていた。恐怖を理屈で退けたのだ。いつもそうしているように。筋道立った冷静な思考のすえに。今回のことも切り抜けてみせよう。現状に即して、今やらなければならないことをやろう。イアンの安全を確保するために。きっとなんとかなる。そう信じるしかなかった。

ウォルラファンはサマセットに長く滞在するわけではない。カードウを嫌っているのだから。城の孤立感に退屈するにちがいない。その孤立感こそをわたしは愛しているのだけれど。彼のベッドを温めなければならないとしても、そうした状況がいつまでも続くことはなく、叔父に関する諸事が片づけば、彼はすぐにも魅力あふれるロンドンへドラコート卿夫妻とともに帰っていく。ウォルラファン卿が所領に戻ってくるのはおそらくまた三年ぐらい経ってからだろう。そう考えると気分が少し落ち着いた。この予測がくつがえされるぐらいなら気が変になったほうがましだった。

6 ウォルラファン卿、あるまじきふるまいをする

エライアス葬送の一日はあっというまに過ぎた。耐えなければならぬ哀しみが多すぎる一日のなかで、それだけがジャイルズにとって唯一の救いだった。エライアスの死にまつわる状況を思い、丘の麓の墓地へ向かうあいだも罪悪感を抱きつづけたジャイルズにしてみれば、葬送は予想しうる最悪の出来事だった。なお悪いことに、男たちが柩を土のなかにおろしたとたん、ハリエット叔母の号泣が始まった。その声は風に乗って村のなかほどまで届いただろう。叔母の嘆きは本物だとジャイルズは自分に言い聞かせようとした。ハリエットは兄の最後のひとりを葬っているのだ、悲嘆に暮れているのだと。が、やはり本心からの悲嘆とは思えなかった。

芝居がかった叔母の嘆きは延々と聞かされずにすんだ。翌朝にはセシリアと賢いミセス・モントフォードがてきぱきと親戚一同の荷造りをすませて送りだしてくれたから。温めた煉瓦を足の下に置き、昼食のはいった枝編み細工のバスケットを膝に載せた彼らは、揺れる馬車でカードウの岩山をくだって帰途についた。ジャイルズは別れがたい親戚がひとりもいな

いことに気づいて一抹の寂しさを覚えた。

今、彼は書斎の窓辺から一行を見送っていた。大叔父のフレデリックを乗せた最後の馬車が吊り上げ橋を渡って坂のカーブを曲がると、一族のあいだで精神的にも地理的にも、こんなに距離ができてしまったことに対して不意に怒りが湧いた。この数日間にいっときでも心からの慰めが欲しかった。ささやかな助言が欲しかった。だが現実には、ただ哀しみに耐えるしかなかった。今までどおり、哀しいときにはいつもひとりでそうしてきたように。

短い期間ではあるが、セシリアを想えばよかったころもある。そのセシリアにも今はドラコートと愛らしいふたりの子がいる。もし、自分にも家族ができたら、いつも家族と一緒にいよう。喧嘩も仲違《なかたが》いもけっしてしないで。ジャイルズは唐突に決心した。カードウ城はかつて全軍の兵士を住まわせていた。家族のふたつやみっつ増えたところで城の各翼に分かれて平穏に暮らしていけるだろう。

カードウを我が家として考えたのは二十年ぶりだ。ここにとどまり、自分の家族をもつという発想をしたのは今がはじめてだった。セシリアが父に嫁いで以来はじめて、自身の将来を思い描いたのだ。ジャイルズは議会での実績を着々と積んできた。庶民院での任期を務め、貴族院でも他を圧倒する実力を示した。今や彼に対する国王と王室顧問弁護士の信任はだれに対するより厚く、王璽尚書《おうじしょうしょ》（国王の印を管理する役職）をはじめとする政府の要職への就任要請をすでに幾度か辞退している。肝心要《かなめ》のときに権力を掌握するために機が熟するのを待っているからだが、その一方で私生活についてのプランはなにもなかった。

早く妻を娶れ、とはマックスの助言だ。

頑としてはねつけたものの、跡継ぎの必要性は否定できない。ジャイルズは今、三十三歳で、長らく音信不通の従兄弟たちは生死さえ定かでないという現実がある。たとえ生きているとしても大悪党になっているかもしれなかった。銀行強盗か株式仲買人か、はたまたカウボーイにでも。アメリカではカウボーイとやらが大量に発生しているらしいから。そんなことを考えているうちに、カードウ城と伯爵領の繁栄を望むのは危険な考えでもなんでもないのだと再認識した。

ジャイルズは窓の外に広がる秋の朝の光景に目を凝らした。珍しく靄《もや》の晴れた海峡を進むトロール漁船が見える。いや、妻を娶った自分など想像がつかない。彼は急に気恥ずかしさを覚えた。つい最近、女のことで血が騒いだばかりだから。おまけに、その女は家政婦だ。まだほとんど触れてもいない女。今までに数知れぬ愛人をもったジャイルズも、ミセス・モントフォード――いや、オーブリー――に対するこの生々しい感情をもてあまし気味だった。

ここへ到着したときから彼女の気配が感じられた。この住居に、我が家に、彼女の存在を感じることができた。まるで彼女がここの一部になっているかのように。城のあちらへ行き、こちらへ行きして日々の職務をこなす彼女の様子が感覚として伝わってきた。彼女が部屋にはいってくる直前、あるいは通路の角を曲がる直前、ジャイルズの五感は鋭くなった。腰にさげた鍵束が揺れるかすかな音さえ、それが聞こえるまえに察知した。すると、なにやら奇妙な情熱が下腹の底をよじれさせた。それは……原始的な感覚だった。痛みが起こり、息が詰まった。けれど、彼はそれを巧みに隠した。頭ではほかのことを考えているときですら、その感覚が消えることは絶えてなかったのに。

するると、ほかのことを考えろと命じるかのように、炉棚の置き時計が九時を打ち、その音を合図にしたかのように、書類の分厚い束を片手に持ったオグルヴィーが部屋にはいってきた。「おはようございます、閣下」秘書は快活に挨拶をした。「忙しい一日になりそうです」

ジャイルズはオグルヴィーが机に並べはじめた書類に目をやりながら、オーブリーに思いをめぐらすのは小休止せざるをえないと観念した。といっても、その思いはまちがいなく今日の仕事が終わるまでくすぶっているだろうが。残念ながら、彼女と結婚したければできるという単純な話ではない。結局、彼女をベッドに連れこみたいだけなのだろうか。いくら彼女が政治家の妻にふさわしい精神力と冷静沈着さを備えた女でも、政治的野心のある貴族は自分に仕える家政婦とは結婚しない。

「さて、今日の予定はどうなっている、オグルヴィー？」ジャイルズは無理して微笑んだ。

「治安判事が会合をお望みで、どの時間でもいいので割りこませてくれとのことです」秘書は言った。「首相は、グレイ卿の議会改革案に対する答弁についての意見を聞きたいとおっしゃっています。ドラコート卿ご夫妻との昼食の予定もはいっておりまして、そのあと二時に、ミセス・モントフォードと家計簿および所領台帳の精査をするという約束があります」

そうだった！　ジャイルズは内心で喝采した。午後に獲物とふたりきりになれるのか。これは期待できそうだ。

神経が昂《たかぶ》って、じっとしていられない。オーブリーは汗ばんだ掌をスカートになすりつけながら、家政婦室を行ったり来たりしていた。あの男——治安判事のヒギンズ——が朝からずっと城にいる。少佐の葬送の儀への列席を差し控える慎みは持ち合わせていたが、今日はあらためて城の使用人全員から話を聞くと言って譲らず、オーブリーの日課を乱し、彼女の下で働く者たちを不安にさせ、あることないことをもう一度しゃべらせていた。もうすぐ午後の二時だ。

二時になれば状況はいよいよ悪化する。オーブリーがつけている帳簿をウォルラファン伯爵が調べることになっているのだ。帳簿のつけ方に不安があるのではない。模範的な帳簿となっているはずだ。家計や土地の管理に瑕疵があるかもしれないと心配しているのでもない。ただ、細々とした支出や決定に彼がわめき散らし、最後にはいつもと同じことをするのが予想された。つまり、怒りが鎮まると詫びて、きみが正しいと言うのだろう。そう、実際そうだから。ほとんどいつも。オーブリーは目をつぶってあのときのことを思い出そうとした。

と、部屋の扉がノックされた。振り向くとやはり彼だった。広い肩が戸口を埋めている。

「ごきげんよう、ミセス・モントフォード」威厳のある低い声。

「ご足労をおかけします、閣下」オーブリーはどうにか言った。「帳簿は用意してございます」

彼がはいってくると、広い部屋が窮屈に感じられた。今日の伯爵は、田舎暮らしに合わせて、よく磨かれたヘシアン・ブーツに、ぴっちりとした淡い黄褐色のもみ革の半ズボン、それに、縫いつけられたように体に合った暗めの茶色の上着という装いだった。銀色がかった灰色の目も、ひげをきれいにあたった骨格の鋭い顎も、なにからなにまで裕福で尊大な貴族そのもの。

そのきらきら光る目がつかのま彼女の全身をさまよった。オーブリーは頬が熱くなるのを感じた。細胞の興奮を無理やり抑えこみながら、彼を部屋に招き入れ、二種類の帳簿の束を丁寧に示した。緑色の表紙は所領台帳、茶色の表紙は家計簿だ。

家政婦用の小机のまえに肩を並べて立つのはひどく気詰まりだった。日ごろから彼が質素な仕立ての服を身につけているからだろうか、こんなに大柄だということに今まで気づかなかった。細身なのに肩幅はほんとうに広い。肩パッドもつけていないようだ。石鹸と高価なコロンの香りをさせている。オーブリーも背は高いほうだが、彼女より優に六インチは高い。長い手指。その動きが速い。速いのは頭の回転も同様だ。オーブリーの家計簿のつけ方を難なく理解したようで、驚きを隠さずまじまじと彼女を眺めた。

オーブリーは笑顔をつくろうとした。「ごらんのとおり、家計簿には標準的な単式の、所領台帳には複式の簿記法を使用して記録しております。所領のほうは収入の種類が多く、なにかと複雑ですので」

「非常に明瞭な会計だ、ミセス・モントフォード」伯爵の口ぶりは優しかった。「きみは数字に明るいとみえる」

オーブリーは彼から半歩離れた。「恐れ入ります。では、従僕をこちらへ呼びましょうか？　二、三日、帳簿がここになくても不便は生じないと思いますので、お手すきのときに書斎で目を通していただければ幸いです」

値踏みでもするように彼は目を細めた。「マダム、手すきのときはないんだ」と静かに言う。「今ここでするつもりだが、それではまずいかい？」

その手に乗るもんですか。オーブリーは動揺を面《おもて》に出さぬよう努めた。「不都合などもちろんございません、閣下。お入り用な物は？　鉛筆と紙があればよろしいですか？」

彼は小脇に抱えたふたつ折りの用紙を示した。「お茶を頼む」銀色がかった目はなおもオーブリーに据えられている。「濃いお茶をポットで。ミルクも一応用意してくれ、少量でいい。それも問題ないね？」

ますます頬が火照《ほて》った。「はい、もちろん、閣下」言うが早いか暖炉の横棚へ向かう。

「ぼくがここにいるとなにか不都合でもあるのか？」彼は尋ねた。ある一点から彼女の関心をそらすまいとでもいうように。

「そんなことはけっして」ぎこちない手つきでやかんを火にかけ、自分が愛用している白目製の小ぶりのポットをつかむ。「搾乳場へ遣いをやって新鮮なミルクを持ってこさせましょう」

ウォルラファン卿はオーブリーの机のまえに腰をおろした。華奢な椅子にはどう見ても体が収まりきらない。が、オーブリーがノブに手を掛けるのと同時に扉が一回ノックされた。ベッツィだった。部屋にはいったところで伯爵に気づき、ベッツィの動きが止まった。

「気にしなくていい」彼はなかへはいるよう身振りで伝えた。「ミセス・モントフォード、さしあたり、きみはそっちの作業台で仕事をしていてくれるかい？」

オーブリーはポットを置いた。「かしこまりました。おはいりなさい、ベッツィ」狭い部屋のなかで自分の業務の帳面と鉛筆を手に取るには、否も応もなくウォルラファン卿にかぶさるような格好で手を伸ばすしかなかった。彼の香りがまたも鼻をくすぐり、オーブリーは首を振ってその刺激を退けた。ベッツィは部屋の真んなかに置かれたオークの作業台までついてきた。「お客さま用の寝室のリネンの数を数えた？」

「はい、マダム。剝がしたシーツは十枚、枕カバーは繕いのための一枚だけです」

「それでいいわ」オーブリーは鉛筆の先を舐めながら腰掛けた。「オランダ製のテーブル掛けはだれが受け持っているのかしら？　西の翼のものは陽が傾くころまでに仕上げてほしいのだけど」

「レティーとアイダです。もうじき終わると思いますよ、マダム。カーテンもはずしたほうがいいですか?」

オーブリーは思案した。近い将来またカードウ城に来客があるとは考えられなかった。

「そうね、そうしてちょうだい。尖った留め具に注意するようレティーに言ってね。それと、絨毯も全部ブラシをかけて。ただし、どうしても必要でないかぎり、磨き砂をかけたり、はたいたりはしないこと」

「そう伝えます、マダム。ああ、それから、ミセス・ジェンクスがこのあと今週ぶんの肉の注文をどうしようかと訊いてました。肉にする家畜の数を減らしましょうかね?」

「そうね、半分にしましょう。ほとんどの方は帰られたのだから」とオーブリー。「でも、万が一これから弔問される方もいらっしゃるかもしれないし、ドラコート卿とレディ・ドラコートはまだ滞在なさっているのですからね」

「あのふたりも明日帰るぞ」机のほうから低い声がした。

オーブリーはその声に飛び上がった。「なんておっしゃいました?」

伯爵は微笑んだ。「明日以降は彼らの食事の用意をしなくていいということだよ。ぼくを待たずに先に帰ってもいいとふたりには言ってある」

「あなたは——おふたりと一緒にお帰りにならないのですね?」オーブリーはなんとか訊い

た。「あの、つまり、こちらにお残りになるおつもりなのですね?」

ウォルラファン卿は眉を軽く吊り上げ、そっけなく言った。「〈国王の紋章〉亭に泊まりたくないのさ。あそこは鼠が出ると聞いているからな」

ひどく慌てて立ち上がったため、オーブリーは鉛筆を床に落としてしまった。「そんな意味で申し上げたんじゃありませんわ、閣下」

しかし、ウォルラファン卿の表情はにわかに茶目っ気を帯びた。「ところで、不思議なんだが、ミセス・モントフォード、きみはなぜぼくから逃げたがるんだい?」

オーブリーは伯爵の唇が小刻みに引きつりだしたことに気がついた。彼は数字の列を追いながら、片目の端で彼女を見ていた。と、唇の引きつりが本格的なにやにや笑いとなった。ベッツィが吹きだした。

「ベッツィ!」

家女中は笑いをこらえようとして真っ赤な顔になった。「すいません、マダム」

そこでウォルラファン卿も笑いだした。腹の底から笑いながら、鉛筆を片手にゆるく持ち、オーブリーからベッツィへ視線を移した。「しかたがないだろう、ミセス・モントフォード、ひとり残るのは自業自得ってやつだ。きみの表情はじつに愉快だね。どうやらぼくはきみの領土に怒りの火をつけに来てしまったらしい。おまけに撤退すべきときが来ても潔く撤退もしない。そうだろう?」

「めっそうもございません！」

ウォルラファンはまだくすくす笑っている。「それで、今はなにをしようとしているんだ？」彼はほとんどひとり言のように言った。「きみとペヴスナーでまたぞろ密航を企てているんじゃなかろうな？　知ってのとおり、我が祖先の一部の者はそれをやって、かなりの利益をあげたわけだが」

「どうぞ、お好きなだけお城にお泊まりくださいませ」とオーブリー。「わたくしが申し上げたかったのはそれだけです」

ウォルラファン卿は今度はベッツィに向かってにやりとした。「彼女はなにか隠しているような気がするんだが、ベッツィ」一拍おいて目配せをする。「なんだと思う？」

「あ、はいはい、あたしはもう仕事に戻ったほうがよろしいかと」とベッツィ。

「いい考えだ」と伯爵。まだ鉛筆をぶらぶらさせている。「だが、そのまえにお茶に入れるミルクを持ってきてくれないか？　ミセス・モントフォードはぼくがいることをすっかり忘れているようだから」

だが、ミセス・モントフォードが忘れていないということは、むろんジャイルズにはわかっていた。狭い家政婦室で彼が過ごしたこの二時間、彼女のほうも彼の存在を片時も忘れていないということは。彼は帳簿を精査するかたわら彼女の働きぶりを眺めていた。彼女と召使いたちとの関係は円滑かつプロフェッショナルだった。会計報告も同じくで、所領台帳にも家計簿にも一点の瑕疵も見つからなかった。

そしてまた、彼女が彼に向ける視線にもなんら責めるべきところは見あたらなかった。彼が見ているとは思っていないのだろう。彼女はたびたびこちらを見た。ふたりのあいだに緊張した空気が漂っているのは、この部屋においてはもはや否定しようのない事実だった。それでも、彼女はふだんと変わらぬ活力と冷静さをもって自分の役割を果たしている。すこぶる優雅で女らしく、しなやかな身のこなしで。黒いスカートに踝《くるぶし》のまわりでさらさらと衣擦れの音をたてさせながら、部屋のなかをすばやく軽やかに進んだ。

そんな彼女を見るのは愉しかった。鳶色の豊かな髪が今日はより柔らかに見える。自分専用の部屋だから、頭になにもかぶっていない。長い首のくぼみや曲線は、まるで大理石の、乳白色がもっとも際立つ部分から彫りだしたかのようだ。例によって頑なほどに張った肩が優雅さに威厳を添えているといっても過言ではない。ひとつまたひとつと部下が指示を仰ぎにくるたび彼女の顔が変化するさまを、ジャイルズはときどき帳簿から目を上げては盗み見た。びっくりした様子で眉間に皺を寄せることもあったが、ふっと微笑むところも一度か二度、目にした。そうすると部屋全体が温かい雰囲気に包まれた。

最後の帳簿に目を通し終えようかというころ、二番手の家女中、レティーという若い娘が洗濯ずみのテーブル掛けを取りにやってきた。オーブリーは家政婦室の一方の壁に並べられた背の高い戸棚のまえへ向かい、腰にさげた鍵で戸棚の錠をはずした。それから背伸びをした。うんと高く。ジャイルズが好奇心から眺めていると、スカートの膨らみがすっと平らになり、ほれぼれするような尻の形をあらわにした。

ジャイルズはその形よく盛り上がった小山に両手を埋めたいという衝動に駆られた。口が乾いた。じつは五杯めのお茶を飲んでいるところなのだが、あまり助けにならない。オーブリーが雪のように白いリネンの束を手渡すとレティーは戸口へ向かった。

ジャイルズは不意に立ち上がって声をかけた。「レティー、これから一時間、われわれはだれにも邪魔されたくない」

城主に話しかけられてレティーは飛び上がった。「はい、閣下」

「ほかの者にもそう伝えてくれないか。ぼくはこの会計報告についてミセス・モントフォードにいくつか質問をする必要があるんだ。ベッツィに伝えてくれ、この一時間だけ家政を取り仕切るようにと」

ミセス・モントフォードは彼をにらみつけたが、なにも言わなかった。レティーは膝を深く折ってお辞儀をすると、清潔なテーブル掛けの束をしっかりと胸に抱きかかえ、逃げるように部屋をあとにした。ミセス・モントフォードはまだ背の高いリネン棚のそばにいる。扉が閉められるやいなや、ジャイルズは部屋を横切って彼女のまえに立った。ミセス・モントフォードは戸棚の細い扉を背にすくみ上がっているようだ。

「帳簿を作業台に移したほうがよろしいですわね、閣下」突如として声がうわずった。「そちらのほうが広いですから」

「ぼくが持っていくよ」ジャイルズは言った。「きみには重すぎる」

もっとも、善意の申し出をしておきながら――善意だったのだろう？――彼は帳簿を手に取ろうとしなかった。そのかわり、彼女との距離をさらに縮めると、顎の下に指を一本滑りこませた。

ミセス・モントフォードはたっぷりした黒い睫毛の向こうから上目遣いに彼を見て、すぐさま目を伏せた。彼女は美しい。たぐいまれなる美しさだ。ジャイルズはやにわに唇を重ねたくなった。豊かな赤毛に指をもぐりこませたい。片手がみずからの意思で動いたかのように、彼は可愛い顎を持ち上げて、視線を合わせることを彼女に強いた。

「ミセス・モントフォード？」と優しく言う。「お互い、もうゲームはやめにしたほうがよくはないかい？」

今や彼女の顔からは血の気が引き、左右の肩胛骨がリネン棚に押しつけられていた。彼は自分の体と扉とで彼女を囲っていた。

「な、なにをわたくしにお望みなんです？」

ジャイルズはまたも一インチ接近した。彼女の胸のぬくもりが上着を通して感じられるまで。「この期《ご》におよんでまだそんなことを？」言葉の粘度が妙に高まる。「今望んでいるのは優秀な家政婦としての技能ではないよ」

彼女は目を閉じて、唾を飲みくだした。

そこにいたってキスはもう避けがたいものとなった。ジャイルズは彼女の顎をぐっとつかむと、まえかがみになって唇を重ねた。彼女は抗わなかった。キスを返すこともしなかった。ただ身を硬直させ、毅然とした態度を崩さずに立っていた。彼の口が動きまわり、唇を挟んでも吸っても、まるごと味わっても。

まったく自分らしくもない、これは無分別な行儀の悪い男のすることだという考えが頭に浮かんだ。それに、こんな経験は今までに一度もない。だが、そんなことはどうでもいいという気もした。欲望が体を突き抜け、溶かし、焦がしていた。彼はその溶けかけた体を彼女の型に流しこもうとするように貼りつけた。彼女はかすかに身を震わせた。が、欲情しているのとはちょっとちがう。ふとそう思った。まるで男に触れられたことのない処女のようだと。

そこでやめるべきだったのかもしれない。けれど、このときばかりは自制心が働かなかった。彼女が欲しいと、ただそれだけを一途に思った。ジャイルズはもう一度、唇を重ねながら、片手をうなじの髪のなかに滑りこませて、彼女をなだめようとした。

「口を開けてごらん」とつぶやいた。

彼女は素直に従ったが、まだ震えているのがわかる。ジャイルズは彼女の口のなかに押し入り、舌を自在に動かして彼女の舌を探った。キスの仕方を知らないらしい。でも、そんなことはかまわない。その口は温かく、息には官能をそそるかすかな香りがあった。自分のうめき声を聞きながら、彼のキスはさらに濃厚なものとなった。彼女のなめらかな熱さに触れて我を忘れ、かすかに反応が返されかけたときにもほとんど気づかぬほどだった。それでも、ほっそりした指がそろそろと腰に巻きつけられるのは気がついた。温かさに肉が火傷《やけど》をしそうだ。それから、舌が彼の舌に触れた。おずおずと、でも、たしかに。

体の震えが止まらぬままに彼女は慎重につま先立ちになった。ささやかながらも反応が示された。とはいえ、まだ充分ではない。ジャイルズの頭のなかで血が脈打ちはじめた。彼女はおそるおそる頭を傾けてキスをより深く受け入れた。たちまち彼は切羽詰まって、綱を解かれた野獣さながらの獰猛な興奮を覚えた。長さのある頑丈な作業台にさっと目を移した。

彼女のスカートをめくり上げて作業台に押し倒し、部屋に射しこむ午後の明るい陽のなかで事におよぼうか。一瞬そう思った。陽射しを受けた鳶色の髪が炎のように赤く熱く燃え立ち、その髪からピンを抜くさまが目に浮かぶ。むき出しになった彼女の肩が作業台の木に雪花石膏のように白く映るさまも、衣装を剝がされた乳房も、ぴんと張りつめた乳首のくすんだ色も。乳房の片方を彼はつかもうと片手を伸ばした。

しかし、そういうわけにはいかない。というより、現実的に無理だった。部屋の扉が施錠されていないことに気がついたのだ。

絶妙のタイミングでそのことに気づいた。ノブがまわされる音が背後に聞こえると、オーブリーはぱっと唇を離し、彼の肩を押しのけた。「おやめください、離れて！」と、息も絶え絶えに言う。

ふたりが離れるのとほぼ同時にジェンクスが部屋にはいってきた。剣のように長い枝葉をいっぱい束ねて脇に抱えている。枝の先には大きな白い蕾《つぼみ》がついている。園丁は憤慨したように顔色を変えて目を伏せた。

まずい、見られてしまった。

「お取りこみ中すみません、マダム」ジェンクスはもごもごと言った。「アイダが花瓶を洗い終わるまでにグラジオラスをここへ置いとくようにということだったので」

「ああ、そうね」オーブリーははじかれたように戸棚のそばから離れた。「作業台に置いてちょうだい。べつにわたしは――ただ――」

「彼女の髪に蜘蛛がもぐりこんだので取ろうとしただけだよ」ジャイルズは言葉を挟んだ。「天井から落ちるのを目撃して、すぐに払いのけなくてはいかんと思ったのさ」

蜘蛛？　言うに事欠いてよくもそんな言い訳を。ジェンクスもむろん信じていない。

「蜘蛛に嚙まれると危険だと教えられたからな」ジャイルズは説得力のないいつけ足しを試みた。

「なるほど、そういうこともあるかもしれませんね」園丁は床から目を上げたが、城主の目を見ようとはしなかった。「ほかになにかやっておくことはありますか、マダム？　これからフェルプスと生け垣の剪定《せんてい》を始めるんで、そのまえに」

ジャイルズは革表紙の帳簿をつかむと大股で戸口へ向かった。「では、ぼくはこれで引きあげるとしよう、ミセス・モントフォード。質問は今すぐでなくてもいいんだ」

オーブリーは彼を見なかった。顔はまだ蒼白だった。「はい、閣下」

「ふたりともよい一日を」とジャイルズ。

「お花をおろしてちょうだい、ジェンクス」部屋から出るなりオーブリーの声が聞こえた。

「どこでもいいから置いて、すぐに帰ってくれる？」

ジャイルズは静かに扉を閉め、ちょっとためらった。幸いにも召使いたちの仕事場があるこの翼の通路には人気がなかった。彼は目を閉じて冷たい石壁に背中をもたせかけ、額を指で押した。なんということだ、なにもかもぶち壊しだ。

それにしても、自分はいったいなにをしようとしていたのだろう？　おまけに救いがたい不器用さだ。知り合いの紳士の大半は女の召使いを日常的に誘惑しているだろうに、生まれてはじめて召使いにキスをする現場を見られてしまった。なおまずいことにオーブリーに恥をかかせてしまった。

そのとき、家政婦室の扉の蝶番がふたたび甲高い音をたて、ジェンクスが石造りの通路に現われた。ジャイルズはわざとらしく咳払いをした。園丁は目を細め、避けるように体の向きを変えた。「誤解してやしないだろうな、ジェンクス」伯爵は物静かに言った。「誤解するなと言いつのって賢明なおまえを侮辱するつもりはないけれども」

「わしには関係のないことだと思いますから、閣下」だが、にらみつけるようなジェンクスの目はそうは言っていなかった。

「それはそうだが」伯爵は冷静に応じた。「ミセス・モントフォードには関係がある」

「言いふらしたりしやしませんよ、そういう意味でおっしゃってるなら」ジェンクスの声音が険しくなった。

ジャイルズは園丁に歩み寄った。「たしかに、おまえだったのは運がよかったんだろう。女中たちのだれかでなかったのは。つい我を忘れてしまったんだ、ジェンクス、単純明快な話さ。おまえには関係ないと言われればそれまでだが、そのことを知っておいてほしい」

ジェンクスはなおも目を細めて伯爵を見た。「つまり、閣下はこのことをわかっておいでなんですね」と静かに言う。「オーブリー・モントフォードはいい娘《こ》なんです。そのうえ、このお城で彼女はただでさえいろんな面倒を抱えてるんですよ」

それだけ言うと、園丁は縁なし帽を頭に戻して通路を歩きだした。残されたジャイルズは支離滅裂な感情を味わった。欲情しながら屈辱を覚え、なお悪いことには、自責の念がまったく湧かないのだった。いずれにせよ、痛手を食い止めるべき時機を選ぶ思慮分別も働かなかったようだ。ジェンクスの姿が城の中庭へ消えるや、ジャイルズはライオンの住処《すみか》へ引き返した。立ち止まってノックをする手間さえ取らずに。

家政婦室に戻ってきたウォルラファン卿を見て、オーブリーは信じられない思いだった。この人には恥というものがないの？　あんな厄介を引き起こしてまだ足りないの？　どうやらそうらしい。長い脚とたくましい男性美の持ち主は家政婦室の床を我が物顔につかつかと横切った。もちろん、この部屋も彼のものにはちがいないのだけれど。

作業台についていたオーブリーは勢いよく椅子から腰を上げ、警戒の目で彼を見た。伯爵はさも特権階級ぶった尊大なそぶりで帳簿を作業台に投げ、冷ややかに言った。「ジェンクスと話した。その方面の災難に見舞われることはないだろう」

オーブリーのなかでなにかが音をたてて切れた。「お話しになったですって――？」作業台をまわりこんで伯爵のまえに出た。「ずいぶん堂々としていらっしゃいますこと。それで、彼になんとおっしゃったんです？　使用人をものにしようとしているときには邪魔をするなと？」

伯爵は驚いたように彼女を見た。驚きはすぐにべつの感情に変わった。彼は大股に彼女に近づいた。銀色がかった目に散った漆黒《しっこく》の斑点が見えるほどそばへ来た。「マダム、きみをものにするつもりがあるなら、何日もまえにきみの下穿《したば》きを足首までおろしていたさ。ぼくはキスをしただけだ。承諾が得られず、不首尾に終わったがね」

「よくもそのようなことを！」口を閉ざすというもくろみはオーブリーの頭から完全に忘れ去られた。伯爵と折り合いよくやるということも。今の立場を維持するためにはなんでもするということも。「ご自分の過失をわたしのせいになさるんですか？」

伯爵は肩をすくめた。「きみに恥をかかせたのは謝るよ。あんなことになるとは思わなかったんだ」

「でも、わたくしに欲情なさった。それですべてが許されるはずだと？」彼女は皮肉めかした。「きっと、わたくしの並はずれた簿記の技能を目にして欲望に打ち負かされたのでしょうね。それとも、並はずれたアイロン掛けの技能でしょうか？」

「いや、じつをいうと」伯爵は割りこんだ。「きみの尻だよ、オーブリー。きみが背伸びをしたときにスカートが尻に貼りついて、なんともそそられたんだ」

オーブリーの顔からまたも血の気が引いた。「そうですか」と声を絞りだす。「熟れた林檎のごとく、わたくしも摘み取られなくてはならないというわけですね？」

ウォルラファンは片方の眉を吊り上げてみせた。「許してくれ、可愛い女《ひと》、でも、それがきみの与えた印象だったのさ。もっとも、ぼくも混乱していたのかもしれない。口のなかにあったのはべつのだれかの舌だったんだろうか？」

オーブリーは本能の命ずるままに片手をうしろへ引き、彼の頬をひっぱたこうとした。

獲物をとらえる猫のすばやさで伯爵の手が上がり、彼女の手首をつかんで自分のほうへ引き寄せた。「そういうことは考えないほうがいい」脅すような低い声。「きみの無礼千万な態度にはすでに相当な我慢をしているんだぞ」

「でしたら、これも我慢なさってください、ウォルラファン卿」彼女も脅すように切り返した。「ベッドをともにする相手は自分で選びます。だれにも命令はさせません」

ウォルラファンはもはや品位を失ったように見えた。陰険な目つき、奥歯を噛みしめた口。オーブリーは苦しげに息を吸いこんだ。性的興奮と怒りのなかにある雄が発するにおいとともに。彼のつけている高価なコロンの香りも今はさほど上品には感じられない。

「きみのベッドについてだが、オーブリー」耳もとに熱い息が吹きかけられる。「そもそも、それはだれの所有物かを思い出したほうがよくはないか？　命令うんぬんについては、なるほど、その選択はきみの自由だ。後悔のない賢明な選択をしてくれ」

「あなたは紳士でいらっしゃると思っておりました」

彼はあとずさりをして彼女の顔を眺めまわした。「ぼくは政治家だ。本物の紳士にはきみの扱い方がわからんだろうよ」

「では、あなたはおわかりなんですの？」

挑むように彼の目が燃えた。ウォルラファンは彼女の体を乱暴に引き寄せて自分に押しつけた。「わかっていると思うがな」言うが早いかキスをした。

先ほどの最初のキスにオーブリーはただ圧倒されたが、今度のキスでは感情が解き放たれた。燃えさかる熱い炎と、駆けめぐる血と、まばゆい光。ウォルラファンは口を開いて彼女の唇をふさぎ、奪い、侵入しながら作業台のほうに追いつめた。彼女の背中に作業台の木があたるまで。

オーブリーは両手で彼の肩を打ち、顔をそむけて抵抗したが、なんの効果もない。で、噛みつこうとすると、両の手首をつかまえられた。彼は作業台の上に彼女を押し倒し、身動きできぬように自分の体で押さえこんだ。オーブリーは見まがいようのない激しい欲望をまのあたりにした。ふたりの視線が一瞬、絡み合った。

ウォルラファンはひと息つこうとした。「逆らうな、オーブリー」と唸るように言う。

オーブリーのほうも息を切らしている。「放して」

しかし、彼の目のなかにあるものが彼女をはっとさせた。そこに見えたのは凶暴なもの、想像だにしなかった獰猛な熱い狂気だったが、同時に苦痛の色もあった。そんなふうに彼を傷つけたのは自分だ。それでもやはり、ウォルラファンは自分の欲しいものを力ずくで手に入れる男に見えた。なんてこと、わたしは火遊びをしてしまったのだわ。

「放してください」と、もう一度小声で言う。

だが、手首を握る力は弱まったものの、唇はふたたびこちらへ向かってきて、彼女の目は──彼女自身を裏切って──降伏したようにゆっくりと閉じはじめた。「ほんとうはこれがきみの望みなのか？」彼の声は罪の意識をまとってシルクのようになめらかだった。「そうなのか、オーブリー？」

　作業台の木に押しつけられた体から力が抜けていく。だめ！　厄介なことになるわ、そうでしょう？　ああ、わからない。人間同士の交流は、どんな種類の感情の交流でも――そう、欲望でも怒りでも――いっさいの交流がない状態よりは気持ちがいい。わたしはその状態にずっと耐えてきた。

　いっときの躊躇が命取りになった。伯爵はまたもやキスで責め立てた。重ねられた柔らかく温かい唇が溶けはじめる。愛人のような優しい愛撫。オーブリーは溺れそうだった。混乱と渇望のなかで溺れかけていた。彼は唇の物憂げな動きにまかせてキスを味わっている。温かい息が肌にかかる。指がうなじからそっと髪に差し入れられると、オーブリーはこれが堕ちるということなのだと漠然と感じた。

　手首を解放されていることにやっと気づいた。彼の片手は髪から顔へ移動し、壊れやすい磁器でも扱うような慎重さで頬を包んだ。その温かい手と優しい腕で彼は苦もなく彼女を作業台から起こした。腕が体にまわされた。しっかりと強く。するとなぜだか、自分の体重をなくして――地球の重力も一緒になくなって――頑丈な体にしなしなともたれかかりたくなった。

「オーブリー、すまない」彼は唇を合わせたままで囁いた。「ああ、オーブリー……」

　唇が首を探る。彼の口は開けられていて、熱い。片手が寄り道をしながら尻の膨らみにおり、するりと撫でる。抵抗の兆しがないので、彼はスカートを片手にまとめて握り、ゆっくりとめくり上げた。涼しい風がストッキングをなぶる。伯爵は温かな長い指で尻の片方を下からすくい上げると、尻の丸みに指を沿わせるようにして彼女を持ち上げ、自分の体に押しつけた。オーブリーはふたたび彼の火照りを感じた。衣服を通して力強く突きでているものも。

突然、窓の向こうの中庭に馬の蹄が大きく響き、荷馬車ががらがらと通り過ぎ、その騒音が彼の意識を呼び覚ました。まるで夢から覚めたかのように、ジャイルズは唇を離して彼女を見おろした。彼の手がゆるみ、スカートも衣擦れの音とともに元に戻された。

オーブリーは黙ってしばらく彼を見つめていた。「あなたはなにがお望みなのですか、閣下？　わたくしになにを求めていらっしゃるの？」

探るような目が彼女の顔に向けられた。そこに浮かんだ表情は迷いと困惑のなかにある男のそれだった。「自分でもわからない」ひとり言のように彼はつぶやいた。「すまない、オーブリー。もう……行ったほうがよさそうだ」

伯爵は重い靴音をたてて戸口へ向かった。肩をすぼめ、両手を体の脇できつく握りしめて。あっというまに扉が開かれ、また閉められ、彼は立ち去った。オーブリーは両腕を体に巻きつけて火のない暖炉のまえへ行くと、炉棚に額をあずけた。乱れたままの息を吸いこむと古い灰のにおいが喉を刺した。彼が欲しかったのだ。そう、欲しかった。あんな尊大きわまる相手なのに、わたしは自分から求めていた。伯爵の推測どおりだったということ？　それによってもうひとつの恐るべき真実が明白になった。ウォルラファン卿にベッドへ来いと命じられても、苦痛を感じるのは自分の誇りだけだということが。残りの自分はきっとそれを耐えがたい任務とは感じないだろう。

7　薔薇園での幕間

正餐が始まる直前、気がつくとジャイルズは城内の庭園にいた。どうしてここへ来たのかわからぬうちに来ていたのだ。午後はずっと罪悪感と期待が混濁したひどい気持ちに苛まれていた。鋭利な刃の切っ先で絶えずちくちくと刺されているような感じだ。いったいなにを期待しているというのだ？

なにもかも、すべてを。彼女がつぎに吐く言葉を。彼女がつぎに吸いこむ息を。彼女の姿を垣間見るだけで、横目でちらりと視線を交わすだけで、天からの賜《たまわ》り物かもしれないと思えてしまう。正直にいえば、なんとも情けない状態だった。彼は立ち止まり、石の門柱に片手を置いて目をつぶった。ああ、彼女が欲しい。彼女も欲していた。少なくとも彼女の体は欲しがっていた。最後のキスはそれまでとはちがって、危険な激しさを増したキスだった。

とはいうものの、彼女が口にした〝命令〟という言葉が胸に突き刺さった。そう決めつけられたことに傷ついていた。それで暴言を吐きたくなったのだ。あのような横暴なふるまいにおよんだことを考えれば、もっと傷ついても当然だろう。しかし、なぜ彼女はあんな言い方をしたのか。彼女自身も燃え上がっていたのはあきらかなのに。いや、オーブリーをものにしようとしたのは否定できない。あるいは、それにきわめて近いことをしようとしたのは。彼女がしぶしぶ応じたのではないと思いこんで自分の恥ずべきふるまいを正当化するほど愚かではない。まっとうな紳士なら、あんなに乱暴に彼女を押し倒したりはしなかっただろうし、不快なほのめかし——あの〝命令〟という言葉——を宙に浮かせたままにもしなかっただろう。

オーブリーに言ったこととは裏腹に、あらゆる点で紳士であると自負していたが、考えちがいだったのかもしれない。それとも、洗練された紳士面《づら》を引き剝がす唯一の事柄についにぶちあたってしまったということか。深刻には考えたくない。

ふと目を上げると壁に囲われた庭園で丈を伸ばしている薔薇が目にはいった。まわりを取り囲む勢いのいい青々とした常緑樹に目がいって薔薇の存在にほとんど気づかなかったのだが、このなかはひとりでぼんやり過ごすには格好の場所に思えた。

ジャイルズは薔薇園の入口の凝った装飾がほどこされた鉄の掛け金を持ち上げた。門を押すと蝶番が悲鳴のような音をたてて開いた。なかにはいってみると、煉瓦の壁は今ではさほど高く感じられない。それでも、庭園そのものは少年のころから少しも変わっておらず、ミスター・ジェンクスご自慢のチャイナローズの甘い香りがつんと鼻をついた。壁はさまざまな蔓植物におおわれ、整然と並んだ花壇にはしっかりと根を張った灌木《かんぼく》が列を成し、小さな陶の銘板にひとつひとつ薔薇の種類が記されている。だが、この季節、それらの薔薇の香りは思い出となり、葉は一枚残らず落とされている。庭園の中央に子どものころの記憶そのままの噴水があった。水差しで下の池に水をそそいでいる、まるまる太った智天使《ケルビム》三体。ジャイルズはゆっくりとした足取りで砂利の小径を噴水のほうへ向かった。ちょっと足を止めて片手を噴水のなかに差しだし、水が指を伝って雨のように池に落ちるのを眺めた。

異様に冷たい。墓で眠っている可哀相なエライアスと同じ冷たさ、カードウ城と同じ冷たさだ。あの誇り高く近寄りがたい家政婦もこの水のように冷たい女だと思っていた。ところが、彼女の中身は外見とはちがっていた。ジャイルズは物思わしげに手を裏返し、掌で噴水を飛び散らせた。

「そんなことしちゃだめだよ」物陰から小さな声がした。「水を撥《は》ねかけたりしちゃ」

ジャイルズは反射的に手を引っこめてから、今の自分は伯爵位を継いだこの城の主であることを思い出した。噴水の脇を通って庭の奥へ進むと、庭園の壁に沿うように置かれた幾対かのベンチの一番遠くに、黒髪の小さな子どもがちょこんと座っていた。八歳ぐらいの少年で、脚の先がまだ地面に届いていない。

その子は腰を滑らせてベンチから離れると、不安定な足つきでこちらへ歩いてきた。いや、足を引きずっている。ジャイルズはその少年がオーブリーの息子だと察した。少年はジャイルズに近いベンチのそばで立ち止まり、真剣な表情を浮かべたブルーの目を上げて、クリケットのバットを置いた。どうやら今までそれで遊んでいたらしい。

「噴水で遊んじゃいけませんってお母さまに言われてるの。その噴水はぼくたちのものじゃないからって」

なぜそうしたのか説明がつかないのだが、ジャイルズは手振りで少年を向かい合わせのベンチに腰掛けさせた。「そのとおりだよ。じつは、ぼくはウォルラファン卿なんだ」

「ああ」少年はそう言ったが、ジャイルズが伝えたことの重大さは伝わっていないようだった。

たぶん重大ではないのだろう。ジャイルズは微笑んだ。そうとも、重大でもなんでもない。生きとし生けるものの壮大な仕組みのなかでは。それに今この瞬間は、むしろ取るに足らない存在でありたかった。「ここで遊ぶのが好きなのかい？」彼は少年に尋ねた。

少年はこっくりとうなずいた。「インディアンごっこをするんだよ。ここは砦で、レッド・インディアンが攻めてくるんだ」

ジャイルズは声をあげて笑いだしそうになった。「きみはモントフォードくんだろう」

礼儀を忘れていることに今気づいたといわんばかりに、少年の目がまん丸になった。遅ればせながら、さもはにかんだ様子で片手を差しだす。当然ながら、それはもっと礼儀にはずれた仕種《しぐさ》だった。彼は召使いの子なのだから。が、ジャイルズは熱意をこめて握手に応じた。

「イアンです」少年は物静かな声で言った。

ということは、やはりこの子がひどい怪我をした少年なのか。三年まえに執事のペヴスナーの苛立ちの原因となった子だな。たしかに、子連れの家政婦を雇い入れるという例はあまりない。しかし、ジャイルズの知るかぎり、モントフォード親子がこの城に来たことはエライアスに大いなる幸せをもたらした。

「ほう、イアン、きみは本物のレッド・インディアンをどこかで見たことがあるのかい？」

イアンはちょっぴりしょげたように首を横に振った。「いいえ、彼らがとっても勇敢で獰猛で、アメリカ大陸に住んでるのは知ってるけど。伯爵はアメリカに行ったことがありますか？」

「いや、残念ながらまだない」ジャイルズは空を背にした青みがかった灰色の城の壁をじっと見上げた。「だけど、この城には住んでいた。きみと同じ歳ぐらいまで」

少年は興味津々な顔で彼を見た。「そのあとはどこへ？」

「そのあとは……」地獄へ行って、また舞い戻ってきたのさ。が、こう答えた。「寄宿学校へ上がったのさ。ぼくのためにはそれが一番いいというのが父上の考えだったから」

「へえ。お母さまはぼくをどこへもやらないって。ぼくは学校が好きなのに」

ジャイルズはなんとか笑みを浮かべてみせた。「じつは、ぼくの母上もぼくを寄宿学校へやりたがらなかったんだ。今は村の学校へ行ってるのかい？」

イアンはうなずいた。「算数が得意です」

「そうか、きみはお母さんに似ているんだね！」ジャイルズはオーブリーのつけた帳簿を注意深く確認したが、非の打ち所がなかった。もし、彼女が不正を働きでもしたら証拠を見つけるのはまず不可能だろう。彼女は蓄財の術も心得ているらしく、ウォルラファン伯爵家の所領の収支は黒字に転じはじめていた。おかげでジャイルズはただの大金持ちから馬鹿馬鹿しいほどの大金持ちへと移行しつつある。

イアンは黙りこくっている。「あのな、イアン」庭園に視線を走らせながらジャイルズは言った。「ぼくが子どものころ、この薔薇園にはよく鍵が掛かっていた。でも、ときどき、こっそり忍びこんだんだ。外に出ようとしてエライアス叔父さんと鉢合わせしたこともあるぞ。叔父さんに肩車をしてもらって壁を乗り越えたこともある」

イアンの目がふたたびまん丸になった。「あんなに高い壁を？」

ジャイルズは目配せをした。「そうだ。でも、薔薇を這わせる格子垣を利用して降りる方法を知っていたのさ。難しいのは外壁だけなんだ」

少年は崇拝のまなざしを向けた。

「エライアス叔父さんのことはきみも知っていただろう？」ジャイルズは唐突に訊いた。なぜこんな会話を続けているのか自分でも不思議だったが、やめるには遅すぎた。「ロリマー少佐だよ。彼はぼくの叔父さんなのさ」

イアンはひるむことなく彼を見つめた。「ぼくは少佐のお邪魔をしてはいけなかったの。

それに、少佐は亡くなったでしょ。少佐は正装安置されてるんだって、お母さまから聞きました。だから、だれでも弔問していいんだって。少佐に軍服を着せてあげましょうって、お母さまが言ったんだよ」

ジャイルズはごくりと唾を飲みこんだ。「ああ、軍服姿の少佐はとっても立派に見えたな。でも、昨日、叔父さんを葬った。だから、もう正装安置はされていないんだ」

「そうなの」イアンはその事実について考えているようだった。「だけど、少佐はすごく勇敢な人だったんでしょう？　みんなが知ってる戦争の英雄で、だから、たくさんの休息が必要で、だから、ぼくがお邪魔をしてはいけないいんだって、お母さまが」

またも突然、涙がこみ上げるのを感じて、ジャイルズは我ながら驚いた。「ああ、イアン、彼は戦争の英雄だったよ。偉大な英雄だった」

イアンは肩をすくめた。「軍人ってものすごく疲れるお仕事なんですね。少佐はすばらしい叔父さんだった？」

「最高の叔父さんだったよ」それは真実だとあふれる感情のなかでジャイルズは悟った。エライアスは少年が望みうる最高の叔父だったと。出征し、ぼろぼろになって帰還するまでは。

彼らの勇ましさを楯として、わたしたちは戦争の醜さを見ずにすんでいますけれど、そのためにどれだけの犠牲が払われていることでしょう。ミセス・モントフォードはそう言っていた。

彼女の熱っぽい言葉はあれからずっと彼を悩ませていた。言葉の裏にはもっと深刻な、もっと明確な意味がふくまれているのではないのかと。ただ、ひとつだけはたしかなことがある。それは、その言葉が真実をずばり言い当てているということだ。

「きみにも特別な叔父さんがいるかい、イアン？」まだ声を少し詰まらせながら、ジャイルズは訊いた。「断言できる、叔父さんというのはなくてはならない宝物なんだよ」

少年はしばらくなにも言わなかったが、やっとこう答えた。「叔父さんはひとりいました。ずっとまえに」

「ああ、それはいいね」ジャイルズはイアンに微笑みかけた。「なんていう名前の叔父さんだい？」

「ファーガス。ファーガス・マクロー――」そこで急にイアンは口をつぐんだ。「あ……そうじゃないや。ちがう名前です。忘れちゃった」

「そういうこともあるさ」

「はい」

やけに気まずそうだ。ジャイルズはべつの話題を探した。「なかなかいいバットを持っているじゃないか。よくクリケットをするのかい？」

イアンは肩をすくめた。「ルールは知ってるけど、まだ打てないんです」

ジャイルズは少年の膝を軽く叩いた。「そのうち打てるようになるさ。こう見えてぼくはまずまずの投手だった。二十年ばかりまえの話だが。だけど、投げ方はまだ覚えていると思うぞ。いつか一緒に練習しよう」

イアンの顔がぱっと輝いた。「できたらうれしいな」

「では、この薔薇園で午後をたっぷりと愉しみたまえ、モントフォードくん」ジャイルズは努めて快活な声を出した。「残念だが、ぼくはほかの場所での務めがあってね」両手で自分の腿を叩いてから立ち上がった。が、ときおりそうなるように、左の膝がまっすぐに伸びず、最初の一、二歩でまえのめりになってからバランスを取りなおして歩くことになった。

「足が悪いんですね」少年がつぶやいた。「ぼくと同じだ」

嫌な感情がまたしても彼に不意討ちを食らわせた。ジャイルズは少年を振り返った。「塔が崩れたときに怪我をしたそうだね。すまなかった。でも、きみの悪い足はよくなるよ」

イアンは肩をすくめた。「はい」と穏やかに答える。「クレンショー先生もそう言ってました。伯爵も塔が落ちて怪我をしたんですか?」

ジャイルズはなんとか微笑もうとした。「いや、じつは、銃弾を受けた」

イアンの目が見開かれた。「ほんとう?」

「ほんとうだよ」ジャイルズは目配せをした。

「だれが撃ったの?」不意に畏怖の念に打たれたようにイアンは息を詰まらせた。

「それがだな、密輸商人にやられたのさ」ジャイルズは秘密めかした囁き声で答えた。

「ほんとうにほんとう？」

ジャイルズはこの芝居を精いっぱい続けることにした。「ほんとうにほんとうさ。川沿いの暗い路地で撃たれた。そこは恐ろしく物騒なところでもあったんだ」

イアンは今や大きなブルーの目を皿のように見開いていた。「撃ち返した？　そいつを撃ち殺した？」

ジャイルズはにやりと笑った。「ところが、そいつは女だったんだよ。怒りに燃えた女には絶対に背中を向けるなよ、イアン。女というやつはとてつもなく凶暴になる危険をはらんでいるからな。で、答えはノーさ。だれも殺さなかった。それにしても、刺激的な体験だった」

「それからどうしたの？　その話、全部聞かせて」

ジャイルズは首を横に振った。「いや、そろそろ正餐のための着替えをしなくてはならない。そうしないとミセス・ジェンクスがおかんむりだ。でも、このいかがわしい話の全編を今度聞かせてやろう。ただし、きみのお母さんのお許しが出たらな」

「わかった」イアンは小声で言った。「じゃあ、いってらっしゃい」

ジャイルズはのんびりとした足取りで薔薇園の門のほうへ向かった。「そうだ、イアン、もうひとつ」と肩越しに声をかける。

「はい、なんですか？」

「噴水の水を撥ねかけて遊びたければ、やってもかまわないよ。きみのお母さんにもそう言っておく」

イアンは顔を輝かせ、門を閉めるジャイルズにもう一度手を振った。

奇妙なほど充実した幕間《まくあい》だったと、門の蝶番の悲鳴を聞きながらジャイルズは思った。ひとりでゆったり過ごすことはできなかったが、この自分になにも求めようとしない相手と短い時間をともにするのはじつに愉しかったと。

オーブリー・モントフォードの息子は聡明で魅力あふれる少年だ。少々おとなしすぎるきらいはあるにしても。ジャイルズはむしろその部分に共感した。自分も生真面目で物思いに沈んだ少年だったから。いまだにそうだと評する人間もいるかもしれない。いずれにしても、あの少年に思いのほか元気づけられた。オーブリー・モントフォードのことを考えるのはやめられなかったけれど。

「ウォルラファン卿は密輸商人に銃で撃たれたんだよ」その夜、ココアを飲みながらイアンはさっそく報告した。

オーブリーは破れた枕カバーを繕う針仕事から目を上げた。「なんですって？」

「ウォルラファン卿はね」イアンはマグカップをふうふう吹いてココアを冷ました。「密輸商人に銃で撃たれたんだって。川沿いの路地で」

ふたりは夕食のあとはいつもそうするように暖炉のそばに座っていた。今、口を開くまでイアンは不自然なくらい静かだったが、オーブリー自身、神経が張りつめていたので、あえて話しかけようとしなかったのだ。ふだんならそうしていただろうに。「そんな変な話をだれから聞いたの、イアン？」と、つぎのひと針を進めながら尋ねる。

イアンは無邪気に目を上げた。「ウォルラファン卿から。薔薇園にいらっしゃったの。あ、それと、噴水を撥ねかけて遊んでもいいっておっしゃったよ」

オーブリーはイアンをしばらくしげしげと見た。「それはきっと聞きちがいだわ」と、慎重に糸留めをしながら言う。「ウォルラファン卿のような方が密輸商人に撃たれたりするわけがないわ」

「でも、撃たれたんだ」イアンは言い張った。「ウォルラファン卿は足が悪いでしょ。だからぼく、なぜだか訊いたの」

「イアン！」オーブリーは思わず叱声をあげた。

「だけど、訊いたら密輸商人に撃たれたんだって教えてくださったよ」イアンは弁解した。「ものすごく物騒なところなんだって。お母さまの許しが出たら、その話を全部聞かせてくれるって」

「ほんとうかしら？」オーブリーはひと息ついてから歯で糸を嚙み切った。「まあ、いずれわかるでしょうけど。とにかく、お邪魔をしないようにね、お願いよ。わたしたちはあの方のお城に住まわせていただいているのだから。あの方からお給金をいただいているのだから」つい先ほど、彼がそのことを——露骨すぎるほど露骨な形で——思い出させてくれたのよ。オーブリーは声には出さず、つけ加えた。

「お邪魔なんかしてないよ」イアンは守勢にまわった。「してないったら。ただ、伯爵が噴水の水を撥ねかけてたから、そんなことしちゃだめだって注意しただけで——」

「まあ、この子ったら！」とオーブリー。

イアンは戸惑い顔になった。「だって、だれだかわからなかったんだもの」

オーブリーは繕い物を脇にやり、イアンの顎を片手でつかんだ。「いいのよ、イアン。あなたが礼儀正しく敬意を払ってお話ししたのはわかっているわ」

「うん。伯爵はいい人だった。伯爵は頭がコチコチのわからず屋だってベッツィが言ってるのを聞いたことあるけど、ちょっと硬いのは膝だけだと思うな。それに、すごくおもしろいんだ」ウォルラファン卿がおもしろい？　オーブリーは目を閉じた。ベッツィに注意するのも忘れないようにしなければ。

「女の人のことでもためになることを教えてくれたんだ」イアンは続けた。「女の人に背中を向けちゃだめだって。それで伯爵は撃たれたから」

オーブリーは片眉を吊り上げた。「まあそうなの。そのいかがわしいお話を解釈するとこういうことかしら。あの方が川沿いの路地で密輸商人に銃で撃たれた原因は女の人だった」

イアンはかぶりを振った。「ちがうよ。女の人が撃ったんだ」

やれやれ、今夜はイアンの想像力が暴走しているらしい。「もしかしたら、あなたが誤解しているのかもしれないわよ」オーブリーは優しく示唆した。「ほら、もうこんな時間よ。早くおやすみなさい」

イアンは素直にココアの最後のひとくちを飲みきると、腰を滑らせて椅子から降り、好奇心いっぱいの目でオーブリーを見た。「お母さま、ウォルラファン卿はこれからもここでぼくたちと暮らすの？」

オーブリーはイアンを引き寄せて額にキスをした。「いいえ、ここで暮らすことはできないのよ」そうであるように願いながら答えた。「伯爵はロンドンで大事なお仕事をなさっているのだから」

「そうか」イアンは視線を落とした。「じゃ、いつまでここにいる？」

「あと二、三日じゃないかしら。どうして？」

イアンは肩をすくめて足もとを見つめた。「伯爵はクリケットの仕方を知ってるから」

オーブリーは悲しげな笑みを浮かべた。イアンはおとなの男性から大きな影響を受けたことがない。自分の父親の記憶すらほとんどない子なのだ。ミュリエルのことも覚えていないだろう。可哀相なミュリエル。姉はいい母親になるにはあまりにも病弱すぎた。結婚は姉の心を壊してしまった。それでも、もし姉の夫が死ななければ、だれにとってもここまでひどいことにはならなかっただろう。あの謎に満ちた死はオーブリーが知っていた人生の終わりを意味していた。慰安と特権があたりまえのようにあった人生の終わりを。その結果、イアンは他人に翻弄される孤児となった。

今までは園丁のミスター・ジェンクスが、そんなイアンの生活の隙間を埋める手助けをしてくれていたが、そのジェンクスもこの春で引退してしまう。そのあとはだれがイアンに目をかけてくれるのだろう。もちろんウォルラファン卿ではない。召使いの子どもにかかずらう暇など彼にあるわけもない。それが今のイアンの境遇なのだ。わたしの決断、それも早急にくだした決断によって、イアンはこの城で召使いの子として暮らすことを強いられている。事実上、他人の慈悲にすがって生きることを。これでいいのだろうか？　ほんとうにこれでいいのだろうか？　イアンを彼自身の運命から引き離したのはとんでもない過ちだったのではないだろうか？

オーブリーはほんの一瞬、伯爵に助けを求めようかと考えた。この重荷をひとりで背負うことに疲れていた。身も心もくたくただった。ウォルラファンはこの子を気に入ってくれたようだし、イアンの不幸を願う輩が現われたとしても、その被害からイアンを守る力をもっている。ウォルラファン卿の目がイアンの身辺に光っているとわかれば、ファーガス・マクローリンといえども恐れをなして甥の髪の毛一本にも手を出せまい。

でも、今はとにかくファーガスの存在も、イアンの宿命も、彼方にある。

姿が見えないと存在すら忘れがちだと自分を戒めたが、オーブリーの知るかぎり、イングランド人はそれぐらいスコットランドを遠くに感じているようだ。ウォルラファンにはイアンの身を案じなければならない理由も道理もない。イアンの庇護者は彼ではなく、このわたしだ。ウォルラファンにはなんの責任もなく、それよりなにより、ファーガスにまつわる話を信じてくれないだろう。ファーガスは、わたしが吊るし首の縄をかろうじて逃れた人殺しであり、イアンを誘拐した女だと言いつのるだろう。

オーブリーはイアンをせかして家政婦室から彼の狭い寝室へ向かわせた。寝室といっても、広めの食料庫に小さな寝台と箪笥を運び入れただけの部屋だ。子連れの家政婦などという前例のない形でこの仕事に就けただけでも運がよかったのだから。そもそもイアンがここで働く人々に快く受け入れられたのは運がよかったし、ロリマー少佐が約束を守る人物だったのも運がよかった。カードウ城での今の立場を守るためなら、どれだけの犠牲を払ってもいいと思えた。

でも、そのためにウォルラファン卿に体を与えられる？　オーブリーは目をつぶって、そのことを考えた。ええ、与えられる。どうしてもそうしなければならないのなら。これ以上くよくよ考えてはいけない。きっと切り抜けられるだろう。もしかしたら、神のご加護があれば、愉しむことさえできるかもしれない。

ほどなくイアンは無事に掛け布団にもぐりこんだ。「ぐっすりおやすみ、可愛い子」イアンの祈りが終わるとオーブリーは声を落として言った。

イアンは大きなあくびをした。「はい、お母さま、おやすみなさい」

オーブリーは幅の狭い寝台に身をかがめ、イアンの額の後《おく》れ毛を手で梳いた。「イアン、もしも、夜中に目が覚めて、わたしがいなかったら、どうすればいいか覚えているわね？」

イアンは髪を枕にこすりつけて、こっくりとうなずいた。「廊下の先のベッツィの部屋へ行くんでしょ」早くも夢うつつのようだ。

「そうよ、ベッツィの部屋へ行くのよ」

最後にもう一度キスをして、オーブリーは蠟燭を吹き消し、家政婦室へ戻った。が、部屋にはいったと思ったら、扉が小さく一回ノックされた。ただでさえ神経を尖らせているオーブリーは全身をこわばらせた。家政婦の夜更けの危機に立ち向かう気分ではない。どうかまたウォルラファンではありませんように。

しかし、扉を開けてびっくりした。戸口に立っているのはペヴスナーだった。執事が自分の支配領域を離れて家政婦室へやってくるのは異例のことだ。嫌な予感がする。

「おはいりになって、ミスター・ペヴスナー」と、できるだけ丁重に言った。「ずいぶん遅くまでお仕事をしていらっしゃるのね」

「ああ、わたしには選択肢がないのでね」執事は皮肉な調子で応じた。「例のヒギンズなる人物が午後いっぱい城にいたので、従僕たちはてんやわんやだった。ようやく今、正餐に使用した皿洗いが終わったところだよ」

オーブリーはひとまず同情の言葉を口にした。ペヴスナーはあまり好きでない。彼女の基準からすると少々怠惰すぎるし、噂話に目がないところも嫌だった。「とにかくお座りになって。ちょうど今ココアを飲もうとしていたところですの。あなたもいかが？」

「いや、結構」ペヴスナーはイアンが座っていた椅子に腰掛けた。「坊やはもう寝たのかい？」

「ええ」オーブリーはココアのポットから目を上げた。「なぜですか？」

「きみに話があるからさ。今回の殺人事件のことで」

オーブリーは自分のマグカップにココアをついで、腰をおろした。「続けてください」

ペヴスナーの口が引きつった。「きみの耳にもはいっているだろう？　少佐の金の懐中時計が盗まれたことは」

オーブリーはぎくりとした。マグカップのココアが撥ねて片手に少しかかった。

「申し訳ないけれど、今なんとおっしゃったの？　懐中時計がなんですって？」

「少佐の金の懐中時計が盗まれた」執事は不機嫌にくり返した。「文字盤のまわりにサファイアがあしらわれた高価な時計だ。下級の使用人の仕業にちがいない。その者が少佐を殺したのかもしれない」

オーブリーは唾を飲みくだした。「このお城の使用人がそのようなことをするはずがありませんわ。それに、あのときはあなたと一緒にみんな祭りへ行っていたんですよ。そうでしょう？」

ペヴスナーはこの問いを無視した。「わたしは失礼をも顧みず、この盗みの一件を閣下にご報告申し上げた。むろん、閣下は大変に驚かれて、ヒギンズが捜査することになっているが、それはそれとして、明日にもわれわれで女中全員の部屋を徹底的に調べて、犯人を挙げるべきだと思う」

「そんな、ミスター・ペヴスナー！　そんなことを強制できるはずがないじゃありませんか」

ペヴスナーは身構えた。「従僕とその下の者たちとはもう話がついている。となれば、女の使用人のほうもなんとかしなくてはならない」

「従僕たちの部屋を調べたんですか？」オーブリーは怒りの声をあげた。

が、従僕たちを気遣う余裕は今はなかった。ああ、あの時計がないことにだれかが気づくと考えるべきだった。どちらせよ、自分があれを欲しかったわけではない。こうなったら魚の棲む池に投げこんでしまおうかと、一瞬だが思った。けれど、自分の心がそれを許すまいということもすでにわかっていた。少佐の部屋のどこかへ戻せないだろうか。いいえ、もはや部屋の隅々まで調べられているはず。そのあとで時計がまた戻されていたら、一度紛失したことに余計に関心が集まるだろう。

ペヴスナーは彼女の質問をかわそうとした。「部屋を調べたわけではないが、詳細に話を聞いた。その後、断固たる態度で言い渡した、懐中時計を見つけた者がいたら即刻報告するようにと」

「なるほど」オーブリーは恐怖と怒りを懸命に抑えた。「では、わたしも女中たちに同じことを言います。使用人の扱いは平等であるべきですから」

「とにかく、あの時計は少佐が亡くなる二日まえまではたしかに装身具箱のなかにあったんだ。わたしが着替えのお手伝いをしているときに、この目で見た。話はそれだけではない」

「なんですか？　ほかになにが？」

ペヴスナーは身を乗りだした。「検死審問がおこなわれることになった」

オーブリーは口ごもった。「け、検死審問？」むろん、そういうことになるだろう。当然のなりゆきだ。

「使用人の全員が、自分が呼び出される理由はなにかと考えるにちがいない。事件がこれだけ破廉恥《はれんち》な展開となった以上」彼はふんと鼻を鳴らした。「まあ、役人には気のすむまで調べさせて、われわれはなるべく関心を惹かぬようにするのが賢明だろうよ」

オーブリーは気分が悪くなった。なんという忌まわしい一日。「いつから審問が始まるんです。ミスター・ペヴスナー？」

「二日後には始まる」彼は答えた。「会場は〈国王の紋章〉亭の一室だそうだ。もっと早くに始まるべきだったが、検死官の都合が悪かったらしい。むろん、きみとわたしも出席を求められている」

オーブリーは恐慌をきたした。「わたしたちも？　なぜ？」

ペヴスナーは訝しげに彼女を見た。「なぜって、われわれは重要証人だからだよ、ミセス・モントフォード」少なからず愉しむような口調でペヴスナーは言った。「きみも宣誓証言をせざるをえないだろうな」

8　レディ・ドラコート、任務を帯びて出立する

眠れぬ夜を過ごした翌朝、オーブリーは陽が昇るまえにベッドを離れた。迫り来る検死審問に怯えている時間も、ウォルラファン卿のさまよえる手について思い悩んでいる時間もなかった。今はまだカードウ城の家政婦という立場にあり——伯爵からお払い箱にされるまでは——しかも、今日はドラコート卿とレディ・ドラコートが発つことになっている。七時には早くもベッツィが小間使いの荷造りの手伝いに呼ばれたが、あいにくとベッツィは十分まえからいなかった。というのも、アイダが洗い場の階段から転げ落ちて足首を捻挫し、朝食の支度をする女中の手が足りなくなったのだ。

そんなわけでオーブリーみずからも、朝食の間へのこの朝一番の道行きを開始するしかなかった。まず、配膳室を通ってコーヒートレイを置き、客間にはいってカーテンを開けた。食器台に指を滑らせて埃の有無を確認したのち、絨毯に落ちている糸くずをめざとく見つけて拾う。従僕たちはすでに食卓の用意を終えており、銀器もナプキンもきちんと並べられていた。食卓の中央に花瓶を置いて白いグラジオラスを生けたのはレティーだった。一見した

ところ、すべて秩序正しく整っていた。

ところが、そばへ寄って見ると、光沢が中途半端なフォークを一本見つけてしまった。レティーが卵とベーコンとトマトの皿を熱したオーブンに入れている音が聞こえたので、近寄ってフォークを手渡した。「これを執事室へ戻して、ペヴスナーにこれでは用を為さないと言ってちょうだい」

レティーは顔をしかめた。「そんなこと言ったら、執事はきっとむっとしちゃいますよ、マダム」

「だったら、従僕たちに銀器をしっかり磨かせるようにと言って」じれてそう言ってから、レティーにそれを言わせるのは酷だと考えなおした。「いいわ、レティー、わたしが行くからフォークを返して。食器台の支度はひとりでできる?」

レティーはほっとしたようにうなずいた。オーブリーが直接ペヴスナーのところへ行き、執事の嫌味付きでフォークを取り替えて戻ってくると、ウォルラファンとドラコート卿がすでに食卓についていた。オーブリーはドラコート卿に気取《けど》られぬようにと願いながらフォークをそっとテーブルに置いた。

が、ドラコートは彼女を見上げてにっこりした。「おはよう、ミセス・モントフォード！どうしたんだい？」

「申し訳ございません、フォークに不備があったものですから。お詫びいたします」

「いやいや、ここでは相当ひどいものを口に入れたこともあるはずだから、ぼくの基準はうんと低くなっている」

　ウォルラファンがむせたような声を発した。と、レディ・ドラコートが衣擦れの音とともに朝食の間へはいってきた。旅用の綿のドレスの浮き彫りになったブルーの縞が目の色と見事に合っている。それにひきかえ自分はまるで老いた鴉だとオーブリーは思った。レディ・ドラコートは体の曲線もそれは豊かで、顔には見まがいようのない苛立ちの表情を浮かべているのに息を呑むほど愛らしい。彼女は手に持った新聞をウォルラファンの皿の横に置いた。ばさっと大きな音をたてて。

　オーブリーはその場から逃げるように配膳室へ下がった。扉を引いたが完全には閉めずにおいた。「おはよう、セシリア」伯爵の声が聞こえる。「なんだい、これは？」

　誘惑に負けて扉の向こうを覗き見ると、レディ・ドラコートが食器台へ向かうところだった。「先週の水曜日の『タイムズ』よ、ジャイルズ。読まなかったの？」と言いながら、自分のコーヒーをつぐ。

「ああ」ウォルラファンは新聞を開いた。

「左ページの隅」と言いながら、席に腰をおろす。「トーリー党はお愉しみのようね」

「おいおい！」ドラコートがウォルラファンの肩口から覗きこんだ。「今度は何事だ？」

「エライアスの死に関して、また作為に満ちた談話が載っているのよ」レディ・ドラコートはいらついていた。「偉大なるウォルラファン卿が自分の正義を見いだせずにいるのが彼らにはおもしろいのよ。ねえ、ジャイルズ、例のヒギンズはこの一件の解決に手間取りすぎていると思わない？」

「だったら訊くが、きみなら彼になにをさせる？　セシリア？」とウォルラファン。「だれかれかまわず絞首刑にするのかい？」

今はドラコートも小さな活字を目で追っている。新聞を奪い取ると口笛を低く吹いた。

「どうだ？」とウォルラファン。「さあ、そのいまいましい記事を読みあげてみろよ」

ドラコートはもったいぶって咳払いをした。「〝我がトーリーの天《あま》の邪鬼《じゃく》な改革派、ウォルラファン卿も、この長きにわたる論争において逆の立場を主張してきたわれわれの正しさを認める気になるかもしれない。イングランドにおける刑罰の寛容化と司法の整理はやはり茶番であった。悪党もごろつきも冷血な殺人者も今やこの国を自由気ままに徘徊していることをウォルラファンは実体験から学んだ。迅速にして確実な絞首刑こそが犯罪階級に対する抑止力となるのである〟」

ウォルラファンはうめいた。「だれがそんなことを言っているんだ？」

レディ・ドラコートはコーヒーカップの縁越しにじっと彼を見て、冷たく言った。「リッジ卿よ。あの方はあなたのお友達でしょう、ジャイルズ。お友達がこれでは、あなたの敵はどう言っているのだろうと世間は考えるわよ」

ドラコートは椅子に腰を戻し、厳しい口調で言った。「今度の一件でトーリーはきみを叩きつぶすつもりだぞ。そうすれば、来るべき春の議会改革できみがピールを補佐するチャンスを減らせるからな」

ウォルラファンは声をひそめて毒づいた。

「ジャイルズ」レディ・ドラコートがだしぬけに言葉を挟んだ。「わたしはもう決めたわ。マックスをこちらへ送ります。帰宅したらすぐにでも」

「ほんとうかい？　きみが哀れなあいつの支配者だとは知らなかったよ、セシリア」

オーブリーは扉の向こうをもう一度覗いた。伯爵は今は落ち着いてトーストにバターを塗っている。レディ・ドラコートは眉間に皺を寄せた。「わたしの言いたいことはわかっているでしょ。それなら異を唱えないで！　ヒギンズは無能です。こういう醜聞は早くもみ消さないと生涯つきまとうの。そうなったらどうするつもり？」

伯爵はため息をつき、バターナイフを置いた。「ぼくはまだ亡き叔父の喪に服しているんだがな」

レディ・ドラコートの顔が青ざめた。「もちろん、そうでしょうとも。だけど、あなたの政治生命が絶たれたら、いいことはなにもないのよ」

ドラコート卿がテーブルを挟んで笑った。「トーリーにとって見晴らしがすこぶるよくなるだろうなあ。いっそ、あのヒギンズという男をロンドンへやってリッジ卿を尋問させてはどうだい？　ひょっとしたら、エライアスを撃ったのはリッジ卿かもしれん。とにかく、セシリアの言い分のひとつだけは正しいよ。きみはマックスを呼び寄せるべきだ」

いったいだれの話をしているのかしら？　オーブリーには伯爵の表情がよく読み取れなかった。「ああ、でも、彼を家族から奪うことになってしまう」彼は静かに言った。

レディ・ドラコートは肩をすくめた。「もし、あなたという船が沈んだら、マックスもピールも一緒に沈むことになるわ」

それからしばらく、朝食の間から聞こえるのはときおり銀器が皿に触れる音だけとなった。セシリアが不意に咳払いをした。

「わかったよ」ようやくウォルラファンの声がした。「そうしてくれ、セシリア、彼と会って話してくれ。彼の力添えはなによりもありがたい」

ドラコートが皿を押しやった。「ケンブルにも来てもらったほうが助かるんじゃないのか？」

「なぜ？」ウォルラファンは弱々しく笑った。「ぼくの政治生命と一緒に衣装も尽きてしまうというのかい？　流行に関するケンブルの卓越した助言が必要だとでも？」

ドラコートは片眉をあげた。「今のきみには自分の手を汚すのを恐れない人間が必要だ。マックスより多少は原理原則の縛りがゆるい人間がね」ドラコートが立ち上がり、食器台の上になにかを探すような動きを見せたので、オーブリーは保温器を開けて卵料理をひと皿追加した。

「ああ、そう、それそれ！　きみは家政婦の鑑《かがみ》だね、ミセス・モントフォード」

「恐れ入ります、閣下」

「ところで」ドラコートは席に戻りながら言った。「きみの訛りについて訊こうと思っていたんだ、ミセス・モントフォード。ときどき、あれっと思ってね。きみはどこの出身なんだい？」

オーブリーは凍りついた。「ノーサンバーランドでございます」ノーサンバーランドを出身地として選んだのは、イングランド人が今でも住める最北の地だからだ。

「ほう！　どのあたり？」

オーブリーの脈が速くなった。「ベドリントンの近くです」

ドラコートは笑った。「それはまた！　世間は狭いな。じつはモーペス（ノーサンバーランドの田舎町）に叔父がひとりいるんだ！」

レディ・ドラコートはやけに大きな音をたててコーヒーカップを置いた。彼女の夫は目をきらきらさせてミセス・モントフォードを見上げ、目配せをした。「叔父はサー・ナイジェル・ディグビーというんだが、叔父の噂は聞いたことがあるだろうね」

オーブリーは首を横に振った。「い、いえ——残念ながら。ひっそりとした生活をしておりましたので」

「サー・ナイジェル・ディグビー・オブ・ロングワースを知らない？」ドラコートは彼女の記憶の糸をたぐろうとした。「遠慮はいらないよ。叔父が世間から変わり者と思われているのはわかっているんだから」

「頭がいかれていると思われているのよ」レディ・ドラコートが割りこんだ。「なぜなら、実際そうだから」

「あの――お名前は伺ったことがあるかもしれません」オーブリーはこの部屋から逃げだしたかった。

「そうか！」やっとドラコートの言おうとしていることを察したらしく、今度はウォルラファンが口を挟んだ。「きみの叔父上なのか、あの、変わった趣味の持ち主は――」

「そうだ、女装趣味で有名なナイジェル・ディグビー」ドラコートはフォークを手に取った。「叔父は今きみが着ているような灰色の綾織りのドレスに目がなくてね、ミセス・モントフォード。そういうのを着て、自分は引退した家庭教師だと妄想するわけだ」

レディ・ドラコートはため息をついた。「ダーリン、この話を続けなくてはいけないの？」

「おまけに無類の噂好きときている」ドラコートは続けた。「だが、牧師をしている心優しい人物でもあり、教区の人々に愉しく生きることを勧めている。というわけで今年はグレイター・ベドリントン婦人園芸協会の会長の座にも推されそうなんだ。ナイジェル叔父の育てる薔薇は天下一品だから」

「そ――そうですか」オーブリーは口ごもった。

レディ・ドラコートが突然、椅子をうしろへ押しやった。「大変だわ、もうこんな時間！デイヴィッド、旅行鞄を階下へおろさなくては。馬車をまわしてちょうだい」

こうしてサー・ナイジェルの話題は打ち切りとなり、レディ・ドラコートはブルーの浮き縞のドレスの裾をさらさらと鳴らして戸口へ向かった。ウォルラファン卿は部屋を出ていくその姿を、椅子に掛けたまま半身に振り返って見送った。優しげな表情が彼の顔をよぎるのをオーブリーは見逃さなかった。心臓に剣がねじこまれるような奇妙な痛みを覚え、ドラコート卿は気がついているのだろうかとふと思った。

レディ・ドラコートが部屋を出ていくと、紳士ふたりはともに席から立った。ドラコート卿はコーヒーポットに直行し、ポットを大きく傾けてカップになみなみとコーヒーをついだ。いけない、ポットがほとんど空だわ。オーブリーは思わず心のなかで言った。

ドラコートが椅子に戻っても、ウォルラファンは自分のコーヒーをつぐでもなく、両手をうしろで組んで食器台のまえを行ったり来たりした。「雨が降ったら海沿いの道を通るのは危険だぞ、デイヴィッド。崖から遠い公道で原野《ムーア》を越えるルートを取ったほうがいい」

ドラコートは椅子の背にもたれて城の主をまじまじと見た。「セシリアが心配なのか?」

ウォルラファンの表情が翳った。「きみたちふたりの身を案じているのさ」伯爵はきっぱりと言い、あたかも用事をつくろうとするかのようにコーヒーをつぎにいった。オーブリーはポットにまだコーヒーが残っているよう祈った。

ウォルラファンを眺めるドラコートの顔には上機嫌な笑みが浮かんでいた。「許せ、ジャイルズ、きみにすれば、かつてセシリアとの結婚を望んだことを忘れるのが困難なときもあるだろう。つまり、それこそが社交界にデビューしたばかりの彼女をきみの父上がかっさらった理由なのは周知の事実なんだから。セシリアをきみから奪い去るのが彼女との結婚の唯一の目的だったのは。ぼくに言わせれば、あれは狡猾な駆けこみ結婚だ」

ウォルラファンは食器台から振り向き、肩をすくめた。「仰せのとおりだよ。そのうえ屈辱的なやり口だ」

ドラコートは笑った。「ああ、だが、それより何年もまえから、彼女の求婚者の長々しくも無益な列のきみの真うしろにぼくが並んでいたことをお忘れなく。で、彼女は地獄で焼かれろと陽気な声でぼくに言い放った。あれは全人格的な屈辱だったぞ、ジャイルズ」

ウォルラファンの口もとがゆがんで笑みが消え、彼は物静かに言った。「父の結婚の動機に彼女が永遠に気づかないことを祈るばかりさ。父に愛されていたと今でも信じているといいんだが」

ドラコートの表情がやわらいだ。「ぼくはそういうことから彼女を守ってきたつもりだ、ジャイルズ。世のなかの邪悪な面にできるだけ彼女を触れさせまいと努力してきた。邪悪なものを阻《はば》む力がぼくにあるかぎり、セシリアにはいっときの不幸も味わわせないと約束する」

ウォルラファン卿は今は空のカップを見つめている。オーブリーはもはやそのままにしておくことはできなかった。勇気をふるって新たなコーヒーポットを取ると、朝食の間に戻った。

彼女の姿を見ると子爵の顔が輝いた。「おお、腕利きのミセス・モントフォードが新しいコーヒーを持ってきてくれた」ドラコート卿は物ぐさな貴族の役まわりに立ち返り、食器台から離れようとするオーブリーの手をつかんだ。「我が天使《モナンジュ》よ、この野蛮なペリシテ人はきみのような優雅な才女にはふさわしくありませんが、カーゾン・ストリートまでぼくと駆け落ちしていただけますか?」

オーブリーはそれには答えなかった。「コーヒーのおかわりをおつぎいたしましょうか、ドラコート卿?」

「いや、それにはおよばない」ドラコートは彼女の手を放し、手を振ってみせた。「そこに置いてくれれば結構。自分たちで給仕するよ」彼はすぐさま話題を変えた。「さっきの雨の件だが、きみの言うとおりだな、ジャイルズ。きみは今日一日どうしているんだい? まさか治安判事と過ごすつもりではないだろう?」

ウォルラファンは非難がましくカップの音をたてた。「ヒギンズが捜査の進捗《しんちょく》状況の報告を携えてもうすぐやってくることになっている」彼は窓の外にぼんやりと目をやった。「報告を聞くのは時間の浪費になりそうだがね。そのあとは所領をまわって一日を過ごすよ」

「なるほど、領主の役目を果たすわけか！　ほんとうに、ジャイルズ、きみの肩には男ふたりが背負うべき義務よりも重い荷が課せられているんだな。きみを見ていると、無為に過ごした我が青春の日々がつくづくありがたいものだったと思うよ。少なくともぼくには振り返れる青春がある」

「そういえば、無為に過ごしたきみの青春は二十年も続いたんだったな」ジャイルズは皮肉った。

「おっと、一本取られた」

ウォルラファンはこれを潮にさっと体の向きを変え、唐突にこう言った。「ところで、ミセス・モントフォード、きみは乗りこなせるんだろう？」

オーブリーは食器台から振り向いた。「はい？　今なんと？」

ウォルラファンは少しいらついたようだった。「乗りこなせるんだろう？　馬を？」

オーブリーの反応も少々過激だった。「あなたとご一緒に、ということですか？」

ちょうどそこへレディ・ドラコートが戻ってきた。「あら、ふたりで遠乗りでもするの？」と快活に言葉を挟む。「愉しそうねえ。だけど、ジャイルズ、ミセス・モントフォードは乗馬服をお持ちじゃないのでは？」彼女はオーブリーのほうを向いた。「なんなら、わたしのを置いていってもかまわなくてよ」

オーブリーはレディ・ドラコートの視線を受け止められなかった。「お気遣いありがとうございます。でも、わたくしも持っております」

三人が三人とも怪訝な顔で彼女を見た。なぜ家政婦が乗馬服を持っているのかと問いたげに。

「まあ！」レディ・ドラコートが朗らかな声をあげた。「それは耳寄りなニュースね。わたしのでは膝のあたりまでしか丈が届かないでしょうから。さあ、あなた、もう支度はできたかしら？」

ドラコートは慌てて立ち上がり、戸口へ向かった。「しまった、馬車のことをすっかり忘れていたよ」

オーブリーは配膳室へ下がり、今度は扉を完全に閉めた。それからしばらくは皿を重ねる作業に追われながら、となりの客間から聞こえる声に耳を傾けた。別れの場面が長く続いているようだ。しかし、やがて部屋が静まり返った。オーブリーはほっとして、コーヒーポットとカップを片づけるための盆を手にした。が、扉を開けると、レディ・ドラコートがまだ残っていて、ウォルラファンの抱擁を受けていた。

彼はレディ・ドラコートの体を放し、額に口づけた。彼女は即座に離れた。

「じゃあ、さようなら、ジャイルズ」彼女は彼のクラヴァットを引っぱった。皺を伸ばそうとするかのように。「マックスとミスター・ケンブルをすぐにこちらへよこすわ。ケムはこのクラヴァットについてもビドウェルに新しい技を授けてくれるかもしれないわね」

「じゃあ、また、セシリア」伯爵は彼女のうしろ姿に声をかけた。「はるばる来てくれてありがとう。おかげで混乱から抜けだせた」

レディ・ドラコートはその言葉を聞くなり、ぱっと振り返り、大きな音をたてて彼に投げキスを送った。「いつでも来るわよ、ジャイルズ、あなたが呼んでくれさえすれば。わかっているでしょうけど。では、ごきげんよう、ミセス・モントフォード。あなたに会えてほんとうによかったわ」そして、レディ・ドラコートは去り、オーブリーをウォルラファンとふたりきりにした。活気も光も吸い取られてしまったように感じられる部屋のなかに。

しかし、伯爵はなぜか消沈しているようには見えない。きびきびした足取りで戸口へ向かった。「二時間後でいいね、ミセス・モントフォード？」と、扉のまえで立ち止まって言う。

「二時間あれば充分だろう？」

「二時間後になにをなさるのでしょうか？」

「所領をまわりたいのさ。漏れなく見てまわりたい。耕された畑も牛小屋も、カードウのありとあらゆるものをひとつ残らずだ。門柱の一本一本にいたるまで」

オーブリーは最初に思いついた言い訳を口にした。「雨になりそうですわ、閣下」

伯爵は声をあげて笑った。「だったら、傘を持っていこう」その声は驚くばかりに元気だった。

9　三つの小さな嘘

　雨はオーブリーを運命から救いだすには間に合わなかった。伯爵はじれた様子で長靴《ちょうか》に鞭を打ちつけながら大広間で待っていた。ふたりはまずは徒歩で出発し、城の外の一番近くにある建物から始めた。狩りの獲物や家畜の肉の貯蔵庫、鳩小屋、貯氷庫といったところから。オーブリーは骨折りながらも事務的な態度を取り、昨日ふたりのあいだで起こったことは無視するように努めた。この仕事を失いたくなかったから。それに、ある一点については、伯爵に傷つけられていないということを心に留めていた。彼は家政婦としてのオーブリーの能力には一度も疑問を呈していない。というより、それを当然のごとく感じているように思われた。

「いやはや、たまげた」果樹園を抜けて厩舎へ向かいながら、ウォルラファンは言った。「ここに軍隊をまるごと住まわせて養うこともできそうだ」

　ウォルラファンはオーブリーのためにおとなしい雌馬を選んでいた。干拓まもない低地に馬を走らせながら、彼は掘割《ほりわり》の建設に関する鋭い質問をいくつかして、土壌の肥沃さに驚きを示した。ジャック・バートルの新しい住まいのまえを通りかかると、ミセス・バートルがなかから出てきて、いつものように雑談を始めた。だが、オーブリーの同伴者がウォルラファン卿だと気づくと言葉少なになった。

伯爵はしかし、びっくりするほど小作農の細君に親しげに話しかけた。まるで先週も立ち寄ったとでもいうように。子どもたちの名前まで挙げて様子を訊き、ミスター・バートルが大鎌で負った怪我についても詳しく尋ねた。「まあ、ジャックなら順調に快復しておりますわ、閣下。ご心配くださって感謝いたします」

「なにかお城から届けましょうか、マダム？」オーブリーは水を向けた。「パースニップ（薬草のこと）がたくさんあるんだけれど」

「ああ、わたしらはローズヒップの軟膏をよく使うんですよ、ミセス・モントフォード。そっちのほうが傷が残らないだろうってクレンショー先生がおっしゃるもんで」

「じゃあ、そっちを明日届けさせるわ」そう約束して、ふたりはバートル家を通り過ぎた。

伯爵は不思議そうな目でオーブリーを見た。「きみは所領内の小作人全員とあんなに親しいのか？」

「彼らには頼みになる人間が必要なんです。わたしは小作料の集金に行っていますから」

「きみが？」伯爵はまた驚いたようだった。「いや、あたりまえか。今は所領管理人を置いていないんだからな」

オーブリーは答えなかった。ほんとうは、アーストウィルダーの仕事は自分から進んで引き継いだのだ。ひとつには時間が余っていたからだが、その仕事をする人間が必要なのに伯爵がだれもよこさなかったという背景もある。そのうち、母の寡婦産であるスコットランドの小さな土地でもそうだったように、所領管理は少しずつオーブリーの責任となっていったが、引き継ぎのペースがゆるやかだったために気づく者がいなかったのである。今やカードウを事実上運営しているのはだれなのかに気づいた伯爵も異議を唱える気はなさそうだ。信任票を獲得したということだろうか。あるいは、これも伯爵が所領に関心がないという証しなのか。

ふたりは無言で馬を駆って岩山をまわりこんだ。カードウの丘の内陸側には伯爵領の広大な農地が広がっていて、穀物倉や小作農地や新しい水車場も目にはいった。ウォルラファンはすべてを見たいと言っていた。オーブリーは自分がおこなったさまざまな改良を誇りに思っていた。

「ふたつの仕事を掛け持ちするのは大変だったろう？」数時間の所領めぐりのあとでウォルラファンは言った。「いくらなんでもきみは働きすぎなんじゃないのか？」

「お城にお住まいのご家族がほとんどいらっしゃらないので家政婦の仕事はたいして忙しくありませんの」オーブリーは正直に答えた。「叔父上さまが要求なさることもわずかでしたし」

「ハリエット叔母が帰ったときはさぞほっとしただろうね」彼は皮肉めかした。「むろん、ほかの親戚についても同様だけれど」

オーブリーはちょっとためらってから冷静に答えた。「ご領主のご家族がまったく住まわれないのはお城にとってよいことではありませんわ、閣下。所領は生きているもの、息づいているものなのですから。主《あるじ》の不在は領地の活気を低下させ、使用人の気力を弛緩《しかん》させます。あたかも、あなたが所領を……」

「気にかけていないような印象を与える？」ウォルラファンは彼女の言葉を締めくくった。「ぼくは小作農も使用人も大いに気にかけているさ。ただ、城はちがう。あの場所には息苦しさを感じるだけだ――少なくとも昔はそうだった」

「わたくしもはじめてこちらへまいりましたとき、ぞっとしました」オーブリーは素直に認めた。「でも、実際に暮らしてみると、カードウには何物にも替えがたい静穏と、ほかのどんな立派な所領にもない壮大なドラマがあるのだと思うようになりました」

ウォルラファンはまたも不思議そうに彼女を見た。「きみは貴族の所領をそんなにたくさん見てきているのか？」

オーブリーはすぐに自分の過ちに気づいた。「いえ、ひとつふたつにすぎません」

「家政婦の仕事をするなかでということかい？」

「はい」

伯爵は物思いに沈んだ顔になった。「教えてくれ、きみがこれほど所領運営に詳しくなったのはどうしてなんだ？　家政婦の域を越えているのに」

オーブリーはまっすぐにまえを見つめた。「ミスター・アースウィルダーがすばらしい記録を残してくれていたからです」

「ほう、それはまた」と伯爵。「雇って何年経っても、単語六個のメモすらめったによこさなかった男がね。あんなに魅力的な男にはいまだかつてお目にかかったことがない」

伯爵は頭をのけぞらせ、げらげら笑った。こんな声で笑うのは珍しい。オーブリーはつぶやいた。

「ええ、彼は蹄鉄工の奥さんにも魅力を振りまいていましたわ」オーブリーはつぶやいた。

は素敵だ。そのきらめきが顔を輝かせている。彼の視線がオーブリーの目をとらえた。じっと見つめられると体のなかでなにかが溶けていくような気がする。

ふたりはかつて十分の一税（中世ヨーロッパの宗教税）の保管に使用された穀物庫のまえまで来ていた。オーブリーは自分の過去に関する話題をなんとか避けたかった。ウォルラファンの目のことを考えるのもやめたかった。そんなことより、新しく葺《ふ》き替えた穀物庫の石瓦の屋根を彼に見せたい。オーブリーは古木の切り株の上に降り立った。伯爵の手が腰にまわされて穏やかならざる感覚に陥りたくないと思ったので。

伯爵は察したらしい。彼はオーブリーに向かって片眉を上げてから、さっそうと身をひるがえして鞍から降りた。が、左脚が地面に触れた瞬間、予想外のことが起こった。左膝が崩れて危うく地面に倒れこみそうになったのだ。手綱が手から落ち、彼はうしろへよろめいた。オーブリーは本能的に駆け寄って片腕で彼の腰を支えた。

ウォルラファンは戸惑いの色を浮かべて彼女を見おろした。「リウマチが再発したらしい」

オーブリーは眉をひそめて彼を見た。「そうでしょう、いつものリウマチではないほうですね。あちらは覚えていますもの」

「おや、ミセス・モントフォード、今日はユーモアのセンスが抜群だね」

ウォルラファンが左脚に重心を戻そうしているので、オーブリーは彼の体を放した。「その木陰で少し休みましょうか」とうながした。

「それはいい考えだ」

しかし、彼は馬を木につなぐのも、彼女のとなりに腰をおろすのも苦もなくやってのけた。大きく枝を広げたオークの葉はほとんど落ちていた。ウォルラファンは左脚を伸ばすときにちょっと顔をしかめてオークの幹にもたれた。

オーブリーは彼のほうにちらちらと視線を投げた。「昨日、薔薇園であなたにお会いしたと息子が申しておりました。失礼がなければよかったのですが」

「失礼が遺伝してはいないかと心配しているのかい?」彼はにやりとした。「いや、彼はとても行儀がよかったよ。あの子はきみの大の自慢なんだろうな」

「ええ、もちろん」

ウォルラファンは彼女を見て、またもげらげら笑った。その笑い声と髪をなぶる微風のせいか、彼はまるで少年のように見えた。「どうした、オーブリー、口がぽかんと開いているぞ」そう言って、彼女のほうに身を乗りだした。「訊きたいことがあるんだろう。たぶん、また失礼な質問なんだろうが拝聴するよ」

彼が名前で呼んだのをオーブリーは聞き逃さなかった。「イアンは、あなたの脚がお悪いのは銃で撃たれたからだと言っております。撃ったのは密輸商人だと。あの子を愉しませようとして、そんな話をしてくださったのはわかりますけれど、リウマチのせいでもないのでしょう？」

伯爵は無意識に膝を揉みほぐしていた。「リウマチだと言っただろう、オーブリー、最初に会ったときに」彼の声は平静そのものだった。「きみはぼくがもっとよぼよぼの老人だと思いたかったんだろうがね」

オーブリーは目を見張った。「そ、そんなことはちっとも思いませんでしたわ」

ウォルラファンはすばやい視線を向けた。「だったら、今はどう思う？」気をもたせるような優しい声音になった。

オーブリーは目をそむけた。「人生の盛りにある若い殿方だと思っております。リウマチだの関節炎だの、そういう病とは無縁な方だと。それなのに、ときどき足を引いていらっしゃる」

ウォルラファンは黙りこんだ。「この話に興味を覚えるのは、どうせ幼い少年だけだろうが」ようやく彼は口を開いた。「ぼくはセシリアの無鉄砲な計画のひとつ――こともあろうに、ヒモ付きの街娼たちのための伝道所だ――を手伝っていて、たまたま、その女たちの何人かが売春よりもっと不健全なビジネスに巻きこまれた」

「まあ。どんな?」

伯爵は薄い笑みを浮かべた。「阿片の密輸だよ。それで、ある夜、ドラコートとぼくはテムズ川沿いで荷おろしをしている悪党どもの抗争に巻きこまれてしまった。鋭い銃声があがり、飛んできたその弾丸《たま》をこの脚が邪魔したというわけさ」

「まあ」オーブリーは思わず声を漏らした。「そんな……恐ろしい」だが、心の底では、恐ろしいというより、まったく彼らしくないと感じていた。もしかしたら自分はこの人のことをなにも知らないのではないかと思いはじめていた。

ウォルラファンは肩をすくめた。「幸い生死に関わるような傷ではなかったが、腱だか靭帯だかが少し切れて、以来、たまに不自由を感じるようになった。雨降りが近づくと骨も痛む」

そのとき、風が起こって、オーブリーの髪を乱した。オーブリーは暗さを増しつつある空を見上げた。「閣下？　もしかしたら、今も痛みがおありなのでは？」

「それがとほうもない痛みでね」彼がそう言うのと同時に、雨粒がぱらぱらと落ちはじめた。

オーブリーは小さな悲鳴をあげて立ち上がり、急いで手綱をつかむと、扉の開かれた穀物庫のなかへ駆けこんだ。伯爵も続いた。早くも土砂降りだった。「だから傘を持ってくるように言っただろう！」いよいよやかましくなる雨音にかき消されぬよう彼は声を張りあげた。

ふたりは馬を奥に導いて柱につないだ。穀物庫のなかは干し草と朽ちかけた穀物のにおいがして、その上に甘やかな雨の香りが垂れこめている。オーブリーが暗がりに目を凝らすと、茶虎の猫が屋根裏から飛び降り、胡散《うさん》臭そうに流し目を送りながら、ふたりの脇を小走りに駆け抜けた。

ウォルラファンは雨に濡れた帽子を振ってから、錆びた釘に引っ掛けた。オーブリーも同じようにした。雨は今や轟《とどろ》くような音をたてて穀物庫のまえの地面に落ち、押し固めた泥を飛び散らせている。「長くは続かないだろう！」伯爵は叫んだ。「さあ、来いよ、少しでも静かな場所を見つけよう」

裏手に近いところにきれいな藁の山がひとつあった。伯爵はその上に腰をおろし、片膝に片肘をつくという、ひどくくつろいだ姿勢を取った。オーブリーは乗馬服のスカートが広がらぬよう手でまとめて彼のとなりに腰をおろした。ふたりはそのまましばらく黙って雨音に耳を澄ました。さっきよりは音が落ち着き、雨が遠のいたように聞こえる。穀物庫のなかに静かな親密感が漂い、オーブリーは気詰まりを覚えた。もっと離れて座ったはずなのに。

彼がふとこちらを見た。表情にかすかな暗い影が差している。「そんなに緊張する必要はないぞ、オーブリー。さすがのぼくもこういう公共の場できみに強引に言い寄ることはできないから」

オーブリーは乗馬服の襞を引っぱって、ゆっくりと整えた。ウォルラファンはなおも穀物庫の奥を見つめている。「ぼくにキスされたことが悔しいのかい？　もう一度きみに謝らなくてはいけないのかな？」

悔しいの？　もちろん、あの行為はまちがっている。でも、自分があの記憶をあっさり捨て去ろうとしているのかどうかよくわからない。肉体的快楽の記憶というものはオーブリーにはほとんどなく、これからもっと快楽を得られるとも思えなかった。「嘘をつこうとは思いませんわ、閣下。だから、なにも感じなかったとは申しません。ただ、わたくしたちのしたことは賢明ではなかったと思います」

すると、彼は全身で振り返って彼女を見た。銀色がかった目に差し迫ったような、探るような表情を浮かべて。「では、あれは呆れ果てた愚にもつかない行為だったというのか、オーブリー？　きみの怒りとぼくの尊大さに埋もれながらも、燃える情熱もたしかにあっただろう」

「わたくしはあなたの召使いです、閣下」

伯爵は片手の拳を握り、ついで、力なくそれが藁のなかに落ちるにまかせた。「きみは女だ、オーブリー。美しく魅力に満ちた女だ。そんなきみを求めることがどうして愚かなんだ？」

オーブリーはただ首を振った。「あのキスは愚にもつかないキスでした。でも、あれが最後になるにちがいありません。わたくしたちが……閣下とわたくしが結ばれることはけっしてありません」

「結ばれる？」彼は驚いて訊き返した。「なにを望んでいるんだ、オーブリー？　ぼくと寝るまえに婚約指輪が欲しいとでも？　口に気をつけて答えろ」

オーブリーは彼のまなざしから無理やり目をそらした。レディ・ドラコートを見るようにわたしを見てほしいのよ。もう少しで声に出して言いそうになった。緑の小枝を髪に挿して、唇でかすめるようなキスを額にしてほしいのよ。

ああ、こんなことを考えてもどうにもならない！「わたくしはあなたの召使いです、閣下」

「オーブリー」伯爵は陰鬱な声で言った。「この先ふたりでいるときに〝閣下〟という言葉を遣ったら、キスをするからな」

「でしたら、なんとお呼びすれば？」

「ジャイルズ」

オーブリーはかぶりを振った。「親密すぎます」

伯爵は低い声で悪態をついて扉のほうを向くと、今度は、彼女を締めだそうとするように両膝に両肘をつき、降りしきる雨をじっと見つめた。

ウォルラファンはなぜかいつもより若く見えた。もちろん、彼の目にはまだ哀しみの色が残っているが、それでも、カードウに帰ってきたときに比べたら今のほうがくつろいでいるようだし、しきたりにこだわらず城のなかを歩きまわったりもしている。召使いの仕事場を平気で通り抜け、だれに出会っても冗談を交わすところをオーブリーは何度も見かけていた。また、近ごろでは茶や緑の上着に黄褐色の半ズボンという地方の紳士らしい服を身につける日が多くなっている。都会での生活では堅苦しい黒や青が必要不可欠な色なのだろうが。もっとも、変わらないことも多々あった。相変わらず息を呑むほどハンサムで、相変わらず耐えがたいほど傲慢だ。

オーブリーは長いこと藁の上に座って、彼の顔に視線をさまよわせていた。伯爵の黒髪と銀色の目は申し分なく引き立てあっているし、顎の完璧な鋭い曲線には彼の頑固さが表われている。まっすぐでほっそりとした鼻が見るからに貴族的な横顔を形作っている。そして笑うと、ああ！　なにかが彼女の下腹の底に達した。

ウォルラファンはようやく自分にそそがれている視線を感じたらしい。上体を倒して藁に片肘をつき、哀愁を帯びた目を彼女に向けた。「オーブリー」とだしぬけに言う。「きみはご主人をそんなに深く愛していたのか？」

オーブリーはすぐさま目をそらした。「え……ええ、そうですわ」

「愛は移ろいやすい！　だが、真の愛は移ろうものではないからね、可愛い女《ひと》」

「あなたはそういう感情のなにをご存じなのですか？」と尋ねてから、レディ・ドラコートを思い出したが遅かった。「申し訳ありません、出すぎたことを」とすぐに詫びる。「あなたはあなたで愛を失って苦しまれたことがおありだったでしょうに」

ウォルラファンは片眉を上げた。「ぼくには結婚の経験はないぞ」

これではまるで悪魔の熊手《ピッチフォーク》で突き刺されているようなものだ。「あなたは今でもレディ・ドラコートを愛していらっしゃると召使いたちのあいだで囁かれていますわ。ほかのだれとも結婚なさらないだろうとも」

「ちくしょう！」伯爵はうめき、藁を一本むしって歯で食いちぎろうとした。「みんながそう言っているのか？」

「一度か二度小耳に挟んだだけですけれど」

「あまり愉快そうじゃないね、可愛い女」

オーブリーは彼の陰鬱な低い声でこれ以上〝可愛い女〟と呼ばれるのは嫌だった。「わたくしが愉快であろうとなかろうとあなたには関係のないことです、旦那さま」

彼はまっすぐな視線を彼女に向けた。またも目をきらきらさせて。「いや、関係があるかもしれない」

オーブリーはこの言葉を黙殺した。「立場をわきまえないことを申しました、閣下、お詫びいたします」

「ふむ、これは新しい」

「なんですって？　なにが新しいですって？」

伯爵は笑った。「詫びたあとに敬称がつかなかったからだよ。立場うんぬんについては、きみは何年もまえから立場をわきまえずにぼくに意見しているじゃないか」そこでいったん言葉を切ってから、言い足した。「それに、レディ・ドラコートにぼくが求愛したのは、お互いにまだ幼いといってもいいくらい若かった一時期のことだ。彼女の美しさに惹かれ、彼女に魅力を感じた。だが、自分の気持ちをきちんと伝えられなかった。ためらったら男は負けなんだ」

オーブリーは努めて丁重に応じた。「あの方を失ったのはお気の毒なことでした、閣下」

伯爵は肩をすくめた。「そのおかげで、今はお互い、ぼく本来の主張に立ち戻っている。つまり、真の愛は移ろうものではないということにね」

「あの方を愛していらっしゃらなかったの？」ああ、どんどんよくない方向へ向かっていく！　どうしてこの口を閉じていられないのだろう。

しかし、ウォルラファンはどう答えるべきか考えているようだった。「たしかにかつては彼女に夢中になった」と、しばしの沈黙ののち答えた。「でも、今は家族なんだ。家族であるとともに、かけがえのない友人でもある」

それはいささか曖昧な答えだ。そして、曖昧な答えを望んでいない自分にオーブリーははたと気づいた。ウォルラファン卿が美貌の継母に対する執着のいっさいを否定するのを内心では願っている自分に。自分の本心に気づいてオーブリーは怯えた。彼から目をそらし、乗馬服の襞をもう一回最初から整えはじめた。

穀物庫の薄暗がりのなかでジャイルズはオーブリーを眺めていた。さまざまな感情が交じり合ったような奇妙な表情が彼女の顔によぎったかと思うと、目をそらして乗馬服のスカートに手をやり、さっきから何回もその仕種をくり返している。顔からわずかに血の気が引き、歯をぐっと食いしばっている。なにを考えているのだろう。まさか嫉妬？　そんなはずはない。何度口説いても拒みつづけているのだから。とにかく彼女はぼくには気がなさそうだ。

それでも、彼女も欲情している。それは昨日わかった。腕に抱いたとき、彼女の体が震えて情熱的に息づくのを感じた。それも、なんと性急で官能的な反応だったことか。オーブリーといると自分が二十歳のころよりもはるかに生き生きとし、男として刺激されるということに早くも彼は感づいていた。彼女はまだ肌に触れるのをほとんど許していないにもかかわらず、そういうことが起こっている。

それでいてオーブリーには単なる性的な情熱以上のものがあるし、あの落ち着いた物腰以上のものもあるのだ。あんなくすんだ色のドレスにも隠しきれない美しさが彼女の姿形には備わっている。姿形ばかりか内面の美しさもある。ジャイルズは今そのことに気がついたのだが、その美しさの下にあるのは憂《うれ》いだった。彼には理解しえぬ深い哀しみとみずからに課した孤独が彼女に憂いをまとわせている。彼女には多くの秘密がありそうだ。ぼくが想像をたくましくしているだけではない。彼女のことはだれもがよく知らないらしい。

彼女は周囲と交わらないとクレンショーは言っていたが、それだけではないだろう。いったいなにを世間から隠しているのか。またしてもジャイルズの考えはそこにいたった。いくつかの漠然とした事柄を思い浮かべてみたが、なんにせよ、このおぼつかなさは精神によくなかった。事実がわかるのが怖いからではない。不思議なことにそうではなくて、彼女がさも易々と自分から離れていられることがつらいのだった。彼女がだれをも、とりわけこの自分を必要としていないように見えるのが悔しいのだった。

「オーブリー」ジャイルズはオーブリーを物思いから引き戻した。「ぼくの雨の予測はまちがっていた」

「は？　なんですって？」

ジャイルズは上体をまた倒して片肘をつき、彼女を見上げた。「この大雨はすぐにはやみそうにないな。となると、ぼくとしては涙が出るほど退屈なのさ。室内ゲーム《パーラー》でもやらないか？」

オーブリーは怪訝そうに彼を見た。「言葉遊びでしょうか？」

「そんなようなものだ、ああ。ただし、ぼくが考えているのは、単なる推測ゲームよりはもう少し複雑なやつさ。セシリアの上の息子のサイモンのお気に入りで、とくに彼が好きなのが〈三つの小さな嘘〉というゲームなんだ」

「ルールを存じませんわ、閣下」

彼は笑みを浮かべてみせた。「ゲームを進めながらルールをつくることもあるが」と言って目配せをした。「名誉にかけてプレイをするのが基本ルールだ。ぼくがきみに質問をしたとする。きみは正直に答えてもいいし、嘘をついてもいい。自分でどちらかを選ぶ。で、嘘を三回つきおおせたら、いつでもそのことを発表してかまわない。そのゲームはきみの勝ちということになる。でも、ぼくにも異議申し立てのチャンスが三回ある。もし、ぼくの申し立てが正しければ、きみはぼくに罰金を支払わなければならない。ただし、真実を話さなくても許される」

「そうなのですか？」彼女は疑わしげに言った。「でも、罰金というのは？」

「愚にもつかないものでいいんだよ。サイモンは一度、ぼくに逆立ちをさせた——その結果ひどいことになったけど。鼻をつまんで讃美歌の『神は我がやぐら』を歌わせられたこともあったな。だいたいは片足跳びで部屋を三周させられる程度だけど」

オーブリーは頭がおかしくなったのかといわんばかりにジャイルズを見た。「無理ですわ」

「オーブリー」さすがに彼もいらついた。「これからもう一時間ここに閉じこめられるかもしれないんだぞ。せっかく紳士らしくふるまおうとしているんだから、きみもぼくが気を紛らす手助けをしたほうがいい」

彼女はごくりと唾を飲みこんだ。白い喉が張りつめ、それから、かろうじて緊張を解いたようにゆるんだ。「わかりました」

ジャイルズはにっこり笑って、藁の上に勢いよく仰向けになり、頭のうしろで腕を組んだ。オーブリーは両膝をたてて腕を巻きつけた。「では、きみの名誉にかけて始めよう、オーブリー。ぼくから先にいくぞ。きみの質問にはもうだいぶ答えたからな。三ラウンド先取したほうが勝者だ」

「いいわ」と同意はしたものの、まだ気が進まないようだ。

ジャイルズは天井の垂木《たるき》を見つめながら、彼女の気持ちに思いをめぐらした。単純な質問から始めて安心させてやったほうがいいだろう。「今朝の朝食にはなにを食べた？」

オーブリーは可愛らしく顔を赤らめた。「なにも」

ジャイルズは彼女の表情を用心深く観察し、考えこんだ。「異議は申し立てない。だが、なぜなにも食べなかったんだい、お腹がすいていなかったのか？」

彼女はすました顔で彼を見つめ返した。「ふたつめの質問になりますわよ、閣下」

ジャイルズは顔をしかめた。「まず答えろ」

「神経が尖って食べられなかったのです。ドラコート卿とレディ・ドラコートがこちらで過ごされる最後の日に万事怠りないように、おふたりの出立にも支障がないようにと思っていましたら、食卓の銀器のことでペヴスナーと口喧嘩をして、すっかり食欲が失せてしまいました」

「ペヴスナーとはよくやり合うのかい？」

オーブリーは片眉を上げた。「それもゲームのうちですの、閣下？　もしそうなら、適当な嘘をひねりださなくてはいけませんわね」

「じゃあ、いいよ、今のは気にするな。ゲームに戻ろう。そのはっとするほど魅惑的な緑の瞳はだれから受け継いだのかな？」

はっとするほど魅惑的な瞳が彼に向かって瞬きをした。「母です」即答だったので、これは真実だとわかった。

「いいだろう。母上の名前は？」

「ジャネット」

「オーブリー、オーブリー」彼は節をつけて言った。「きみはぼくに嘘をついて出し抜かなくちゃいけないんだよ。でないと絶対に勝てないぞ」

オーブリーはうなずき、意を決したような顔つきになった。

ジャイルズはつぎの質問を口にした。「では、きみの父上から受け継いだ最高の特徴はなんだい？」

「閣下、それは主観の混じってしまう質問になりませんか？」

またも苛立ちがつのってきた。「いいから答えろ、オーブリー」

彼女は眉根を寄せた。「それは……粘り強さです。ただ、粘り強さは性質であって特徴ではありませんけれど」

「それでもいいんだ。これも異議は唱えないでおこう。きみが粘り強いのは神もご存じだから」

オーブリーは今度は顔をしかめて彼を見た。「わたくしの質問の番はいつまわってくるのでしょうか、閣下？」

「このラウンドが終わってからさ。さて、きみはどこで生まれた？」

彼女はやけに長くためらった。「ノーサンバーランドです」

ジャイルズはゆっくりと首を横に振った。朝食のときの彼女の口の重さを思い出したのだ。オグルヴィーが口にした疑念も思い出していた。「ちがうな。異議を唱える」

オーブリーは侮辱されたような表情を見せた。「なぜです？」

ジャイルズは手を伸ばし、指で取り巻くようにして彼女の手首をつかんだ。「なぜなら、ぼくには異議を唱える権利があるからさ」と物静かに言う。「さあ、どうだ、嘘だったのかい？」

オーブリーは手を引こうとしたが、彼は手を放さなかった。「ええ」彼女は根負けした。「今のは嘘です。あなたの申し立てどおり」

「だったら、ほんとうはどこで生まれた？」彼は手首を握ったままで訊いた。

彼女はかぶりを振った。「閣下、同じ質問を何回もするのは違反です。フェアじゃありません。あなたが打ち消す過程でこちらの勝ち目はどんどん減っていきますもの」

「たしかにそうだ。きみにはまだほかにも隠していることがありそうだからな、ええ？」ジャイルズは彼女の手首をもう一インチ引き寄せた。愚かしいことをしようとしていると思いながらも、自制できなかった。「さっきの罰金のことを忘れるところだった。オーブリー、残念だが、罰金としてきみにキスを求めざるをえないようだ」

オーブリーは怒りの声を発し、体を引こうとした。「閣下、片足跳びと全然ちがいますわ！」

伯爵は笑いだした。「きみに片足跳びをさせると言った覚えはないぞ、可愛い女《ひと》。罰として、愚にもつかないことをしなければならないと言ったんだ」

「あなたにキスをするのは愚にもつかないことではありません」彼女は歯の隙間から声を発した。「危険きわまりないことです。昨日の出来事からわたしがなにも学ばなかったとお思いですか？」

「オーブリー、オーブリー！ ぼくは政治家だよ。語意の歪曲は商売柄、得意なのさ」

「歪曲ではありません！ あなたは不名誉なことをなさろうとしているんです」

「ああ、オーブリー、可愛い女」ジャイルズは彼女の手首を最後にもう一度ぐいと引いた。

オーブリーは膝のバランスを失って、彼のかたわらへ倒れこみ、ふたりは藁の上で目と目を合わせることになった。「まだ五分も経っていないはずだぞ、きみが——ここに引用しよう——〝あのキスは愚にもつかないキスでした、閣下〟と言ってから。さて、そう言ったことを否定するのか？」

彼女の目が一瞬きらっと光った。「いいえ。だめです、その手には乗りません」

ジャイルズは空いているほうの手で自分の唇にそっと触れた。「だったら、今ここにキスをしてくれないか？　ぼくにはきみのことがよくわかっているからね、オーブリー、抜け道を残して引き下がるわけにはいかないんだ。きみの唇がこの手の甲に触れるだけでは嫌なんだ。ここだよ。この口にキスしてくれ」

ジャイルズはオーブリーが要求に応じないだろうと一瞬思った。すると、彼女は肘をついて上体を起こし、さらには目をつぶり、唇を合わせてきた。

彼女の背中をつかまえなければならないだろうと彼は予測していた。彼女はついばむようなキスをしてすぐに身を離すだろうと。ところが、オーブリーは名誉にかけて罰金を支払うつもりでいるらしい。柔らかな口が彼の口を甘く優しくふさいだ。ジャイルズは頭を起こし、片手を彼女の腰に置いた。オーブリーはため息を漏らしながら体を押しつけた。男を誘いこむような、それでいて無邪気さを感じさせるキスだった。

ジャイルズはこらえきれずに彼女の腰に腕をまわして、さらに引き寄せた。今は彼女の半身が上からかぶさっていた。唇がゆるやかなリズムで彼の唇の上を動く。彼女はライラックと馬と、温かくて甘い女のにおいがした。彼女の唇がほんのわずか持ち上がると、彼は急いで引き戻した。彼が口を開いてもオーブリーは逆らわず、彼の下唇をもてあそぶように舌を左右に行き来させた。

ゆっくりと物憂げにキスが再開された。ふたりは互いを味わった。まるでこれまでもずっとそうしてきたかのように。自分たちが身を横たえている場所が公共の場ではないかのように。ここがどこであろうとジャイルズはかまわなかった。が、オーブリーはそうでもなさそうだ。なにかが彼女を現実に立ち返らせ、彼女は不意に体を引き離した。華奢な手を広げて彼の胸を押し、苦しげな息遣いとともに見おろす。

ジャイルズはもう一度引き寄せようとした。「オーブリー、やめないでくれ、頼む」

彼女は視線をそらした。「罰金は払いました。もう……困らせないでください、閣下」

「まだ二回残っている」彼は唸るように言った。

彼女の目が恐怖に見開かれ、ふたたび彼を見つめた。「なにがです？」

「あと二回、ぼくは質問できるってことさ」声がかすれる。「じゃあ、この質問に答えろ、オーブリー。今度はぼくのために答えるんだ。きみは夫を愛していたのか？」

オーブリーの顔がくしゃくしゃになり、目が閉じられた。

「答えろ」

目をきつくつぶったままで、オーブリーはかぶりを振った。「いいえ」と囁く。「そのように——お答えするしかありません」

「名前は？」その言葉はくぐもったしわがれ声で発せられた。

彼女はまだ少しあえいでいる。「は？」

「名前だよ。きみが愛していなかった夫の名前だ。彼はなんという名前だった？」

答えることを拒むつもりなのだろう。彼女が黙っているのでジャイルズはそう思った。

「チャールズ」やっと答えが返された。か細い声で。

その名が彼女の唇を離れた刹那、ジャイルズは嘘だと見抜いた。「ちがう」彼は歯を食いしばった。「異議を申し立てる」

オーブリーは目を開けた。「いいでしょう。どうぞ、ご随意に」

「嘘なのか？　オーブリー、今のは嘘なのか？　そうならそうと認めろ」

「ええ、そうです。嘘ですわ」

今回は罰金をどう支払うかとは尋ねなかった。そのかわり、ジャイルズはいきなり彼女を引き寄せてキスをした。最初のキスが火花だとしたら、今度のは焼夷弾《しょういだん》だった。すべてが突如、炎に巻かれ、為すすべもなく燃えさかった。彼はどうにか彼女の体を仰向けにさせ、自分の体を上にした。地面を打つ雨音も干し草のにおいも遠ざかり、オーブリーだけがそこにいた。

ジャイルズは飽くことなく何回も彼女の唇をむさぼるように味わった。オーブリーのなめらかで温かい口の感触を覚えこもうとした。彼の激しいキスに彼女も応え、だんだんと呼吸が荒くなってきた。手は休む間もなく彼の体をまさぐっている。もはや彼女を自分のものにしたいという欲求が抑えられない。なにがなんでも彼女とひとつになりたい。もたらされる結果がトラブル以外の何物でもないとしても。

「オーブリー、オーブリー」ジャイルズは彼女の首に顔をうずめ、彼女の香りを吸いこんだ。

「きみはなぜぼくをこんな目に遭わせるんだ？」

「そんな」彼女は声を詰まらせた。「そんなつもりはありません」

片手で彼女の腕を撫で、腰のくびれをたどって、もっと下へと手を滑らせる。それから手を広げて豊かな曲線を描いたヒップを包みこむと、毛織りのスカートの生地を通してぎゅっと握った。そのまま彼女を持ち上げるようにして自分のほうに押しつける。オーブリーは声を漏らした。本能的に体を弓なりにしている。彼女も飢えているのだ。欲しいのだ。もう彼女を満足させずにはいられない。

ジャイルズは横向きになると、彼女の上着のボタンを乱暴にはずしはじめた。生地を押しのけて左の乳房を愛撫する。温かい。完璧だ。彼女はまだ目を閉じている。息もまだ荒い。受け身の構えで彼が好きなように触れるのを許している。だが、彼女自身も求めているのはわかっていた。彼は幾重にもなった木綿の上から乳首をそっと親指で押し、硬くなるのを確かめた。こらえきれずに口づけて吸いながら、舌で優しく円を描くようにすると、やがて濡れた木綿の生地が乳首に貼りついた。彼は体を引いて、そのさまを眺めた。「オーブリー、きみはほんとうにきれいだ」

ジャイルズはふたたび横向きになった。まるで夢のなかで動いているような気分だ。彼女にいつこれをやめさせられて退屈な日常に戻されてもおかしくないという気がした。少しやけになってスカートのボタンもひとつはずした。抵抗しないだろうか？ もうひとつ。オーブリーはなにも言わない。ただ、じっと彼の目を見つめている。欲望を隠さぬ優しいまなざしは問いたげで不安そうでもあった。

「きみにさわらせてくれ。先へ進ませてくれ」

ボタンが今はみなはずれていた。ジャイルズはオーブリーの乗馬服のスカートをウェストまでたくし上げた。我慢できずに片手を滑らせ、柔らかな白い木綿の下穿きの上から彼女の部分にあてがった。彼女は一瞬ぶるっと身を震わせた。感じているのか？ ジャイルズは反応を観察しながら、両脚のあいだにそろそろと進めてみた。優しく肌をこすりながら探るように。オーブリーはこれに応えて小声を発した。喉が盛り上がってはまた沈み、頭が藁のなかに落ちた。

幸運にも下穿きの生地のなかにできた切れこみを見つけると、彼はその肉の膨らみの中央にそっと指を割りこませた。同時に、もう一度熱いキスをして彼女の口を開かせた。彼女はまたも甘い声を漏らし、深々と息を吐きだした。指をもっと奥へ進め、熱い女陰に埋めこんだ。女の香りが鼻孔を満たし、血をたぎらせる。沸騰しそうだ。つぎの一往復で彼の指はオーブリーの秘所を探りあてた。腕のなかで彼女の体がこわばるのがわかった。

「じっとして」と、唇を合わせたままで囁く。「じっとして、オーブリー。脚を開いて。きみにさわらせてくれ」

彼女は藁のなかでぐったりとした。緊張がいくらか解けたのかもしれない。そこで彼は片手をさらに深く滑らせて彼女の肉に分け入った。甘い芯は硬く張りつめ、早くも潤いの兆しがあった。指を往復させると濡れてきたので、再度、そこに触れてみた。彼女は大きく息を吸いこんだ。ジャイルズが指の先だけで円を描く動きを何回もくり返すと、あえぎがせつないため息に変わった。彼の官能をいたぶるように熱い潤いがあふれた。

彼女はぼくを求めている――少なくとも彼女の体は欲しがっている。そう思うと、熱せられた欲望が一気に股間を駆けめぐった。ジャイルズはオーブリーの口に舌を押しこみ、彼女の背中を藁のなかに押さえつけると、自分の腿を使って脚をもう少し広げさせ、秘所をさらした。それから、舌と指で彼女の内なる熱さがいよいよ高まるのを確かめた。脚が自然と開き、彼女がこらえきれなくなっているのが感じられる。彼女の繊細な鼻孔が震えながら広がると、彼は唇を離し、指で愛撫を続けながら彼女の顔を観察した。

オーブリーは目を閉じて、顔を半分そむけている。口が開かれ、苦しそうに細い声を発した。息遣いが速くなり、切羽詰まったあえぎに転じた。「よして。ああ、お願い。もうよして」

彼は熱っぽい唇を彼女のこめかみに押しあてた。「ベッドできみを抱きたい、オーブリー」なおも執拗な愛撫を続けながら言う。「今夜、城内が寝静まったあとに。部屋へ来てくれ。優しくすると約束する」

彼女は答えなかった。目も開けない。「わたしはこんなことを求めてはいけないのだわ」とつぶやく。

「現に求めているじゃないか」ジャイルズは声を詰まらせた。「頼むから、オーブリー、ぼくをいたぶらないでくれ。きみもぼくと同じくらい求めているだろう。そうだと言え」

彼女は中途半端にうなずいた。鳶色の豊かな髪が藁にこすれる。「そうよ」

「なら、今夜」

「いいえ」彼女は首を横に振った。「今夜はだめ。許してください」

「オーブリー、なぜだ?」ジャイルズは片手を放し、オーブリーの服の乱れをなおしはじめた。

「教区牧師――」と、意気阻喪するような言葉を吐く。「――牧師さまとドクター・クレンショーとの会食の予定があります。おふたりが帰られるのはきっと遅くなるでしょうし、きっと……きっと……ああ、わかりません!」

ああ、くそ。ジャイルズは教区牧師との約束をすっかり忘れていた。あの男はとりとめのない話をひと晩じゅうでも続けるかもしれない。「では、明日」ジャイルズは懇願口調になった。「明日、来てくれ、オーブリー、いいね？」

彼女は目を開いたが、依然として彼の目を避けている。今は恥じらいから顔が真っ赤だ。「わたくしに選択肢はあるのでしょうか、閣下？ 体が裏切るんですもの。あなたが容赦ないから」

その言葉は真実にはちがいないが、彼をひやりとさせた。「きみは情熱的な女なんだよ、オーブリー。ちっとも恥ずかしいことではない。それに、どうやらきみもぼくに対して欲情しているらしい」

彼女の声がか細くなった。「はい、そうです」

ジャイルズはほっそりとした首筋に唇を這わせた。目をつぶって、もう一度彼女の香りを吸いこむ。「だれにも知られないさ、オーブリー。男と女がふたりだけで肉体的快楽を分かち合ってなにが悪い？」

彼女の頭のなかをさまざまな考えがまわっているのが察せられた。まだ口にされていない質問が自分たちのあいだにあるとも感じられた。彼女に安易な抜け道を与えてやるべきなのだろう。彼女の自意識が望んでいるように拒むことを許してやるべきなのだろう。そうとわかっていても、オーブリーの体は彼を求め、ジャイルズはそんな彼女の体が欲しくてたまらない。ついに、腕のなかの彼女の体から力が抜けた。これは諦めか？ それとも降伏か？

「来てくれるのかい?」矢も楯もたまらず尋ねる。

するとオーブリーはぱっと振り向き、唇を彼の髪に押しあてて、彼をびっくりさせた。

「はい」温かい息が耳にかかる。「では、明日、午前零時に伺いますわ、閣下」

10　ミセス・モントフォード、頼み事をする

「どういう意味なの、お母さま、けんじ官はいかれた老いぼれだってアイダが言ったけど」翌日の夕刻、暖炉のそばでクリケットのバットを振りながら、イアンが尋ねた。

窓辺を行きつ戻りつしていたオーブリーは足を止めた。「けんじ官じゃなくて検死官よ」オーブリーはイアンのほうを振り向いて微笑んだ。「アイダは口先だけで言っているの」

「くちさき?」

「そうねえ、意味がよくわかっていないってことかしらね。それに、そんなことを言うなんてよくないわ。親切な紳士でいらっしゃるのに」

「そんなら、け・ん・し官はなにをする人なの?」イアンは飛んできた球を打つ真似をした。

「それなら、でしょ」オーブリーは言いなおし、イアンの髪を指でくしゃくしゃにした。

「ねえ、イアン、アイダと一緒にいる時間が長すぎたようね。検死官というのはね、人がどうして死んだのかはっきりしないときに、会を開いて質問をする紳士なの。それを審問というのよ」

イアンはバットを暖炉に立てかけた。「お母さまにも親切にしてくれた？　その人、お母さまに質問したんでしょ？」

「今の質問の答えは両方ともイエスよ」

オーブリーはカーテンを引き開けて、城の中庭の漆黒の闇に目を凝らした。明かりは門の両側に据えられた一対の松明《たいまつ》だけだった。日に日に陽が短くなり、寒さも厳しくなっている。城壁を吹き抜ける木枯らしの音が早くも聞き取れ、まるで十二月がすぐそこまで来ているかのようだ。早く来てほしい。十二月になれば、ウォルラファン伯爵はロンドンに身を落ち着けてくれるだろうから。

オーブリーはカーテンを放して、手を胃にあてがった。今日一日ずっとむかむかしている。検死審問に動揺させられたのだ。たくさんの目が自分にそそがれたから。

もちろん真実を語った。すべての真実とはいえないかもしれないが。検死官の審問は巧妙で、彼女もまた巧妙に答えた。その試練は乗り越えたけれど、もうひとつの試練が待ち受けている。ウォルラファン卿との約束はむろん忘れていない。

「今夜はゲームをしてもいい？」暖炉のそばからイアンが訊いた。

オーブリーはさっと振り向いた。「ええ、いいわよ」気を紛らすことができるのは助かる。「ココアを淹れるから、そのあいだにゲームを選んでね」

イアンは顔を輝かせ、自分の部屋に飛んでいった。「〈美徳と悪徳〉にする」

オーブリーは冷笑をこらえた。イアンときたら、よりにもよって今夜そのゲームを選ばなくてもいいのに。これからわたしは悪徳にふけろうとしている。一方、それを美徳として——少なくとも自分の心のなかでは——取り繕う努力に一日の大半を費やしてきた。

ココアが淹れられると、イアンは折りたたみ式のテーブルを押して暖炉のそばへ移動させ、ゲーム盤を用意した。が、オーブリーがイアンのマグカップを置こうとしたそのとき、だれかが家政婦室の扉を小さくノックした。ウォルラファン卿が部屋にはいってくるとオーブリーは卒倒しそうになった。

それでもどうにか彼のほうへ近づいた。「閣下、まだ七時半ですけれど」と、軽い息切れを覚えながら言う。

しかし、ウォルラファン卿の頭にあるのは逢瀬《おうせ》とは別件らしい。実際、彼はどことなく照れくさそうに見える。「ああ、わかっている。それにしても書斎の寒さが身に染みるよ。海峡からの風の容赦なさをすっかり忘れていた」

オーブリーは早くもノブに手を掛けていた。そうすれば彼が部屋の外に戻るだろうと思って。「来週にもお部屋のガラスを入れ替えさせますが、当座の措置として従僕に追加の石炭を持ってこさせましょう——」

伯爵は片手を振った。「いいんだ、とにかく座ってくれ！　ただ……立ち寄らせてもらっただけなんだ。思うに、城のなかで一番暖かい部屋はここだから」

すから」

「あ、ええ、中——中庭が」オーブリーは口ごもった。「海風を遮る役目をしてくれていま

ウォルラファン卿は体のまえで手を組み合わせて部屋のなかを見まわした。なんだか少年のようだ。「これはココアのにおいかい？」「はい。お飲みになります……？」

オーブリーは暖炉の横棚を見やった。

「そうできたらうれしいね」

「これから〈美徳と悪徳〉をするところなんです」イアンが喜ばせようとするように言った。

「伯爵は何色にする？」

ウォルラファン卿は折りたたみ式テーブルに近寄り、ゲーム盤を見おろして読みあげた。

「なになに、〝〈最新版／美徳の報酬と悪徳の処罰〉。若き男女の娯楽〟か」オーブリーをちらっと見る。「今夜はぼくも若き男子の気分だからね、ミセス・モントフォード、このゲームに加わる資格はあると思う。異論はないかい？」

オーブリーは伯爵のためにココアをテーブルに運んだ。「もちろんございませんわ」

ウォルラファン卿は急いで壁際の椅子をテーブルのまえまで引いてきた。「すばらしい！」椅子に腰掛けて両手を打ち合わせる。「じゃあ、ぼくは赤を選ぼう」

ウォルラファンはなぜやってきたのだろうと訝りながら、オーブリーはマグカップをまわし、自分も椅子に座った。彼がこの部屋にいるのはいかにも不自然に思える。でも、不自然

なのに不愉快ではない。伯爵がボード盤から目を上げてテーブル越しに彼女の視線をとらえ、温かな笑みをよこした。笑うと彼の左の頬に深いえくぼができることにオーブリーははじめて気づき、そうすると、彼がそばにいることがたまらなく幸せに思えてきた。

イアンの指示でゲームが始まったが、予想どおりの滑稽な展開となった。「四の目を出したでしょ」イアンは伯爵に言った。「それは〝牢獄〟から逃げだして〝廃墟〟まで行ってもいいという意味なの」

「それはいい目なのかい？」伯爵は尋ねた。

イアンは肩をすくめた。「〝偽善〟へ進むよりはいいんじゃないのかな」と言って、小さなコマをくるりとまわす。「あっ、見て！　ぼくは〝真実〟まで行ける！」

イアンはほどなくゲームの主導権を握り、歩みののろい競争相手を悠々と引き離した。ルールがほとんどわかっていないウォルラファン卿はへまばかりやっていた。オーブリーは〝無礼〟と〝頑固〟と〝怠惰〟に続けざまに着地した。

「言っておくぞ！」オーブリーが〝怠惰〟に着いた瞬間、伯爵は叫んだ。「それはまちがっている！　ミセス・モントフォードは断じて怠惰ではない」彼は彼女の目印を手に取って盤の中央へまっすぐに移動させ、〝美徳〟の上に置いた。

オーブリーはマグカップの縁越しに彼を見た。「まあ、気前がよろしいこと、閣下。わたくしが〝無礼〟と〝頑固〟からなかなか踏みだせずにいるのを喜んでおられるように見えましたのに」

伯爵はテーブルの向こうからにやりと笑ってみせた。「思いあたる節でもあるのかい?」

イアンが首を横に振った。「お母さまは〝美徳〟には進めないよ。戻って、ずるをしないでやらなくちゃだめだよ」

オーブリーは自分にはまったく不似合いな居場所に目を落とした。「そうね、残念ながら、イアンの言うとおりです、閣下。最近のわたくしには〝美徳〟はふさわしくありません」

伯爵は彼女の目印をつかむと、今度は〝快楽〟へ動かした。「だったら、ここならどうだい、ミセス・モントフォード?」と、思わせぶりに言う。

オーブリーは唇をすぼめて、マグカップを置いた。「〝快楽〟もわたくしのいるべき場所とは思いません」目を伏せてゲーム盤を見つめる。

「しかし、ぼくとしてはぜひともきみをそこにとどめておきたいね、ミセス・モントフォード。つまり、快楽のなかにとどめておきたい。きみが許してくれるなら」

オーブリーは言葉と苦戦していた。なにも知らないイアンが救出に乗りだし、オーブリーの目印を元の場所へ戻した。「ふたりとも進むのが遅いなあ」とぼやきながら。「ぼくは八時半までに寝なくちゃいけないのに」

ウォルラファン卿は恥じらいの色を顔に浮かべ、そのあとはルールに従ってゲームを進めた。むろん勝ったのはイアンだった。彼がゲーム盤を片づけているあいだにオーブリーは毎晩ふたりで読んでいる本を取りだした。目を上げると、テーブルを折りたたんで壁際の定位置に戻そうとするイアンを伯爵が手伝っていた。

「イアンと一緒にミスター・デフォーの『ロビンソン・クルーソー』を読んでいますの」オーブリーは自分の椅子に戻った。「退屈なさらないかしら?」

ウォルラファンは優しく微笑んだ。「とんでもない、マダム。じゃあ、ぼくもまだいてもいいのかい?」

イアンはあくびをして、椅子の背にもたれた。「いなくちゃだめだよ。まだ彼が島で暮らして三年経ったばかりで、とうもろこしの収穫の心配をしてるんだ」

「それなら、ぼくのお手本にもなりそうだ」と伯爵。「自分の畑の心配をしなさすぎると叱られたばかりだから」

「そんなこと言っていません」オーブリーは思わず言った。

ウォルラファンは眉を吊り上げた。「たしかに口には出していないな、うん。とにかく、その続きを読んでくれ、ミセス・モントフォード」

オーブリーは読みはじめた。ところが、たった六ページ進んだだけで、ウォルラファンが手を伸ばして彼女の腕に置いた。目を上げると、イアンは椅子のなかで体を横に倒して眠ってしまっていた。

「首の筋をちがえて目を覚ましたら可哀相だ」ウォルラファンは小声で言った。

オーブリーは本を置いて立ち上がった。「子どもはあまりそういうふうにはならないでしょうけれど、閣下、やはりベッドまで運んだほうがよさそうですね」

ウォルラファンはすでにイアンを抱き上げていた。「ぼくが運ぼう。部屋へ案内してくれるかい？」

オーブリーはイアンが使っている小部屋の扉を開けた。「毛布をもう一枚掛けたほうがいいんじゃないか？」彼女がイアンの体を布団でくるむと伯爵は言った。「今夜の寒さはただごとじゃないぞ」

部屋はひどく狭く、おとなふたりだとほとんど動きが取れなかった。オーブリーはウォルラファンの脇にある整理簞笥を身振りで示した。「その一番下の抽斗のなかにはいっています。出していただけますか？」

伯爵はその抽斗を開け、一番上の毛布を持ち上げた。が、彼の手はその下のきれいにたたまれた格子柄《プレード》の布を愛でるように撫でた。正確には〝ファーカーソン・プレード〟を。彼が片手でその生地をさすっているので、オーブリーはつかのま恐慌をきたしたが、伯爵はあまり有名ではないスコットランドの氏族が用いているその格子柄に見覚えがないだけなのだと自分に言い聞かせた。それを抽斗から取りだして振り開いたりはしないだろうと。

案の定、ウォルラファンは立ち上がって、にこにこしながら茶色の毛布のほうを彼女に手渡した。ふたりして毛布を広げてイアンに掛けてやり、ドアを閉めて部屋をあとにした。ウォルラファン卿はそこで足を止めると、指の甲で彼女の頰に触れた。

「ありがとう、オーブリー。きみとイアンの夜に仲間入りをさせてくれて」

オーブリーは果敢にもこう言った。「よろしかったら、部屋へ戻って暖炉のそばにお座りになりませんか、閣下？　申し上げておきたいことがあるのです」

蠟燭の光に照らされたウォルラファン卿はほんの少し顔色を変えたように見えた。「なんだか嫌な感じがするな、オーブリー」

オーブリーは微笑んだ。「そうかもしれませんわね。シェリー酒を少しおつぎしてもよろしいですか？　わたくしもちょっといただこうかしら」

ウォルラファンは彼女を見つめ、片手で荒々しく髪を梳いた。「ああ、ますます気に入らないぞ。オーブリー、きみが言おうとしているのは、ひょっとして――」

「そうではありません」オーブリーは途中で言葉を挟んだ。

彼女は窓の下の小さな戸棚へ向かうと、シェリー・グラスをふたつ取りだし、彼の手にひとつを押しつけて向かい合わせに腰掛けた。暖炉の揺らめく火明かりが彼の顔を左から照らし、不規則な影を落としている。

オーブリーは自分を力づけるためにシェリー酒を口にふくんだ。「些細なことであなたのお力をお借りしたいのです。でも、分をわきまえろとお思いになるかもしれません」

「そんなふうには思わないさ」ウォルラファンはグラスを横に置いた。とくに驚いているようには見えない。むしろ安堵しているように見えなくもない。オーブリーは一瞬、なにもかも打ち明けようかと考えた。自分たちを包む親密な空気はあまりにも誘惑的で、胸にわだかまる罪悪感はあまりにも重すぎる。でも、彼は信じてくれるだろうか？　なんと言うだろう。どう思うだろう？

いいえ、これは簡単に答えの出る問題ではない。ウォルラファンは自分が犯罪者をかくまっていたことになってしまうと気づくだろう。彼がこうむる痛手は計り知れない。彼の政治生命も、一族も、計り知れない痛手をこうむるだろう。今の今、どんな罪状がわたしに突きつけられているか知れないのだから。

伯爵がそっと腕に触れるのが感じられた。「可愛い女、どんなことだい？　どうすればぼくはきみの力になれるのかな？」

オーブリーは雑念を頭から追いだして現実に立ち戻った。「お願いがございます」と、やっとのことで言う。「ロリマー少佐が亡くなり、ミスター・ジェンクスが引退なさったら、このお城で信頼できる方がいなくなります」

彼はオーブリーの間近まで身を乗りだした。「ああ、たしかにそうだ。だが、オーブリー、金の問題なら安心してくれ、それ相応の――」

「お金のことではありません」オーブリーは遮った。彼の憶測がつらかった。その気持ちが声にも表われた。「叔父上さまの死に接して、人の命のはかなさを痛感させられただけではないのです。イアンを守ってやれる人間はわたくししかおりません。この身に万が一のことがあれば――」

「きみの身に万が一のことがある？　それはいったいどういう意味だ？」

彼女は肩をすくめ、椅子に背中をあずけた。「毎日どこかで人が死んでいるのですよ、閣下。井戸に落ちて死ぬ人もいれば、肺炎に罹《かか》る人もいます。悪い魚にあたって死ぬ人だって……」

「ああ、そのとおりだ。で、どうしろというんだね？」

「イアンに宛てた手紙があるのです。あの子が成年に達したら読ませたい手紙が。それと、遺言状も。どちらも封をして聖書に挟んであります。多少の蓄えもございます。宝飾類もいくつか。家族の形見が。それらはみな先ほどの毛布と同じ抽斗に入れてあります。万が一の場合は、教区牧師にそれらを渡し、イアンを育ててくれるようにお願いしていただきたいのです。わたくしのかわりにそのことを牧師にお頼みいただけないでしょうか？」

ウォルラファンは首を横に振った。「オーブリー、きみの言っていることはむちゃくちゃだ。きみの身にはなにも起こらない。ぼくがそうはさせない。第一、イアンを赤の他人にあずけることなど許さない」

「教区牧師は赤の他人ではないと思いますけれど」彼女は物静かに言った。「それに、イアンにはほかに行くところがありません」

「ここが彼の家だろう、オーブリー」わかりきったことだといわんばかりに伯爵は言った。「なぜあの子がここから半マイルも離れた窮屈な牧師館で、祖父ほども歳のいった男と暮らさなければならないんだ？」

「それこそがお願いしている理由です」

ウォルラファンは唇をすぼめた。「きみはこのことを叔父に頼んでいたのかい？」

オーブリーはうなずいた。「はい、こちらで働きはじめて数カ月経ったころに。人がどう見ていたにせよ、あの方は正しいことをなさる方だと信頼していましたから。高潔な心をもった方でしたから」

伯爵はひどく暗い目で彼女を見た。「で、なぜそれをぼくに？」

彼女は視線を上げて彼を見据えた。「あなたもそういう方だとわかったからですわ。あなたと少佐はとてもよく似ていらっしゃいます。これは侮辱ではなく褒め言葉です」

ジャイルズは椅子から離れ、彼女のまえに片膝でひざまずいた。「オーブリー、可愛い女」と言いながら、片手で彼女の顔を受けるような仕種をした。「きみにもしものことなど起こりはしないよ。ぼくにも、イアンにも。でも、万が一の場合は、名誉にかけて、ぼくがイアンの面倒を見よう、どういう形にしろだ」

彼女は目を閉じた。「あの子をサマセットから出ていかせないでください。カードウのお城と村だけにいさせてください。ここから出さないで、守ってくださいまし。お願いです」

ウォルラファン卿はそこで彼女にキスをした。唇が彼女の唇を溶かしにかかった。優しく慰めるように。彼が唇を離すと、オーブリーは驚くほど安心していた。「オーブリー、起こりもしない不吉な出来事の話はもうよそう」彼は囁いた。「それより、ぼくはまったくべつの理由でここへ来たんだがな。考えるのがもっとずっと愉しい用件で」

「昨日の約束を思い出させるため?」オーブリーも囁き返した。

彼の目がわずかに翳った。「予約といってほしいな。守ろうという気はあるのかい?」オーブリーはうなずいたが、言葉は返さなかった。

彼はためらいを見せた。予約を取り消すつもりなのかしら。だが、彼の目はなおも荒々しさをたたえて彼女の顔を探っている。と、ウォルラファンはため息をついて両手を脇に落とした。「一時間後では?」と囁く。「そのころには城内は寝静まっているだろう?」

十時にはジャイルズは寝室の絨毯にひとすじの道をつくっていた。片手には最高級のコニャックをついだグラス。その道を行ったり戻ったりする彼の踵で黒いシルクの部屋着がひゅんひゅんと音をたてていた。新たな愛人をつくろうとしているという事実をまだ完全には受け入れがたかった。あるいは、彼女が自分の召使いだという事実を受け入れられないのかもしれない。そういうことは自分の性分に合わないはずだ。実際そうだ。なのに、彼女をベッドで抱けると思うと元気が出て、わくわくする。

家政婦室から戻るとすぐにクラヴァットをはずし、シャンパンを一本寝室まで持ってくるよう命じた。それは今、ベッドの脇の銀製のワインクーラーのなかにあり、ワインクーラーを包んだ白いリネンは水滴でぐっしょり濡れている。持ってこさせはしたが、シャンパンには飽きていて、もっと強い酒を飲みたかった。だが、シャンパンならオーブリーも一杯ぐらい飲むかもしれない。ジャイルズの経験からすると、女というのは、ボトルで用意された上等のシャンパンを飲みながら口説かれるのが好きだから。

とはいえ、オーブリーはこれまでの愛人とはまるでタイプがちがう。かりに男が洗練されたプロフェッショナルな高級売春婦の審査をしようとしたら、彼女は標準仕様の媚態《びたい》とともに財政的な需要を満たす真正の目録を持ちこんで臨むにちがいない。笑ったり、からかったり、お世辞を口にしたり、そういうひととおりのふりはするかもしれない。しかし、ここでは双方が今夜の終わり方を――つきつめれば、この関係そのものの終わり方を――承知している。

その部分がオーブリーとベッドをともにすることへの不安をかき立てた。自分でもよくわからない。いや、自分がどういうふうになるのか少々怖い。危険水域に近づきすぎると海面の表面張力の変化を察知することがある。オーブリーにキスをするたび、それに似たさざ波がかすかに感じられた。唇と唇が合わさる瞬間、奇妙な官能の闇が彼を包みこむ――なにか危ういもののほうへ引っぱろうとする。そのくせ、オーブリーは結婚の経験があるわりには性的に未熟だ。それに気づかないとしたら、よほど間抜けな男だろう。もしかしたら、彼女はどうすればいいのかを知らないのではないか？　ベッドで抱いたら恐ろしく退屈させられるのではないだろうか。

ジャイルズは大きな声で笑うと、空のグラスを置いて、開け放たれた窓のまえへ行った。左右に広げて窓台に置いた両手を支えに、上体を乗りだして海風を吸いこんだ。今はもう風の冷たさもさほど感じられない。ほんとうは、オーブリーがベッドでどんなふうになるかはとっくにわかっている。退屈させられるはずがないことも。彼女の虜《とりこ》になるであろうことも。すでに虜になってしまっているのだから。それに、何物も——彼女の未熟ささえ——あの必然のなりゆきを変えはしないだろう。

彼女がこの申し入れをもっと喜んで受け入れてくれていたら。そう思わずにはいられない。しぶしぶ応じたということは、もちろんわかっている。それでもやはり、彼女は情熱的な、官能的な女なのだ。技という技を駆使して、あの情熱を燃え上がらせてやらなければならない。彼女を目いっぱい誘いこまなければならない。彼女自身の欲望を否定できなくなるように。

ちょうどそのとき、部屋の扉が小さく一回ノックされた。ジャイルズは窓から振り向き、大股の三歩で部屋を横切った。突如として心臓が喉までせり上がった。勢いよく扉を開けると、そこに彼女が立っていた。さっきと同じ灰色の綾織りの部屋着のままだ。レースも刺繍もなく、飾りらしきものは前身頃に上から下まで並んだ黒玉のボタンだけという代物。そんなものを着たらふつうは冴えなく見えるはずなのに、そのくすんだ色のせいで彼女の赤毛はよりいっそう鮮やかに、彼女の肌はよりいっそう優美に見えた。

「いいね」彼は彼女の腕を取って、部屋のなかに引き入れた。「髪をまだおろしていないほうが」

彼女が訝しげな目をしたので、ジャイルズは意地悪な笑みを浮かべた。「一日じゅう想像していたんだ、オーブリー、きみの髪からピンを抜くのはどんな感じだろうと」

彼女は目を丸くした。「閣下――心配なんですの……あなたはきっとわたくしに――」最後まで言うことができない。

ジャイルズは彼女をすぐさま腕に抱き寄せてキスをした。昨日の午後に穀物庫のなかでしたように。しかし、今の彼女は身を硬くしている。全身を硬直させている。キスを返しても温かみが少しもない。いつのまにか手が腰にまわされていたが、指は冷たくて異様なほどに力をこめている。ぬくもりもなければ探索するような動きもない。「口を開けて、可愛い女」彼は囁いた。

体を震わせながらも、オーブリーは口のなかに舌が差し入れられるのを許した。そこで彼は奥まで舌を進めて味わいながら、体をもっと引き寄せた。そのうちにやっと彼女のなかでなにかが崩れるのを感じた。乳房が押しつけられ、全身が少しずつ溶けだすように思われた。

彼の舌が奥深く、余すところなく彼女を味わううちに、反応が返されはじめた。

不意に優しさがこみ上げてジャイルズはキスをやめ、逸る心を抑えると、彼女の手を取って部屋のなかへゆっくりと誘《いざな》った。「おいで、オーブリー、シャンパンでもどうだい?」

「い、いいえ、結構です」彼女は息を切らして答え、地獄の門かというようにベッドを見つめた。「するべきことを早くすませたほうがよいかと存じます、閣下」

ジャイルズの動きがぴたりと止まった。「するべきことをすます?」

オーブリーはうなずいた。「あなたが……いえ、わたくしが……そのベッドに横になればよいのでしょうか?」

やれやれ、前途多難だぞ。これではまるで殉教者だ。たいていの場合、女は熱狂的なまでに競い合って、ぼくと寝たがるのに。ジャイルズは彼女の体を解放し、顔を両手で挟んだ。「ぼくをごらん、オーブリー、きみはこれをしたいのか? ぼくを欲しいのか?」

彼女の顔がみるみる真っ赤に染まった。「あなたが欲しい?」と、いささか情けない声で鸚鵡返しに言う。「昨日はそうでした。あなたもご存じでしょう。だけど、わたくしはこ、こういうことが得意ではありません。こういう——経験をあまり積んでいないのです。きっと、無能な女だとお思いになるわ」

ジャイルズは表情をやわらげた。「オーブリー、可愛い女、きみのことを語るのに無能という言葉は遣えないいな。怯えなくていい。きみは結婚していたんだろう。男と女の愛し合い方は万国共通なんだぞ」

「そうなのですか?」彼女は小声で尋ねた。「わたくしにはわかりません」

これはまたおかしな返答だという気がしたが、ジャイルズは口に出して訊くのが怖かった。どんな答えを聞かされるのか不安なのかもしれない。あとからそう思ったが、とにかく厳しい質問をするかわりにベッドの端に腰をおろし、彼女をとなりへ引っぱって座らせた。それから、体の向きを少し変えさせた。背中がこちらに向くように。オーブリーの髪は今夜はねじって高く留めてあるので、うなじがあらわになっている。そそられる眺めだ。ジャイルズは頭を低くすると、そのむき出しの肌に口づけした。彼女は小さな声を漏らした。ため息のようなかすかな声の気配。彼は聞くというよりそれを感じ取った。そして、彼女の髪からゆっくりとピンをはずしはじめた。

きらきら光る鳶色の豊かな髪がひと房またひと房と落ちて、金糸を織りこんだ垂れ幕のように広がった。そのさまを眺めながら、彼女の夫への同情があらためてジャイルズの胸に湧いた。野卑な乱暴者だったのだろうか。それともただ早死にしたというだけか。そのことを彼女に問う気はなかった。知りたくもない。彼女がほかの男のベッドで寝ていたと考えるだけでも耐えられないのだから。ジャイルズはオーブリーの体を自分のベッドの奥へ引きこんだ。彼女のなかに残るほかの男の記憶を消し去ろうと決心して。

ヘッドボードに背中をあずけて片膝を胸に引き寄せ、オーブリーの背中が胸につくように腕のなかに抱きこむ。まともに目を見つめるような体勢を取らないほうが彼女の緊張をやわらげられるだろう。オーブリーが両足をベッドに上げようとすると、ジャイルズはうしろから腕をまわして室内履きを脱がせ、床に滑り落とした。彼の膝頭に掛かった灰色のスカートがベッドの縁から流れるように落ちた。

ジャイルズは彼女の肩に顎を載せ、きれいな長い喉に顔を埋めて囁いた。「ありがとう、オーブリー」それから、片腕を彼女の腰にまわして体を結びつけるようにしながら、頭を少し下に向けて首筋に鼻をすり寄せ、反対の手をボタンの列に沿ってそろそろと上に移動させた。一番上のボタンに手が届くと、器用にはずし、象牙色の肌をもう一インチあらわにした。

「ろ、蠟燭はつけたままにしておくのですか？」彼女が小声で訊いた。

「ああ」彼は穏やかながらも有無を言わさぬ口調で答えた。「きみの美しさは暗闇にはもったいないよ」

急がず焦らず、ジャイルズはボタンをひとつずつはずした。灰色の綾織りの部屋着の下に彼女がつけていたのはコルセットではなく、びっくりするほど上質な生地の繊細なシュミーズだった。家政婦の給金ではとても買えない刺繍入りのシュミーズだ。ネックラインには淡いブルーのシルクのリボンがあしらわれ、小さな蝶結びにされている。奇妙な思いにとらわれてジャイルズは思考の脈絡を完全に失った。つぎのふたつのボタンはするりとはずれた。

彼女の乳首の輪郭が見て取れる。すぐ手の届くところにある宝物が、薄い生地をかすかに押していた。彼は震える手でリボンを引いて蝶結びをほどき、シュミーズを引きおろした。彼女の乳房は小ぶりだが完璧な形をしており、乳輪はやや暗めの薔薇色だった。ジャイルズは親指をそっと一方の乳首に触れ、瞬時に硬く尖るさまを驚きとともに観察した。

「ああ」彼女は声を漏らした。

たちどころに心が逸り、自分の下で彼女がよがり声をあげるイメージがちらついた。待て。まだだ。内心で警告をつぶやき、両の乳房を優しく撫でてから揉みしだくと、手のなかで乳房が張りつめるのがわかった。乳首が今は彼の関心を惹こうとするように突き出ている。左手でなおも彼女に触れながら、右手ですばやく残りのボタンをはずした。灰色の部屋着がウエストではだけた。彼は頭の向きを変えて喉に唇をあて、つかのま肌を歯で挟んで、優しく嚙んだ。

「こういうのは好きかい?」

彼女は好きだった。彼の愛撫のひとつひとつに彼女の体がそう答えていた。嚙んだ跡に舌を這わせてから、首筋に鼻をこすりつけてキスをしてやると、やがて彼女はじっとしていられなくなった。ジャイルズはオーブリーのにおいを吸いこんだ。癖のないライラックの石鹼の香りと熱気を帯びた女の体臭が混じり合った、うっとりするにおい。彼は耐えきれずに右手を下穿きの上端のレースの下に滑りこませ、腿のあいだの柔らかな巻き毛を見つけた。早くも濡れているのがわかったので、「脚を開いてごらん、可愛い女」と命じた。

彼女は言われるままに片脚の力を抜いて、脚を開いた。そこで彼は濡れた肉の襞を分け入るように指を進めながら、さらに親密な愛撫をした。指がクリトリスをかすめると、オーブリーはうっと小さくあえいだ。もうできる。彼女には受け入れる準備ができている。が、ジャイルズはもう少し待って彼女の情熱をもっと引き出そうとした。

片手で乳房をつかんで乳首をもてあそぶのを続けながら、もう一方の手で腿のあいだをまさぐって指を往復させるのもやめなかった。彼女は今は体をぴたりと合わせて小刻みに震え、頭をのけぞらせて彼の肩にあずけていた。ゆっくりと服を脱がせるつもりでいたのだが、ペニスにあたる彼女の尻の感触には耐えがたいものがあった。

もう限界だ、もう待てない。ジャイルズは自分の両脚で挟んだ彼女の体をどうにか放すと、ベッドの片側の床に立ち、黒いシルクのローブをいきなり脱ぎ捨てた。

ウォルラファン卿の一糸まとわぬ姿を目にしたオーブリーは思わず息を呑んだ。彼は見事な肉体をしていた。ここから先の経験がほとんどない彼女にもそれはわかった。流線を描いた贅肉のない体は猫に似て、衣服をまとっているときよりも胸幅が広く感じられる。腿はがっしりとして黒い毛におおわれ、その中心は……そう、天の恵みを存分に与えられていた。恐ろしいほどに。自分たちはそもそも結合できるのかとオーブリーは心底不安になった。

が、ウォルラファンはべつのことを考えているふうだった。彼は捕食動物を思わせる緩慢な動きでベッドへ戻るなり、重なった枕にオーブリーを仰向けに押し倒し、濃厚で性急なキスを始めた。彼女の頭はふかふかの羽根枕に埋もれた。部屋着はウェストではだけたまま、スカートはしわくちゃだった。今は彼の下半身だけが体の上にある。ほとんど裸に近い格好で彼に組み伏せられていることを恥ずかしく思って当然なのに、不思議とそうは思わなかった。

そのあとの展開の速さにオーブリーはついていけなかった。服を脱がされるのだろうと思っていたら、彼は喉の奥から低い声を漏らし、突然、スカートを乱暴にまくり上げた。さらには、ぎこちない手つきで下穿きをまさぐって引きおろして彼女の上にのしかかり、謝罪らしき言葉のようなものをしわがれた声で発しながら、両脚を自分の膝で荒々しく割った。そして、完全に勃起した自分のものを押しつけてきたのだ。熱くいきり立ったペニスが彼女の肉を探りはじめた。

オーブリーは恐怖すら覚えた。彼が自制できなくなっているのはわかった。むしろ、それが一番いいのかもしれない。チャンスはこの一度きり。オーブリーは両脚を開いて目を閉じた。彼の挿入があまりに強すぎたため、処女膜が破れるのはほとんど感じられなかった。しかし、鋭い痛みはあった。下唇を嚙み、泣き叫ぶまいとした。

だが、彼はおやと思ったらしい。「大丈夫か?」と、むせたような声で訊いてきた。

オーブリーはうなずいた。ジャイルズは前腕をついて上体を起こし、下半身をしっかりと重ねると、一回、二回と彼女を突き上げた。おそらく全部で十回は同じようにしただろう。

と、頭をうしろに倒し、目をきつくつぶり、口を開いて苦しそうに無声の叫びを発した。温かな精液が体の奥深くに流しこまれる刹那、彼は恍惚の表情を見せた。

伯爵はこうして果て、汗ばんだたくましい全身を長いこと彼女にあずけていた。部屋に聞こえるのは、彼の胸から吐きだされてはまた吸いこまれる規則正しい息の音だけだった。

「こんなことになるとは、オーブリー」ようやくその言葉がうめき声とともに髪のなかに吹きこまれた。「こんなぶざまなぼくをきみは生涯忘れないだろうな」

長い沈黙ののち、またなにか言葉が聞こえた。オーブリーはなんと答えればいいのかわからなかった。なぜ許しを求めるの？　ベッドの上で彼女が体をずらすと、伯爵は抱く力を強めた。「行かないでくれ」両肘で起き上がり、彼女を見おろした。「今度はもっとうまくするから、オーブリー。誓ってもいい」

まるでわたしに選択肢があるかのような言い方。あるのだろうか？　「出ていこうとしたのではありません」

彼はくしゃくしゃに乱れた髪の隙間からオーブリーを見つめた。表情がだんだんと暗く悲しげになっていく。「オーブリー、誓って言うが、こんなことは今まで一度もなかったんだ。いや、十八のとき以来だ」

なんの話をしているのか、オーブリーにはわからないが、彼の顔つきが優しくなった。

「痛かったかい、可愛い女？」といたわるように言いながら、彼女の頰を片手で撫でおろす。

「痛かったんだね？　判断を……誤ったようだ。きみの準備はまだできていなかったんだね」

伯爵を安心させなくてはいけないように思われ、「できていました」と答えたが、声が尻すぼみになってしまった。

彼はゆがんだ笑みをふたたび浮かべた。少年のような笑みを。「きみのなかがあまりにきつかったから、ああ、くそ、一瞬きみが……」

オーブリーは唾をごくりと飲みこんだ。「え？」

伯爵は当惑しているようだ。「いや、いい。きみに痛い思いをさせたのではと思ったのさ」

ああ、もっとたくさんミュリエルに質問をしておけばよかった。その機会はあったのに。

「おまけにまだこんなふうにきみを押しつぶしているとは」彼は体を引き剝がすようにして離れ、寝返りを打って横向きになった。

オーブリーは半裸のまま横たわっていた。ストッキングはよじれ、スカートはお尻の下でみっともなく丸まっている。少なくとも伯爵のシーツに血の跡は残さなかったらしい。月のものが早く来たと愚かな嘘をつかなくてもよさそうだ。「あの、閣下、わたくしは――」

「ジャイルズ」もう一度、彼女の顔を撫でながら、彼はきっぱりと言った。「お願いだ、オーブリー、ベッドで〝閣下〟と呼ぶのはやめてくれ。ぼくたちは今は愛し合ったんだぞ。ぼくが情けないほど下手くそだったとはいえ」

オーブリーは片肘をついて上体を起こした。「痛い思いなどしておりませんわ。どんな意味でも嫌な思いはしませんでした」

伯爵は顔をしかめた。「やれやれ、なんとも頼りないお褒めの言葉を頂戴したものだ。そうか、嫌な思いはしなかったか！　今夜はちょっとやそっとではこの埋め合わせができないな」

彼女は完全に起き上がった。「今夜？」

動揺が彼の顔によぎった。「まだ帰らないだろう？」

意味がわからない。「まだおりますけれど、閣――」とても口にできない名前と彼に禁じられた敬称との板挟みになり、途中で口をつぐむ。「あなたがお望みになるあいだはここにいます」と、どうにか言った。

ウォルラファンの顔が曇った。家政婦室でも見せた表情だ。「ぼくが望むあいだだけは、ということか？　きみはどうなんだ、オーブリー？　きみはどう望んでいるんだ？　きみはほんとうに美しい。ぼくが望むのはきみとここで愛し合うことだけだ――あるべき形で愛し合うことだ――夜が終わるまでずっと。だけど、ぼくは施しの対象ではないぞ」

伯爵はとなりで片肘をつき、彼女の目を覗きこんだ。きつく結ばれた口、銀色の目に悩ましさが広がっている。また彼を傷つけてしまったのだと気づいた。ああ、傷つけたくなかったのに――しかも、今や、彼を傷つけたくない理由は、なにがあっても家政婦を続けなければならないという決意をはるかにしのいでいる。ウォルラファン卿に対してはさまざまな感情が芽生えているけれど、思いがけず生まれた優しさが一番強い。はっとさせられるほどに。

オーブリーはまだ上気している彼の頬に右手をあてがった。「ええ、あなたは施しの対象などではありませんわ。あなたは美しく立派な男性です。わきまえのある女なら、あなたとベッドをともにする幸運を喜ぶでしょう。ただ、わたくしは経験不足なんですの、閣下。落胆させてしまうのはわたくしのほうではないかと心配です」

彼はしばらくなにも言わず、乱れたシーツに目を落としていた。「オーブリー」やっと口を開く。「ご主人が亡くなってから、愛人はひとりもいなかったのかい?」

「はい」

ウォルラファン卿は上掛けの縁のほころびを指でいじりはじめた。オーブリーは縫い目をかがっておかなければと頭に書き留めた。「ちょっと訊きたいんだが、結婚生活は短かったのか?」

「はい、とても」

「ということは、あまり経験していない?」

「そのように申し上げましたでしょう?」

伯爵は険しいひと声で笑った。「じゃあ、ぼくの耳がちゃんと聞いていなかったんだろうな。悪かったよ。経験豊富な女ばかりを相手にしてきたものだから。実際、そうでない女とは寝たことがないいんだ」

突然、胸に失望感が広がった。やはり彼を満足させられなかったのでは？　愛の行為はミユリエルがしていたような単純なものではないらしい。女は目を閉じて体の力を抜いているだけではだめで、なにかをすることを期待されているらしい。けれど、それ以外になにをすればいいのかまるきりわからない。伯爵は二度とわたしをベッドに誘う気にならないだろう。

でも、そのほうよかったのかもしれない。ならばなぜ、こんなに衝撃を受けるのだろう。オーブリーは目をぎゅっとつぶり、自問自答した。なぜなら、恐ろしさと不安に呑みこまれながらも、彼の肉体を自分の奥深くまで受け入れるのはやはりすばらしかったからだ。なぜなら、彼の腕はたくましく、わたしはこれまでずっと、人と触れ合いたくてたまらなかったからだ。それに、彼の愛撫は言葉では言い表わせないなにかの瀬戸際までわたしを連れていってくれたからだ。

喜びを与えると彼が言っていたのはそのことなのかしら。それとも、ほかにももっとあるの？　この説明のつかない憧れが性的に確固としたものに落ち着くまで、あとどれぐらい多くのことに耐えなくてはいけないのだろう。オーブリーは足の下で地面がぱっくり口を開けているような錯覚にとらわれた。右か左かどちらか一方に飛び退かなければならない。

ウォルラファン伯爵がつぎの言葉を待っていることに、そこでやっと気がつき、ためらいがちに咳払いをした。「練習をして上手になります。教えてくだされば、かならず正しい仕方を覚えます」

するど伯爵はいっぷう変わったことをした。優しい目をしてオーブリーの顔を両手でそっと抱え、何回も何回もキスをしたのだ。「ああ、オーブリー」と、彼女の額に唇を押しつけて右から左へ移動させながら、つぶやいた。「きみが今より上手になったら、ぼくは深みにはまって困ってしまうよ。きみが覚える必要があるのは愉しみ方さ」

「そうでしょうか？」彼女は自信なげに訊いた。

彼は鼻の頭に仕上げのキスをした。「うむ、多少の自制心が働く愛人も必要だな」と言って笑う。「さっきは気が逸りすぎたようだ、可愛い女。もう一度きみを抱かせてくれ。ただし、さっきとはちがうやり方でだ、オーブリー。つきあってくれるなら教えてあげるよ。いいだろう？」

さっきとはちがうやり方？　オーブリーは黙ってうなずいた。

伯爵は幼子にするように彼女のドレスの部屋着のまえを合わせた。「バスルームを使ったらどうだい？」と穏やかにうながしてから、手を伸ばし、床に脱ぎ捨てた自分のローブを指先一本で拾い上げた。「行っておいで。ゆっくりくつろぐといい。ただし、出てくるときにはその服を全部置いてきなさい。恥ずかしいことにさっきは服をうまく脱がしてやれなかったからな」

「わかりました」

彼の表情がやわらいだ。「ぼくのローブを羽織るといい。そのほうが落ち着くなら」

オーブリーは言われるままにローブを受け取って羽織った。真鍮の浴槽に張られた湯はまだ少し温かく、ふんわりしたタオルがそばに重ねてある。そろそろと部屋着とシュミーズを脱いで足もとに落とした。自分はいったいなにをしようとしているのだろう。帰りたいと言えば伯爵は帰らせてくれただろう。もし、帰っていれば、それで終わったはずだ。二度と伯爵から呼びだされず、安心して仕事に専念できただろう。

ああ、でも、今さらそんなことを言っても遅い。少なくとも彼はまだわたしを欲している。うまく説明がつかないけれど、それがうれしい。オーブリーは湯のなかで手を振り動かして体を洗った。ほとんど出血しなかったのは天の助け。くすんだ灰色のスカートの内側に小さな染みができただけだ。湯浴《ゆあ》みがすみ、シルクのローブを肩に羽織った。ひんやりと軽いシルクの肌触り。仄かな男の香りが体を包む。

部屋に戻ると、彼はベッドの脇に全裸で立っていた。服を着ていないほうがくつろいで見える。数えきれないほどの愛人たちが彼の美しい裸体に称賛を送ったことだろう。彼の完璧な肉体美を損なっているのは左膝に残る色の薄い傷痕の皺だけだった。

オーブリーが近づくと彼はこちらを向いた。蠟燭のつくる光と影が彼の体の面をくっきりと浮かび上がらせている。両腕と腹部の彫りこまれたような筋肉が見て取れる。胸をうっすらとおおった黒い毛は引き締まった下腹に近づくにつれていったん消え去り、太腿の付け根でふたたび濃くなっている。ふたたび勢いを盛り返しつつあるペニスに視線が向かったのは故意といってもよかった。彼女がそばへ行くとそれは力強い動きを見せた。

伯爵の表情は優しかった。彼女を引き寄せてしっかりと抱くと、頤《おとがい》をちょっと押してうしろへ引かせた。愛人というよりは庇護者のような仕種。すると、不思議なくらい全身の緊張が一瞬で解け、安心感にすっぽりと包まれた。不安も恐れもない自由な気分に。自由に愉しみたい。せめて今この瞬間は。長いあいだ自由も喜びも感じることなく生きてきた人間にとって、この気分は中毒性を秘めた感情のように思われた。

俄然、勇気が湧いて、オーブリーは両腕を彼の体にまわし、層を成した背中の筋肉に掌を滑らせた。いい気持ち。そこで彼をもっと探索してみようと思った。彼の体には張りめぐらされ強靭な筋肉のバネが感じられる。毛並みを整えられている強いサラブレッドのように、彼はじっと静かに立って、彼女の指が筋肉を撫でるにまかせている。その手が尻の張りつめた膨らみを包むと、不意に焦がれるような低い声を漏らして自分の体を彼女の体に押しつけた。

「オーブリー」彼は少しずつ離れ、オーブリーの肩に両手を置くと、黒いシルクのローブをするりと脱がした。ひんやりとした空気が肌を撫で、乳首が自然と尖る。伯爵はその様子を目に収め、はっきり聞き取れるうめき声を発した。飢えた熱い視線が彼女の体をさまよい、肌を焦がした。

オーブリーはほんのいっとき恥じらいを覚えたが、一瞬で払いのけた。今この瞬間にさっきの約束が実行されるのだから。そんなものはこれまではなくても平気だった。でも、もう、これなしではすませられない。これがなんなのか、正確にはわからないけれど、欲しいのだ、それが。ウォルラファン伯爵が口と目とため息混じりの囁きで約束したことをこの体にしてみせてほしい。もっとも、なによりも伯爵に望むのはもう一度この体を奪ってほしいということだった。彼自身をわたしのなかに入れて、深く滑らせ、もう一度あのめくるめく悦びにじわじわと追いこんでもらいたい。

「オーブリー、きれいだよ」彼はかすれ声でそう言うと、ベッドのへりに腰をおろし、彼女を引っぱって自分の両脚のあいだに立たせた。貪欲な口が乳房を探りだした。見つけると目が閉じられ、豊かな黒い睫毛が両の頬に広がった。温かい手が背中をさすり上げながら彼女の動きを封じた。長い時間をかけて伯爵は彼女の乳を吸いあげた。甘美な快感にオーブリーは体をよじりはじめた。

　口が下へおりていく。舌が突きだされ、あばら骨の最後の一本に燃えるような熱い轍《わだち》をつける。オーブリーはぶるっと身を震わせた。今度は舌が臍《へそ》を見つけ、丸く円を描いて舐めてから舌先を押しこんだ。歓喜のため息を漏らすと、伯爵は下腹に軽く歯をあてながら、両手を尻の膨らみへ滑りおろした。そして、彼女の両脚を優しく広げる。無言の命令に彼女が応じると、片手をまわりこませて、そこに触れた。つぎは指を差し入れて肉襞を広げる。今や彼女の潤いは戸惑うほどの音までたてている。

伯爵は彼女の下腹から口を上げた。「ベッドに横になって」喉に詰まったような声。両の腿の交わるところに暗く熱い視線がそそがれている。

オーブリーは言いつけに従って、長枕に頭を倒した。今度はなにをしようとしているのだろうと思いながら、彼からいっときも目を離さなかった。彼の顔に浮かんだ表情はどことなく恐ろしかった。

伯爵は彼女の肩を両手で囲いこみ、上から身を乗りだしてキスをした。口を大きく開いて彼女の口をおおった。今回はオーブリーのほうから待ちきれないように舌を入れ、しなやかな動きで彼の舌を刺激した。彼の口が喉に移るとオーブリーはすすり泣くような声をあげた。彼は喉にもたっぷりキスをしてから、鎖骨へ、さらにその下へとおりた。顎ひげの剃り跡が肌にちくちくとこすれる。オーブリーは生きている実感を味わった。体が期待に打ち震えている。

彼は膝を折って座ると、両手を彼女の内股にあてがい、股を広げるように優しく仕向けた。オーブリーは恥ずかしくて目をそむけようとしたが、彼の暗いまなざしがそれを許さなかった。彼女の顔を眺めながら、二本の指で柔らかな肉を撫でながら、その中心をかすめた。オーブリーはあえいだ。背中がみずからの意思でベッドから離れて弓なりになる。彼の暗いまなざしは自分の手に移り、彼女に対してその手がしていることを観察した。オーブリーは官能の海に溺れそうだった。目をつぶった一瞬、二本の指が少し乱暴に彼女のなかに押し入った。

身震いして目を開け、起き上がろうとすると、彼は片手で腹を押さえ、もう一度、彼女を仰向けにさせた。「きみを味わいたいんだ、オーブリー」としわがれた声で言う。「そうしてほしいかい？　そうやってきみを喜ばせてもいいかい？」

彼女はかぶりを振った。「わ——わからないわ」

親指がふたたび女の芯を撫であげた。「してほしいならそう言ってごらん」彼は自分の手業で体をのけぞらせる彼女にそう囁いた。「ぼくの口でいかせてほしいと言ってごらん」

「そうしてほしい」と、か細い声で言う。それは本心だった。彼がなにを用意しているにせよ、それをしてほしかった。だが、彼の口がさらに下へ移動し、二本の指があったところに舌先が触れると、思わず泣き叫んだ。全身がのけぞって、長枕のなかに頭が埋もれた。

蠟燭の仄暗い明かりのなかで彼が唸るのが聞こえた。両手が上がってきて脚を押し広げ、両の親指が襞のなかに滑りこみ、いっぱいに開く。オーブリーは恥ずかしさのあまり死にたくなった。快感のあまり、渇望のあまり、死にたかった。ありとあらゆる自分の感情が体と一緒に突然、むき出しにされたのだ。彼はもう一度舌で優しく舐めあげ、往復させて甘美な拷問を与えた。彼がどんなふうに触れても、オーブリーは頭をベッドに埋めてのけぞった。

彼は何度も彼女を押さえこみ、そしてまた舌を彼女のなかに押しこんだ。

オーブリーは目を見開き、片手で激しく彼を求め、彼の髪に指を絡ませた。とどまらせようとするように。危険な暗い淵へ駆り立てる官能の悦びを寄せつけまいとするかのように。だが、彼は幾度も舐め、幾度も彼女をいじめた。部屋の静けさのなかで、だれかのよがり声が響いている。ほとんどすすり泣きに近い。その声を出しているのは自分なのだと、頭のどこかで思った。なおも彼は舌で責めたて、もっと奥へ押し入ろうとして、これでもかというように彼女の欲求を高めた。官能の暗い渦がオーブリーを取り巻き、闇の底へ引きずりおろそうとしていた。欲しい。ああ、なにかが……欲しい。もうやめて。いいえ……やめないで。必死で声を絞りだし、彼を押しのけようとした。

「だめだ」鋭い声が返ってきた。「もっと開いて。きみを味わわせてくれ」

彼は掌を強く腿に押しつけて広げたままにさせ、さらなる猛攻を仕掛けた。舌が動くたびに彼女はぶるっと身を震わせ、片手でシーツをつかんで、しがみついた。溺れかけている人のように。すると今度は、あの敏感なところに舌があてられた。オーブリーは悲鳴を呑みこんだ。光に目がくらむ。部屋が爆発したみたいに。体が砕けてばらばらになる。震えが止まらない。

ふと我に返り、自分の体に意識が戻ると、熱を帯びた力強い体の重みを感じた。彼女の上でそろそろと動いている。うなじに口を寄せて、なだめるような言葉を甘く囁きながら、彼が片膝でまたも脚を広げようとしている。それから、彼は上体を起こし、詫びるような目で彼女を見おろした。左の手が勃起したペニスへ向かう。それは今は恐ろしい太さになっている。彼は自分の手をペニスに往復させながら、彼女の目をじっと見つめている。まるで催眠術にかかったような気怠い目で。が、突如その目に刹那的な情熱がよぎり、声を詰まらせた。

「オーブリー、きみをぼくのものにしたい」

屹立《きつりつ》したペニスはまだ彼の手にあった。彼は温かく潤った彼女の肉に彼自身をこすりつけ、彼女にも自分にも執拗な拷問を与えた。オーブリーは本能的に両膝を引き寄せた。「わたしのなかにはいって」と囁く。「もう一度あなたを深くで感じさせて」

彼の顔は汗で光っていた。伯爵はまえかがみになって突き刺した。熱いものが少しずつ進んでくる。オーブリーは濡れていた。今はリラックスして完全に彼に体を開いていた。先ほど感じた痛みは今回はほとんど気にならない。両手をまわして彼の尻を包み、大胆にも自分から彼を奥に進ませようとした。

伯爵はこれに応え、低い喉声で一回叫ぶと完全に彼女のなかに自分を埋めこんだ。オーブリーはそのあいだも静かに解放され、彼が送りだす欲動のリズムを受け入れた。やがて、そんなことが起こるとは信じられなかったが、飢餓のような欲望がひたひたと近づいてきた。「ああ、オーブリー」彼女のなかの彼の動きも激しさを増している。「優しくしなくてはいけないのに」

オーブリーは首を左右に振った。枕カバーに髪がこすれる。「話さないで。なにも言わないで」

　自分の内部が昇りつめていく。ただ感じたい。考えたくない。彼がペニスを突き立てるたび、めくるめく光にふたたび近づいていく。彼の体が発する温かいにおいに包まれる。往復の動きがいよいよ速くなり、彼女はまたも長枕に頭をのけぞらせて彼に身をまかせた。そのとき、オーブリーの体に痙攣が走り、まわりの世界が消え去った。彼の叫びが遠くに聞こえる。一回、もう一回。それから、彼が倒れこんで体が重なり、彼の胸が激しく上下するのを感じた。そのあとはなにもわからなくなった。

11　ウォルラファン卿、提案をする

ためらうように揺れる光に目を覚ましたジャイルズは、自分の人生に重大事が起こったことを漠然と悟った。寝返りを打って片肘をつくと、ナイトテーブルの枝付き燭台に目をやり、ちらちらと揺れる光は蠟燭の炎だと気がついた。どれぐらい眠ったのだろう。彼は目を細めて仄暗い部屋のなかを見まわした。金めっきの置き時計は四時を指している。

となりにはオーブリーが寝ていた。片手を顎の下に入れて横向きになって、無垢《むく》な娘のようだ。いや、実際、彼女は無垢だった——ほとんど処女と変わりないほどだった。彼はふたたび寝返りを打った。重ねられた枕に頭を落として仰向けになるのと同時に、蠟燭の一本が小さな音をたてて燃え尽きた。オーブリーがなにやら寝言をつぶやき、身をくねらせて彼との距離を縮めた。

ぼくはいったいなにをしてしまったのか。ジャイルズはベッドの天蓋を見つめた。むろんなにかを始めたというわけではないのだが。しかし、それならなぜ、その結果がこんなに……深刻に思えるのだ？　そう考えると胸の内で新たななにかがうごめき、不安をもたらした。家政婦とのこの情事が急に不確実ではかないものに思えてきた。

彼女を起こしたい衝動に駆られた。今ここで決着をつけておきたい。というより、実際、彼女を起こすべきなのだろう。オーブリーは誇り高い女だ。全裸で主人のベッドにいるところを自分の下で働く部屋女中に見つかりたくないだろう。そうだ、彼女とぼくとのあいだにきちんとした取り決めができるまでは。ジャイルズは体の向きを変えてオーブリーの肩に手を置いた。目が開かれるのがわかった。オーブリーは心配そうな顔で彼を見上げた。

「おはよう」と言って、彼女の額にそっとキスをする。

「今、何時？」彼女はかすれ声で言い、シーツで胸を隠してベッドに起き上がった。「帰らなくては」

ジャイルズはベッドへ彼女を引き戻した。今までその体があったところへ。「朝の四時だ」と言って引き寄せる。「まだ帰るな」

「もうじきアイダがやってきます。気づかれてしまうわ」

ジャイルズはオーブリーの顔を両手で挟んだ。「オーブリー、ダーリン、行かないでくれ。そのまえに、きみと過ごした今夜がぼくにとってなにを意味するのかを語る機会をくれ」

彼女が頬を染めるのが薄暗がりのなかでも見分けられた。「うれしゅうございます、閣下。あなたはすばらしい方ですわ。でも、お部屋を出るところを部屋女中に見られないためには、ほんとうにもう行かなくては。そんな事態になるのはあなたも望んでいらっしゃらないでしょう」

あまりに必死な様子がジャイルズは気に入らなかった。「よく聞け、オーブリー、ぼくは平気だ。きみに魅了されているから」

彼女が目を向けた。表情が柔らかくなった。「でも、わたくしのことをほとんどご存じないのに、閣下。それに、ご自分のお城で召使いたちの噂の種になって平気なはずがないではありませんか。わたくしは当然、なんと言われるのかがとても心配です」

彼はもう一度彼女にキスをした。熱っぽいキスを。「そんなことにはならないよ。こういう形では続けられない。きみはカードウにいてはいけない」

オーブリーは彼の腕のなかで身をこわばらせた。「なんですって？」

絶望が彼にこう言わせた。「いいか、オーブリー、愛人には裕福な暮らしをさせるのがぼくの主義なんだ」切羽詰まった口調になる。「きみを働かせたくない――ぼくの雇い人のままでいさせたくない。きみにはもっとましなことをしてもらいたい。もっといい暮らしをしてほしい。ゆうべ贅沢な暮らしがどうのと言ったのはふざけたわけではないんだ。頭がいかれたかと思うかもしれないが、そうじゃない。誓ってちがう。ぼくはきみにそばにいてもらいたいんだ」

「あなたに囲われる情婦として？」オーブリーの顔が蒼白になった。「わたくしに――お手当をくださるとおっしゃるの？　娼婦を買うように」

ジャイルズはかすかに体を引いた。「あからさまな物言いをすればそういうことになる」

「いいえ」怯えた口調で彼女は言った。「いいえ、物言いがあからさまなのではないわ。偽りのない真実です」

彼は恐慌をきたし、肺から空気が絞りだされる感覚に陥った。ついさっきは正しいと確信できたことが今はとんでもないまちがいのように思えた。うつろな暗い穴に――孤独に――ふたたびひき引きずりこまれようとしている。「ぼくにはきみが必要だ。どんなに必要か、きみには理解できないだろうが、オーブリー。そばにいてほしい。ここではなくロンドンに。城の雇い人として働くのではだめなんだ」

「お手当をいただいてあなたの情婦になるのなら、雇い人であることに変わりありません。それも、もっとも卑しい働き方だわ」と小声で言う。

しかし、ジャイルズはそんな言葉を聞きたくなかった。「オーブリー、住むところならロンドンにある。リージェント・パークからちょっと行ったところにこぢんまりしたタウンハウスが。きみは――もちろんイアンも――そこでなに不自由なく暮らせばいい。きみたちのために召使いを雇おう。馬車も用意する。優秀な家庭教師も見つける。きみたち親子の面倒を見るつもりだ、将来もずっと。それほどきみが欲しいんだ」

「わたくしが欲しい」彼女は鸚鵡返しに言った。「それだけがあなたにとって重要なことなのですね」

「今言ったことは全部、きみにとっても重要なことじゃないか」

オーブリーは首を横に振り、声を落とした。「わたくしはあなたの家政婦です、閣下。この、カードウ城の。ベッドをともにせよというご命令ならばそういたします。でも――」

ジャイルズはがばっと起き上がった。「命令――？」

彼女の唇が引き結ばれたが、一瞬だった。「どういう理由にせよ、あなたとベッドをともにしたとしても、それはわたくしの仕事です」彼女はきっぱりと言った。「あなたはすばらしい愛人ですわ、閣下。でも、わたくしは男性に買われる娼婦ではありませんし、ふたりでおこなったことに対してお手当を頂戴するつもりもございません。ロンドンへはまいりません。我が身を恥じ入りながら説明しなければならないようなことに我が子をさらすつもりも毛頭ございません。わたくしは家政婦です。このカードウ城の」

「このカードウ城の？」彼はむなしく言葉をなぞった。

「はい、そうです。わたくしを解雇しようというお気持ちになられたならべつですが」

ジャイルズは両膝を胸に引き寄せ、その上で肘をついて頭を抱えこんだ。「馬鹿を言うな、オーブリー」そう言って、ベッドカバーを食い入るように見つめる。

「でも、あなたはわたくしを支配する力をおもちでしょう」彼女は静かに言った。「それが現実ですわ、閣下」

ああ、くそ、彼女は本気なのだ。ジャイルズはさっと頭の向きを変え、射すくめるように彼女を見た。「きみはぼくをそういうふうに思っているわけだ？　解雇されるかもしれないと本気で考えているんだ？　このことが理由で」

オーブリーは目をそむけた。「たいていの殿方ならそうなさるでしょうから」

突然、彼女を平手打ちにしたい衝動に駆られた。けれど、彼女の言い分が正しいことはすぐに気づいた。たいてい、たいていの男はそうするだろう。それができる力が自分にあるのも事実だ。自分のもてる力を行使することもしたではないか。そうだ、良心の呵責をなるべく感じずにすむような方法で、さりげなく。だが、その力が、立場のちがいを見せつける醜いやり方が、頭から消えなかったのも事実だ。彼女の頭からも消えなかったにちがいない。

しかし、今さらなにを約束しようと彼女は応じないだろう。そう悟ると、うつろな穴がまた戻ってきて物欲しそうに口を開けた。ジャイルズは自分の世界が――今となってはあったのかどうかも判然としない大計画もろとも――ががらと音をたてて崩れるのを感じた。なぜだか不意に声をあげて泣きたくなった。

「教えてくれ、オーブリー」彼は手の甲を目に押しあてた。「ゆうべぼくがきみにしたことは愉しめたのか？　肉体的な満足以上のものがあったのか？　ぼくに触れられて、ぼくの腕のなかで眠って、多少なりとも悦びを感じたのか？　それとも、全部義務だったのか？」

彼女が息を呑む音が聞こえた。痛ましい音が。「ああ、おやめください、もう、閣下」とかすれた声で言う。「慈悲の心が少しでもおありなら、それをわたくしにお訊きにならないで」

「いや、訊く」彼は語気を強めた。「こういう関係を結んだ以上、それぐらい訊く権利はあるはずだ」

「ええ、もちろん悦びを感じましたわ、あなたに触れられて」やっと答える声は震えていた。「もちろん、自分も望んでしたことです。わたくしは召使いですもの、閣下。わたくしにはだれもいないんです。息子のほかに人間との触れ合いはいっさいなく、だれかから好意を寄せられたこともありません。数えるのが嫌になるくらいもう何年も。もちろん、あなたのしてくださったことを愉しみましたわ。そういうものが欲しくてたまらなかったから。おわかりにならないでしょう？　そういう人生がどんなものだか想像もできないでしょう？」

彼はそこで冷ややかなまなざしを向けた。「そういうきみはぼくの人生がどんなものだと想像しているんだい？　金銭の支払いで得た触れ合いは特別だとでも思っているのか、オーブリー？　高級娼婦との取り引きが男の心を温めるとでも想像しているのか？」

「でも、あなたはそれをわたくしにさせようとなさったではありませんか、閣下」

ジャイルズはヘッドボードに拳を打ちつけた。「ちがう！　そうじゃない！　ぼくはきみに……愛情を感じているんだ、オーブリー。これはちがうんだ――ちがうものになりうるんだ、きみが受け入れさえすれば」

「ちがいません、まったく。それに、あなたはわたくしのことをなにもご存じないでしょう」

「知っているさ。知っているとも」そう言いきった瞬間、ほんとうにそうだと彼は思った。「この数年で、ぼくはきみから多くのことを学んだよ、オーブリー。肉体的な意味ではかならずしも以前からきみを知っていたとはいえないけれども、きみの考えていることはわかるようになった——きみの心も、少しずつだがわかってきた。きみがなにを考え、なにを大切に思うかを知ったんだ。今はぼくとの触れ合いできみがどれだけ活気づくかも、ぼくがどれほど燃えあがるかもわかった。ちくしょう、ぼくがなにを知り、なにを知らないかを決めてかかるな」

「もうお暇《いとま》しなければなりません、閣下」オーブリーの声は心なしか悲しげだった。「お願いです、帰ってよろしいですか？」

ジャイルズは怒りをあらわに荒々しい身振りで部屋の扉を示した。「ああ、帰れ、勝手にしろ。必要な時間より一瞬でも長くぼくがそばにいることによって、きみを苦しめたくはないからな」

「そういう意味ではありません」彼女は声を落とした。「ご存じのはずです」

ジャイルズはこれには答えず、ベッドのへりに腰をおろすと、シーツを腿の上に引き寄せ、布の隅をくしゃくしゃに握った。彼女が服を着る気配を背中で聞いていた。オーブリーはそれ以上なにも言わず、彼も二度と身動きしなかった。扉がそっと開かれる音がして、かちりと閉まった。それきり彼女は行ってしまった。

ああ、天罰だ！　なにもかもぶち壊しにしてしまった。卑劣な提案を口に出すまで自分がどれほど強く彼女を欲しているかに気づきもしなかった。

彼女はぼくがなにも知らないと言いきった。論理的にはそのとおりだが、彼女に対する欲望がずっと以前から自分のなかにあったことはうしろめたさとともに今、感じている。カードウで過ごしたこの一週間よりはるか以前から。三年間にわたる手紙のやりとりのどこかで、彼女に惹かれるようになっていたのか。魅惑されたとか魅了されたとかいうのではない。そんな言葉では表わせないなにかがある。取り憑かれたのだろうか。

いや、それともちがう。ジャイルズは頭を左右に振り、ふたたびまえに倒して抱えこんだ。すると、一抹の希望はまだ残っているという考えが浮かんだ。オーブリーがロンドンへ来ないというなら、自分のほうが彼女のもとへ通えばいい。ここへ。このカードウへ。いや、無理だ。そんなことをしたら疲労で御者を死なしてしまうかもしれないし、自分も半死状態になりかねない。仕事は収拾がつかなくなるだろう。が、それでもかまわないとも思った。この城がまた我が家だと徐々に感じられるようになってきているから。

もっと大事なのは、オーブリーが愛人になるつもりはないとはっきり否定しなかったことだ。彼女は囲い者になるのを拒否しただけだ。もう一度口説くチャンスがあったら、もう一度試みてもいいのではないか。それでも彼女が家政婦の仕事を続けると言い張ったら、しかたがない、そうさせよう。もちろん癪にさわるけれども、ほかにどんな選択肢がある？　彼女と会う見通しのない人生を送るのか？　もっと正直にいえば、彼女の存在なしにカードウをつつがなく維持できるとは思えない。自分には伯爵家の所領とそこに暮らす村人の幸福を考えなければならない義務がある。つまるところ、郷紳《ジェントリー》の仲間入りをしつつあるということなのかもしれない。

楽観的な考えが頭のなかをぐるぐるまわる。ジャイルズは立ち上がり、浴室へ向かった。物思いにふけっていたので浴槽の湯が冷たくなっていることにも、手にして広げた白いタオルが濡れていることにもほとんど気づかなかった。早急に長旅用の大型馬車を購入しなければならないということで頭がいっぱいだった。ロンドンからの旅を効率よく敢行するためにはもっと速度を出せる新型の馬車が必要だ。オグルヴィーにこの件を調べてもらおう。当面の悩みが解消すると、ジャイルズはタオルの隅を浴槽に浸した。タオルについた血の痕が目にはいったのはそのときだった。

ほんのかすかな染みだった。見過ごしてもおかしくないような。彼は白いタオルに残ったその薄いピンク色の染みを長いこと穴の空くほど見つめていた。剃刀の刃を研いでもいないのにひげ剃りで傷をつけてしまったのだろうかと考えた。しばらくして、はっと思いあたった。あるがままのその真実に。それはじっと彼の顔を見つめていた。突然耳鳴りがして、目のまえが赤い血の色にかすんだ。

「オーブリー！」吠えるような声を発してバスルームから飛びだすと、ジャイルズはタオルを床に投げつけた。「オーブリー！　どういうことだ！　ここへ戻ってこい！　今すぐに！」

返されたのは沈黙だけだ。

運よくというか、今の咆哮《ほうこう》を聞いた者はいなかった。自分の置かれた恐ろしい現実的な状況がやっと呑みこめた。オーブリーは戻ってこない。どのみち、この寝室にはもう来ない。来るわけがない。それどころか、さっきも来たくなかったのではないのか？　それを自分は強要した。彼女を思いのまま操って我が物にした。

オーブリーは処女だったのだ。彼はもう確信していた。この血の痕がなによりの証拠だ。彼女には夫などいなかった。結婚の経験などなかった。それもまた彼女が用意周到につくった偽りの仮面だったのだ。以前からおかしいと感じることはあったのに、疑念を深く掘り下げようとしなかったのは、その結果わかることが怖かったからだ。彼女がほかになにを隠しているかは神のみぞ知る。いずれにせよ、オーブリーが性的に未熟な、つまり生娘《きむすめ》だったという事実からは逃れようがない。

ジャイルズは今や怯えていた。彼女を見つけなければ。なんとかして謝らなければ。彼女にも説明の義務がある——説明してもらわなければならないことはたくさんある。それから、この茶番にどう対処するかを、ふたりで決めなければならない。政治生命などくそ食らえ。彼女と結婚すればいいではないか。とはいえ、言うは易く、おこなうは難し。ジャイルズは畏怖を覚えた。結婚を申し込んだとしてもオーブリーは本気にしないだろうし、世間がどう見るかは火を見るよりもあきらかだった。そんな必要はないと、馬鹿馬鹿しい過剰反応だと言われるだけだろう。でも、世間の評価が大事なのか？　それが気になるか？

どういう決定をくだすにせよ、まだ早い。そのまえにやらなくてはいけないことが少なくともひとつある。ジャイルズはゆっくりと落ち着いた足取りで浴室へ戻り、剃刀の刃を開くと、首筋をすっとなぞって、ほんのかすかな傷をつけた。それからオーブリーの使ったタオルを取り上げ、血を叩くようにして吸い取った。しかし、これほど手の込んだことをして彼女の体裁を繕い、自分の迂闊《うかつ》さを正そうとしたにもかかわらず、ジャイルがひとつだけしそこなったことがあった。彼はベッドのそばへ戻らず、ナイトテーブルに散らばったヘアピンを片づけることをしなかったのだ。

朝食がすんで昼食の用意が始まるまえの気持ちがゆるむいっとき、オーブリーはふたつめの過ちを犯したことに気がついた。ウォルラファン卿に処女を捧げたことよりはいくらか衝撃が少ないとはいえ、検死審問の結果が気がかりで、雇い主のことも頭から離れないという状態にあったために、ミセス・バートルにローズヒップの軟膏を届けるのを忘れてしまったのだった。そう、たしかに約束したというのに。ジャックの傷に効く稀少な薬は蒸留室の大理石の台の上に置かれたままになっている。

あいにくと今日は洗濯日で、なお運の悪いことに、可哀相なアイダの足首はまだふだんの倍も腫れあがっていて、ほかにバートル家への遣いを頼めそうな者はいなかった。オーブリーは蒸留室に置いてある枝編み細工のバスケットをつかみ、パースニップと新鮮なパンの塊りをひとつその籠に入れ、一番上にローズヒップの軟膏を押しこんだ。それから厨房へ行き、ちょっと出かけてくるとミセス・ジェンクスに告げた。厨房から戻る途中、治安判事と通路で立ち話をしているペヴスナーを見かけた。

城から抜けだすなら今が絶好のタイミングかもしれない。ひとりで考え事もしたかった。オーブリーは急ぎ足になり、ふたりに気取られぬようビール貯蔵庫を通る近道で中庭の門へ向かった。

ウォルラファン卿はかねてより完璧主義者のきらいがあった。その種の人間の多くがそうであるように、彼も失敗の恐怖に苛まれたあげく、とっぴな現象を招くこともしばしばだった。たとえば、成人してからこのかた、くり返し見る夢があった。それは、貴族院に乱入したケンブリッジの王族の集団に両腕をつかまえられるというもので、彼らは満座の議員をまえに、ウォルラファンは卒業試験で落第点を取ったのだから立法府に身を置くにふさわしくないと声高に主張するのだ。彼の爵位は手ちがいで授けられたと糾弾することもあったし、ウォルラファンは手のほどこしようもなく無能であるとか、彼の政界での実績は全部まやかしであるとか叫ぶこともあった。

現実には、無知な人間も無能な人間も無学な人間も、あたりまえのように議会にはびこっている。彼らがいなければ議場は空席だらけになってしまうだろう。しかし、現実のそんな不条理は悪夢を止める役には立たず、夢がいつも完全に同じ終わり方をするのを阻みもしなかった。王族たちに議場から引きずりだされて頭《こうべ》を垂れると、自分が素っ裸だということに気づくのだ。早くも忌むべき一日となったこの日の昼食会の直後、彼はまさにそれと同じことを感じはじめていた。

家政婦の素性を突き止めようと悩むジャイルズの心中などおかまいなしに、執事が戸口に姿を見せた。彼が机のまえに戻るのを見計らったように。治安判事はなぜか執事の陰に隠れるようにして立っており、丸めた布らしきものを腕に抱えている。

「はいりなさい」伯爵は言った。はいってこないでくれと願いながら。

ペヴスナーはやけに満足そうな顔つきだ。これはよくない兆候かもしれなかった。「閣下」と、うやうやしく切りだす。「遺憾ながら、まことに驚くべき発見をいたしました」

ヒギンズは聖杯でも捧げ持つかのように、布を伯爵の机の真んなかに置いた。毛織りの布は青と緑の格子柄で、そのなかに赤と黄の細かい縞もはいっている。ウォルラファンはその布になんとなく親しみを感じたが、彼らの突然の訪問に感謝するにはいたらなかった。

彼は布を苛立たしげに見つめながら苛立たしげに言った。「ほう？　なにを？」

執事がこれ見よがしな身振りで格子柄の布を二回開いて広げると、それにくるまれて保管されていたとおぼしき、宝飾類がいっぱいはいった装身具箱が現われた。ウォルラファンは最初に目に留まったものを手に取った。真珠の短い首飾りを――しかも、彼の目に狂いがなければ非常に高価なものと思われた。重い金鎖につけられたロケットもある。大きな赤い石をあしらった浮き出し模様の銀のブローチも。さらに、金の指輪が三個、金箔の額入りの細密画が二点。そちらは高名な肖像細密画家アイザック・オリヴァーの手になるものではないかと思わせる精巧な絵だ。その下にもいくつか宝飾類があったが、あいにくとそのうちのどれも、箱の中央に置かれた重い金時計を隠してはいなかった。

ウォルラファンは椅子をわずかにうしろへ押し、机に両手をついた。突然、胸がむかついた。どういうことだ。その格子柄をどこで見かけたか、今は思い出していた。「これでなにをするつもりだ？」彼は静かに言った。「だれにこれを見せた？」どちらもこうした状況下で発せられる質問として適切とはいいがたい。

治安判事は明々白々だといわんばかりに片手を大きく振って格子柄の布を示した。「閣下、われわれはこれを家政婦の部屋で発見いたしました。まだだれにも見せてはおりません。しかしながら、その懐中時計が叔父君の遺品であることはまちがいなく、そのほかのものを彼女がどこで手に入れたかは神のみぞ知るであります。結論は痛ましいまでにあきらかですが」

伯爵は椅子を勢いよく押しやって立ち上がった。「だれが痛ましいんだね？」と怒鳴った。「ミセス・モントフォードの私物をこそこそ漁るような真似をしても、きみたちのどちらも胸の痛みを覚えなかったとみえる」

ペヴスナーは殴られたかのようにうしろへ身を引いた。実際、殴られたも同然だったが。ジャイルズの鉄拳がペヴスナーに飛ばずにすんでいるのは、関節が白くなるほど力をこめて椅子の背を握っているからにすぎない。「し、しかし、か、閣下」執事はしどろもどろになった。「少佐の懐中時計でございますよ！」

「きみたちが発見したものは法律的にはミセス・モントフォードの所持品だ」自分がそう言うのがジャイルズの耳に聞こえた。「それらは父祖伝来の品々だよ。ぼくはつい最近、それらの品について彼女が話すのを聞いたばかりだ」

ヒギンズは信じられないというように頭を振った。「閣下、まさか時計も彼女のものだとおっしゃるのではないでしょうな？　そこにはロリマー少佐の名前が彫られておるのですよ」

「彼女が持っているなら、彼女のものだろう」ジャイルズはぴしゃりと言った。「訊くまでもないことだ。さあ、きみたちがなぜ彼女の息子の箪笥を勝手に調べたのかを教えてもらおう」

執事と治安判事は意味深長な視線を交わした。そこでジャイルズは、みずから暴露してしまったことに気づいたが、手遅れだった。「閣下」執事が口を開いた。「何日かまえに、閣下は城内をくまなく捜索してもかまわないとわたくしにおっしゃいました」

そんなことを言ったのか？　今はいきすぎた行為だと思えるのに。

執事は彼の心を読んだように先を続けた。「全員の部屋を探したのです、むろん、わたくしの部屋も。ミセス・モントフォードもそれを望みました。探すなら全員の部屋を探さなければ不公平だというのが彼女の言い分でした」

ジャイルズはペヴスナーがオーブリーの言葉をねじ曲げているという強い違和感を覚えたが、目下そのことを証明する手だてはない。「なるほど、そういうわけか。彼女の主張に従って全員の部屋が調べられたということならば、彼女は自分の身の潔白を確信しているにちがいない」

ヒギンズが控えめに咳払いをした。「それでは閣下、これらの品々はすべて家政婦のものだと確信しておいでなのですね？」

ジャイルズのなかでなにかが切れた。「ああ、そうだよ、今、そう言っただろうが、えぇ？　家族の形見が息子の簞笥の一番下の抽斗にしまってあると彼女から聞いたのは、わずか一日まえのことだ。自分の身になにかあったら、その品々を息子が確実に受け継げるようにしてくれと頼まれたのさ。そのいまいましい布もそのときにこの目で見たぞ。彼女は遺言書と手紙が一通、聖書に挟んであるとも言っていた。それも見つけたのか？」

ペヴスナーとヒギンズはふたたび目を見交わした。安堵に近いものが彼の全身を満たした。聖書と書簡も見つけたんだな。ジャイルズは最後のギニー金貨を賭けてもいいと思った。

「では、これらは家族の形見だと彼女は言ったのですな？」ヒギンズが尋ねた。

ジャイルズは腹立たしげな目を向けた。「彼女にあえてそれを問うて侮辱するつもりはない」

「一家政婦の家族の形見にしては高価すぎる品々だと思われますが、閣下」

「いいか、ヒギンズ、彼女は所領の帳簿もつけているんだ！」ジャイルズは声を荒らげた。「不正直な人間なら、ぼくを騙して自分の懐をもっと簡単に肥やす方法はいくらもあるはずだ。どうしてわざわざ、たいした価値もない時計を盗むなどという手間のかかることをする？」

しかし、ロリマー叔父の懐中時計は価値のない品ではなく、双方がそのことを承知していた。ヒギンズは芝居がかって両手を広げた。「おっしゃりたいことは理解できます、閣下。ただ、あなたがその時計のことを彼女に尋ねてくださらないなら、わたしが尋ねるほかありません」と穏やかな調子で言う。「おのれの仕事を粛々と進めなければなりませんからな。みずからが望もうと望むまいと。さて、どちらがその質問を彼女にするか、その決断はあなたにおまかせしましょう」

いいだろう、自分で訊いてやろう、とジャイルズは思った。それどころか、オーブリーの青ざめた完璧な顔を自分の顔のそばに引き寄せて、正直に答えろとさえ言ってやるつもりだった。彼女の中途半端な真実、言い逃れ、偽りにはほとほとうんざりだから。ただ、そのことをヒギンズにもペヴスナーにも知られてはまずい。それに、こうなったら彼女と結婚するしかないだろう。醜聞が恐ろしい勢いで広まるのを防ぐために。

「喜んできみに成り代わって尋ねるとしよう」ジャイルズはできるだけ丁重な口調を心がけた。「しかし、思うに、ミスター・ヒギンズ、今回の叔父の死に関する問題は長引きすぎて城内に暗い影を落としている。そこで、ロンドンから刑事事件の専門家を迎えて解決してもらうつもりだ」

ヒギンズは蒼白になった。「専門家とおっしゃいますと、閣下？」

「元警部の――」マックスがすでにこちらへ向かっていることを祈りながら、ジャイルズは言った。「――ド・ヴェンデンハイム・セレスタ子爵だ、正確には」

「ほう、驚きましたな！　フランス人ですか？」ヒギンズは見るからに恐れをなしている。

「アルザス人さ」ジャイルズは訂正した。「内務大臣の側近中の側近でもある。彼には種類を問わず犯罪活動を捜査する資格があるというピールのお墨付きの人物だよ。ぼくも彼ならこの一件も解決してくれるだろうと信じている」

「それでは、その方の健闘を祈りましょう」だが、ヒギンズは侮辱されたと感じているふうだ。それはオーブリーのためにはあまりいいことではない。

「むろん、きみの手助けを必要とするだろうが」ジャイルズは慌てて言い足した。「ぜひとも――彼の捜査に協力してくれ。今までにわかったことを説明してやってくれ。彼の経歴ときみの入念な仕事ぶり、両者が力を合わせれば、この一件はたちまち解決するとぼくは見こんでいるのさ」

ヒギンズはいくらか気が鎮まったようだった。ペヴスナーは口を挟もうとしなかった。ふたりは机に置いた格子柄の布を引き取り、辞去した。ジャイルズはすぐさま窓辺の象眼細工のテーブルへ駆け寄り、ブランデーを乱暴にグラスに半分ついだ。

ブランデーをすするのと冷たいグラスを額にあてるのを交互にやりながら、机のまえを行ったり来たりした。ああ、危ないところだった。かろうじてかわしたが。ヒギンズには言葉を尽くして反駁《はんばく》したが、エライアスの時計をどうしてオーブリーが持っているのかは見当もつかない。彼女を信じたい――いや、信じてはいる。しかし、彼女がそうそう素直に真実を語るとは思えなかった。最後には、あの真珠のように白い歯ががちがち鳴るまで体を揺すらなければならないかもしれない。猫を思わせる緑の目が切れこみのように細くなるのが今から瞼に浮かんだ。

くそ、あの時計が消えてくれたらいいものを。ジャイルズは窓から振り向いた。懐中時計は消えておらず、相変わらず机の真んなかにあった。純金の蓋が陽射しを反射して天井の梁《はり》に光を投げていた。ジャイルズはグラスを置いて時計を手に取ると、蓋を指ではじいて開けた。不思議なことに叔父がその懐中時計を贈られた日を記憶している。一八一四年の夏、学校が休みにはいってロンドンへ行ったジャイルズは休暇中のエライアスと会い、ヒル・ストリートの叔父の屋敷にしばらく滞在することになった。

ある夜、何人かの男と〈ホワイツ〉（紳士の社交・賭博クラブ）へ食事をしに出かけた叔父は、その時計を懐中に収め、部下の将校のひとりを連れて上機嫌で帰ってきた。部下のなかでも叔父の一番お気に入りだというその男についてジャイルズが覚えているのは、穏やかな話し方と黒っぽい髪、それに優しい微笑みだ。彼は叔父とその男と三人で祝いのウイスキーを飲んだ。大陸での悪夢のような戦いが終結したと叔父たちは信じていた――それはまちがいで、戦いはその後も続いたのだけれど。

その夜、将校がいかにも気の進まぬ様子で語ったことがジャイルズの記憶に深く刻まれた。近々、爵位を売らなくてはならないと彼は言ったのだ。最近、伯爵位に就いたが、自分には息子がいないからだと。たしかスコットランドの伯爵だった。が、何伯爵といったか思い出せない。先日ハリエット叔母がその話をしていたのではなかったか。ケンウェイ？　キャンウェル？　いや、どちらもスコットランド名らしくない。完全な見当はずれかもしれない。

いずれにせよ、時を経て、その将校と懐中時計の話題が叔父の口にのぼったのは一回きりだった。後継者のいない気の毒な男は、あれからまもなく爵位を売るということにはならなかったらしく、ナポレオンが栄誉をかけて最後の猛攻に出たベルギーへエライアスとともに赴き、そこで命を落とした。エライアスにとっては、あの夜に贈られた懐中時計だけが部下を思い出すよすがとなった。

ジャイルズは蓋を閉じて懐中時計を机に戻すと、格子柄の布を折りたたんで上に掛けた。哀しい思い出と重なる遺品であるが、これほど見事な時計は見たことがない。サファイアだけでもひと財産といっていい値打ちがある。だが、売り飛ばしでもしないかぎり、オーブリーにとってどんな使い途があるというのだろう。また、どんな理由で叔父はこんな大事なものを一使用人に与えたのか。一週間まえのジャイルズなら、紳士から情婦への贈り物だと割り切っただろう。これほどの時計ならどこへ持っていっても売れるだろうから。

しかし、叔父はこの時計を大切にしていたし、オーブリーは叔父の情婦ではなかった。その点に関してジャイルズの胸にまだ疑いが残っていたとしても、今朝タオルに残されていたあのかすかな染みがそれを冷静に退ける証拠となった。答えられていない問いがあまりにも多すぎる。なぜオーブリーは処女であることを隠していたのか？　なぜ彼女はエライアスの懐中時計を隠していたのか？　彼女が隠していることはまだほかにもあるのだろうか？　だが、それよりなにより、なぜ自分は嘘をついてまで彼女を守ろうとしたのか？　いや、この最後の問いの答えはもうわかっているのではないのか。そのことを深く考えるのをなかば恐れ、ジャイルズはブランデーを一気にあおって窓辺に立ち尽くした。しばらくするとオグルヴィーが部屋にはいってくる気配がした。

「失礼いたします、閣下」

「ああ」ジャイルズは窓のほうを向いたままで低い声を返した。書類がめくられる音に続いてオグルヴィーが机へ向かう音が聞こえた。それでもまだジャイルズは心ここにあらずだった。「おや、〝ファーカーソン・プレード〟ですね」若い秘書はつぶやいた。「どこでこれを、閣下?」

ジャイルズはオグルヴィーに説明する気分ではなかった。「その布のことか?」彼は机に近づき、布を脇にどけようとした。「なんでもないさ。今朝の郵便は?」

「はい」オグルヴィーは郵便物を机に一列に並べた。「こちらが至急の用件です」

ジャイルズがうなずくと、オグルヴィーは処理を彼に一任した。ジャイルズは机について仕事に集中しようと努めたが、努力の甲斐はなかった。「オグルヴィー!」

上司の怒鳴り声に若い秘書は椅子から飛び上がった。「はい、閣下?」

「ミセス・モントフォードを見つけて、ここへ連れてこい」

12　真実が明かされだす

ミセス・バートルを訪問したあと、オーブリーは急いで城へは戻らず、村の小径を散歩して、丘の麓の養魚池ではガマを数本摘んだりもした。そんな自分に驚いていた。空になった枝編み細工の籠にガマをきれいに並べると、突き出た岩に腰をおろし、朝からずっと頭を離れないことに正面から向き合うことにした。ウォルラファン卿、ジャイルズに。

凪《な》いだ海に目をやると、ふと笑みがこぼれた。ベッドを離れたあとでも彼をただのジャイルズとして考えるのはおかしな気もするが、今ではほとんど絶え間なく彼のことを考えている。今日は朝から、彼の口と手がどんなに素敵だったかを、自分が彼に与えたらしい悦びを思い出していた。ただ同時に、彼の目に浮かんだ見まがいようのない深い傷の色も思い出された。彼にぶつけた言葉を取り消せたら、せめてやわらげることができたらと思わずにいられない。

オーブリーが望まぬことを無理強いするつもりはないと彼は言った。考え抜いたすえに、その言葉を信じることに決めた。これまで数々の過失があったとはいえ、ジャイルズはとても正直な人だと思うから。彼がこのうえもなくすばらしい愛人であるのはもうわかっている。目をつぶって顔を起こし、秋の太陽に向けると、ジャイルズのハンサムな面差しが自然と目に浮かぶ。毎日のように話し、しばしば口論になることにはすっかり慣れて、今では彼の高らかな笑い声や城の通路を行き来する速い足音が聞こえるのを待ち焦がれるようになりはじめている。こんなふうに生きている実感を味わうのは何年ぶりだろう。幸せだった。安心といってもよかった。

住む場所までが生き生きとしているように感じられた。ジャイルズがいるとカードゥ城が我が家になるのだ。彼はいつカードゥを去ってロンドンへ戻るのだろう。今度はいつカードゥへ来るのだろう。一年後？　それとも五年後？　吸いこむ息が少し荒くなる。奇妙に思えるけれども、彼と会えない日々を考えると平静でいられない。彼がいなくなった城はどれほど空虚に感じられるのだろうか。

だが、いくら彼に会いたくても、あの申し出だけは受け入れるまいと思った。気持ちは揺れている。ベッドだけでなく人生も彼と分かち合ったらどうなるかと想像もしている。特定の人と特定の関係になり、その人が生活の面倒を見てくれる。なんて贅沢なことだろう！でも、かりにそこまで自分を貶《おとし》めたいと願ったとしても、イアンのことを考えなければならない。ロンドンはイアンにとっても自分にとっても危険すぎる場所だ。

散歩から戻るころには修復した城壁を午後の陽が暖めていた。オーブリーは壁の端から端まで歩いて厨房に近づいた。レティーとアイダが頭を寄せ合って召使いの休憩室のそばに立っていた。扉が開かれる音にふたりのひそひそ声がぴたりと止まり、見開かれた目がオーブリーのほうへすばやく向けられた。アイダは吹きだしそうになるのをこらえた。

オーブリーは籠を扉のそばのテーブルに置いて、穏やかに注意した。「洗濯の手伝いは終わったの？　終わったのなら、レティー、金箔の大広間の床を蠟で磨いてくれるかしら？　アイダ、あなたは休んでちょうだい」

ふたりの女中はお辞儀をして慌てて立ち去った。オーブリーはボンネットのリボンを解きながら廊下から家政婦室へ向かったが、食料貯蔵庫から現われたベッツィに片腕をつかまれた。「なかへはいってください」ベッツィは押し殺したような声で言って、オーブリーを部屋に引っぱりこんだ。

「どうしたの、なにがあったの？」

ベッツィは扉を閉めた。「これです」と、なにかをオーブリーの手に押しこんだ。「早くポケットにしまってください」

オーブリーは目を落とした。ヘアピン？　どうしよう、あのときのヘアピン。

心優しいベッツィは顔を赤らめた。「レティーがちゃんと見るまえにあたしがひっつかんだんですけど、もうこそこそ噂を流す者がいて」

いまだ呆然としてオーブリーは目を上げた。「噂？」

「ええ、それがマダムのかどうかなんて、あたしはべつに知りたかないです」ベッツィはきっぱりと言う。「ヘアピンはヘアピンなわけで、ヘアピンを髪に挿してる女なんて、このお城にいっぱいいいますから」

オーブリーは目を閉じて、片手の拳を握りしめた。ヘアピンが肉に食いこむまで。なんと言えばいいのかわからなかった。なにを否定すればいいのかも。

「ああ、それから、ミスター・オグルヴィーが会いたいそうです」ベッツィは忙しそうに棚のひとつで手を動かしはじめた。「家政婦室にいらしてますよ。もうたっぷり十分ぐらいは待ってるんじゃないでしょうか。早く行って用向きを尋ねてあげたほうがいいですよ」

「そう」オーブリーは消え入るように言った。「そうなの、そうするわ」

ベッツィは棚から振り返った。「は？　なんですって、マダム？」声がいっそう優しくなった。「大丈夫ですか？　近ごろはなんだか人が変わったみたいに見えるけど」

オーブリーは無理してうなずいた。「大丈夫よ。ありがとう、ベッツィ」ボンネットのリボンを垂らしたままで食料貯蔵庫から出ると、廊下を通って家政婦室へ向かった。

彼女が部屋にはいるなり、オグルヴィーはぱっと立ち上がり、「ミセス・モントフォード」と丁重に迎えた。「閣下が書斎でお呼びです。ひどくお急ぎのようでした」

夢のなかで動いているような頼りなさでオーブリーはヘアピンを置き、ボンネットを脱いだ。ベッツィに警告を受けたショックからまだ立ちなおれずにいた。なんという迂闊な失敗をしたのだろう。そのうえ、今朝ウォルラファンの寝室をあとにしてから心のどこかで恐れていたこともこうして現実となっている。彼の私室へ呼びだされているのだから。

伯爵はまだ諦めずに情婦になれと言うつもりだろうか？　彼の家具の上にヘアピンを散らばったままにした不始末の片をつけたければ、いっそ彼の申し出に同意するのが得策なのでは？　どのみち、わたしの評判が地に堕ちるのは避けられないのだから。カードウへ来た当初からずっと、城の召使いたちに少佐の情婦だと思われながら、それでも胸を張って仕事をするのがどれほどつらかったか。ボンネットを無意識に手に持ったまま、オーブリーは書斎へ向かった。

オーブリーが部屋にはいると、伯爵はさながら出迎えのように扉のほうへ歩いてきた。オーブリーの視線は彼の顔へ向かい、探りを入れた。具合がよくなさそうだとすぐに察した。そばへ駆け寄り、片手で彼の頬を優しく撫でて、どうしたのかと訊きたい。直感的にそう思った。と、彼がわずかに左へ寄った。机に広げられた格子柄の布が彼女の目にはいった。

その瞬間、まともに息ができなくなった。突如として、すべてが変化した。足もとがふらついて見えたにちがいない。伯爵の温かく力強い手がさっと肘を下からつかんだ。「オーブリー、大丈夫か？」

いいえ。大丈夫ではありません。オーブリーは伯爵から離れ、そろそろと机に近づいた。まるで、とぐろを巻いた蛇がそこにいるかのように。片手を口にあて、振り返って彼と向き合った。瞬きで涙を押しとどめながら。

　ウォルラファンの目には疑惑の色があった。「残念だが、可愛い女《ひと》、いくつか説明をしてもらわなくてはならない」

　オーブリーは公衆の面前で強姦されたような気がした。「だれがわたしの私物を調べたのですか？　いったいだれが？」

　伯爵の視線が彼女から格子柄の布へ移り、また彼女に戻った。「ペヴスナーとヒギンズだ」と穏やかに言う。

「だれの許可を得て？　あなたですか？　あなたの権限によって為されたことですか？　あなたが彼らに調べろとおっしゃったの？　なぜ直接わたしにおっしゃらなかったの？」

　伯爵は彼女の肩に片手を置いた。「オーブリー、ぼくはこの城をくまなく探してもよいという許可をペヴスナーに与えていたらしい。すまない。だが、この懐中時計については説明してもらいたい。これ以上ヒギンズに手を出させないためにぼくにできることはそれだけなんだ」

　オーブリーはミュリエルの形見の細密画を手に取り、指で額をなぞった。そこで新たな、もっと恐ろしい考えが頭に浮かんだ。「聖書は」消え入るような声で言うと、部屋のなかを狂ったように見まわした。「わたしの聖書もお持ちなのですか？　どこに？」

　ウォルラファンは彼女を椅子のほうへ導き、座るようにうながした。「聖書はきみが置いった場所にまだあるはずだ」と優しく言い聞かせた。「そういう無害なものはペヴスナーの興味を惹かないからね。さあ、話してくれ、オーブリー、叔父の懐中時計をどうしてきみが持っているんだい？」

彼女は上目遣いに彼の目を覗きこんだ。そこに見えるのは温かな揺るぎない表情だ。伯爵は敵ではないのだと少しずつわかってきた。彼の物言いにも怒りは感じられず、ただ戸惑っているというふうで、それどころか、守ってやりたいと思っているようでもある。だからこそ、彼のベッドへも行ったのではないの？　いざというときに擁護してしてもらうためではなかったの？　今こそ彼の力を活用しなければならない。そう考えることはちっとも喜びではないけれども。

「少佐がくださったのです」オーブリーはようやく答えた。「というより、イアンに与えるようにと、わたしにあずけられたのです」

「イアンに？　なぜ？」

オーブリーは力なく肩をすくめた。「西の塔が崩れ落ちたとき、イアンが注意の声をかけてくれたとおっしゃって」声が小さくなる。「そのことに胸を……打たれたと。でも、受け取りたくなかったのです。イアンはまだ幼いからと申し上げました。何度もお返ししようとしました。でも、頑として聞き入れていただけず、わたしはそれで……悪魔の契約をまた結ぶことにしました。自分の望みを実現させるために。あの方とやっていくためにはそういう手段をたびたび取らなければなりませんでした。おわかりでしょう」

ウォルラファンは彼女が座った椅子のまえにひざまずき、彼女の片手を自分の手で包んでさすりはじめた。彼女の血と言葉の両方の流れを止めまいとするように。「どんな契約だったんだ、オーブリー？」

オーブリーはうなずいて、唾を飲みくだした。「時計はおあずかりすると申しました。ただし、その条件として、ドクター・クレンショーの診察を受けることに同意していただきたいと、その翌日に。驚いたのは少佐が同意なさったことです。わたしは時計を受け取り、契約は無駄にはなるまいと思いました」彼女は目を上げてジャイルズを見た。わかってくださいと声には出さず嘆願した。「けれど、結局、クレンショーの診察をお受けになることはありませんでした。そのまえに……亡くなられたので」

伯爵はオーブリーの手をぎゅっと握った。「オーブリー、どうして今まで話してくれなかったんだ？　なぜ時計を持っていると言わなかったんだ？」

オーブリーはかぶりを振った。「言ったとしても、わたしの言うことを信じてくれる人はいなかったと思います」

ウォルラファンは両手を彼女の肩に置いて、食い入るように目を見つめた。「オーブリー、叔父はきみに時計をあずけたのだときみが言うなら、ぼくは信じるよ」彼はゆっくりと言葉を切って言った。「ぼくはきみを信じる」

「ありがとうございます。でも、ペプスナーが黙っていませんわ、閣下。そうすれば――」

「ジャイルズ」彼は力をこめて彼女の手をもう一度握った。「ジャイルズだ、オーブリー、いいね？」

オーブリーは涙をこらえている自分に気づいた。「はい」

「ペプスナーも覚悟のうえで言い張るだろうというんだな」

説得力のある彼の口調はオーブリーを安心させた。いっそなにもかも打ち明けてしまいたい。重荷をおろして彼のクラヴァットで泣き崩れたい。だが、告白すれば、ジャイルズを危うい立場に追いこむことになるだろう。彼は法律の遵守を誓った議員で、わたしは児童誘拐の罪を着せられた身だ。あるいはもっとひどい罪を犯したとされているかもしれない。イングランドでは我が子に関しても母親にはほとんど権利が与えられていないし、実際、わたしはイアンの母親とさえ認められないだろう。そうなった場合、必然のなりゆきとして最悪の事態が待っている。イアンはただひとりの男性の親戚のもとに返されてしまう。叔父のファーガス・マクローリンに。

だめ。告白は自分の感情を鎮めないばかりか、イアンのためにならない。こんな騒ぎを招くようなことをするなんて、いったいなにを考えていたんだろう。

「ああ、あの時計を見なければよかった！」オーブリーは不意に叫んだ。「自分からこんな騒ぎを引き起こすなんて！　ただ――正しいと考えたことをしただけなのに。それがこんな複雑な事態を招くなんて。あのときは思わなかったのよ」

「オーブリー？」彼の口調はいっそう穏やかになった。「なんの話をしているんだい？」

彼女はしゃくりあげて泣き、答えるのをためらった。しゃべりすぎてしまったのだろうか。

「時計が紛失したと思われているのを知ったのは、少佐が亡くなって何日か経ってからだったのです」それはほんとうだ。「でも、混乱のなかにあったので、そのことを深く考えられなくて。少佐の死に比べたら時計など……些細なことに思われて。そうでしょう？」

「ああ、わかるよ」

「そうしたら、目に隈をつくったミスター・ヒギンズが来られて、恐ろしい検死審問が始まって、わたしが疑われているんだと気づきました。なにを言っても信じてもらえないだろうと。時計の話をしたらますます疑われるだけだろうと。事実そうなるのでしょうね」

ジャイルズは温かい手を彼女の頬にあてがった。「ヒギンズにはぼくが対処するよ」

もう一方の手はまだ肩に置かれていた。安堵からかオーブリーの肩が少し下がった。彼女はいくらかぼくを信用してくれているらしいと彼は思った。ぼくも彼女を信用したい、彼女の口から出る言葉はすべて信じたいと。世界一愚かな阿呆なのだろうか？　恋に落ちた阿呆か？　理由はどうあれ、オーブリーは嘘をついた。それはもうわかったのだ。ならば、それを受け入れられないことがあろうか。

「オーブリー、その細密画に描かれている人たちはだれなんだい？」と語気を強めて尋ねる。

モデルの人物の衣装が立派であることをジャイルズは見逃していなかった。画家の特権として絵のなかだけでモデルにきらびやかな衣装を着せているとは、なぜか思えず、また、そこに描かれた女性には胸騒ぎがするほど見覚えがある。「この人たちはきみの家族なのか?」

オーブリーはうなずき、慌てて片手で目の下をぬぐった。「姉のミュリエルと姉の夫です」

彼女はまた嘘をついているのだろうか。「しかし、きみはこの女性には全然似ていないじゃないか」

オーブリーは弱々しく笑った。「ええ、全然。姉は容姿が父似で性質が母似、わたしはその反対でしたから」

「ふたり姉妹だったのかい? 兄弟はいなかったんだね?」

彼女はうなずいた。「ええ、姉だけです」

ジャイルズはちょっとのあいだ待った。家族のことをそれ以上話す気が彼女にないとわかると、彼女の肩から手をおろし、部屋のなかをゆっくりと歩いた。窓辺でしばし立ち止まり、窓の外を見るともなく見つめながら思案した。どうすれば、言う必要のあることを全部言えるだろうか。「オーブリー」と、ついに切りだした。「これだけたくさんの嘘をぼくについたのはなぜなんだ?」

「お――おっしゃる意味がよくわかりません」

ジャイルズは両手を背中にまわし、きつく組み合わせた。「結婚生活は短かったときみは言った」口ぶりが険しくなった。「この城へ、ぼくの雇い人としてやってきたとき、若くして未亡人になったのだと言っていたね。家政婦として経験を積んでいると。北部の出身で、イアンはきみの息子だと、そして……ああ、ちくしょう、オーブリー！」彼はついに振り返った。「そうしたきみの主張のなかに事実はあるのかい？ どれかひとつでも？ 教えてくれ。懐中時計の問題だけなんじゃないんだ。オーブリー、ぼくはきみの力になりたい。力にならせてくれ。すべてを話してくれ、ほかのだれかの口から語られるまえに」

沈黙が深まった。「わたしのなにを責めていらっしゃるの？」

彼は部屋を三歩で横切った。「きみがついたひとつの嘘はわかっているんだ、オーブリー」声がしわがれる。「ゆうべ、ぼくは処女を抱いた。処女を。未亡人ではなく。きみには夫などいなかった。そうだろう？」

「それは」オーブリーの声がうわずった。

「なぜだ、オーブリー？ なぜそんな嘘をつく？ 事の深刻さがわからないのか？ ぼくたちのしたことの意味がわかっていないのか？」

オーブリーは片手を上げた。無惨なまでに無力な仕種だ。「独身の若い女を家政婦として雇ってくれるところがあるとお思いですか、閣下？」と訊き返す。涙がひとすじ静かに頰を伝う。「あなたは雇ってくださいましたか？ イアンが生きるために、わたしはテーブルに食べ物を用意して安全な家を見つけなければなりませんでした。最初のころは、ええ、正直に言っていましたわ。でも、それでは雇ってくれるところはないとすぐに学んだのです」

「宝飾類を売ることもできただろう。その装身具箱には非常に高価なものがあるようだが」

「それらは家族に代々伝わってきた大切なものです」彼女はハンカチーフを片手で握りしめた。「でも、あなたのおっしゃりたいのはそういうことではないのでしょう？　どう考えていらっしゃるのかはわかります。あなたは誤解――」

「いや、ぼくがどう考えているか、きみはちっともわかっていない」彼は遮った。「ぼくはきみを助ける手だてを見つけようとしているんだぞ、オーブリー」

オーブリーの緊張の糸が少しゆるんだ。「イアンのために残されたものを守りたいのです。たしかに、かつては高価なものもいくつか持っていましたが、多くを売り払ってしまいました。今残っているのは……このわずかな品々だけです」

「イアンのことは、オーブリー？」ジャイルズはむなしく訊いた。「彼はだれの子なんだ？」

彼女は不安げな視線を彼に投げた。「あの子は姉の子として生まれましたが……わたしの……養子となりました。ですから、今はあらゆる意味でわたしの子なんです」

「姉上は病弱だったのか？」

「はい」オーブリーは声を落とした。「姉は子どもを産むべきではなかったのかもしれません。でも、義兄は跡取り息子を切望していました――つまり、家名を継がせるために」

「たいていの男はそう思う」彼は認めた。

オーブリーはうなずいた。「姉の出産にわたしは立ち会っていました。出産を終えた姉にはイアンの母親となる体力も気力も残っていなかったのです」

「では、イアンがきみの姓を名乗っているのは……？」

オーブリーは唾を飲みこんだ。「そのほうが安全に思えたから。ミュリエルが逝ったあと、時をおかずしてイアンの父親も亡くなりました。それで——彼の死に醜聞がついてまわったのです。刺激の多い危険な生き方をしていた若い男性にはありがちなことです」

ジャイルズは眉を軽く吊り上げた。「どんな噂が立ったんだね？」

オーブリーは言いよどんだ。「それは……身内の不祥事ですから、閣下。イアンが成年に達したら、父方の姓に戻して家族の名誉を回復させようと考えています。わたしが今、自由に言えることはそれぐらいですわ」

ジャイルズはオーブリーが〝安全〟という言葉を遣ったのが気がかりだった。包み隠さず事情を語らせたいという気持ちもあるが、一方、彼女に対して畏敬の念が芽生えはじめていた。彼女がくぐり抜けてきたであろう試練に対しても。「オーブリー、きみはこの城へ来た時点で、家政を取り仕切る経験が多少なりとあったのかい？」

彼女の目が即座に見開かれた。「ええ、何年も。その能力について偽りを申し上げるつもりはありませんわ、閣下」

奇妙なことに彼はその言葉を信じた。オーブリーが真実と偽りのあいだのどこに明確な一線を引いたのかを知る術はなさそうだが、その線引きはあるとなぜか確信していた。自分はゆるやかに狂気へ向かっているのではないかという思いが頭をかすめた。カードウへやってきたときは怒りと罪の意識から、叔父を殺した人間への復讐を誓っていた。ところが、気がついたら、ここでの時間の大半を費やして、その唯一の容疑者の潔白を証明しようとしている。容疑者に懸命に性的誘いをかけたことは今さら言うまでもない。理性のかけらもない行動だ。しかも、その傾向はどんどん深まりそうだった。

「要するに、きみは結婚していなかった。きみには夫などいなかった」くぐもった声でジャイルズは言った。「ぼくは処女を犯してしまったわけで、イアンは本来は孤児なわけで、今はぼくの叔父の懐中時計の問題がもちあがっている。思うに、オーブリー、可愛い女、このごたごたを解決する策がひとつだけある。こうなったら、きみはぼくと結婚するしかないだろうね」

オーブリーはむせたような奇妙な声を発し、息ができなくなったように片手の指を広げて胸を押さえた。「閣下、それは……冗談でおっしゃっているの？」

「あいにくとそうではないんだ」

「親切のおつもりでしょうけど、でも……」

「でも、なんだね、オーブリー？」

彼女は首を横に振った。「どうしてそんなことが言えるのでしょう？　わたしはあなたとは住む世界がちがう人間で、そのうえ、殺人の疑いをかけられているのですよ。これがどういう意味かはお互いにわからないわけがないじゃありませんか。わたしにはわかりすぎるほどわかっています。わたしと結婚したら、あなたは社交界でも政界でもみずから死を選ぶようなものです」

「ぼくたちの世界は、きみがそう思わせようとしているほど、かけ離れているとは思えないがね、可愛い女。社交界での死について言うなら、ぼくは社交界にとんと関心がないんだ」

「では、政界は？　これまで取り組んでこられたことをすべて——ご自分の信念を——擲《なげう》とうというのですか？　一使用人の処女を奪った自分を罰するためだけに？」

「きみはぼくにとって一使用人よりもう少し大切な存在なんだがな、オーブリー。たしかに、政界での仕事もぼくにとって非常に大事だということは認めるよ。だけど、身分ちがいの結婚よりもっと過酷な状況を乗り越えた政治家をたくさん見てきた。ぼくはせいぜい変わり者扱いされるぐらいさ」

「いけません」オーブリーは小声で言った。「このことを考えるのはもうおやめください、閣下。ヒギンズについても、彼がもたらす災いの可能性についても。自分の身は自分で守れます。もし、その必要があるならば」

「おそらく、すでにそういう状況になっている」ジャイルズは物静かに言った。

「ですから」オーブリーは激しくかぶりを振った。「自分でなんとかしてみせます。彼らはなにも証明できません。わたしはなにもしていないんですもの」

「真実が無実の人間を救うとはかぎらないんだよ、可愛い女」

オーブリーの顔が青ざめた。ついに彼女に恐怖を植えつけたと彼は思った。さすがの彼女もこれで結婚の申し込みにイエスと答えるのではないかと。希望に胸がはずんだ。

が、イエスの答えは返ってこなかった。「あなたはほんとうにお優しい方です、閣下」ようやく彼女は言った。「とても光栄です。でも、わたしには結婚願望がありませんの。この暮らしが性に合っているんです。過去のことは身内の問題ですから、この仕事に影響をおよぼすようなことはありません」

ジャイルズはオーブリーの両手を自分の手で包み、まえかがみになって彼女の額にそっと口づけた。「そういうことなら、ぼくはそれを受け入れるしかないんだろう。だけど、きみが頼めば、ぼくはいつだってきみの身を守るよ。きみは頼みさえすればいい。そのことを覚えておいてくれるかい？」

ジャイルズを見上げたオーブリーの目は痛みと哀しみをたたえていた。だが、彼女は守ってくれとは頼まなかった。それどころか、なにひとつ頼み事をしなかった。ただ、あとから ジャイルズは気づいたが、彼女の人生をもっと望ましく、もっと安楽なものにしてやれる方法は結婚のほかにいくらでもあったのだ。オーブリーは机に近づくと、格子柄の布で装身具箱を静かにくるみ、部屋から出ていった。

13　新しい箒はよく掃ける

彼らが見張っている。

彼女は確信した。ふたたび手首を縛られていた。体を転がして横向きになろうとした。藁から抜けだそうと。なんとか足で立とうと。縄が肉に食いこみ、体を下へ引きおろす。縄が抜けない。だめだ。

足音が響いた。薄闇のなかでだれかがじっと見ている。男の目が彼女を上から下まで舐めまわす。男はそれから、もっと侮辱してやろうとばかりにそばへ近づき、にやりと笑った。

「これでおあいこだ、貴婦人さんよ」

男の言葉と目つきが彼女を愚弄した。黄ばんだ歯がランプの光のなかに浮かび上がる。汚らしい犬のように。男は金棒《かなぼう》を柵にあてて横へ引いた。厚みのある石と金属がぶつかるうつろな音が響きわたる。

「もうそばへは寄らないぜ。おまえが片目をなくすといけねえからな」きしるような耳障りな声が暗がりから聞こえた。もうひとりの男、彼女の手首を縛った男だ。首に息を吹きかけ、乳房に触れた男だ。

彼らは彼女が自殺するつもりだと思っていた。あるいは彼らを殺すつもりだと。だれであれ近づきすぎた者を殺すつもりだと。

「こんな凶暴な目をした女は見たこともない」牢番が石の柵越しに言った。

暗がりのなかの男——鞭を持っているやつ——が声をたてて笑った。「ああ、完全にいかれてるぞ、この女は。それにしても、こんないい眺めはないね。金のかかった、きれいなおべべはもう着られないぞ。こんな汚れた髪じゃ鼠だって巣をつくりたがらんて」

牢番が鼻を鳴らし、柵の向こうから彼女の藁にぺっと唾を吐きかけた。「おまえはもう上流階級の淑女でもなんでもない。さしずめキャノンゲート（エディンバラの牢獄）の女王だ」

もうたくさん。彼女は片肘を立てて転がり、唾を吐き返した。

彼女のほうが的が正確だった。牢番は飛びのき、信じられないというように靴を見おろした。「この赤毛女め！」

暗がりでなにかが耳障りな音をたてた。あいつだ。鞭を持った男だ。「ここいらで高貴なご婦人を懲らしめといたほうがよさそうだな、ええ？」

「黙りなさい！」オーブリーは金切り声で叫んだ。「そんなことはできない！　わたしは裁判に臨むのよ。公平な裁判に」

「ほう、じゃあ、おれさまもここでおまえを公平な裁判にかけてやるよ、貴婦人さんよ」きしるような声が響く。「正義はこの手にあるのさ」

敷石の床を革の鞭で打つ音が聞こえた。彼女は悲鳴をあげた。悲鳴をあげつづけた。自分のその声で目覚めるまで。


オーブリーはベッドでがばっと起き上がった。恐怖と胆汁の酸っぱい味が喉に広がる。闇のなか、心臓が疾走している。呼吸ができない。彼女は上掛けをところかまわず狂おしく叩いた。毛布も、リネンも。清潔なシーツのにおいがする。オーブリーは目を閉じて、肺の空気が長い静かなため息となって吐きだされるのを待った。

夢。また夢を見た。

体の震えがゆっくりと鎮まると、いつものようにランプをつけ、それを持ってイアンの部屋へ行った。イアンは横を向いて寝ていた。片手の握り拳をベッドカバーの下に入れて。ぐっすり眠っている。安心しきって。彼女もほっとした。最後まで残っていた恐怖が消えるにつれて鼓動も徐々に治まり、肩の緊張も抜けた。

オーブリーは忍び足でベッドへ戻り、ランプの芯を下げた。やがて、ぱちぱちと音をたてて火が消えると、柔らかいリネンのシーツのなかへもう一度もぐりこんだ。雷は遠ざかったが、窓の向こうの中庭にはまだやかましい雨音がする。召使いの休憩室の奥のほうで大きな振り子時計が三時を告げるのが聞こえた。オーブリーは縮こまって上掛けの下にもぐりこんだ。今夜はもう眠れそうになかった。

謎多きド・ヴェンデンハイム卿がカードウ城に到着した午後、空はいよいよ怪しい雲行きとなっていた。来客があることを予想していたわけではないのだが、中庭のほうが急に騒々しくなったとき、オーブリーはちょうど大広間の絨毯を点検しているところだった。雨で丸石が滑りやすくなっているのが心配で足早に城の正面玄関の扉へ近づくと、黒毛の馬を四頭立てにした大型馬車が門へ向かって駆けこんできた。見たところまだ旅慣れていない馬のようだ。危険なまでの側対歩で向かってくる。運よく落とし格子は上げられていたが、黒マントの御者の熟練の手綱さばきによって通り抜けたときには、わずか数インチの余裕しかなかった。蹄をひるがえし、けたたましい音をたてて止まった馬たちのまわりに雨粒がすさまじい勢いで落ちている。と、黒々とした空を稲妻が割った。人の腕が突きだされて、馬車の扉が大きく開けられ、上から下まで全身黒ずくめの男が踏み段の補助を待たずに降り立った。背が異様に高いのでその必要がないのだ。が、連れの人物は踏み段がおろされるのを待ち、苛立たしげな身振りでその一段を拭かせてから、やっと先の男に続いた。

オーブリーは扉を開けて待っていた。最初の紳士が近づいてきて、礼儀正しく膝を折る古風な一礼をして名乗った。「ド・ヴェンデンハイムです。閣下との約束で参上しました」

御者は早くも荷物を降ろしはじめていた。オーブリーも自己紹介をした。「ようこそカードウ城へお越しくださいました。ご滞在でいらっしゃいますね？」男の黒い目に気圧《けお》され、ぎこちない言葉つきになった。

「そのつもりでいます、はい」ド・ヴェンデンハイムのしゃべり方には胸のなかで一語一語を響かせるような大陸の特徴がかすかに感じられた。まっすぐうしろへ撫でつけた黒髪が地中海人種らしい風貌をいっそう際立てている。ハンサムではないが人を惹きつけずにはおかない魅力の持ち主だ。

彼の背後で小柄な男がまだ馬車のまわりを飛びまわって、指を鳴らし、御者と従僕に難しい指示を出していた。耳を貸す者ならだれでもいいというように。どうやら衣装箱が気がかりらしい。ついで帽子箱も。足温台も。なにもかもがお気に召さないとみえる。その様子をド・ヴェンデンハイムは平然と眺めていた。ようやくすべての荷物が指示どおりに馬車から降ろされると、ド・ヴェンデンハイムに続いて玄関からはいってきて、帽子を脱ぎ、雨を軽く振り落とした。金色の鋭い目をもつ中年のその男は、黒ずくめの連れとは対照的に、オーブリーがはじめて見るような優雅な装いをしていた。

「助手のミスター・ケンブルです」ド・ヴェンデンハイムが言った。「こちらは家政婦のミセス・モントフォードだ」

「おや、お目にかかれて光栄です」第二の男はそう言ったが、あきらかに本心ではなさそうだ。「教えてください、ミセス・モントフォード、この雨が降りやむことはないんでしょうか？」

オーブリーは笑みを顔に貼りつけた。「当分やみそうにありませんわね」と小声で答え、ふたりをなかに招き入れた。

「マックスじゃないか！」バルコニーで声が響いた。「来てくれたか！　こんなに早く着くとは思わなかった」

オーブリーが振り向くと、バルコニーの広い階段をウォルラファンが降りてきていた。彼ののりりしい姿を目にすると、なにかが裏返るような感覚が下腹に走った。両腕を大きく広げた彼の顔はこの二日間に比べると緊張が少し解けているように見えた。

「ああ、むろん来たよ」ド・ヴェンデンハイムは言った。

ウォルラファンは彼と握手をしてから、もうひとりの粋な紳士のほうを向き、なごやかな口調で言った。「ミスター・ケンブル、カードウへようこそ」

「最悪の天気だね、ウォルラファン」と彼は応じ、手袋を脱いだ。「叔父上もお気の毒に。同じ殺されるならもっと温暖な気候の土地だとよかったのに」

「たとえばどこ？」ウォルラファンは淡々と応じた。

「南フランスとか」ケンブルは大広間をさっと見まわした。

伯爵は気分を害してはいないらしい。「きみまで来てくれるとはびっくりだよ。どうやって説得されたんだい？」

「脅迫」

「脅迫などしていないぞ」ド・ヴェンデンハイムが低い声で正した。「ケムが手に入れたヴェルゼリーニのシャンデリアが、わたしとしては横領品と呼びたいものだったというだけのことさ。むろん、たまたまなんだがね。それでも、熱心に彼は謝罪の意を示したがっていたというわけだ」

しかし、当のミスター・ケンブルはもはや聞いていないようで、鋭い目はバルコニーの上方に据えられた鎚矛《つちほこ》（敵の鎧を打ち砕くのに用いられた中世の武器）と楯にそそがれていた。「十五世紀、デンマーク」彼は満足げにつぶやいた。「いいねえ、気に入った。ひょっとして手放す気は？」

「それはどうも。いや、ないよ」とウォルラファン。オーブリーは来客の外套と帽子をあずかるよう、目顔で従僕に命じた。「長旅にはなにも支障なかっただろうね？」

ド・ヴェンデンハイムはミスター・ケンブルに警告の視線を投げた。「いい旅だったよ。それより、ジャイルズ、さっそく取りかかろうじゃないか。ケムが資料を持っているんだ。大きなテーブルが必要になる。ああ、むろん、治安判事も」

「ではそうしよう」と伯爵。「ミセス・モントフォード、おふたりの部屋の用意ができているか、荷物が全部運ばれたか、確認してくれるかい？」

「かしこまりました」

オーブリーは彼らが立ち去るのを大広間の中央で見送った。ウォルラファン卿とミスター・ケンブルがド・ヴェンデンハイムの脇を固めるようにして階段を昇りながら、三人は打ち解けた様子で会話を交わしている。ふたりの紳士の来訪の目的がオーブリーにもわかってきて、背筋に戦慄が走った。なぜ伯爵は彼らが訪れることをまえもって教えてくれなかったのだろう?

階段を昇りきると、伯爵が振り返った。その顔は無表情だ。「ミセス・モントフォード、オグルヴィーを呼んで、それからミスター・ヒギンズのところへ馬車を出してくれ。ふたりにも図書室でのわれわれの作業に加わってほしいんだ」

ミスター・ケンブルはこぎれいな書類鞄を開けると、図書室の閲覧テーブルのひとつに資料をずらりと並べた。上座についたジャイルズはそれらを食い入るように見た。ケムとマックスは特命を受けた男たちといったふうだった。

「その左側にあるのがきみの使用人と小作人の一覧表だ」マックスが説明する。「真んなかに置いたのは、叔父上の死亡時における各自の所在についてのレディ・ドラコートの覚え書きだが、彼らの主張がある場合には、それも書き添えてある。なにを見て、なにを知っていると言っているかを。あるいは、どんな疑いをもっていると言っているかを」

「噂話だね、要するに」いわくありげな囁き声でケムが割りこんだ。「言い換えれば、もっとも興味をそそる種類の証拠」

マックスは苦々しい顔でケムを見た。「最後のひとつは、図書室の平面図と、この翼のほかの部屋との位置関係を示した見取り図だ」

「さすがだね。ふたりで完璧な調査をしてくれたらしい」

「完璧なのはレディ・ドラコートだよ」マックスは椅子の背にもたれた。「彼女の覚え書きは申し分ない。ただ、ひとつだけよくわからないことがある」

「なんだい？」

マックスはテーブルに肘をつき、両手の指先を軽く合わせた。「この覚え書きのなかにくり返し現われる名前がある」と物静かに言う。「家政婦のミセス・モントフォードだ」

「馬鹿馬鹿しい」ジャイルズは言った。

ケムが薄笑いを浮かべた。「レディ・ドラコートもまったく同じことを言っていたな。だけど、その名前は現にそこにある。彼女自身が記した覚え書きのなかに何度も出てくる」

「ミセス・モントフォードについてきみはなにを知っているんだい？」とマックス。「彼女の出身は？」

「たしか北部のどこかだと思ったが」ジャイルズはオグルヴィーが視線をそらすのを見逃さなかった。「ここにいるオグルヴィーは同意したがらないだろうね」

「そうなのか？」マックスは両の眉を吊り上げた。

若い秘書は顔を赤らめた。「いえ、ぼくはカークドブライト（スコットランド南部の町）の出身でして」

「だから――?」とマックス。

オグルヴィーは肩をすくめた。「たまにミセス・モントフォードがちょっとかっとなったときなど、彼女はスコットランド人なんじゃないかと思えるのです。でも、そのことがなにか重要なんでしょうか?」

「さあ、どうだろうな」マックスはつぶやき、テーブルの上の資料に目を戻した。

ケンブルは立ったままでテーブルに指先をあてていた。「とにかく先へ進みましょう。お城で編成された警察隊が取ってきた証言を洗って、検死審問の結果を分析しなければ」

ジャイルズは眉間に深い皺を寄せた。「そのあとどうする?」

ケンブルは肩をすくめた。「そのあとは、また最初からやりなおし。わたしは地階の召使いたちの話を聞いてまわり、そのあいだにマックスは小作人や村人の聞きこみをする。つまり、あらゆることを再捜査する」

そこへミスター・ヒギンズがさらなる資料を抱えて部屋にはいってきた。ジャイルズはマックスとケムに彼を紹介すると、複写の手伝いをオグルヴィーにまかせて、自分は新しく淹れなおしたお茶のカップを手に窓のほうへ移動した。彼がつけ加えることはなにもなかったので、叔父の机のまえに立ってお茶を口に運んで窓の外に目を凝らしながら、背後で始まった議論を聞くともなしに聞いていた。会話が早くもくだけた感じになりはじめていた。ケンブルはミスター・ヒギンズの心をつかみつつあるようだった。

ほどなくジャイルズは聞くことを完全にやめた。すべてが有能な男たちの手にゆだねられたのだから。マックスは何年も警察業務に携わった経験をもつ男だし、ケンブルも経験豊富だ。ただし、どんな種類の経験なのか、正確なところは知りようがない。表向きにはケムは骨董や珍品や宝石で商売をしていて、彼の友人は上流階級と下層階級の両方に散在している。加えて地獄耳の持ち主でもある。要するに、ケムは有能このうえない人材なのである。

ジャイルズはエライアス叔父の机の向こうに見える景色に神経を集中させた。叔父は最期の日にもこの景色を眺めていたのだろうか。この陰鬱な灰色の雨が城壁を洗い流し、樹木からしずくを垂らすさまを、この机から見ていたのだろうか。そうではあるまい。あの日は収穫祭で、おそらく祭りにふさわしく陽光の降りそそぐ暖かな一日だったろう。あるいは、バケツをひっくり返したような雨降りだったか。それを尋ねることを思いつかなかった。オーブリーなら知っているだろう。

オーブリー。オーブリーはなんでも知っているように見える。それでいて、ほとんどなにも語らず、彼女のことが脳裏から遠ざかることはない。どこか深いところでなにかが変わっているのに、ふたりのどちらもそれを語る言葉を見つけられずにいる。それがなにかという点で互いの意見が一致しないからだろう。ひとりは自分たちが恋愛関係になったと思っていて、もうひとりは……どう思っているのだ？　ただ主人が要求するものを提供しただけだと思っているのか？　そう考えると胸がむかついた。

オーブリーはあきらかにジャイルズを信用しておらず、彼のほうはなんとか信用しようと懸命になっていた。それでこの一週間、お互いを避けるような感じになってしまった。来客があると彼女に言いそびれていたことに、今になって気づいた。ジャイルズは彼女が精神的にまいっていないように、ペヴスナーがあの時計について口外していないようにと祈っていた。ところが、城には妙な戸惑いの空気が流れていた。それは召使いの仕事場がある一画を通ると肌で感じられ、ジャイルズは少なくとも日に二度三度と感じざるをえなかった。奇妙な目つき。押し殺したひそひそ声。急に途切れる会話。閉められる扉。

背中で笑い声があがった。ジャイルズが振り向くと、テーブルを囲んだ全員が和気藹々《あいあい》と共同作業にいそしんでいるように見えた。そこで彼は即座にまた彼らのことを忘れた。そのかわりにオーブリーのことを考えた。彼女との行き詰まった状況を打開するためになにができるだろうか。彼女はぼくになにを求めているんだ？　そもそもなにかを求めているのか？なにも求めていないのか？　ぼくはなにを求めているんだ？

彼女がいないところにはいたくない。それが頭に思い浮かぶただひとつの明快なイメージだった。

そのときふと、背後のテーブルがしんとしていることに気がついた。幅広の石の窓台にティーカップを置き、ゆっくりとうしろを振り返った。全員の目が自分を見つめているようだ。

「ジャイルズ」マックスが静かな口調で言った。「ちょっといいか？」

「むろんだ」ジャイルズはテーブルへ戻った。

マックスの鷹を彷彿とさせる黒い眉が寄せられている。彼はテーブルに置かれた一枚のフールスキャップ紙を指差した。「盗まれた懐中時計に関するこの報告だが、時計は見つかったと理解していいのかね？　きみの家政婦の私物のなかに？」

あの時計のことを先に話しておくべきだったとすぐさま後悔した。「ああ、彼女が持っている」ジャイルズはできるだけ落ち着いた口ぶりで答えた。「エライアスから渡されたそうだ。ぼくは彼女を信じる」

「彼女を信じる？」マックスは彼の言葉をなぞった。

「彼女の言ったことにはなにひとつ齟齬《そご》がないからね」彼はオーブリーの説明をそのまま伝えた。

ケンブルの目がいたずらっぽく光った。「ほう、その説明はかならずしも鵜呑みにはできないけどね、ウォルラファン」

「でも、ぼくはできる」ジャイルズは余計なことは言わなかった。

マックスは体を引いて、彼をしげしげと見た。「なぜ？」

真実の声が不意に襲いかかった。

なぜなら、ぼくは彼女をどうしようもなく愛しているからだ。彼女を信用するか狂うか、ふたつにひとつなんだ。

口に出して言うのはどうにか思いとどまり、みずから笑い物になることは避けた。と、神のお告げのようにあることが頭に浮かんだ。ドクター・クレンショーに宛てた手紙のことを思い出したのだ。「ミセス・モントフォードはエライアスの診察を求める手紙を実際にクレンショーに書いたんだ」彼は言った。「直後に叔父が死ぬという混乱のなかで、手紙は大広間のテーブルに置かれたまま、村へ届けられることはなかったが。生きているエライアスが医師の診察を受けると考える根拠がなければ、どうして医師を呼んだりする？」

マックスの疑念はあまり消えていないようだった。「たぶん彼女がすこぶる頭のいい人だからだろう。あるいは、完全に潔白だからかもしれんが。いずれにしても、その手紙はまだ見つかっていない。さて、諸君、つぎはこのミルソンという従僕だな？　彼の供述はどこにある？」

ジャイルズは窓辺へ戻り、彼らの会話を耳から遠ざけた。夕暮れが近づいている。すぐにもオーブリーに会いにいかなければならない。彼女の声を聞かなければ。そして、彼女をぼくのベッドへ戻ってこさせなければ。彼女が来てくれるなら。

突然、部屋の扉が開けられたので、そちらを見ると、ジャイルズの夢想の主役が家女中のひとりを従えてはいってきた。淹れたてのお茶とビスケットを盆に載せて運んできたのだ。そういえば、ジャイルズは朝食を食べたきりで、それもほとんど食べていないといってもいいくらいの量だった。来客の面々も腹が空いてきたころだろう。オーブリーはそうと承知していて、彼女らしいそつのない流儀で対処しようとしているにちがいない。

ミスター・ケンブルがサイドテーブルを動かして、盆を置く場所をつくると、オーブリーたちは小皿と大皿とティーポットを並べはじめた。気がつくとジャイルズの横にマックスが立っていた。「用心しろよ、相棒」彼はかろうじてジャイルズに聞き取れる程度に声をひそめて言った。「このままだと自分で自分の首を絞めることになるぞ」

ジャイルズはマックスをにらんだ。「それはいったいどういう意味だ？」

マックスは肩をすくめた。「生意気な家政婦をもっと以前に辞めさせるべきだったな、ジャイルズ、そのチャンスがあったときに。どうも嫌な感じの風が吹いている気がする」

余計なことに気をまわさず自分の仕事をしろとジャイルズが言い返すまえに、ケムが近づいてきて、巻き尺を差しだした。「ぼんやりそこに突っ立っているなら、マックス、ちょっとこれを持ってくれ。扉からこの窓までの距離を測りたい」

マックスはケムを手伝った。ふたりの男が部屋のなかを動きまわって、扉から窓まで、床から天井まで、さらに計測可能と思われる距離を片っ端から測るのを、ジャイルズはきょとんとして眺めていた。ふたりはエライアスの机へ戻ってきて作業を終えた。

「ミスター・ヒギンズ、ロリマー少佐が発見された場所はここなのですね？」マックスが訊いた。

「そうです。ただ、椅子は机から少し離れていました」

「それで、少佐は窓と向き合っていた？」マックスは確かめた。

「ええ。でも、一方の肩はやや戸口のほうに向けられていました」

「なるほど」マックスは机の向こうに手を伸ばして開き窓のひとつを押し開けると、首を伸ばして雨に煙《けぶ》る暗い庭園を見おろした。「ケム」と、首を引っこめてから言った。「椅子から机を通って、この広い窓台までの距離を測ってくれ」

ケンブルはそのようにした。「ミスター・ヒギンズ」とマックス。「庭園の向こうにはなにがあるんです？　あの木立の向こうには？」

ヒギンズは首を横に振った。「なにもありませんよ。ここは丘のてっぺんですから。それに、閣下、少佐は至近距離から撃たれています。そんな遠くからではなく。血は机の片側と敷物に飛び散っていました。敷物はあとで処分されましたが」

マックスは机越しに身を乗りだして床を見つめた。「コラップ卿が決闘用のピストルに弾丸《たま》をこめていて自分を撃ってしまったときのことを思い出すな」

「まさしく」とヒギンズ。「ただし、ここには銃は残されていませんでした」

「この窓は開いていたんですか？　それとも閉められていた？」

「三つとも開いていました」治安判事は当惑を隠さなかった。「暖かい日でしたので。ですが、閣下、その壁をよじ登れる者はおりませんよ。なにをお探しなんですか？」

マックスは首を振った。「わたしにもわからんのです」

ジャイルズはもう我慢ならなかった。これ以上ここに閉じこめられていたら、気が変になってしまうかもしれない。なにもせずにここにいるとどうしてもオーブリーのことを考えて苦しくなる。人の死や血痕の話は叔父がこの世にいないことをことさら思い出させるだけだ。

ジャイルズは客たちに一礼した。「では、ここは諸君にまかせて、ぼくは失礼するよ。正餐は七時だ。ヒギンズ、あなたも仲間に加わってくれますね」

それだけ言うと、謎の数々を残して図書室を抜けだし、廊下を直進して自分の書斎へ向かった。だが、その薄暗い廊下を進む途中で、だれもいない寝室から出てきたオーブリーと鉢合わせした。

まるで狂気が彼をつかまえるか、その瞬間に神の意思が働くかしたように、彼はその遭遇を拒もうとしなかった。自分がなにをしているか気づくまえに彼女に迫り、出てきたばかりの寝室へ引っぱりこむと、乱暴に扉を閉めた。

「オーブリー」彼女の体を自分のほうへ引き寄せ、彼女の反応を待たずにいきなりキスをした。両手で顔を挟んで額から両の頬へと唇を這わせた。「オーブリー、ぼくを避けるのはやめろ」

「わたしは――避けてなど――」

「嘘をつくな」熱に浮かされたように口を開いて彼女の口をおおう。彼女の唇がたやすく開いて、貪欲にキスを迎えると安堵と喜びが体を突き抜けた。彼女の両腕が持ち上がり、ためらいがちに首にまわされた。ジャイルズは彼女の尻を自分のほうへ引きつけた。女らしい体の曲線とぬくもりが型を合わせたようにぴったりと重なる。

ああ、やはりぼくには彼女が必要なのだ。彼女の抱擁で孤独と苦悩を紛らすことが必要なのだ。彼女の腕がこの体にまわされることが、彼女の手の感触が必要なのだ。ジャイルズはオーブリーの頭をうしろへ倒し、喉にもキスをしてから、唇を下へ移動させた。

「閣下、いけません、ここでは」

そのときなにが起こったのかジャイルズは自分でもよくわからなかった。だが、両手で彼女の肩をつかんで体を揺すぶった。「なぜ、ここではいけないんだ？　なぜ今はだめなんだ？　なぜぼくらはそういうふうに生きなければならないんだ、オーブリー？　こそこそ隠れて。うわべを繕って。なぜ自由にお互いを求めてはいけないんだ？」

オーブリーは目を見開いて彼を見た。ゆっくりとかぶりを振り、囁き声で言った。「ああ、お願い、ジャイルズ、お願いだから」

よし。ついに言った。ジャイルズと。彼は目を閉じてオーブリーを強く抱きしめた。感謝と不安の両方をこめて抱擁した。自分の欲するものがやっとわかってきたのに、それを失うのではないかという不安がある。カードウへマックスを呼び寄せたことが悔やまれる。なにもかも全部忘れて、まえへ進むことだけが今は必要なのに。

「今夜ぼくの部屋へ来てくれ」唇を彼女の髪に押しあてながら囁いた。「お願いだ、オーブリー。頼んでいるんだ、命令じゃない。ぼくのベッドへ来てくれ。ぼくにはきみが必要なんだ」

腕のなかで彼女はちょっとのあいだ完全に動きを止めた。「はい」と、ようやく答える。「行きます。わたしも……あなたが欲しいから。そのことを否定しようとは思いません」

ジャイルズはオーブリーの体を少し遠ざけ、目を覗きこんだ。涙で潤んでいる。それを見た瞬間、痛みと後悔が胸にこみ上げた。絶望感も。「ああ、オーブリー、泣くな」声がしわがれた。「泣くな、泣かないでくれ。なにもかもきっとうまくいくから。ぼくを信じてくれ」

これを聞いたオーブリーは瞬きをして涙をこらえ、目を潤ませながらも微笑んで彼の頬にキスをした。「あなたはわたしにとって、そのことしか」そう言うと、彼を押しのけて廊下へ戻った。そのことしか考えられないの。言葉にできないくらい大切な人よ、ジャイルズ。

ジャイルズは動けなかった。その場に凍りついたようになった。耳を澄ますと彼女の小さな速い足音が遠ざかって消えた。それでもまだ彼は立ち尽くしていた。夜へ向かう部屋でひとり、彼女の残り香を吸いこんでいた。深い哀しみをたたえた彼女の目を脳裏から消し去ることができずに。

相当長くそこに立っていたにちがいないが、そのうちにベッドのそばのランプが灯されていることに気がついた。芯がほとんどなくなっている。明かりがあるということは、この部屋にだれかを泊めるということか。しかし、だれだろう？　部屋を見まわすと、窓の下の椅子に置かれた両開きの大きな旅行鞄が目にはいった。そのとき、扉が勢いよく開かれ、ジャイルズはぱっと振り返った。つぎに気づいたときにはジョージ・ケンブルのまん丸になった金色の目を見つめていた。

　お見通しだといいたげな笑みがケムの顔によぎった。「ウォルラファン、ちゃっかりこんなところにいたのか！」ケムは声を張りあげ、優雅な身のこなしで上着を脱いだ。「あいにくと、きみはタイプではなかったんだがなあ」

　ジャイルズはなんとか口もとに笑みを広げてみせた。「そうだね。ぼくについては、きみの貞節は守られるよ、ケム」

　これにはケムも頭をのけぞらせて笑った。「いや、貞節とそれを守るべき本人とは三十年ほどまえからべつべつの道を歩んでいる」ケムは旅行鞄に近寄り、鞄のなかを手探りした。銀製の懐中酒瓶《フラスク》を取りだすと、ジャイルズに投げた。「それにしても、ベッドの支柱に押さえつけられて犯されたみたいな顔つきをしているじゃないか」

「実際、そんな気分だよ」ジャイルズはフラスクをキャッチした。「この中身は？」

「アルマニャック（フランス産の辛口ブランデー）の二十年物」ケムは椅子の背に掛けた上着の形を注意深く整えた。「なんの悩みでも洗い流してくれること請け合い——なにがきみを悩ませているのかをあえて憶測するつもりはないけれど。まあ、ぐぐっと飲みたまえ。当方は正餐のまえに熱い風呂にゆっくりつかってくる」

三日間、マックスとケムはカードウ城の図書室に閉じこもり、部屋から出るのは食事の時間と聞きこみの指揮を執るときだけだった。ヒギンズは忠実にふたりについてまわった。ジャイルズは彼らの質問にできるかぎり答え、食事の席では彼らを愉しませ、それ以外では引きこもった。

もはや自分ではどうにもならないところまできていた。彼とオーブリーのあいだのさまざまな問題はあっというまに内部崩壊の様相を帯び、それでいて、なにひとつ変わっていなかった。彼のベッドでは彼女は液火のごとく揺らめいて燃えた。彼が出会ったどんな高級売春婦よりも情熱的に惜しみなく与えた。だが、長く引き止めることはできなかった。家政に関しては彼女は今までどおり誠実に職務を果たした。ふたりが分かち合うものは互いの肉体だけだった。

午後の遅い時間にはジャイルズはもっぱら庭園でイアンと会うことにしていた。イアンが重い足取りで坂を上って村の学校から帰ってくると、投手と打者を交代しながら日暮れまでクリケットに興じ、ときにはジェンクスに外野手《サードマン》を務めさせることもあった。そうした光景を召使いたちは呆気に取られて眺めていたが、ジャイルズはもはや気にならなかった。イアンはよくできた子で、そのうえ、クリケットの打者としても優れた素質をもっていた。

四日め、ジャイルズが朝食をとりに早めに階下へ降りると、マックスがすでに食卓についていた。ふだんより表情が厳しい。なにかしら成果があったのだろうか。

「ちょっとふたりだけで話せるか、ジャイルズ？」コーヒーがつがれ、通常の朝の会話が交わされたあと、マックスは言った。

伯爵は召使いたちに部屋から出るよう合図した。「いいとも」

マックスはコーヒーカップを置いた。「じつは捜査が行き詰まっているんだよ。ヒギンズの仕事は素人の域を出ないけれども、わたしの見るかぎりでは、彼が見落としていることはない」

自分のなかでなにかが崩れるのをジャイルズは感じた。「そうだろうとは思ったが」

マックスはまだ話は終わっていないというように両手を上げてみせた。「きみは聞きたくないかもしれんが、友よ、唯一の容疑者はやはり家政婦なんだ」

「まさか」ジャイルズは自分の皿を脇へのけた。もはや食欲は失せていた。

「当日、死亡時刻に城にいたのは彼女ひとり、それも彼女自身の意向だった」マックスは冷静な口調で続けた。「彼女のスカートには血痕が残っていた。彼女と少佐のあいだには何年にもわたる確執の歴史があり、事実、前夜にもそれが起こっている。しかも、事件から二週間足らずまえに、家政婦が少佐を殺すと脅しているのが立ち聞きされている」

ジャイルズは目を閉じて首を振った。「マックス、それは誤解だ」

「ひと財産といっていいほど高価な時計を彼女が持っていたこともわかっているんだぞ、ジャイルズ。時計の紛失が公になっても、彼女はそのことを申告しなかった」

「あの時計は叔父が彼女に渡した」ジャイルズはきっぱりと言った。「ぼくはそう信じる」

しかし、マックスは容赦なかった。「なるほど、そうか、きみは一カ月まえには彼女が少佐の情婦だと信じていたからな」ジャイルズがにらみつけても無視して続けた。「さらに、わたしの誤認でなければ」と、ことさら声を落とす。「その後はきみをベッドに誘いこんだ」

伯爵の拳が力いっぱい食卓に叩きつけられた。銀器が飛び跳ね、皿がかたかた鳴るほどに。

「おい、マックス、ぼくの言ったことを聞いていなかったのか？　もういい、あとひとことでも言ったら、大声で出ていけと怒鳴りそうだ」

「くたばれ《ヴァル・ディアヴォロ》！」マックスは唸り声で応じた。

「言葉には気をつけろ、友よ」とジャイルズ。「ぼくのイタリア語もまだ錆びついちゃいないんだ」

マックスはむっとした顔で食卓を押すようにして体を引いた。「いったいどうした、ジャイルズ？　あれほど理性的だったきみが。分析力に長けて、つねに超然としていたきみが」

ジャイルズはマックスをねめつけた。「そういう生き方が望ましいときみは考えるんだな、マックス？　情に流されず……人生を送ることが？　喜びもリスクもなしに生きることが？」

「そんなことは言っていない」

「そう言ったようなものじゃないか」

マックスは目をそらし、部屋の奥を見つめた。「ひと月まえのきみと同一人物だとは思えんね」

「ああいう男でいつづけることにうんざりしてきたんだよ」ジャイルズは物静かに言った。マックスは和解の表情を浮かべた。「いいか、ジャイルズ、柄《がら》にもなく言い争いをするなんておかしいだろう。わたしは公的な立場でここにいるわけじゃない。きみが望むなら荷物をまとめて帰るまでさ。だが、いくらなんでもそれでは知恵がなさすぎる」

「マックス、きみは理解していない」

「山のような資料を全部読んだ、六回もな。理解していると思うがな」

「いや」ジャイルズは憂いを帯びた目でマックスを見た。「ぼくは彼女を愛しているんだ」

「くそっ《ダナツィオーネ》！」マックスは声を落として毒づき、両の拳をぐりぐりとテーブルに押しつけた。

「それを心配していたんだ」

「ぼくは彼女を愛している」ジャイルズはもう一度言った。「彼女のことはわかっているつもりだ」

「ジャイルズ、その点についてはわたしにも言いたいことがある」マックスは穏やかな口調になった。「きみは彼女のことがわかっていない。ほとんどなにも知らないも同然だろう。認めろよ」

「自分の心になにがあるかはわかっている」

「ああ、きみの心にな、ジャイルズ」マックスは手を伸ばし、ジャイルズの腕に軽く触れた。

「しかし、彼女の心になにがあるかをわかっているのか？」

「彼女は不正直な人間ではない」と答えながらも、マックスの言葉が胸に突き刺さった。

マックスは憐れむように微笑んだ。「彼女がどこから来たのか、どういう素性なのかを知っている者さえひとりもいない。それに、わたしが彼女への尋問を強行するのをきみは許さないだろう？」

ジャイルズは首を振った。「ああ。尋問なら彼女はもう充分に受けた。すまない、マックス。ほかの手段で突き止めてもらいたいんだ。なんであれきみが知りたいことを」

マックスはテーブル越しに手を伸ばして、ジャイルズの腕をつかんだ。「そうだ、おい、叔父上は彼女についてなにかを知っていたにちがいない。彼女を雇ったのは彼なんだから。ちがうか？　彼女の履歴が記されたものを叔父上は持っていたはずだ。推薦状とか」

「その種の書類は書斎に保管されているから」ジャイルズは疲れた口ぶりで言った。「すでにきみに渡したよ、全部」が、そうではないことにはたと気づいた。エライアスの銃がしまわれていたはずの図書室の机の抽斗に、黄ばんだ手紙が乱雑に置かれていた。べつになんでもない手紙だとは思うが、でも……

「図書室に古い手紙があった」ジャイルズは言った。「重要な手紙ではなさそうだが、ちょっと変に思ったのはたしかだ」

マックスは椅子をうしろへ押しやった。「行こう」

ふたりが着いたとき、図書室にはだれもいなかった。ジャイルズは広々と横に連なる窓のまえに置かれた机へ直行した。「エライアスはいつもこの抽斗にピストルをしまって鍵を掛けていた」彼は抽斗を引き開け、古いウイスキーの瓶を取り上げた。「ピストルを探していて、この手紙を見つけたんだ」

「抽斗に鍵は？」

「掛かっていなかった」

手紙は手つかずのまま、まだそこにあった。二十通はくだらない。郵便を受け取っても、エライアスはいちいち返信をしたためるでもなく放りこみ、これだけの数の手紙を貯めこんでいたのだろう。文字どおりの世捨て人になっていたのだ。つまり、これがエライアス叔父の人生を推測する手だてということか？　この色褪せた、返事の出されなかった手紙の束が？　叔父と同じ運命が自分にも待っているのだろうか。そうかもしれない。世捨ての形がちがっただけで、オーブリーに出会うまでの人生は叔父と大差なかったのだから。叔父のように遠い故郷の城に逃げこむかわりに、権力と政治を使って自分の殻に閉じこもっただけだ。そうやって人間の感情を捨てた人間になっていたのだ。

ジャイルズはマックスのあとから暖炉のほうへ行って手紙の仕分けを始めたが、半分の数の手紙をティーテーブルに投げるのに時間はかからなかった。「だめだ。そういえば、何度手紙を出してもエライアスは返事をくれないとセシリアが言っていたっけ。少なくとも読むだけは読んだらしいが」

マックスは失望を顔に出した。「全部セシリアからの手紙なのか？」

ジャイルズはつぎの数通を親指でめくった。「いや、こっちは軍隊時代の友人からの手紙だ。叔父の健康状態を尋ねるとか、そのたぐいの手紙だな。返事を出したかどうかはやはり怪しい。待てよ——妙なのが一通混じっている」

マックスは肘掛け椅子に腰掛けたまま身を乗りだした。「妙？　どう妙なんだ？」

ジャイルズはその手紙をしばし検めた。「これはエライアス叔父宛の手紙じゃない」ゆっくりとそう言う。「エライアス叔父が送った手紙だ。宛名はレディ・ケンロス・オブ・ダンディー。投函されたのは……ベルギー？」

マックスは自分もその手紙を読めるように椅子を移動させた。「おいおい、日付を見ろよ。ウォータールーの戦いのわずか六日後だぞ、ジャイルズ。書き出しの部分で、そのレディの夫君が死んだことを伝えている」

ジャイルズは物思わしげに視線を上げた。「その人のことは覚えているよ。そのケンロス卿のことは。ヒル・ストリートの叔父の家に一度訪ねてきた。叔父とはとても親しい間柄だった」

「叔父上はその方の死にひどく動揺されたようだな。遺されたレディ・ケンロスと娘たちに対して並々ならぬ気遣いを見せておられる。どうしてその手紙がまた彼のもとへ戻ってきたんだろう？」

「今となっては知りようがないね」ジャイルズはつぎの手紙に進んだ。「ああ、これはもっときみの興味を惹きそうだぞ、マックス。ミセス・モントフォードがカードウ城の家政婦を志願した際の手紙だ」

マックスはジャイルズの手から手紙をひったくった。「バーミンガムから出しているな」すばやく文面を追う。「募集の広告に応じてこの手紙を書いている、とある」

「ああ、先を続けてくれ」

「夫の死後、親戚の家に一時的に身を寄せている、か」マックスはひとり言のようにつぶやいた。「夫は炭鉱職員、ほう？　気の毒なその男はなぜ死んだろう？　最後はノーサンバーランドの炭鉱に勤務していたと彼女は言っている。で、彼女の最後の雇い主はベドリントンのミスター・ハーネット。その人物も突然亡くなった――なんとまあ、ミセス・モントフォードの人生に登場する人間は突然に世を去る傾向があるようだぞ、ええ？――そういうわけで、今、同様の職を探していると」

しかし、ジャイルズはマックスの皮肉には反応しなかった。バーミンガムの親戚うんぬんは辻褄が合わないのではないか？　家族も親戚もいないとオーブリーから聞いてからまだ何日も経っていない。それに、ベドリントンについてのドラコートのなにげない質問に対して、彼女がやけに言葉少なに答えたこともジャイルズは忘れていなかった。炭鉱職員をしていたという死んだ夫については——真実をすでに知っている。

が、マックスはジャイルズが急に黙りこんだことに気づかなかった。「ミセス・モントフォードはここへ来るときに最後の雇い主の推薦状を持参すると言っている」彼は手紙を折りたたんだ。「さあ、そのほかにはどんなものがあるんだ?」

ジャイルズは現実に注意を引き戻した。「あと一通だけだ」と言って、最後の一通を取りだす。彼の目がにわかに大きく見開かれた。「おっと。これが推薦状か?」

「なに?」マックスはまたひったくり、急いで文字を追った。「差出人はモーペスのミセス・プレストンで、こう言っている。ミセス・モントフォードは彼女のところで二年間働いた、大変に誠実な使用人であった、結婚のために仕事を辞めてベドリントンへ移った」マックスの肩ががっくりと落ちた。「なるほど、非常に明快なストーリーと見受けられるな」

だが、今の話に明快なところなどひとつもなかった。ジャイルズをぞっとさせたのは、モーペスにはドラコートの叔父のナイジェルが住んでいるということだ。オーブリーはナイジェルを知らないと言っていた。それはいかにもおかしいのではないか? モーペスのような小さな町に住みながら、町で有名な変人を知らないということがありうるのか? その変人が、女装して町なかを走りまわり、地元の園芸協会の会長を務めると言って聞かない、頭のいかれた老いぼれの準男爵であればなおさらだろう。

それとも、オーブリーはドラコートに恥をかかせまいとして知らないと言ったのだろうか？　だが、ドラコートが恥を恥とも思わぬ男なのは容易にわかることだし、実際、彼のほうからナイジェルは叔父だと言って、その話題を出したのだ。オーブリーの人生はなにからなにまで入念な嘘で塗り固められているようだ。「なにかがおかしい」ジャイルズは言った。

マックスは即座に警戒した。「どこが、どういうふうに？」

ジャイルズは首を横に振った。「うまく――言えない」

「言えない？　言う気がないんじゃないのか？」

またも言い争いをする気分ではなかったので、ジャイルズは立ち上がった。「もういい」手紙を抽斗に投げこみ、荒っぽく抽斗を閉めた。

マックスは彼について部屋を横切った。「ベドリントンまで足を運んだほうがいいのかもしれんな」彼はジャイルズの腕に片手を掛けた。「もし、わたしがそれを実行したら、怒るかい、ジャイルズ？」

「長旅になるぞ」ジャイルズは苦りきった調子で言った。「なんのために行くんだ、マックス？　きみがなにを見つけようと、ぼくの彼女に対する気持ちはこれっぽっちも変わらない。そこが一番いまいましい部分なのさ。彼女がエライアスに危害を加えたなどということは絶対に信じない。絶対にだ」

マックスはちょっとのあいだ黙って突っ立っていた。「それでも、きみ自身、彼女がなにかを隠しているとは思っているんだろう、ええ？　彼女がこれまで不正直だったとは思っているんだろう？」

ジャイルズは窓の外をうつろに見つめ、うなずいた。声が出なかった。

マックスはエライアスの机のそばから動こうとしなかった。「いい加減にきみの知っていることをわたしに話したほうがいいと思うがな、相棒」その声は驚くほど優しかった。

「ぼくの知っていること？」ジャイルズは鸚鵡返しに訊いた。「話すことなんか実際にはほとんどないに等しいよ。でも、きみがノーサンバーランドへ行ったとしても、あるいは手紙にあったバーミンガムの住所まで行ったとしても——ミセス・モントフォードを知っている人間はいないだろうよ。土地の人々はそういう女はいないと言うだろうよ」

マックスはしばらく考えこんでいるようだった。「いいだろう」彼はゆっくりと言った。

「心配性のきみの助言を慌てて採用するのはよそう。わたしもミセス・モントフォードが好きだよ、ジャイルズ。彼女の身の潔白を証明したいだけだ。だから、もろもろの事情を考え合わせると、やはりケムとわたしは北へ旅立ったほうがよかろうかと思うんだ。同意してくれるかい？」

「それを決めるのはきみだ」ジャイルズは小声でやっと答えた。「だけど、もし行くなら、マックス、早く行ったほうがいい。ぼくの気が変わるまえに」

「では、この悪い知らせを早いところケムの耳に入れたほうがよさそうだ」マックスはため息混じりに言ってから、躊躇しながらつけ加えた。「ジャイルズ、彼女には話すのか?」

ジャイルズは首を横に振った。「いや。これ以上なにも言うつもりはないよ。このおぞましい悪夢が終わるまでは」

マックスは片手を差しだした。「ならば、さっきの手紙をあずからせてくれ。全部だ。そこに書かれた住所が必要だから」

14 眠りについて、夢を見て

ミスター・ケンブルとド・ヴェンデンハイム卿はカードゥ城への到着から五日後、着いたときに勝るとも劣らぬ慌ただしさで城を発った。出発の肌寒い晴れた朝、艶やかな黒塗りの馬車に乗りこんだふたりは遠くを見るようなまなざしをしていたが、目の奥の表情は厳しかった。彼らを見送るオーブリーの胸に名残り惜しさは湧かなかった。彼らが城へ来た目的は明白で、滞在中は城全体が重苦しい沈黙に包まれていたから。

きびすを返して大広間へ戻ろうとして、ふと上を見ると、中庭に立っている伯爵の姿が目にはいった。ブーツを履いた長い脚を広げ、両手を背中で組んでいる。厚地の上着を風にはためかせ、カードゥの岩山伝いの曲がりくねった道のほうを見つめている。友人たちの馬車が見えなくなるまで見送ろうとしているようだ。

その日、彼の様子が変化した。オーブリーと距離を置こうとしはじめた。彼女にはなにも用を頼まなくなり、やつれた表情を見せるようにもなった。目のまわりに深い皺が刻まれ、口はふたたび、人を寄せつけない一文字に引き結ばれた。身を焦がす熱い視線がそそがれているのを感じることはしょっちゅうだったが、ベッドへの誘いはなくなった。日常生活のなかでたまに話をする状況が生じると、ふたりのあいだに緊張が走った。まだ答えられていない問いがあり、議論の決着はまだついていない。漠とした不安がふたりを包んでいた。

伯爵が距離を置いていることに安堵するべきなのに、オーブリーはうろたえていた。とんでもない過ちを犯してしまったという後悔が日に日につのった。大切なものが手からすり抜けようとしていて、自分にはそれを止める手だてがなにひとつない。カードウで過ごす毎日がスコットランドでのどん底の日々の様相を帯びてきた。牢獄の冷たい壁によって、イアンをはじめとする愛しいすべてのものから切り離されていたころにゆっくりと戻っているように感じられた。ただ、今度は壁の種類がちがった。今度の壁は少なからず自分自身で築いた壁だ。それも強固な壁ではなく、積み上げた石はじつはもろい粘土の岩だった。そうしてなにもかもが崩れ去ったあとで、オーブリーはウォルファン伯爵に身も世もなく恋をしてしまったのだ。

不吉な予感がしたのは、ド・ヴェンデンハイム卿の出発から約二週間後、オーブリーがおぞましい真実になおも苦悩しているときだった。たまたま大広間を通ると郵便物が届けられていた。テーブルに重ねられた郵便の一番上に分厚い封筒があった。黒いペンで書かれた宛名の勢いのある筆跡。それはド・ヴェンデンハイム卿の滞在中、図書室の整理整頓にあたっていた者にはよく見慣れた、見まがいようのない筆跡だった。その人はいつもひとりで大量のメモを几帳面に取っていた。それも三、四種類の言語で。

オーブリーは最初、その手紙に関心を払わなかった。が、封筒に書かれたなにかに引き寄せられるように、もう一度見なおした。

バーミンガム。その手紙はバーミンガムから投函されていた。

身に馴染んだ恐慌の冷たいうねりを感じたが、なんとかこらえた。バーミンガムは大きな町だ。子爵は向こうで仕事をしているのだろうか？　それとも家族が住んでいる？　バーミンガムのような大都市へ人が行く理由はそれこそいくらもある。

その夜、彼女とイアンは暖炉のまえの敷物に座ってチーズをあぶっていた。イアンは午後のクリケットの練習の様子を事細かに語った――ありがたいことに伯爵はイアンとのクリケットを続けてくれている。「でね、つぎは打球が花壇の向こうまで飛んだんだ」イアンは自慢げに言った。「もし、ほんとの試合だったら、絶対に六点はいってた（打球がノーバウンドでグラウンドの境界線を越えると一度に六点の得点となる）ってウォルラファン卿がおっしゃったよ」

オーブリーは親指を湿らせて手を伸ばし、イアンの頬についた煤を拭き取った。「あなたはウォルラファン卿のことが大好きなのね？」とつぶやく。ほとんど自分に向けた言葉だ。

イアンの丸顔がなぜか下を向いた。「大好きだよ」と答えてから、ちょっと口ごもった。

「お母さま、国会はいつ……再招集されるの？」

「まあ、すごい質問ねえ。学校で習ったの？」

イアンはかぶりを振り、その拍子に艶やかな黒髪が目にかかった。「学校じゃないよ。ミスター・オグルヴィーが言ってるのを聞いたの。そうなったら伯爵はロンドンへ帰らなければならないって」

オーブリーはチーズの新しい塊りをイアンに手渡した。「国会の再招集というのは再開する、最初からまた始めるという意味なのよ。だけど、そういうことになるのはもうちょっと先だと思うわ」

「ふうん」イアンは暖炉の火を見つめた。

そんなイアンを眺めながらオーブリーも悲しくなった。ジャイルズの出発が心に重くのしかかっているのはイアンと同じだ。ジャイルズがそう長いことカードウにとどまっていられないのはわかりきったことだから。以前は彼がいずれ帰ることに望みをつないでいたのに、今はそのために落胆している。けれど、自分の落胆はまだなんとかなる。イアンはそうはいかない。伯爵がこの子の友人になることを許したのはまちがいだったのだろうか。でも、そもそもわたしにそれが止められただろうか。ジャイルズは欲しいものがあれば是が非でも手に入れる男だ。

イアンがとなりであくびをした。オーブリーは肩に手をまわして抱き寄せ、頭のてっぺんに口づけた。「もう寝る時間ね、可愛い子」

まもなくイアンは自室のベッドで毛布にくるまれた。オーブリーが毛布を整え終わるより早く、イアンの呼吸が深くなり、ゆっくりとした寝息のリズムに変わった。ベッドの上にかがめた上体を起こした瞬間、オーブリーは背中が引きつるのを感じ、背骨の曲線に指を添わせて揉みほぐした。今日は一日ベッツィと蒸留室で冬林檎の仕分けをして、いくつもの箱に詰め、その重い箱をまた山積みにするという作業に明け暮れていた。

湯気のたつ熱い湯につかる贅沢をしようと、なかば衝動的に思い立った。自分専用の手狭な風呂場に火をおこして、銅製の盥《たらい》を隅から引っぱりだすのにさほど時間はかからなかった。ところが、厨房で沸かした湯を運ぶのに六往復しなければならず、たちまちこの思いつきを後悔した。熱い湯がどこから現われるのかを考えなくてもよかった時代のことが懐かしく

――無知を恥じる気持ちとともに――思い出される。

厨房から最後に戻ってきたとき、開け放ってあったはずの家政婦室の扉が半分閉められていることに気づかなかった。真鍮のバケツを両手にさげたまま、肩で扉を開けてなかにはいってから、オーブリーは凍りついた。

伯爵が暖炉のそばの彼女の椅子に腰掛け、物思わしげに片手の拳を顎にあてている。これ以上ないというくらいの略装で、シャツの袖を肘までまくり上げ、上着はおろかチョッキも――靴までも――なしですましている。驚きのあまり声をあげてしまったらしい。彼がぱっと振り向いた。問いたげな表情を目に浮かべながら、ゆっくりと椅子から立ち上がる。彼女の両手がふさがっていることに気づくと急いでやってきて、バケツを手から奪った。

オーブリーはすばやく扉を閉めた。「開いていたのでね」彼は優しく言った。「だけど、きみの姿がなかった」

オーブリーの答えを待たずに、バケツをふたつ部屋に運び入れ、ひとつめのバケツから湯を盥に空けた。彼の動作はのんびりとして優美だった。まるで、生まれたときから毎日こういう雑事をこなしているかのように。目にちらつく疑惑の色とは裏腹に、彼女の寝室で完全にくつろいでいるかに見える。たぶん彼は真っ先にこの寝室を探したのだと気づいて、どぎまぎした。

オーブリーはおずおずと盥に近づき、銅の背もたれにそっと指先で触れた。「どうだ、驚いただろうだなんておっしゃるつもりなら拍子抜けだわ」

彼の目がかすかに笑った。「オーブリー、きみにはときどき驚かされる」

彼女は探るように彼を見た。「なぜここへいらしたの?」

彼は深呼吸を一回してから、床に置かれた空の真鍮のバケツに見入った。「オーブリー、ぼくは努力した」と囁き声で言う。「努力はしたんだ。でも、だめだ。離れてはいられない」

そこで銀色の目を上げて彼女を見据えた。またも無言の問いが投げられた。

「ジャイルズ」彼女は消え入るような声で言った。「わたしがお願いしましたか? 離れていてと」

彼は首を振り、両腕を広げた。オーブリーは自分からその腕のなかに収まり、彼の首に腕を巻きつけた。ジャイルズはオーブリーの体をぴったりと胸に引き寄せ、彼女の髪にため息を吹きこんだ。「きみのなかにはいりたい、オーブリー。きみと愛し合いたい。激しく、すばやく、それでいて、ゆっくりと、優しく」

「ジャイルズ――」

彼は彼女の唇を唇でふさいで黙らせた。「オーブリー、きみを求めて血が燃えたぎっているのがわかるんだ」と言って、顔じゅうにキスの雨を降らせる。「どっちかを選ぶことなどできないと言われているみたいなのさ。こうなるのは必然なんだと。そうでなければどんなにいいか――そのほうがお互いずっと楽になれるだろう？　だけど、これは必然で、ぼくはきみと離れていたくない」

「だめ」そのひとことは囁きだった。「ああ、ジャイルズ、離れてはだめ。それはきっと最悪の選択になるということがわかったの」

彼はキスを始めた。温かい唇が開いて彼女の口をおおう。オーブリーは彼の首にまわした腕に力をこめ、背伸びをして精いっぱい隙間をなくした。彼のなかにもぐりこみたい一心で。彼ともう一度つながりたい一心で。ひとつの体を分かち合い与え合うふたりになりたい。今まで懸命に戦ってきた喪失感が遠のき、やがて溶けて消えた。とたんに彼への愛があふれんばかりにこみ上げた。

「ジャイルズ」彼の口がそろそろと喉へ移行している。「ああ、会えなくて寂しかった」

「オーブリー」声がかすれる。「どんなふうに感じているのかをぼくに見せてくれ」

唇は彼女の首を滑りおり、ドレスの襟ぐりをたどった。両手は髪へ向かい、そっとヘアピンを抜きはじめる。そこで彼女を見おろす。優しく熱っぽい目で。「きみの湯浴みを邪魔してしまったな。さあ、オーブリー、手伝ってあげよう」

その言葉の意味するところにオーブリーの体はかっと熱くなった。

「どうした？　ぼくは小間使いには見えないかい？　経験不足は否定しないよ。だから、練習させてくれ、オーブリー。きみの髪にブラシをかけるのを」

つぎのピンを抜き取る。髪の房がはらりと肩に落ちても、彼は彼女の目から視線をはずさなかった。髪が全部解かれると両手がうしろへまわり、髪に指をくぐらせて広げた。「きみの髪は宝だ、オーブリー」と囁きながら、同じ動きを何度もくり返す。長くほっそりとした指を頭皮に往復させながら、カーテンのように髪を引いて広げる。オーブリーは素直に目を閉じ、その心地よいリズムに身をまかせた。

突然、彼の手の動きが止まった。「イアンはぐっすり寝ているのかい？　目を覚ましたりしないだろうね？」

ふと不安を覚え、オーブリーは目を開いた。イアン。

ジャイルズは彼女のうしろに手を伸ばし、扉を閉め、錠を掛けた。「これでいい。万一の備えだ」それからまた手が動き、ドレスのボタンへ向かった。ボタンがゆっくりとはずされていく。やめさせなくてはいけないのに、オーブリーはやめさせなかった。やめさせることができないのだ。とろけるような不思議な脱力感につかまってしまった。綾織りの黒いのドレスが両足のまわりに落ちた。そのあとには下穿きも。

彼が片膝をついてストッキングをくるくると足首までおろすと、オーブリーは靴を脱ぎ捨てた。ジャイルズは彼女の乳房を下から両手ですくいあげながら、親指で乳首のまわりを丸く撫でた。オーブリーは夢心地で目をつぶり、顎を上げた。

「おお」彼はつぶやいた。「なんて美しいんだ。でも、湯浴みがきみを待っている」

オーブリーは思わず目を見開いて笑った。

ジャイルズは盥の湯のほうへ頭を傾けた。「まだ熱いよ」

それから、振り返ってベッドを見ると、裾のほうに折りたたんであるキルトを取って、器用な手つきでひょいと暖炉のまえに放った。つぎはタオルが一枚、その上にもう一枚と盥のそばに投げられた。彼が向きなおると、オーブリーはまだ突っ立っていた。

「さあ」とうながす。「はいって」

「だけどなんだか……おかしな感じだわ」

「ぼくはそうは思わない」ジャイルズはオーブリーの腕を取って導いた。

「ふう」彼女は湯のなかに腰を落とし、彼のまえで湯浴みをする不自然さを考えないようにした。

ジャイルズは暖炉と向き合った側に片膝をつくと、シャツの裾をズボンから引っぱりだして頭から脱ぎ、ベッドの上に投げた。暖炉の燃える輝きが彼の肌を温め、鑿《のみ》で彫ったような腕と胸の筋肉をくっきりと浮かび上がらせる。あまりにも美しい完璧な肉体の造形だ。彼は自分のその美しさに一瞬でも思いをめぐらしたことがあるのだろうか。

うっとりと見とれていたにちがいない。ジャイルズは微笑んで、両手いっぱいに湯をすくい、オーブリーの髪の上まで持ち上げた。「仰向けになってごらん。リラックスしていいんだよ、オーブリー」

温かさがひたひたと全身を濡らす。彼は何回も同じ動作をくり返し、心落ち着く熱い湯を彼女の髪から背中へ流した。オーブリーは自分でびっくりするほどリラックスしていた。自分ではないだれかの手で湯浴みをさせてもらうのはなぜだか気持ちがいい。

「どれで洗う?」彼の声に夢から目覚めた。

オーブリーが整理箪笥の上の陶器を指差すと、ジャイルズはうしろへ手を伸ばして、それをつかんだ。コルクの大きな栓を引き抜き、頭をかがめてにおいを嗅ぐ。「ふむふむ、ライラックだな。きみのいつもの香りだ」

「ライラックの煎じ液よ。石鹸やほかのものと一緒に使っているの」

彼は指二本でたっぷりとその液をすくい取った。「自分でこれを作るんだ?」

「ええ、蒸留室で」

その答えにご満悦の体《てい》でジャイルズはにっこり笑い、彼女の髪にライラックを塗りつけてから、片腕を盥の向こうへ伸ばす。煎じ液を髪に塗りこむ動きに呼応して、腕と胸の筋肉がきゅっと縮んではまたほぐれる。ああ、もうだめ。彼の裸の上半身が盥の幅いっぱいに伸ばされる眺めは刺激が強すぎる。見ているだけで退廃的な、ほんのちょっぴり不道徳な気分にさせられる。

ライラックの煎じ液を塗り終わると、ジャイルズはもう一度、彼女の髪をすすいだ。ゆっくりと、リズミカルに湯をすくい上げては髪にそそぐ。「顔用のタオルはあるかい？」

「どこかにあるはず」オーブリーは湯のなかで手探りした。

彼がタオルを受け取ると、彼女はまたしても戸惑いを覚えた。ジャイルズはおかまいなしに床の石鹸入れから石鹸をつかんで泡立てはじめた。「ほうら」泡立ちに満足がいくとそう言った。「よろしければ、腕を出していただけますか、お嬢さま？」

お嬢さま。

一瞬で心臓が喉にせり上がった。体も硬直してしまったらしい。彼の顔に失望の色が浮かんだ。「オーブリー？」

慌てふためいて湯のなかから腕を引きだしたため、彼のズボンにしぶきがかかったが、それには気づいていないようだ。「なんでもないの。目にちょっと石鹸がはいっただけよ」

ほどなくジャイルズはオーブリーの腕を洗うことに夢中になった。一心不乱の表情は、まるで、今日一日で自分がおこなったことのうち、この湯浴みがもっとも重要な使命だとでもいうようだ。ゆったりとした規則正しいリズムでインチ刻みに肌を石鹸の泡でおおいながら、こすり洗いを進める。ただし、一番触れたい個所だけは除いて。今や、湯気と暖炉の熱さで彼自身の体も汗の膜でうっすらとおおわれている。片膝をつき、盥の反対側に置いた左の腕で上体を支えている。

「もう、ここまでにさせてくれと頼もうかな」ジャイルズは石鹸をオーブリーの手に渡した。

オーブリーは困惑した。「え？」

「観淫をしている気分になってきた」思わせぶりな暗い声。「つぎは、やはり乳房だろう？」

彼はわたしの湯浴みするのを眺めたかっただけなの？　でも、無理もない。わたしだって、熱い湯の張られた盥の上で汗ばんだ彼の体がしなやかに動くのを眺めて愉しんでいたんだもの。オーブリーは自信なげに石鹸を両手に塗りつけると、その手をおそるおそる乳房の上で動かした。とたんに乳首がぴんと尖ったのでびっくりした。ここは雪の吹きだまりではなく湯気の立つ盥なのに。

ジャイルズはこれが気に入ったようだった。彼の目のなかでなにかが爆発の兆しを見せた。視線は彼女の手の動きを片時も見逃すまいと追っている。オーブリーは勇気を得て、石鹸の泡をぐるぐると丸くなすりつけ、指先でゆっくりと同心円を描いてから、掌で乳房を持ち上げてみた。

「生まれついての妖婦だな」ジャイルズはくぐもった低い声を漏らした。

そうするとほんとうに妖婦の気分になった。エロティックな儀式を執りおこなっているような気がする。彼の目にだけ触れさせるための美しい自然な儀式を。もう一度。両手に石鹸を塗ると、目をつぶって頭を倒し、盥の背もたれにあずけた。とてもいい気持ち。そろそろと体を手で撫で、時間をたっぷりかけて石鹸の泡を両の乳房になすりつけた。つぎは両手を引き上げ、乳首を下からすくい上げながら湯ですすいだ。

「うう、それは」ジャイルズの声がしわがれる。

オーブリーは何回もくり返す。そのうちにジャイルズがまた膝を立てて盥におおいかぶさる気配を感じ取り、ぱっと目を開けた。彼の顔がすぐそばにある。「その石鹸をよこせ」

湯のなかの石鹸を探して彼に渡すと、彼は片腕を盥の反対側のへりに突っぱらせて体をさらに近づけ、うつむいた。右の乳房のすぐそこに彼の頭がある。すっと舌が出て乳首の先端を舐める。彼女は思わずあえいで起き上がった。

彼の手が右脚の裏側にまわると、あえぎ声がもっと鋭くなった。彼は彼女の右脚を湯のなかから持ち上げて盥のへりに足を載せた。「仰向けに寝て、目を閉じるんだ」

彼女は言われたとおりにした。ああ、恥ずかしくて目を開けられない。彼は彼女の左の膝を掌で優しく押しやり、股を大きく広げさせた。そこにさわることができるように。温かい湯がじかに触れる。ジャイルズは喉の奥で満足の声を発し、もう一度石鹸を手に取ると、エロティックな往復の動きで滑らせはじめた。何回も何回も彼女の脚のあいだに石鹸を引いては戻す。ときどき指も使った。彼女はたちまち濡れた。なめらかに、しとどに。石鹸と温かい湯とみずからの欲望によって。むき出しにされている。さらされている。息が速くなった。

「きみがいくところを見ていいかい？」ジャイルズはかすれ声で訊いた。

オーブリーは不安そうに唇を舐めたが、目を開けようとはしなかった。

「いいだろう？」

オーブリーはうなずいた。少なくとも、うなずいたつもりだった。ジャイルズは石鹸を湯のなかにぽちゃんと落とした。彼の口が乳房におりてくると、彼女は声をあげた。彼は貪欲に乳房に吸いつき、乳首を吸い上げる一方、指を彼女のなかに滑りこませた。そんなふうにさわられるのはひどく不健全で、不道徳で――快感だった。彼女の準備が整うと、彼は二本めの指をするりと鞘《さや》に収め、さらに親指を上下に滑らせて襞の中心の突起に触れた。

オーブリーは息も絶え絶えに頭をのけぞらせた。ジャイルズは彼女の花芯に親指で円を描いた。サテンのようななめらかさで指が動く。口はまだ乳房を味わいつつ責め立てている。

オーブリーの頭がのたうちはじめた。

「そうだ、それでいい」彼は歌うように声をかけた。「さあ、いこう。さあ」

オーブリーはなにかをつぶやいた。自分にさえほとんど聞こえない声で。

「なんだい？」ジャイルズは彼女の肉からかろうじて口を離して尋ねた。

全身が固まったようになった。「あ――ああ――そう――それ――」

彼にさわられることを欲して湯のなかで腰が持ち上がる。両手は盥の両側を握りしめている。頭からつま先へ痙攣が走る。そこで彼女はばらばらに崩れ、本能の命ずるままに柔らかな悦びの声をあげた。もう抑えられない。温かく激しい波が押し寄せ、さらっていく。そうしてまた静けさが戻った。

「ジャイルズ」嵐が去るとオーブリーは小さな声で言った。「ジャイルズ、あなたに恋をしないように必死だったのよ」

「そうなのかい?」彼はつぶやいた。温かい息が耳にかかる。「うまくいかなかったんだといいがな」

「全然うまくいかなかったわ。完敗よ。あなたはわたしの人生の最大の喜びらしいの」

ジャイルズの腕が体の下にまわって盥から抱き上げられ、大量の湯が流れ落ちるのをぼんやりと感じた。彼は床に置いたタオルのそばにひざまずくと、彼女をそこへ寝かせた。温かい湯と愛の行為で体が火照っている。オーブリーはもう目を開けたくなかった。濡れた体をジャイルズにタオルで拭かれるまま、こうして火のそばにずっと横たわっていたい。

しかし、寒い夜にそんな温かさは続かなかった。彼が髪の水気を拭き取るころには、オーブリーは身震いしはじめた。ジャイルズが立ち上がったので目を開くと、彼が残りの衣服を脱いでいるのがわかった。

「ほんとうにすばらしい体」と囁き、片肘で起き上がって彼を眺めた。

ジャイルズは卑下するような薄い笑みを口もとに浮かべると、ふたたびオーブリーを抱き上げて火のそばへ運んだ。

「原始人さん、今度はなにを始めるつもり?」オーブリーは叫んだ。

「今度はぼくの番だ」と唸り声で応じ、暖炉の火と向かい合うようにして彼女をキルトの上におろす。「でも、自分が愉しむからといって、きみを凍死させるつもりはないぞ」

ジャイルズはオーブリーの背後に身を横たえ、うしろから巻きこむように体を重ねた。彼女の尻と自分の腰骨の位置を合わせるようにして。屹立した長く硬いものが尻の膨らみのあいだを押すのをオーブリーはすぐさま感じた。ああ、体がぽかぽかする。それに、もう充分すぎるほど満たされている。が、ジャイルズが腕をまえにまわりこませて掌を下腹にあてがうと、悦びの声を返す力はまだ残っていた。

自分の子を彼女に宿させたい。その考えは不意にジャイルズの頭に浮かんだ。息ができなくなるほど唐突で激しい思いだった。どういうことだ。ほんとうに気が狂ったらしい。火遊びの経験があるぼくとはちがって、オーブリーは経験豊富な女ではない。妊娠についてほとんど知識をもたないだろう。その彼女に自分の種を植えつけようとしている。唐突な思いつきに本来ならぞっとしてもいいはずなのに、そんなふうには思わなかった。

緻密な計画に従って油断なく歩む生き方にジャイルズは飽き飽きしていた。オーブリーの存在は馬鹿なことをしたいという気持ちを芽生えさせた。危険な生き方をしたい、軽率なふるまいをしたい。要するに、社会の大義、もしくは社会が自分に期待しているものについて思い悩むよりも、勝手気ままにふるまいたい。

とはいうものの、それを実行することでオーブリーを傷つけたくはなかった。

傷つけるようなことはけっしてするまいと彼は決心した。なにがあろうと彼女はぼくのものだ。どんな形であれ彼女の面倒は見る。そして、彼女がまさに今、求めているであろう面倒の見方は彼としても大いに満足のいくものだった。オーブリーはねだるような甘い声を発して、彼の勃起したペニスに添わせた腰をそっとくねらせはじめている。もはやジャイルズには、彼女の股を割って優雅でしなやかな体のなかで我を忘れることしか考えられなかった。

それにしても、もう少し待つ余裕があれば。このあからさまな欲求をなだめられるほどに満たされることが果たしてあるのだろうか？　少なくとも今夜は無理だ。ジャイルズは片手でオーブリーのほっそりした腰のくびれを撫でおろし、尻の膨らみを確かめてから、手が届くところまで象牙色の腿をたどった。彼女を崇めたい。優しく愛撫して味わいたい。だが、体が我慢できなくなっている。彼女なしで過ごした時間が長すぎたのだ。彼はいよいよ切羽詰まったペニスを押しつけ、彼女のうなじに口づけた。「こっちの膝を上げてくれ」と言って、片手を彼女の腿から下へ滑らせた。

オーブリーは肩先から不安そうな視線をちらりとよこしながら、彼の要求どおりにした。

ジャイルズは彼女の尻の位置を変え、そそり立ったペニスを腿のあいだに入れやすくした。襞は彼をからかうようにまだ温かくぬめっている。その熱く濡れた秘所に自分のものをあててそっと往復させると、たちどころに息遣いが速く荒くなった。

「ああ、オーブリー、オーブリー」彼女の耳を口でおおいながらうめく。「尻を……うしろへ突きだしてくれ」

彼女は本能的にその求めに応じた。濡れてなめらかに開いたところに彼が自身をあてがうと、彼女の体はすぐに受け入れ、熱を帯びたペニスを最初の一インチの前進で貪欲に包みこんだ。腰を前後させるとオーブリーの体に震えが走るのがわかった。「このまま進め、オーブリー、ぼくを運んでくれ」

オーブリーは言われたとおりにしたが、今は自信が失われ、動きが用心深い動きになっている。ジャイルズはもう待てなかった。大きく息を吸いこんでから思いきり差しこむ。彼女はきゃっと叫んで一瞬身を硬くしたが、この挿入に体が慣れるかどうかを試すように尻を高く上げ、自分から彼を押してきた。ジャイルズは快感に唸り、もう一度彼女のなかに埋めこんだ。

合わさった尻と腰が揺れながら、ゆるやかにリズムがつくられていく。彼女の息遣いが少しずつ荒くなる。これに応えてジャイルズの手は彼女の下腹からその下の縮れ毛へ移動した。指の一本がさらに深く進んで欲望の芯を探る。指がそれを見つけると彼女はあえいだ。前後に往復する動きをくり返しながら奥へ突き進む。オーブリーの甘やかな体はそれをぴたりととらえてもっと奥深くへ、愛の中心へと引きこむ。

ジャイルズは彼女の昂りを感じていた。そのリズムが自分たちをつらぬこうとしているのがわかる。オーブリーはほどなく、彼が腰を突きだすたびにすすり泣きのような声を漏らしはじめた。彼はさらに熱心に花芯を指先で丸くなぞった。彼女の体がひくひくと引きつる。ジャイルズは必死でこらえ、オーブリーは解放を求めてもがいている。

「それでいいんだよ」彼は唇を彼女の首に押しつけたまま囁いた。「ぼくを運んでくれ。そう、それでいい。それで……」

腕のなかで彼女の体が硬直し、やがて、激しく震えだした。小さな鋭い叫びが発せられ、オーブリーは絶頂を迎えた。ジャイルズは最後に全身で突き入れた。ほとばしった種が彼女のなかに一気に流れこむのが感じられる。部屋の色が薄れ、つぎの瞬間には視界が真っ暗になった。痙攣する全身でジャイルズはオーブリーを力いっぱい抱きしめた。

暖炉の灰が落ちる音でオーブリーは目覚めた。火が消えかかっていた。ふたりともしばらくまどろんでいたにちがいない。彼女もジャイルズもまだ炉端に広げたキルトに身を横たえて抱き合っていた。オーブリーは疲れを感じた。肉体的にも気持ちのうえでもへとへとだった。怖さもいくらかあった。こういう幸せを感じる権利は自分にはないという気がするから。

それでもやはり幸せだ。今夜だけはこの幸せに浸っていよう。

ふたたびうとうとしてしまったらしい。ふと目を覚ますと、ジャイルズにしがみついて、懸命になにかを口走っていた。

また悪い夢を見ているのだわ。オーブリーは靄から抜けだそうと抗った。けれど、頭にはまた新たな悪夢が浮かぶ。牢獄はもう消えて、ファーガスとも遠く離れている。今は自由の身で、イアンの身も安全だ。今ここにいるのはジャイルズだけ。温かく頑丈な彼の体が現実にここにある。彼の口が熱っぽく開かれ、わたしの口をしきりに求めている。

「大丈夫だよ、オーブリー。ぼくはここにいる」彼はそう囁いて彼女を抱き寄せ、長く濃厚なキスをした。もっと安心させてやろうというつもりか、彼女の体を仰向けにして、なんの前触れもなく、ふたたび上にまたがって、もう一度、愛の行為を始めた。なにも言わず、なにも尋ねず、ひたすらゆるやかに。終わると彼女をベッドへ運び、上掛けの下へ押しこんでから自分も向かい合わせにもぐりこんだ。

オーブリーはにっこりした。「足が余ってしまうでしょ？」

「恐ろしく小さいベッドだな」

「家政婦が来客をもてなすとは想定されていないからよ」

ジャイルズはくすくす笑いながら彼女を抱き寄せ、指でゆっくりと髪を梳いた。安心感をもたらすそのリズムがオーブリーは好きだった。「よく眠れなかったんじゃないのかい？」

「嫌な夢を見たらしいの」

「らしい？」彼が体をずらして見おろすのがわかった。

「覚えていないの。思い出したくないの」

ジャイルズはしばらく黙って彼女を抱いていた。「オーブリー、可愛い女」とやっと口を開く。「ここへ来たひとつの理由は、きみに訊きたいことがあったからなんだ」

オーブリーはにわかに身構えた。「そうだったの？」

ジャイルズは微笑んだ。「ああ、でも、完全にべつのことに気をそらされてしまった。だろう？」ひと呼吸おいて続ける。「オーブリー、きみはほんとうにバーミンガムで家庭をもっていたのかい？」

オーブリーは乱れた息を深く吸いこんだ。ジャイルズに隠し事をすることに疲れ果てていた。「いいえ、もっていなかったわ」

暖炉のかすかな火明かりで彼の目が探るように見ているのがわかる。「だけど、きみは以前、叔父にそう言った。ぼくの記憶ちがいではないよね？」

彼女はごくりと唾を飲みこんだ。「ええ。たしかに――そう言ったけれど、最初だけよ。イアンとふたりだけで宿屋に泊まっていたら、あなたの叔父さまが新聞に出された広告を見て……それが、自分の運命だと思えたの。でも、独身の若い女が遠くからやってくるとわかったら不採用にされるだろうと思って」

「なるほど」彼は物静かに言った。「で、これだけ家政婦の仕事に熟達しているということは、どこで経験を積んだんだい？」

「それは……自分の家族の家政をあずかっていたから。最初は母のかわりに、その後は姉のかわりに。どちらの場合もすべての点において家を切り盛りしていたのはわたしだった。そういうことが得意だったから」

「なるほど。ほかのところで働いた経験は？」

オーブリーはふんわりした枕に指を食いこませ、目をつぶった。「今、この話をしなければいけないの、ジャイルズ？」

ジャイルズは彼女の顎の下に指を一本そっとあてがった。「オーブリー、ぼくを見て」

オーブリーは目を開けなかった。「お友達のマックスがバーミンガムへ行ったんでしょう？」

ジャイルズはうなずいた。「どうして知っているんだ？」

「今日、手紙が来ていたから。あの方の筆跡は独特だから」

「そうか」

「あの方はわたしを信用していないのね。彼の立場なら当然でしょうけれど。困ったことになってしまったわ。わたしが関わってさえいなければ」

ジャイルズの目がふたたび探るようにオーブリーの顔を見た。「だが、きみは自分から関わったわけじゃないだろう。きみはただ……悪いときに悪い場所に居合わせただけだ。そうなんだろう?」

「銃声が聞こえたときにすぐ村まで走るべきだった。あの部屋へはいって、叔父さまに……触れたりするべきじゃなかった。なんて愚かなことをしてしまったのかしら。なんて愚かな。だけど、あのときは……まだ助けられると思ったの。たぶんそう思ったのよ。助ける手だてがないなんて思わなかった。あの傷を見るまでは」

同情の表情が彼の顔をよぎった。「気の毒な思いをさせたね、オーブリー」

オーブリーはしばらく黙りこくった。ジャイルズと体を合わせていると、彼の心臓の安定した鼓動が感じられる。「ジャイルズ、まえに一度言ったでしょう、わたしが信じてくれと言うなら信じると。あれは本気だったの?」

ジャイルズはすぐには答えられなかった。「ああ、そうだよ」

オーブリーは彼の言葉の意味を考えた。「わたしがこのカードウへ来て三年経つわ。ここが大好きよ。あなたが孤立と呼ぶものは、わたしにとっては平和だから。それだけじゃなく、ここでの仕事も大好きなの。家政婦の仕事に誇りをもっているの。だから、この……この秘め事が途切れたまま二度とあなたに会えなくなっていたら、あるいは、あなたにここを追い出されていたら、わたしの自尊心はきっと打ち砕かれていたわ。だけど、わからない、過去と――だれの過去でもよ――このこととどんな関係があるのか。わたしがあなたの過去を尋ねたことは一度もないでしょう？」

「ああ」彼は静かに答えた。「一度もないね」

「あなたのお友達に疑われているのは悲しいけれど、わたしは無実よ。とっさに愚かな行動を取ってしまったという以外は。叔父さまが亡くなられたことはわたしにとっても痛手だった。わたしは少佐を大切に思っていたから。妙な感じに聞こえるかもしれないけれど。でもね、ジャイルズ、少佐はもう死んでいたのよ。ド・ヴェンデンハイム卿といえども、その事実を変えることはできないわ」

「なにを言いたいんだ、オーブリー？」ジャイルズはオーブリーの顎の線を指でなぞった。

「捜査を断念しろとでも？」

「そうよ」彼女は即答した。「信じて。調べたってろくなことにはならないから。こういう話をするだけでも、お互いに新たな傷口を増やすだけよ」

薄暗い部屋のなかで彼が眉をひそめるのが見えた。「しかし、正義は果たされるべきだろう」

彼女は苦笑した。「男だけでおこなう裁判が正義を果たすことなどめったにないわ。あなた自身がそれと同様のことを以前に言ったじゃないの。正義という名の復讐を果たすべきは神の手だけだとわたしは思っている。ド・ヴェンデンハイムがどんなふうに考えようとどうでもいい。自分は召使いとしての忠誠を尽くしたと信じているから」

「だが、そこが問題なんだ、オーブリー。ぼくは召使いとしてきみを望んでいるのでは――」

「わたしはそれ以外ではありえないのよ、ジャイルズ」オーブリーは彼の胸に片手の掌をあてがった。「わたしが望んでいるのはそれだけなの。それを受け入れてくださらない？　ただ……これをするだけではだめ？」

つかのま彼の目が閉じられた。彼女を見るのが耐えられないというように。「まだ二時間も経っていないんだよ、オーブリー、ぼくを愛していると言ってから」今は彼の声に冷たさが混じっていた。「あれは本心だったのか？　それとも〝召使いとしての忠誠〟の一部だったのかい？」

オーブリーは体をさっと引いた。あたかも彼に殴打されたかのように。「出ていって！」と言うなり、掌で彼の胸を押した。「わたしのベッドから出てちょうだい」

ジャイルズは手首をつかまえ、自分のほうへ引き戻すと、のしかかるように体を寄せた。「いや、これはぼくのベッドだ」傷ついた心がその顔にありありと見えた。「きみがぼくのものであるのと同じようにね、オーブリー。きみが自分をなんと呼ぼうと。きみがだれであれ、きみがなにをしたのであれ、きみはぼくのものだ。今も、これからもずっと」

「もう一度、閣下と雇い主の役を演じたいの？」彼女は皮肉をこめて応じた。「それなら、どうぞそうなさって。わたしを犯しなさい、ジャイルズ、今すぐに。簡単でしょう。わたしの意思を無視するのは。できるならばそうすればいいわ」

彼はこの挑発に乗らず、彼女の上に体を重ねた。「よせ、そういうことじゃないんだ、オーブリー」と彼女の喉で囁く。「だれのものとか、そういうことじゃない。もっと……ひどい。やけっぱちなんだ。妄想に取り憑かれているんだ」

オーブリーは涙で潤んだ目をしばたたき、緊張を解いてベッドの柔らかさに身をまかせた。「お互いに神経が昂っているのね。心をさらけだせなくてごめんなさい、ジャイルズ。あなたの望んでいるものになれなくてごめんなさい」

彼は彼女の頭を撫でて、そっとキスをした。「ぼくが望んでいるのはきみなんだぞ、オーブリー」今は声も優しくなっている。「ぼくの心のなかではきみはぼくのものだ。でも、たしかにきみの言うとおりだな。きみを所有することなどできない」

「愛しているわ、ジャイルズ」彼女は囁いた。「さあ、満足した？　もう一度ちゃんと言ったわよ、欲望に衝き動かされていないときに。でも、わたしはあなたにふさわしい女ではないの。ずっとそうではいられない」

「意味がわからないよ」彼はつぶやいた。

オーブリーは唇をぎゅっと結び、首を横に振った。「いつかあなたも結婚したくなるでしょう。でも、そのときはあなたの政界での仕事に役立つ人を、あなたと同じ世界に住む人を選ばなくてはいけないわ。あなたには爵位と一族に対する務めがあるんですもの」

「務めか。そのことなら、充分すぎるぐらい理解しているさ。生まれてこのかた、ずっと自分の務めを果たしてきたんだからね。だけど、最近は考えてしまうんだ。このままで自分を幸せにできるんだろうかってね。きみはぼくに母のような結婚をさせたいのかい？　経済と家名を守ることだけを考えた結婚を？」

「いいえ、政治のことを考えた結婚よ」彼女は答えた。「自分で自分を助けられない大勢の人たちを助ける力があなたにはあるのだから。何物にもその道を邪魔させてはいけないのよ」

「また政治をもちだすのかい？　残念ながら、それが少々疎《うと》ましくなりはじめているんだ。しかし、現実に仕事の問題は重要さ。その事実はまだぼくにも見えている」

オーブリーはジャイルズの手を取ってキスをした。「あとどれぐらいなの、ジャイルズ？」小声で訊きながら、彼の手指の甲の側に自分の頬をこすりつける。「あとどれぐらいしたらロンドンへ戻らなければならないの？」

「二週間まえはさっさと戻るつもりだった。ロンドンに残してきた仕事は山ほどあるからね。でも、今はきみを残していきたくない。それに、この場所を離れたくもない。我ながら驚きなんだが」

彼女は睫毛を透かして上目遣いに彼を見た。「この古いお城が少しは好きになったということ？」

「今はあるがままにこの城を見られるようになったんだ。自分以外の人間の目ではなく、自分の目で見られるようになった。結局ここは牢獄ではなくて、個性豊かな堂々たる我が家だということに気がついたのさ。きみの言葉を借りれば〝生きて呼吸をしているもの〟なんだってことに」

オーブリーはジャイルズをひたと見据えた。「つまり、昔は牢獄だと思っていた？」

彼は寝返りを打って仰向けになり、天井を見つめた。「母はこの牢獄に囚われていると思いこんでいた。母は十七歳で嫁いできたんだ、自分の意思に反して。カードウで死ぬのが一番怖いといつも言っていた」

オーブリーは彼の目にかかった髪を払った。「不幸な結婚だったのね。お父さまはお母さまを愛していらっしゃらなかったの？」

ジャイルズは悲しげに微笑んだ。「愛しすぎていたんだろう。母のほうはまったく父を愛していなかった」

「そうなの。それは不幸なことね」

「母はどうしてもここで暮らしたくなかった。カードウ城で幸せになった花嫁はひとりもいないと言われているのさ。この人里離れた古城には幽霊が出るとさえ。この城が母を狂気に駆り立てたと思うこともある。で、実際、母はこの城で死んだ。悲劇的な死に方をした」

オーブリーは彼に抱きついた。「ええ——聞いています、お母さまがバルコニーから落ちて亡くなったことは」

　ジャイルズの目は今は自分の内面を見つめていた。「きみが聞いたのは母が自殺したという話だろう。だが、そうではない。母は落ちたんじゃない。落とされたんだ。父が手をくだしていないというなら、父の言葉に。父がどんな武器を使ったのかはもはや知る由もないが」

「落とされた？　わたしは——わたしはてっきり——」

「飛び降りたと思っていたんだろう？」彼はゆっくりと首を振った。「ちがう。父が母を押したんだ——」ジャイルズの声がかすれた。「少なくともぼくにはそう見えた。もちろん、子どもの錯覚ということもありうる。それもわかっている」

「そんな」彼女はショックを受けて彼を見つめた。「あなたはその場にいなかったんでしょう？」

　ジャイルズは奇妙なまなざしを返し、うなずいた。「バルコニーに飾られた鎧矛に気づいていたかい、オーブリー？　母はお気に入りの青いベルベットの部屋着を着ていた。その裾が刃先のひとつに引っかかって、不気味な音をたてて布が裂けた。忘れようにも忘れられない音だった」

「なぜ？　なぜお父さまはそんなことを？」

「ふたりは喧嘩していたからだよ」彼は声をひそめた。「いつもと同じようにぼくのことで。

父は母にひどくつらくあたるようになっていた。かつては母を愛していたのに——いや、まだ愛していたのかもしれないが——母のほうは世継ぎを産んだあと父を拒絶するようになった。あのとき、父はぼくを寄宿学校へやると母を脅していた。学校へやってぼくを一人前にするんだと。でも、父がほんとうにしたかったのは、ぼくを溺愛する母に罰を与えることだったと思う。母は泣きわめき、そんなことをしたら自分は死ぬと言いはじめた。ぼくのいないカードウ城にひとり囚われの身となるくらいなら死んだほうがましだと」

オーブリーは顔をしかめた。「なんて痛ましい話」

彼はふたたび闇に目を凝らした。「父は肩をすくめて図書室から出たが、母は追いかけた。それで終わらせる気は毛頭なかったのだろう。見方によっては父との諍《いさか》いを愉しんでいるようでもあった。そんなふうに、ふたりはバルコニーに飛びだしてきた。母は父のすぐあとを追って金切り声を発していた。で、母が……父を押した。父も押し返した。母よりも激しく。そこで母は……手すりにぶつかり、その向こうへ消えた」

「ああ、そんな、ひどい」オーブリーは腕のなかの彼の体を力いっぱい抱きしめた。

ジャイルズは目を二回しばたたいた。「四方八方から召使いたちが飛んでくると、父はわめきたてた。母の気が狂ったのだと。気が狂って飛び降りたのだと。そのまやかしが父に役立ったのは、教区牧師がやってきて自殺に対する処罰を思い出させるまでだった」

「ああ、ジャイルズ」彼の顔に刻まれた苦悩が見える。

「自殺であれば、母の全財産は国王に召し上げられてしまう。母は気が狂っていた——地獄へ堕ちる運命だった——と噂が流れ、あげくの果てには、ろくに祈りも捧げられずに夜の闇に紛れて葬られる」

「そうね」唾を飲みこむ。「ええ、そのとおりね」

「そういう屈辱を受けることに思いいたった父は、むろん態度を変えた」ジャイルズの銀色の目が急に扁平な灰色となった。「一族の名誉が汚されると気づいたのさ。それで突然、母は手すりの向こうへ落ちたと言いだした。事故だったのだと。もしかしたら……そうだったのかもしれない。もはや知る術はない」

彼女は目をつぶった。「ああ、ジャイルズ。可哀相に」

「ぼくはそのことで父を憎んだ。その気持ちは今も変わらない。そうはいっても、この歳になると、母は故意に父を怒らせたのだとわかる。父は嫉妬深い小物だったが、母は母で自分の運命を受け入れて精いっぱい生きることができない人だった」

「政略結婚だったのね？」

彼はゆっくりとうなずいた。「ああ、だが、牧師が銃を頭に突きつけて強要したわけじゃない。そうだろう？　母はみずから結婚の誓いを述べながら、いろいろな意味で、それを守らなかったということさ。ぼくは母を愛していた。心から。でも、この城でしばらく暮らし、母の死を嘆き悲しむ少年ではなく、おとなの男の目で振り返ってみると、なぜか当時の記憶咎《とが》がより鮮明になってきた。それで、今は、綿々と責められつづけなければならないほどの咎が父にあったのだろうかと疑問に思いはじめている」

オーブリーは上掛けを引き上げて自分たちの体をくるみ、ジャイルズにぴたりと寄り添った。それこそが今の彼には必要だと思えたから。「お母さまが亡くなったあと、あなたはどうしたの、ジャイルズ？」

「学校へ逃げた」彼は感情を交えずに言った。「父もぼくをここへ置いておきたくなかったはずだ。それからは、帰るよりほかに選択肢がなくなるまで、ここへは帰らなかった。カードウについてはそのやり方を通してきた。つまり、無視を決めこむという。結果的にそれが城に不利益をもたらしたと、今は悔やんでいる。もしかしたら、母と同じ罪をぼくも犯してきたのかもしれないな」

「どういう意味？」

彼は苦い笑みを浮かべた。「自分の運命を精いっぱい生きることをしなかったんじゃないかと思うのさ。一族の義務を放棄して、自分の苦しみの代償をほかの人々に支払わせていたんじゃないかと」

オーブリーはなんと言えばいいのかわからなかった。彼の言葉にはたしかな量の真実があったから。けれど、そのことに対して以前のような腹立ちや苛立ちは感じない。彼のことを知り、愛している今は曇りのない目で見られるからかもしれない。それとも、愛に目隠しをされているのだろうか。そんなことはもうどうでもいいようにも思える。オーブリーは頭をジャイルズの胸にあずけ、彼の鼓動に耳を澄ました。そうしてふたりして、ゆるやかに眠りに誘《いざな》われた。

15　ミスター・ケンブル、散々な目に遭う

いかなる犯罪捜査においても、悪い方向へ進む可能性のあるものは例外なく悪い方向へ進む。それがド・ヴェンデンハイム卿の不文律だった。そうなった場合、もっと悪いことが起こる。バーミンガムでの捜査はなにひとつよい方向へ向かわなかった。彼はジャイルズへの手紙にそう書いた。おそらくはそれもインクの無駄遣いだっただろう。どうせジャイルズのやつは白状している以上のことをすでに知っているのだろうから。

そして、ベドリントンを目指してバーミンガムを発ったところで〝もっと悪いこと〟は起こったのである。内陸部のとある酒場で剝き牡蠣《がき》を肴に飲んでいたド・ヴェンデンハイムとケンブルに案の定、不愉快な結果がもたらされた。旅籠の用便壺から頭を上げたふたりがふらつく足でオーブリー・モントフォードの推薦状に記されていた住所へ向かうと、そこにあったのは私邸ではなく帽子屋だった。モントフォードという名前の人物を知らないかとふたりが店主に尋ねると、煙草屋を教えられ、煙草屋へ行くと、ある農場を教えられた。その朽ちかけた古い農場の主はモントウェルというむさ苦しい男で、気質の荒いブルドッグを三頭

飼っており、三頭が三頭ともケンブル愛用のフランス製のコロンの香りに怒りを爆発させた。

そんなわけで、ふたりの骨折り損のくたびれ儲けの旅はまだ終わらなかった。なぜなら、モントフォードを名乗る家族がかつてノーサンバーランドの荒野のどこかに――きっとどこかに――存在していたようだから。それだけはたしかだった。農夫に訊いても馬丁に訊いても鍛冶屋《かじ》に訊いても、だれもが申し合わせたように、ズボン吊りを親指で押さえて地面にぺっと唾を吐きながら、そう言うのだから。しかしながら、彼らが口にする村の名前は一致しなかった。

田舎道をやむなく歩くことになったマックスは腹立ちまぎれに足を止めて小石を蹴りつけた。小石は運悪く大きく飛んでケムの尻にあたった。ケムはぱっと振り返り、マックスをぎろりとにらんだ。「マックス、ダーリントンできみの高価な馬車の車輪がひとつはずれてしまったのはまことにご愁傷さまだったよ」彼は片手の掌を上げてみせた。「でも、目下の迷走はわたしの落ち度ではないんだけれどね！」

マックスは口をひん曲げて皮肉っぽい笑いを浮かべた。「ほう？　それじゃだれの落ち度なんだろうな？」

「あんなひどい溝はお目にかかったことがない！」ケムは叫んだ。「ここいらの田舎っぺは自分でこしらえたろくでもない生け垣を刈ることもしないいんだろうか？　それに、あのおんぼろ貸し馬車、きみが支払った代金の半分の価値もありゃしない。おまけに車軸の一本を折ってしまって、どうやって馬車を返したらよいものやら。〝鍛冶屋を探せ〟なんて言わないでくれよ、マックス！　あんな真っ黒けで毛むくじゃらの獣をあとひとりでも見たら、腹の底から悲鳴をあげてやる！」

「さあ、どうかね、ケム」マックスは哀愁を帯びた声で応じた。「ヘップスコット村のやつはきみに気があるように見えたぞ」

ケムはぷりぷりして腕組みをしながら歩きつづけた。「こんな目に遭うとは聞かされていない！　とにかく今わかるのは、へんぴな田舎で馬車から降ろされて一ダースからのちっこい村の、スピットフォード《唾の川》だか、カウペン《牛の柵》だか、ピッグペン《豚の檻》だか、チキンシャイト《鶏の糞》だか、胸くそ悪い名前をもつ辻を引きまわされて――」

「ミットフォードにピッグドンだろう」マックスは笑い飛ばそうとした。「それに、きみのでっかい旅行鞄に糞をしたのはホロホロチョウだったろ」

「カウペンの説明がまだだよ」ケムはアルマニヤックを取りだそうと、厚地の外套のポケットを手でまさぐった。「まったくひどい！　セヴン・ダイアルズ（ロンドンのコヴェント・ガーデンにある七本の道の交差路）をひと呑みしそうなここの轍ときたら！　それにしても、道路を舗装したあのスコットランド男は、われわれが必要なときにどこにいるんだろう？」

「あいつはもう死んだ」マックスは平然と言った。「それに、マカダム（砕石をタールまたはアスファルトで固める舗装工法を発明した技師）はイングランドじゅうの道路を舗装したわけじゃない。試練を乗り越えよう、ケム。

とにかくまえへ進め」

「うるさい、急かすな」ケムはぼやいた。「いいか、マックス、きみと友達でいることがこれほどの心痛に値することはめったにない。それに、友達を脅迫するとは、きみはいったいどういう種類の男なのか教えていただきたいね。あんなシャンデリア、テムズ川に投げこんでやればよかった――ごきげんよう、はい、さようならってね。ん？　これはなんだ？」ケムはアルマニャックがはいった銀製のフラスクを器用に指にぶらさげ、道の真んなかでポーズを取った。

そこでマックスもそれを見た。曲がった小さな看板の釘は二本失われているが、丈の高い草の向こうにじっと目を凝らせば、その文字を読むことができた。

「〝モントフォード農場〟」マックスは首を傾げて読みあげた。「おお、なんと。これが農場なのか？　雑草が……伸び放題のようだが」

二本の轍のあいだに一フィートの丈の草が伸びているその道を進みはじめた。半マイル歩くと、さすがのマックスも我慢の限界に達しそうになった。と、生け垣が忽然と消えて視界が開け、その中心に農家が現われた。藁葺き屋根の侘《わ》びしい小さな家で、うしろの畑へずれこんでいるように見え、石造りの納屋も大幅に片側へ傾いていた。がに股の牛が数頭、納屋のそばでよたよたしている。牛たちに囲まれた農夫はといえば、みずぼらしい住居に負けず劣らず使い古しの感がぬぐえない風貌だった。

「ぬかるみ！」ケムに歯を食いしばり、納屋のまえの庭を指差した。「またぬかるみ！」

「いや、あれは肥やしだろう」マックスは地面をおおった柔らかな泥を観察した。「しかも、新鮮だ。わたしの鼻がいかれていなければ」

「わたし《マ》の金箔の靴《フォア》が」ケムはつぶやき　勇敢にもまえへ進みでた。「なんという呪われた旅！」

ふたりに気づいた農夫がぶらぶらとこっちへやってきた。マックスはふたりぶんの自己紹介をしてから尋ねた。「あなたはミスター・モントフォードでしょうか？」

「いいや、ちがう」農夫は元気よく答えた。

「〝モントフォード農場〟とあったけど」ケムの声が甲高くなった。

農夫は革製の帽子をうしろへ押しやった。「ああ、以前はな。みんな死んじまって、女房の従兄からわしらに譲られたんだ。遺言でな」

「なるほど」とマックス。「わたしたちはモントフォードを名乗る女性の家族を探していましてね。家政婦をしている女性なんですが」

農夫の顔が輝いたように見えた。「おうおう、いたよ、旦那！」と言って、節くれだった指を一本立ててみせる。エルバートの姉妹のひとりに――エルバートってのが女房の従兄なんだが――家政婦の仕事に就いた女がいた。ただ、名前は思い出せんなあ」

「ひょっとしてモントフォードだった可能性は？」ケムが小馬鹿にしたような調子で訊いた。

農夫はふくみ笑いをした。「おや、おもしろいことを言いなさるね、旦那。モントフォードだったんだよ。だけど、アンだかメアリだかジェーンだかわからないと言ってるのさ」

「オーブリーでは？」マックスが水を向けた。

農夫はケムのイタリア製の突っかけ靴から一インチしか離れていない泥にぺっと唾を吐いた。「ひょっとしたらそうだったかもしれんなあ。しかし、妙な名前だ、オーブリーとは。とにかく、その女はずいぶん昔に北へ行って金持ちの男の家政婦に雇われたのさ」

「北とはどれぐらい北？」ケムの口調には、この会話がどこまで厭《いと》わしい展開になるのかという懸念が満載されていた。

「そりゃあ、ずうっと北だよ」農夫はしきりにうなずいた。「ずうっとね。ダンディー（スコットランド東部のテイ湾に臨む港湾都市）の近くだった」

「ええっ」ケムは片手で胸を押さえた。

農夫はこの反応を黙殺して続けた。「雇い主はスコットランドの伯爵だった。だが、もう死んで、その弟が爵位を継いだはずだ。ただ、家政婦はそのまま家に置いた。その後、弟も死んで——ナポレオンの野郎に撃たれたと聞いてる——つぎは従弟が継いだんだ。ってことは、彼女はそのときまだ屋敷で働いてたんだろうな、まだ死んでいなければ。だってそうだろう、彼女が死んでれば、こんな話をわしに聞かせるやつはいなかったわけだから。つまり、なんだ、彼女はうちの女房の親戚筋だからな、だろ？」

ケムは苛立たしげにつま先で小刻みに泥を打っていたが、マックスは今は亡き伯爵の数を指折るのに忙しかった。彼は当惑顔で農夫を見た。「そのミセス――いや、ミスだったのかな――モントフォードがスコットランドへ行ったのはどれぐらいまえのことですか？」

農夫は帽子の位置をもとに戻し、ケムの靴を見つめた。ケムが一歩あとずさりすると、やっと答えた。「ミセス、と自分じゃ呼んでたが、ほんとはどうだかな。彼女が北へ発ったのは、たしか一八〇二年だったよ、だいたいそのあたりだった」

「三十年近くまえ？」ケムは歯の隙間からその言葉を発した。「こんな話を聞くために車軸を折ったのか？　その女性はわれわれが探している女ではありえない！」

農夫は眉を吊り上げ、目をまん丸にしてマックスのほうを向いた。「うちの親戚のモントフォードはその女だけなんだよ、旦那」と詫びるように言った。「もしかしたら、あんたが探してるのは、ここからちょっと行ったカウペンのモントウェル家の人間なんじゃないかい？」

「ちがう！」ケムはふてくされたように片足で足踏みしてマックスに肥やしを撥ねかけた。「ちがうちがうちがう！　モントウェルなんかじゃない！　なあ、マックス、頼むよ。うちへ帰らせてくれ。今すぐ帰らせてくれ」

マックスはすまなそうに農夫に微笑みかけた。「そのスコットランドの伯爵だが、名前を覚えていませんか？」

農夫はゆっくりと首を横に振った。「いや、覚えとらんなあ。だけど、なんとなく変わった名前だったな。ペンナイフ？　ペンローズ？　それとも、〝ヘン〟で始まる名前だったかな……」

「ペニー・ペニー鶏《オカマ》とか？」とケム。

マックスは必殺の一瞥をケムに投げ、「あるいは、〝ロス〟で終わる名前だったのでは？」と農夫をもうひと押しした。「スコットランドにはそういう名前がよくありますが」

農夫は帽子を脱いで片脚をぴしゃりと叩いた。「おう、そうだ、くそっ！　ペンナイフでもペンローズでもないや。そんなんじゃなかった！　ケンロスだ！」

「ケンロス――？」ケムはにわかに注意を払った。「これまた奇々怪々な偶然の一致があるものだ」

「友よ、偶然の一致なんてどこにもないのさ」マックスはいかめしく応じた。「物事は奇々怪々かそうでないかのどちらかなんだ」


カードウ城の三番手の従僕、ミルソンは典型的なペヴスナーの子飼いだった。幼いといってもいいほど若くて、少々美貌に恵まれすぎ、家女中たちとの関係は親密すぎた。おまけに怠惰な性格だった。しかし、オーブリーは、よほどの不手際があった場合にのみ指摘し、あとはそれが是正されるまでペヴスナーに目を光らせる以外、ミルソンの欠点には打つ手がないということを早い段階で学んでいた。執事と家政婦の支配領域の境界線はおぼろげながらも存在しているから。

毎晩、城内のランプを回収するのがミルソンの役目のひとつだった。集めたランプのガラス管の煤を地階のランプ室で洗い落とし、芯をはめなおして油を補充することになっている。ところが、オーブリーの午後の点検の際には、そうした整備がきちんとおこなわれていないランプがしばしば見つかり、今日の午後も、小さな食堂だけでふたつ見つかった。

オーブリーはこれを帳面に書き留め、不安を覚えながら朝食の間へ移動した。しかし、ランプを点検するまでいかなかった。ふたつの部屋に通じている配膳室にはいるなり、不可解な音が彼女を立ち止まらせた。

「左！　左！」だれかの金切り声が配膳室の奥から聞こえる。

「ぼくの左か、きみの左か――」金属のぶつかるけたたましい音が響いた。

「あっ」と小さな声。「白目製の大皿が、サイドボードから落ちた」

イアンの声？　そうよ、まちがいない。でも、イアンは城主の家族が使用する部屋へはいることを許されていないのに。もちろん、ここにある皿を叩いてまわるなどということを許されていないのに。

オーブリーは帳面を置き、緑のフェルト地が張られた扉を細く開けた。墓所をさまよう亡霊さながら両腕をまえに伸ばしたジャイルズがいきなり目のまえを通過したので仰天した。

オーブリーは声もなく見入った。伯爵は白いリネンのナプキンで目隠しをして、頭に枝付き燭台を載せている。

「炉格子！　炉格子！」イアンが叫んだ。

ジャイルズは左へ方向転換して暖炉の炉格子をまわりこんだが、それによって蠟燭の一本が傾き、落ちてしまった。「今度は最後まで落とさないでやってみせるぞ」伯爵は宣言した。あとは窓だけだな！」

いったいなにをしているのだろうと、オーブリーは扉を開けて部屋にはいった。

「あっ」イアンが声をあげた。さっきよりもなお小さく。

ジャイルズの動きが止まった。頭の上の燭台を危なっかしくぐらぐらさせて。「どうした？」

「お母さまが」イアンの声がしぼんだ。「配膳室に」

ジャイルズは燭台の基部に手をあてて一回転させ、指一本で目隠しを引き下げると、満面の笑みを浮かべた。

オーブリーはつかつかと部屋のなかへ進み、かぶりを振った。「ふたりでいったいなにをしているの？」

「なにも壊してないよ。ほんとだよ」とイアン。

「〈三つの小さな嘘〉で遊んでいたんだよ」枝付き燭台をおろしながらジャイルズは言った。

「で、ぼくが罰金を支払わされているわけだ」

「罰金?」オーブリーは部屋の真んなかに転がされた白目の大皿を見つめた。「どういう罰金です? 朝食の間の棚の骨董品を全部はたき落とすおつもり?」

ジャイルズは今は目隠しのナプキンと格闘している。「目隠しをして部屋のなかを一周することに挑戦したんだよ。頭に載せた燭台の蠟燭でバランスを取りながら」と誇らしげに言う。「さっきので三度めの挑戦だったんだ。ちなみに、あのままいけば成功していた」

イアンはオーブリーをひたむきな目で見上げ、焦った口ぶりで言い訳した。「雨が降ってきたので、学校から帰ってもクリケットができなかったの。だけど、これも同じぐらいおもしろいんだよ」

「そうなの?」オーブリーはそっけなく応じた。

イアンはうなずいた。「ぼくが二ラウンド先取したんだ」

オーブリーは視線を伯爵に戻した。驚いたことに彼は目配せをした。「イアン、どうやらぼくらはきみのお母さまの千里眼には太刀打ちできないらしい。ここらで終わりにして、またいつかやろうか?」

叱られるのではないかとまだ心配そうなイアンは、食卓から教科書をひっつかんで急いで退出し、オーブリーをジャイルズとふたりきりにした。ジャイルズは今やナプキンの結び目をこちこちに固めていた。「まいったな、こんなになってしまった!」最後に一回ぐいと布を引きながら唸った。「ほどいてくれないか、オーブリー？」

オーブリーは舌を嚙んで笑いをこらえた。彼の目にもおもしろがるような表情がよぎった。結び目をほどこうと彼女が手を上げると、ジャイルズは自分の両手を腰にあてがって、体を引き寄せた。「きみが城のなかにいてくれるのがうれしい」うつむいて鼻を髪にすり寄せながら言う。「そばにいて、ぼくをぼく自身から救いだしてくれるのがうれしい」

オーブリーは顔が火照るのを感じた。「ジャイルズ、だめよ。ここではだめ」

「うん、だめだ、こんなことをしてどうにもならないんだよな？」

ジャイルズの笑みが消えるのを見るのはつらい。彼のハンサムな顔が落胆で翳るのを見るのも。落胆しているのはオーブリーとて同じだった。この窮状から抜けだす方法はないものかと、あれから二週間、考えあぐねた。ジャイルズが申し出ている将来を真剣に考えずにいることは不可能だった。夜ごと彼の腕に抱かれ、優しい囁きを耳にして週が終わるたびに、彼への愛が深まるのを感じる。

伯爵は結婚を望んでいた。結婚相手が家政婦であることを、つまりは使用人であることを重視していないらしい。イアンの血筋についてなにも知らないのに、彼はイアンと出会ったその日から対等の友達として受け入れてくれた。莫大な財産と立派な家名があったオーブリーの過去の人生においてさえ、富と政治的権力を併せ持ったイングランドの伯爵との結婚はだれが見ても華々しい勝利だったはずだ。

スをした。


「さあ、これで自由の身よ」最後の結び目がほどけると、オーブリーは衝動的に彼の頬にキスをした。

ジャイルズは彼女の腰から手を放さなかった。「ぼくは自由なのかい、オーブリー？　そんなふうには思えないんだがな。きみにつかまったまま、永遠に惑わされそうな気がするよ」

オーブリーは答えなかった。

「オーブリー、ぼくを見ろ。きみとぼくのあいだには話し合わなくてはいけないことがあるだろう」

オーブリーは目を上げてジャイルズの目を見据えた。「そうね」

「ぼくはもうすぐここを離れてロンドンへ戻らなければならない」彼の声は静かで悲しげだった。「それはきみもわかっているよね？　この状態を続けられなくなるということは」

「わかっているわ」オーブリーも静かに答えた。「わかっているわ、ジャイルズ、あなたの生活が向こうにあるということは。あなたは大事なお仕事をしているんですもの。何物もそれを邪魔することは許されないのよ」

「きみとイアンもぼくには大事なんだ。きみたちと過ごした日々がぼくを変えた。目を開かせてくれた。少なくとも、自分が犯したいくつかの失敗と、この城のすばらしさに対して。人生の――本物の人生の――多くのものを見逃してきたということにも気づかせてくれた。

置いてきた時間に自分はなにを求めているのかということもわかったよ」

「わたしにもわかったことがいくつかあるわ」わたしは愛することを学んだの。期待も希望も抱かずに無条件に愛するということを。悦びとはなにかも知ったのよ。声に出しては言わなかった。けれど、ジャイルズのそばにいるといつも自分の芯の部分でそうしたことを感じられる。

ジャイルズはオーブリーの上腕を両手でつかんだ。「もう一度言うぞ、オーブリー、ぼくと一緒にロンドンへ来てくれ。ぼくと結婚してくれ。きみとイアンの面倒を見させてくれ」

オーブリーは首を横に振った。「あなたのお気持ちにはほんとうに感謝します、ジャイルズ。だけど、やはり、お受けできません」

彼の表情が暗くなった。「ロンドンへ行ったことはあるのかい、オーブリー?」

「いいえ」正直に答えた。

彼は歯をぐっと食いしばっていた。「これからずっとロンドンへ行くつもりはないということか?」

「そ、それはどういう意味?」

さらに顎に力がはいった。「オーブリー、きみはほんとうにぼくを愛しているの?」

「はい」彼を愛している。それを否定するのはもううんざりだ。

「その言葉を信じよう。ぼくは自分では、うぬぼれの強い男ではないと思っている。騙されやすい男でもないと。きみがぼくに触れるたびに愛を感じるんだ。官能的な愛撫だけでなく、指がかすめるようなときにも、ぼくへの愛をいつも感じる。きみの目にもそれが見える。だが、むしろきみはそのことを自分にもぼくにも否定したいのだというふうにも思えるのさ」

「否定なんかしません」

「だったらなぜ拒む、オーブリー？　きちんとした理由をひとつでも示してくれ」

オーブリーは目をつぶり、顔をそむけた。「できないんです……わたしには。お願い、これ以上訊かないで、ジャイルズ。お願いですから」

ジャイルズは彼女の腕を放した。つぎに口を開いたときには冷静な声音になっていた。

「だったら、ぼくは十一月の最後の日にここを発つ。きみはぼくの助けの手を受けようとしない。ぼくはこれ以上ここにいても叔父になにかできるわけでもない。ここにとどまって、きみに請いつづけることもできないんだ、オーブリー。誇りがそれを許さない」

「はい」オーブリーは静かに言った。

ジャイルズは冷たい笑みを浮かべた。「では、十一月の最後の日に。きみがぼくを信じる気にならないかぎり」

16　ミスター・ケンブルの恐怖体験は続く

「どうしてこんなところまで来なくちゃいけなかったのか、いまだに納得できない」クラグウェル・コートの石壁が見えてくると、ケムは憤懣《ふんまん》をぶちまけた。ふたりはさらに半マイル先へ進んでいた。何カ月も路上生活をしているような気分のマックスは、ひっきりなしに愚痴を吐くケムにもいくばくかの同情を覚えはじめていた。十一月のスコットランドはどう考えても愉しいところではない。が、当面は、馬車の装備は万全に回復していた。足もとには温めた煉瓦もあるし、毛織りの膝掛けもある。四つの車輪にも不備はない。

ケンロス伯爵邸はダンディーの丘に建つ十八世紀の領主屋敷《マナーハウス》だった。そこまでの道順は容易に知れたけれども、ケムの質問に答えることはさすがのマックスもできなかった。なぜはるばるこんなところまで来たのか。親友のジャイルズもここまでしてくれと頼みはしないだろうに、なにが自分を駆り立てているのか。ただ依怙地《いこじ》になっているだけなのかもしれない。

「無視する気かい？」旅の連れは言いつのった。

「例のブローチをもう一度見せてくれ」マックスは指をぱちんと鳴らそうとしたが、分厚い手袋とかじかんだ手が邪魔をした。

ケムは厚地の外套のポケットを探り、折りたたんだシルクを取りだした。マックスはブローチを包むその布を開いた。刻み目のある丸い銀の枠に、彼の親指の先よりも大きな、切り子面で構成された赤い石がはめこまれている。「これをなんというんだっけ?」

「めったにお目にかかれないマデイラ・シトリン」とケム。「二十カラット前後といったところ」

マックスは石を窓に向け、燃えるような赤い中心が光をとらえるのを眺めた。「そんなに価値の高いものなのか?」

「ふん、そんなに価値の高いものなら盗んでもよかったんじゃないかって言いたいのかい? どういう人間を友人にしていると思っているんだ?」

「きみの道徳心を理解しようなんて気はさらさらないよ、ケム」とマックス。「しかし、柔軟性に富んだ道徳心だということだけは言っておこう。われらがミセス・モントフォードは格子柄の布にくるんだあの装身具箱からこれがなくなっていると知ったら卒倒するだろうな」

ケムは顔をしかめた。「これは返すつもりでいるよ! 本職の強盗なら真珠の首飾りのほうを盗んだだろうね。ただ、このブローチを宝石鑑定のルーペで覗いてみたかっただけなのさ」

マックスは肩をすくめた。「その結果わかったのは……？」

「これを買った人物は素封家で――おそらくもうこの世にはいないということ。これが作られてから少なくとも五十年は経っている。しかも、イングランド製ではなくフランス製。裏に製造者の刻印がある。ショヴァン&トリュフォー、パリの名高い宝石会社だ。こちらは希少価値の高いものだけど、真珠のほうはだね、マックス、鑑定するまでもない《オール・コンコール》値打ちものさ！　涙を呑んであれを置いてきたんだからな」

マックスはブローチを鑑定するように掌に載せると、その赤い宝石を透かしてクラグウェル・コートを見つめた。「きみはどう思う、ケム、謎多きミセス・モントフォードのことがこの屋敷でなにかわかりそうかね？」

「どっちのモントフォード？」ケムは淡々と応じた。

マックスは眉を吊り上げた。「やっぱり！　きみの説を伺おうじゃないか」

「十ポンド」ケムは片手を伸ばした。「乗るかい？」

マックスは馬鹿馬鹿しくもケムと握手を交わした。

馬車が停まっても出迎える従僕はおらず、それどころかクラグウェル・コートには人の気配が感じられなかった。それでも、ケムが呼び鈴の紐を引くとようやく、青白い顔をしたこぎれいな家女中が玄関に出てきた。家族は一年のほとんどを外国で暮らしているのだとその女中は言ったが、家政婦を呼ぶようにふたりが求めると膝を折ってお辞儀をしてから、すっ飛んで家のなかへはいった。

「早く精算してくれよ」ケムは掌を上に向けた。

「まだだ」マックスは唸った。

が、そこへ彼女が現われた。がっしりとして肩幅の広い体を茶色の梳毛《そもう》ウールの服に包んだ、さも仕事のできそうな人物が。「ようこそお越しくださいました。今日はどのようなご用向きで？」

「ミセス・モントフォード？」マックスは思いきって訊いた。

相手はにっこり笑った。「はい、さようで！」彼女は言った。「どうぞなかへ」

「十ポンド」廊下を進みながらケムが催促した。

家政婦はふたりを慌ただしく黄色の間へ案内した。部屋にその色が選ばれたのはこの季節の陽射しの不足を相殺するためなのはあきらかだった。自己紹介がすんだはいいが、相手に失礼のないよう自身の名前の説明を求めるにはどうしたらいいかと迷ったマックスは、レディ・ケンロス宛の手紙を取りだした。

家政婦は手紙を見て、首を横に振った。「レディ・ケンロスと呼ばれる方は今現在はおいでになりません」と、手紙に記された日付を叩きながら言う。「これは先代の伯爵と結婚されたレディ・ジャネットへのお手紙ですね。でも、レディ・ジャネットはずいぶんまえに亡くなられていいます」

この言葉を信用していいのかというように、マックスはちらっと彼女を見た。「あなたはいつからこの屋敷で働いておられるんです、ミセス・モントフォード?」

「二十六年まえの七月から」彼女は椅子のなかで背筋を軽く伸ばした。「こちらのお屋敷で三代の伯爵さまにお仕えしいたしましました。よいご家族ですわ。なぜそんなことをお訊きになるのでしょう?」

マックスとケムは視線を交わした。ケムがブローチを出してみせた。家政婦は息を呑んだ。

「どこでそれを? それはレディ・ジャネットのお母上がお持ちになっていたブローチです。ひと目でわかります」

マックスは椅子に掛けたまま身を乗りだした。「ミセス・モントフォード」と穏やかに問う。「このブローチが、あなたの名を騙《かた》ってサマセットで家政婦として働いている若い女性のものになっているとしたら、それをどうお考えです?」

ミセス・モントフォードは片手を胸にあてた。「わたしの名を騙る? リディア・モントフォードがもうひとりいるとおっしゃるの? どういうことかわかりませんわ!」

「リディアではなく、オーブリーです」マックスは正した。

「まあ! なにをおっしゃるの?」彼女は両手を揉み絞りはじめた。

「ミセス・モントフォード? その名前に聞き覚えがありますか?」

彼女はマックスとケンブルを交互に見た。顔が真っ青になっている。「あなたがたは警察の方?」

ケンブルは愛嬌よく片手を投げだした。「おや、びっくり! わたしたちがそんなふうに見えますか?」

ミセス・モントフォードは口をすぼめ、もう一度ふたりを眺めまわし、ようやく重い口を開いた。「ファーカーソン中尉とレディ・ジャネットのご夫妻はふたりのお嬢さまをもうけられました。旦那さまが第五代ケンロス卿となられるまえのことですが。上のお嬢さまがミュリエル。下のお嬢さまがオーブリー。オーブリーさまもお姉さま同様、大変に聡明な方でした。あなたがたが聞いている話とちがうとしたら、嘘を聞かされているのです。オーブリーさまがわたしの名を騙っておいでだとしても、そんなことこれっぽ——」

「ということは、あなたは彼女を知っていたわけですね」マックスが遮った。

家政婦は怪しむように彼を見た。「そういうことになりますわね! お可哀相なあの方がこのクラグウェルに住まわれるようになったのはまだ幼い少女のころで」ふと言葉が途切れ、彼女は小さく微笑んだ。「クッキーを焼くのが大好きでしたわ、レディ・オーブリーは。ノーサンバーランド育ちのわたしの話を聞くのも大好きで、小さな村々のおもしろい名前がいつもオーブリーさまを笑い転げさせたものです」

「たしかに、あの変な名前には笑いが止まりませんでしたよ」ケムがしみじみと言った。

ミセス・モントフォードは不思議そうに彼を見やり、話に戻った。「でも、さっきも言ったように、ウォータールーの戦いのあと、オーブリーさまとレディ・ケンロスが奥さまが寡婦産として相続された農園へ移られると、わたしは二週間に一度半ドンを取って、おふたりのお住まいへ伺っていたのです。レディ・オーブリーから質問攻めに遭いましたけれど、どんな質問にも誠心誠意答えるようにしていました。オーブリーさまはお母さまにとても優しくて、そのうえ働き者でした。奥さまを煩わせまいとして面倒なことは全部引き受けていらっしゃいました。農場の運営も家事も各種の帳簿もいっさいをおひとりで。奥さまが亡くなられると、お気の毒なレディ・マンダーズのために同じことをなさっていました」

「レディ・マンダーズ？」ケムは狐につままれたように問い返した。

「お姉さまのミュリエルです」家政婦はわかりきったことではないかという顔をした。「ミュリエルさまは美男で浪費家のマンダーズ伯爵と結婚なさいましたが、お体が弱くて、旦那さまにはとてもついていけなかったのです。あの、失礼ながら、あなたがたおふたりがここへいらした理由をきちんとお聞かせ願えませんか？」

「ああ、当方はただオーブリー・モントフォードを探しているだけなんです」ケムは答えた。「彼女が幸せでいるかどうかがとても気がかりだから」

家政婦は体をこわばらせた。「オーブリーさまはレディ・オーブリー・ファーカーソンでいらっしゃいます。サマセットにいるだなんて、あの人が勝手に言っているだけですわ！」

ケムが躊躇したのはほんの一瞬だった。「それが、ほんとうにいたんだな」と口調をやわらげる。「といっても、今もサマセットにいるという確信はありません。じつはこの数週間、彼女と会っていないので」

家政婦の顔がにわかに悲嘆の色に染まった。「まあ、また逃げなければならなかったのですか？」ポケットをまさぐる間《かん》にも涙がこぼれる。「お可哀相に！　卑劣な連中が群れを成して追いまわすかぎり、哀れな子猫のように逃げまわらなくちゃならないなんて！　こんなひどいことがあっていいのかしら！」

「まあまあ、ミセス・モントフォード」ケムはなだめ、ソファの家政婦のとなりに腰をおろして、手際よくハンカチーフを取りだした。「あなたも心の重荷をおろしてください。可哀相なオーブリーお嬢さまはなにから逃げているんです？」

「なにからって、あの大嘘つきの卑劣漢、ファーガス・マクローリンからに決まっているじゃありませんか！」彼女はいったん言葉を切ると、盛大な音をたててケムのハンカチーフで洟《はな》をかんだ。「そんなこと、あなたがたもとっくにご存じなんでしょう？」

「まあ、おそらくそうだろうとは思っていたんだけど」ケムはシルクのようななめらかな声で嘘をついた。

「わたしだって死ぬほど悩みましたよ。お可哀相なお嬢さまはどうなさっただろうって」ミセス・モントフォードは洟をすする合間に言った。「もちろん、殺人事件の裁判がすんで牢から出されるとすぐにお逃げになったけど」

「なんだと！」とマックス。「牢だと？」

ケムは黙っていろというように一瞥を投げた。「ええ、もちろん、もちろんそうでしょうとも」

「そうよ、あんな目に遭えばだれだってそうするわ」ミセス・モントフォードは泣きわめいた。

「よほどの間抜けでないかぎり！」ケムは調子を合わせた。「彼女にどんな選択肢があっただろう！」

「あるわけないわ！」家政婦はなおも泣きながら言った。

ケムはかぶりを振った。「ほかにどうしようもなかった」

「結局、ファーガスの目的ははっきりしていたんですもの、そうでしょう？」

「ええ、わたしもつねづね怪しいと思っていましたよ」ケムは一拍の間合いを取った。「あなたはどうだったのかな？」

ミセス・モントフォードは今や絶好調だった。「ファーガスはあの馬鹿な兄――つまり、マンダーズ伯爵のことよ――の頭を火掻き棒で殴って壁の枝付き燭台に打ちつけたんだと思っているわ」と言ってすすり泣く。「その罪をお可哀相なオーブリーさまになすりつけたのよ！　ファーガスは昔から兄の伯爵を妬んでいて、兄弟仲は険悪だったから」

「うん、同感だ」とケム。「それにしても、とほうもない策略をめぐらしたものだ！」

善良な家政婦はしきりにうなずいた。「ええ、策略というならこのことも知っておかれたほうがいいかもしれないわ。あの殺人事件の裁判でオーブリーさまがもし絞首刑にされていたら、つぎの標的は幼いマンダーズ卿だったはずよ！　そうすればファーガスは自分の欲しいものが手にはいるんですもの、そうでしょう？」

「まったく、そうだね、そのとおりだ！」ケムはそこで軽く口ごもった。「でも、あ、あ、あなたは彼が欲しがっているのはなんだと思う？」

家政婦は今さらなにをと言いたげな目でケムを見た。

「つまり、なによりも一番欲しがっていたものは？」ケムは慌てて言い添えた。「やはり……財産ということになるのだろうね？」

「そりゃあまあ」ミセス・モントフォードは考えこんだ。「こういうことはお金とは切っても切れない関係にありますよ、ねえ？　でも、テイサイドの所領はもちろんすばらしくて、ロワール・ヴァレーには趣味のいい城館《シャトー》もあるはずだけれど、わたしが思うに、ファーガスがなにより欲しいのはマンダーズ卿という肩書きですよ。喉から手が出るほど、お兄さまの伯爵位を欲しがっていたんだから。それに、自分の兄を殺すほどの男が、いたいけな甥を殺すことを思いとどまります？」

「ああ、それなら自信をもって言える、思いとどまるわけがない！」ケムは宣言した。

「そ、そうお思いになるの？」

「実際問題、人を殺すような悪人が思いとどまることはめったにないからね」

「わたしもそ、そう思ったの」家政婦は涙に濡れた目をそっと叩いた。

「あなたは人間の本質を見抜いていらっしゃるよ、マダム」

「とにかく、わたしはずっとそう思っていたので」ミセス・モントフォードは洟をすすりながら言った。「レディ・オーブリーが夜陰に紛れてお小さいマンダーズ卿を揺りかごから抱き取って連れ去ったときにも、ちっとも責める気にはなれなかったわ！」

「当然さ！」ケムも今は怒りをあらわにしている。「だれが責めるものか！」

「おふたりのような紳士がおられるなんて神に感謝しなければ」

「それにしても、ファーガスが元凶だということは馬鹿でも最初からわかりそうなものなのにな」

「そうですとも、だれの目にもあきらかなのよ！」ミセス・モントフォードは救世主を見るようなまなざしをケムに向けた。「でも、今、なにが為されるべきなのか、わたしにはわからなくて」彼女はまたさめざめと泣きだした。

「マダム、さっきから考えているのだけれど、ひとつこのわたくしめがファーガスを呼びだしてやりましょう」ケムはハンカチーフをもう一枚取りだした。

「ああっ！」ミセス・モントフォードはもはや大泣きだった。「でも、それは無理！」

ケムの顔に失望の色が浮かんだ。「無理？　彼が臆病者だから？　体に不自由とか？　どんな理由で？」

「いいえ！」彼女はハンカチーフをひっつかんでうめいた。「ファーガスは死んでしまったから！」

「死んだ？　いつ？　どこで？」

「エディンバラで！」彼女はけたたましい音をたてて洟をもう一度かんでから答えた。「つい一週間まえに！　レディ・カートハードと同衾《どうきん》している現場をカートハード卿に見つかって、自分のクラヴァットで首を絞められて！」

「まさか、嘘でしょう！」ケムは憤然と叫んだ。「またとない復讐の機会がかっさらわれてしまったということですか？」

マックスが目を剝いて立ち上がった。「行くぞ、ケム」と声を落として言う。「やつの墓に小便をかけてやろう。それできみの気が多少なりと治まるなら」

ミセス・モントフォードの体に片腕をまわしたまま、ケムは邪気のない目で見上げた。「いったいなにを言いだすんだ、マックス？　サマセットへ帰るんじゃないのかい？」

「残念ながらそうはいかんよ」マックスはいかめしく応じた。「名残り惜しいだろうが、ミセス・モントフォードから離れて、エディンバラの冬が過ごしやすいことを祈るんだな」

その日は十一月の中日《なかび》には珍しい日和だった。少なくとも、サマセットの海岸沿いの土地では奇跡のようだった。しかし、それでもたしかにその美しい一日は明けたのだ。朝の空気は涼やかに澄み、希望に満ち満ちていた。希望はその後も絶たれることなく、午後には暖かくさえ感じられ、陽はさんさんと降りそそいだ。しかも、その日は日曜日で、オーブリーが通常の役目からつかのま休息できる数少ない一日でもあった。

むろんイアンもそのことを知っていて、まん丸にした目が懇願している。それをだめだと言うわけにもいかず、ミートパイとチーズと林檎をバスケットに詰め、イアンとふたり、崖下の洞窟までの二マイルのハイキングに出発した。崖下に長く続く幅の広い砂地はイアンのお気に入りの場所で、潮の流れがありとあらゆる種類の興味深いものを運んでくるので、遊んだり探検したりするにはもってこいなのだ。着いて十五分もすると、イアンは錆びた鎖とコルク栓のない茶色のガラス瓶と、不思議な一角獣のような形をした——少なくともイアンは一角獣だと断言した——流木を見つけた。

砂に敷いた毛布のそばに戦利品を並べ終えると、イアンは金塊を探しに水際の岩畳へ引き返した。そのあたりに密輸業者が金《きん》を隠しているにちがいないと思っているのだ。イアンが長い棒きれで岩のあいだの濡れた砂をつつきはじめた。突然、敷物に影が広がったのでオーブリーは顔を上げた。心臓がぐらりと傾いた。

長身のジャイルズがうしろに立っていた。ブーツに半ズボン、それに片面を毛羽立てた厚手の毛織りの古い上着という普段着なのに、はっとするほど格好がいい。まぶしい陽射しに彼は目を細め、上着を海風にはためかせている。ひとりでいる彼と会うのは七日ぶりだった。そう思うと、不意にこの七日間のむなしさを実感した。

ジャイルズはイアンの砂掘りをまだ眺めている。「海賊の金塊か？」と物思いにふけるような調子で訊く。「それとも密輸業者の隠し財産か。どっちを探しているんだろうな？」

オーブリーは笑った。「たぶんどっちもじゃないかしら」ジャイルズがいるだけで心が浮き立つ。「昔、フランスの密輸船がこのあたりを往復していたとジェンクスが言うのを聞いて、支払いは金貨だと推測しているの」

「その推測は正しいよ」とジャイルズ。「ぼくも仲間入りしていいかい？」

オーブリーは急に恥ずかしくなった。「ええ、どうぞ」手を伸ばして毛布の皺を伸ばした。

「どうしてぼくにここがわかったかと思っているんだろう」彼は腰をおろして、長い脚を伸ばした。

「そう思ったわ、たしかに」

ジャイルズの目はまだイアンに向けられている。「じつはあとを尾《つ》けてきたんだ」彼は告白した。「きみと話がしたかった。すると、きみたちが出ていくところが書斎の窓から見えたから、バスケットと毛布持参でどこへ行くのかを確かめようと思ってね。なんだかとても……愉しそうだったし」

「愉しそう？」オーブリーは微笑んだ。「岩だらけの崖の下までおりてきて砂浜に座っているだけなのに？　たいていの人はむしろ退屈だと思うんじゃないかしら」

彼ははじめてオーブリーに顔を向けた。銀色の目は真剣だった。「ぼくはそうは思わない。きみやイアンとすることなら、なんであっても退屈には感じない」古い毛布に置かれた彼女の手を取り、唇へ持っていった。「あの日はひどいことを言ってすまなかった」

「謝る必要などないわ」

唇がゆがみ、笑みらしきものが浮かんだ。「でも、謝るのは半分だけにしておく。本気で言ったんだぞ、オーブリー」ジャイルズはしばらく黙って彼女の表情を見守った。「だけど、やっぱりきみを愛している。離れて暮らしてもそれは変わらないだろう。変わらないでいたいと思っている」

「わたしも愛しているわ、ジャイルズ。そのことだけは覚えていて。それに、あなたにはロンドンでの大事な務めがあることも理解しています」

彼の視線が鋭くなった。「ぼくはもうわからなくなっているのさ。オーブリー、なにもかも諦めなくてはいけないのかい？　諦めたらきみの答えが変わるのかい？　きみから結婚の承諾を得るにはそれが必要なのかい？　きみを愛しているのに、なぜきみはぼくを信じようとしないのかが理解できないんだよ」

オーブリーは一瞬、誘惑に駆られた。いっそ承諾してしまいたいと。そこへ現実が割りこんだ。問題はロンドンで暮らすことだけではない。彼の仕事の重大性や公共性だけではない。

自分が偽りのなかで生きているという事実なのだ。罪に問われたままで。彼の人生を破壊したくない。目の裏にこみ上げる熱い涙をオーブリーはかぶりを振ってこらえた。「政治から離れることはけっして考えないで。約束して、ジャイルズ。そんなことは絶対にしないと。わたしがあなたにこんなことを頼むのはおこがましいのでしょうけど」

「そうかな」彼の肩がわずかに落ちた。「いや、きっとその答えはぼくにもわかっているんだ。どうしてもやらなくてはならないことは山積しているからね」

オーブリーは彼の腕に手を触れた。「悩みがあるのね、ジャイルズ。わたし以外のことでも」

ジャイルズはかなり長いこと黙って海を見つめていた。やっと口を開くと哀愁と苦悩を声ににじませた。「イングランドは危機に瀕しているんだよ。それを肌で感じる。国民がすでに飢えているときに自分の理想だけをがむしゃらに追うわけにはいかない。労働組合は怒りの声をあげ、改革派は議会の全面的改革を強行しようとしている。このままだとこの国は崩壊してしまうかもしれない。国王が死ねば、いや、遠からずそういうことになるだろう、神よ、お助けを――ウェリントン政権は準備不足の総選挙へ追いこまれるだろう。我がトーリー党は庶民院での主導権を失う可能性が出てくるだろうし、改革派勢力がどれだけ強まるかは神のみぞ知るだ」

「もし、そういうことになったら、あなたの存在がいっそう必要とされるでしょう、ジャイルズ」オーブリーは冷静に言った。「あなたは理性の声でなくてはいけないわ、今までもずっとそうだったように」

ジャイルズは暗い笑みを浮かべた。「ほかのだれかが交代で理性の声を引き受けてくれたらどんなにいいかと思うよ。ぼくだってたまにはずる休みをしたくなる。それはいけないことかい？」

「いいえ、だけど、そんなこと不可――」その言葉は悲鳴に変わった。イアンが岩畳から滑り落ちたのだ。

オーブリーがスカートを持ち上げるより早く、ジャイルズが立ち上がって走りだした。そのまま岩礁の露頭のうしろに突進した彼は、イアンを腕に抱いて現われた。オーブリーは恐怖を覚え、灰色のマントを背中でひらめかせてふたりに近づいた。「イアン、どうしたの？」と固唾《かたず》を呑んで訊く。

「あのね――ぼく――落っ――落っこっちゃったの」イアンはあえぎながら懸命に泣くまいとしている。こめかみの切り傷から血がひとしずく垂れた。

ジャイルズはイアンを毛布におろし、自分も腰をおろしてイアンを片膝に載せた。オーブリーはふたりのそばにひざまずいた。ジャイルズは心配ないというように彼女に視線を送った。「岩がつるつるしてて滑ったんだろう」と言いながら、清潔なハンカチーフを取りだす。「あのうしろは藻にびっしりおおわれているんだ。でも、平気さ、たいした怪我ではなさそうだ」

オーブリーはイアンの髪を手でうしろへ梳いて、ジャイルズがハンカチーフを傷口にあてられるようにした。イアンが「きゃっ」と声をあげた。

「じっとして」ジャイルズは穏やかに言った。「この砂を取るだけだ。痛くしないから大丈夫だよ」

イアンは顔をしかめたが、じっと我慢した。オーブリーは言いつけに従おうとするイアンのけなげさとジャイルズの優しさの両方に感動していた。「さあ、これでいい」砂が取れると伯爵は言った。「もう心配はいらないよ。お母さまの許しが出たら、宝探しに戻ってもいいんじゃないかな」

イアンは躊躇した。「でも、お腹がすいてきちゃった」

「お腹がすくのは元気な証拠ね」オーブリーは笑いながら、バスケットを敷物の中心に移動させた。

ジャイルズの表情がふっと変わった。「じゃあ、ぼくはこれで失礼しよう」

「まだいてくれなくちゃだめだよ」とイアン。「ミセス・ジェンクスがポークパイを焼いてくれたんだ」

オーブリーもジャイルズの手に触れて引き止めた。「たくさんあるのよ」

ジャイルズの目がいたずらっぽく光った。「そう言ってくれると思った。戸外での昼食なんて……何十年ぶりかな」

オーブリーは暖かな陽射しを背に浴びながら、バスケットに詰めた料理を注意深く取りだした。「あら、ロンドンの社交界シーズンには戸外でのお食事が大流行なのでは、閣下？」からかい口調で言い、くさび形のチェダーチーズを彼にまわす。「あなたの予定表はその種のお愉しみで埋まっているのだとばかり思っていたけれど」

ジャイルズはチーズの角を割ってイアンに手渡した。「それとこれとは全然ちがう」と、チーズのかけらをかじるイアンを眺めながら静かに言う。

オーブリーは目を上げた。ジャイルズはその視線をとらえた。彼の銀色の目がふと真剣味を帯び、オーブリーは身に馴染んだ息苦しさを感じた。まるで馬を駆って四フィートの生け垣を跳び越えたかのようだった。奔放な、ほとんど抑えがたい欲求から未知の領域へ出ていく感覚。信じて跳ぶときの感覚だ。

それを自分は実践したいのだと不意に悟った。信じて跳び越えてみることを。彼から身を遠ざけているのにも、事あるごとに本心を偽ってはぐらかすのにも疲れてしまった。彼の力添えが、彼が必要なのだ。自分の運命も未来もウォルラファン伯爵の手にゆだねることがもっとも賢明な道であると突如として気がついた。

でも、イアンは？　イアンにとってもそれが最善の道だろうか？　ジャイルズはイアンを慈《いつく》しんでくれている。彼の一挙一動にそれが現われている。ジャイルズの目はふたたびイアンに向けられていた。ジャイルズがポークパイを半分に割って、にこにこしながらイアンに手渡すのを、オーブリーは毛布の片側から見守った。イアンがぱくつくとジャイルズの左のえくぼが深くなり、いっそう柔和《にゅうわ》な表情になった。

自分が疲れているのがわかる。もがくことに、ひとりでもがきつづけることに疲れている。どうすることがイアンの幸せなのかを、だれの助けも借りずに決断することに疲れ果てている。サマセットでの三年間でイアンは幼児からたくましい少年となった。おとなとして分別ある決断をくだしているつもりでも、いかんせん準備不足は否めなかった。母親としての準備不足はむろんのこと、片目をつねに開けて逃げつづける生活の準備などできているはずもなかった。それでも、イアンを叔父の魔の手から守って、どうにか安定した生活をさせるまでになった。

自分の人生にも安定を求めるのはまちがっているだろうか。ジャイルズを愛し、彼からも愛されたいと願うのはまちがっているだろうか。彼の妻となって彼の子をもうけるのはいけないことだろうか。彼の申し出はこのうえもなく魅力的だった。身を呈して結婚を申し込んでくれたのだから。彼はもう一度夢を見るチャンスを与えてくれた。愛する夫と、家庭、そしてイアンのための本物の家族という夢を。

けれど、もし、自分がどんな罪状で告発されているか、過去にどんな罪に問われてきたかを告白したら、ジャイルズはどう考えるだろう？　その部分にまったく自信がもてない。彼を信じ、自分の過去が彼の人生を打ち砕いたりしないよう、そんなことにならないよう祈るべきなのだろう。信じて跳んでみればいいのだろう。

一方で、ジャイルズが自分をどう思おうと、あるいはスコットランドで起こした性急な行動をどう考えようと、イアンの身の安全は確保してくれるにちがいないと思いはじめていた。遠くからでもジャイルズが目を光らせていれば、ファーガスがイアンに危害をおよぼすことはないはずだ。そう、恐怖から逃れ、心穏やかな今、それだけは信じられる。ウォルラファン伯爵には遠方まで届く強い権力があるのだと。内務省は彼の意のままなのだから、イアンの身はこれからも安全だろう。

ジャイルズがまたもこちらを向いて微笑んだ。いくつもの意味をこめたまなざしで。幸せと驚きと満足と、それに、健康的な性欲も少し。海峡からの微風が彼の黒髪をなびかせ、目をきらりと輝かせた。ジャイルズは善良な人だ。真っ正直な男だ。そんな彼に対して自分も正直に心を開くときが来たのかもしれない。

オーブリーはその夜、新たに生まれた切迫感に衝き動かされてジャイルズのベッドへ足を向けた。彼を求める気持ちがかつてないほど高まっていた。ただ、不安な要素も、彼の要求に困惑して不本意ながらベッドへ向かったあの最初の夜と同じぐらいあった。

今夜は不本意とはほど遠い心境だけれど、異様に緊張していた。なんら障壁のない全裸となってジャイルズの腕に抱かれれば、昼下がりに芽生えた切迫した思いを同じように強く感じるだろうか。これまでもがき苦しんで守ってきたものを思いきって運命に投げこめば、安心感を得られるだろうか。それとも、今日の昼下がりに確信したことは非現実的な思いこみだったのだろうか。彼がイアンに示す優しさによってそう思いこまされたにすぎないのだろうか。オーブリーはここが運命の分かれ目だという気がして凍りついた。足を踏みだすのが怖かった。

しかし、もはやジャイルズのいない人生に戻ることは不可能に思える。幾度となく夜をともにするうちに、はじめはゆっくりと情熱的に愛し合い、そのあとは寝物語を囁きながら夜明け近くまで過ごすという習慣がふたりのあいだにできていた。寝物語ができなくなって、どれだけ寂しかったことか。だれかと話ができるというあたりまえのことが贅沢な快楽に感じられた。たいていの人間にとっては当然のことでも、オーブリーにとってはそうでなかったから。

ノックせずに寝室の扉を開けると、ジャイルズは最初気づかなかった。黒いシルクの部屋着を羽織って暖炉のそばに立った彼は、片手を炉棚に突っぱらせ、揺らめく炎を見つめていた。カードウ城での長い滞在期間に伸びた髪がまえに落ちて目にかかっている。その佇まいは厳しさと同時にどこか弱さも感じさせ、やはり、はっとするほどハンサムだ。

オーブリーは控えめに咳払いをした。

とたんに彼の表情がやわらいだ。「オーブリー」すぐさまそばへ近づき、彼女を引き寄せる。「オーブリー、可愛い女」

ああ、彼の腕に抱かれると、どうしてこんなに気持ちが楽になるのだろう。ベッドに倒れこめばもっと気楽になれる。オーブリーはもうジャイルズへの欲望を否定しなかった。それは太陽が昇るのと同じように自然なことだから。ふたりはすばやく互いの衣服を剝ぎ取りにかかったが、指が急《せ》くばかりでうまくいかない。それでも一枚また一枚と衣が床に滑り落ち、冷たいシーツのあいだに体が滑りこむのに時間はかからなかった。今夜の彼はことさら欲情していた。彼の手が触れるのと同時にそれがわかった。まるで自分たちに残された時間を数えているかのように、ジャイルズは死に物狂いの情熱を示した。ふたりとも口をきかなかった。この数週間のどこかで愛の行為は言葉を超え、もっと深いところで結びつくための伝達手段となっていたから。

ジャイルズは口と手で彼女を愛し、撫でては押し入り、味わってはなだめた。それでもけっして急がなかった。オーブリーは彼の筋骨たくましい体に心ゆくまで両手をさまよわせた。彼の脇腹の終わるところまで片手を滑らせ、さらに下へ向かった。いきり立ったものを手が包むと、ジャイルズはうっと声をあげた。オーブリーはその重みを確かめてから、温かくなめらかなペニスの先まで充分に堪能しながら、狂ったように彼と交わったときの感覚を思い起こした。

かなり長いこと、ふたりは驚きのなかで互いを愛撫することに没頭した。何週間も経った今でもオーブリーにとってジャイルズは未知の美しい男性だった。お互いがそう感じられることが探求心を刺激し、新しいことを試してみたくなった。

ジャイルズはなにかを思いついた様子で、ごろんと仰向けになると、オーブリーの腰に両手をあてがって自分の上に彼女の体を載せた。「もっと愛してくれ、オーブリー、ぼくをきみのなかに入れてくれ。きみがしてくれ」

彼は充分に彼女に教えこんでいた。餓《かつ》えることも、彼だけが与えられる満足をためらわずに求めることも。オーブリーはジャイルズのなめらかな彼自身を両手に取ると、頭をのけぞらせ、ため息とともに自分で彼を差しこんだ。彼はふうとうめき、彼女の腰から太腿へ未練がましく両手を滑らせた。浅黒く硬い指が彼女の肌の白さに際立った。彼女が頭を起こすと、彼は太腿をつかむ手に力をこめ、自分の頭を倒して首の腱が張りつめるまで枕に埋めこんだ。

オーブリーは貪欲に彼を乗りこなした。上にまたがって彼のペニスを抜き差しし、その美しい顔に渇望がよぎるのを眺めた。彼を陶酔に導くことができる力に、愛の行為の上達ぶりに自分でも驚きながら。その時間は数分だったかもしれないし、数時間だったかもしれない。ふたりの柔らかな声と音が暗闇を満たし、やがてオーブリーの漏らすため息が加速度的に狂おしくなりはじめた。彼女は目をつぶって上体をかがめ、ジャイルズの胸についた両手を広げ、下から突き上げる彼の力と強さをもっと感じようとした。乱れた髪が片方の肩に広がり、彼の肩に落ちた。

官能の波が暗く渦巻く雲のなかに引きずりこむ。男と汗と交わりのにおいが淫らな濃い靄となってふたりを取り巻く。彼女はあえぎながら、ジャイルズの喉に口づけて、唇についた塩辛さを味わった。舌でそれを舐め取り、体を起こして彼を見た。その様子をうっとりと見つめていたジャイルズは、もう一度彼女の顔を引きおろしてキスをし、リズミカルな動きで舌を差し入れながら、彼女の体を上にずらした。火傷しそうに熱い手が左右の尻をぐっとつかみ、力強い挿入を受け入れられるように充分に広げさせる。

もう、彼が自分のなかにいるということしか考えられない。ぬめった硬いものが奥へ突き進み、ぎらついた光を放つ絶頂へ自分を追いこもうとしているということしかわからない。息を吸いこんでは吐きだす胸の動きが激しくなって、彼が昇りつめていくのが感じられる。ついにジャイルズは勝利の雄叫びをあげ、ふたりはともに光と熱と歓喜の飛び散る世界に投げこまれた。

オーブリーは彼の熱っぽい体の上で倒れこんだ。精も魂も尽き果てて、ぐったりと。ジャイルズは彼女の体に腕をまわし、心臓と心臓が合わさるように抱きしめた。「愛している、オーブリー」と、彼女の髪に息を吹きこむ。「愛さずにはいられない。きみを愛しているんだ」

その言葉と彼の腕に守られて、オーブリーはいつしか眠りに落ちた。

17　ド・ヴェンデンハイム、凱旋する

おぞましい鉄格子。錆びた金属がこすれる耳障りな音。大昔のままの腐食した錠。自分を縛ろうとしている腕に体当たりした。無駄だった。まったく。がちゃん、がちゃんと、目に見えぬ牢の扉が幾重にも閉められ、希望を閉ざす。またひとつ扉が閉められ、またひとつ錠がおろされた。またひとつ階段を歩かされ、階下《した》へ階下《した》へ向かわされている、ぱっくりと口をあけた闇の底へ。

片腕をうしろにねじられて肩胛骨のあいだの高い位置に押しつけられたまま、闇のなかを進む。もはや血が流れていないのだろう。体が冷たい。ひどく冷たい。腐敗と絶望の悪臭を放つ湿気がまとわりつく。ひるむまいとして、よろけながらも必死でまえへ足を踏みだした。

じめついた石の独房がぬうっと行く手に現われた。厚い扉が大きく開けられている。なぜだか確信した。ここが最後だと。扉が閉められるのはこれが最後だと。錠がおろされるのはこれが最後だと。この扉が閉められたら最後、もう出られない。腕の痛みはもうなかった。なにも感じられない。腹のなかで逆巻く恐怖しか。恐怖の味が口に広がる。嘔吐の苦い味が。

だれかの熱い息が耳のうしろに吹きかけられた。

「邪魔っけな雌犬め」

ファーガス。ファーガスだったのだ。

「今度こそ出てこられないようにしてやるからな。今度こそ……」

ファーガスに見つかってしまった。とうとう。でも、易々と負けるものか。「いや！」ファーガスに向かって怒声をあげる。「わたしは行かない！　わたしは無実よ！　無実なんだから！　あんたなんかに——あんたなんかに——」言葉が喉につかえて出てこない。オーブリーは逃げようとした。戦おうとした。息ができない。動けない。ファーガスがつかみかかり、牢のなかに押しこもうとする。すると、独房のうつろな闇が盛り上がった。まるで地面が裂けたかのように。彼女は悲鳴をあげた。もう一度声をかぎりに叫んだ。

「オーブリー！」その声は遠くから聞こえた。囁きではない力強い声だ。

「オーブリー、どうした、起きろ！」

彼女は離れようとした。彼を遠ざけようともがいた。だが、頑丈な腕にベッドへ押さえつけられた。「よせ、オーブリー！　逆らわなくていい。ぼくだよ。ぼくがいるからもう大丈夫だ」

力強い手が彼女を放した。目を覚ますと、だれかに抱き上げられるのがぼんやりとわかった。温かく広い胸にしっかりと引き寄せられるのが。熱い涙で顔が濡れていた。オーブリーはむせび泣いていた。

「気がついてよかった」ジャイルズのほっとした声が聞こえた。「ああ、オーブリー」

ジャイルズ。ここにいるのはジャイルズだけ。ほかにはだれもいない。そこでオーブリーは本格的に泣きだした。赤ん坊のように大声で。彼の首に顔をうずめて。「ジャイルズ、ああ」息を詰まらせ、どうにか吸いこむ。「わたしは――てっきり――ああ、ジャイルズだったのね……」

ジャイルズは唇を彼女のこめかみに押しあてた。「しぃー、大丈夫だよ、安心して」と子どもを寝かしつけるような調子で言う。「ぼくがそばにいるからね。きみの身は安全だ。いつだって」

泣きやもうとするのに、今度は安堵の波に襲われて、ますます激しく泣きじゃくった。今は腕に血の流れが戻り、ちくちく刺すような痺《しび》れがオーブリーを完全に目覚めさせていた。

が、どうにか起き上がりはしたものの、手に力がはいらない。「あ、腕が」

ジャイルズは注意深く彼女をベッドの片側へ移した。「腕がうしろへねじれたままで眠ってしまったんだろう」枕をひとつ膨らませた。「さあ、これを」

オーブリーはまだ感覚が残っているほうの手で乱れた髪を押しやった。「悪い夢を見たの」優美な長い指が反対の腕を揉みほぐしてくれるのを見ながら、つぶやいた。

「だいぶ控えめな表現に聞こえるな」ジャイルズは銀色の目を上げて彼女を見据えた。「夜《や》驚症《きょう》とでも呼びたい状態だったぞ。魔女みたいにぼくに爪を立てて挑んできたんだから」

オーブリーは洟をすすって泣くのをやめ、黙ってただ彼の手の動きを見つめた。

「なんの夢を見ていたんだい？」ジャイルズは自分の手に目を落とさずに尋ねた。「きみは寝ながら泣き叫んでいた。絶対に行かないと、それぱかり言いつづけていた。どこへ行くことを恐れていたんだ？」

オーブリーは首を振った。「さ――さあ、覚えていないわ」

彼は優しい目をしているが、その言葉を信じていないのはあきらかだった。傷ついてもいるようだ。今はそれがわかる。「以前にもその夢を見たことがあるんだね？　きみが同じ寝言を言っているのを聞いたことがある。ベッドで転げまわっているのを感じたこともあるよ」

ごくりと唾を飲みこむ。「ええ、そうよ」

ジャイルズは彼女の腕を放し、肩に自分の腕をまわした。彼はいいにおいがした。温かくて安心できるにおいだ。ジャイルズの腕に抱かれていると、どんな障害物にも立ち向かえると思えることがある。彼から発される力が目に見えるような気がするのだ。

「オーブリー、なにが起こっているのかをもうそろそろ話してくれてもいいじゃないのか」ジャイルズは断固たる口調で言った。「ぼくたちが今なにを試されているのかはわかるだろう？　こんなきみを見るのはつらい。悪夢にうなされているきみを。きみを助けたいんだ。

ぼくを信用してほしいんだ。なにがこんな悪夢を何度もきみに見させているのかを知りたいんだ」

わたしはただ悪夢を見ているだけじゃない。悪夢を生きている。カードウへ来てやっと恐怖が薄れはじめ、イアンとともにふつうとほとんど変わりない生活を送れるようになったけれど、それはここにいるあいだだけ。その生活をわたしは投げだそうとしているのだろうか。ああ、神さま、つまり、こういうことなのね？　信じて跳ぶということは。これはジャイルズとの未来に希望を抱くためには負わなければならないリスクなのね？　自分はここで終わらせたいのだとオーブリーは悟った。

「わかったわ。夢の話はまだしたくないのだけど、ジャイルズ、わたしとイアンの話をさせて。カードウへ来るまでのわたしたちの生活について」

ジャイルズは彼女のこめかみに唇を押しあてた。「その話を聞きたい」

オーブリーはさっと目を上げて彼を見た。「でも、その話を聞いたら、わたしに対する気持ちが変わるかもしれないわ」

彼の視線は揺らがなかった。「事情が変われば心も変わる、そんな愛は愛とはいえない」彼はシェイクスピアの十四行詩《ソネット》を引用し、温かい手の甲を彼女の頬に添わせた。

オーブリーは深く息を吸いこんで呼吸を整えた。「イアンがわたしの子でないことは知っているでしょう」

「きみの子ではなく、きみの姉上の子だ」

「ミュリエルは繊細すぎたけれど、愛らしい女《ひと》だったの。姉の弱さには男性を惹きつけるところがあって、その弱さが姉をいっそう美しくさせていた。この意味がわかればだけれど」

伯爵は肩を片方だけすくめてみせた。「ぼくの個人的意見では、女性をいっそう美しくさせるのは弱さではなくて強さだけどね。しかし、この意見はあまり男の賛同を得られないだろうな」

オーブリーは目を伏せた。「実際、ミュリエルに求婚する男性はたくさんいたわ。それで結局、いい結婚をした――いいえ、世間にはそう思われていた。相手はエディンバラの由緒ある一族の若い男性だった」

「つまり、スコットランドだね？」彼は茶目っ気を出してつぶやいた。「先を続けて」

片手の握り拳を上掛けの下に押しこんでから、やっと言葉を継ぐ。「ダグラスはいい夫ではなかったの。社交好きで……放蕩な暮らしを好んだわ。衣装や賭博や妻以外の女にうつつを抜かして」

ジャイルズは同情の声を漏らした。

オーブリーはむしろ冷静に肩をすくめてみせた。「もともとそういう人だったのよ。甘やかされて育った若い男。それに……お金持ちでもあった」

彼はしばらくなにも言わなかった。「どれぐらい？」

オーブリーはため息をついた。「イングランドの基準からすると大金持ちといっていいでしょうね。そして、もちろん彼は男の子を欲しがった。でも、出産までの長い期間がミュリエルには過酷だった。念願の子を産んだときには姉は健康を損ない、結婚生活に幻滅していて、それから徐々に衰弱していった。人生に倦《う》んで恨みがましくもなったわ。最後の数年、わたしは姉と暮らしてイアンの面倒を見ながら、家事も引き受けていた」

彼がうなずく気配がした。「まえにそう言っていたのを覚えているよ」

「だけど、ダグラスとわたしはそりが合わなかった。彼はずっとミュリエルを無視してきて、イアンまでも無視しつづけた。姉が死んだとき、わたしは彼を責めたと思う。でも、それよりも我慢ならなかったのは彼が息子のイアンを無視したことだった。義兄の家を出ることも考えたけれど、イアンを見捨てることはどうしてもできなかった。それに、行くところがなかったのも事実だし、ダグラスはダグラスでわたしの存在を必要としていた。ただ、おとなしく従順に、彼の邪魔をしないでいてほしかったのよ。残念ながら、わたしはそのどれにもあてはまらなかった」

「彼の受けたショックは想像するしかないが」ジャイルズはぼそっと言った。

オーブリーは笑みを返そうと努め、話を続けることを自分に強いた。「イアンに対する無視がひどくなるにつれて、ダグラスとの口論も激しさを増したわ。そんなとき、ダグラスの腹違いの弟が思いがけずロンドンからエディンバラへ帰ってきた。なんだか変な気がしたの。

だって、疎遠な兄弟だったんですもの。それなのに、ある夜、連れ立って飲みに出かけたふたりは、水夫の舟歌を歌いながら腕を組んで千鳥足で帰ってきた。その声を聞きつけたイアンは、笑いながら階段を駆け降りてふたりを出迎えた。でも、ダグラスはうるさがってイアンを乱暴に押しのけた。イアンは手すりの親柱にぶつかって唇を切ってしまった」

「そういうやつには鞭打ちの罰を与えるべきだ」ジャイルズの口調が険しくなった。

オーブリーは熱い涙が今また目の裏にこみ上げるのを感じた。「可哀相なイアンはいつも父親に関心を向けてほしがっていた。だから、イアンが突き飛ばされた瞬間、わたしはかっとなった！　たちどころにダグラスとわたしのすさまじい口喧嘩が始まった。喧嘩になったのはそれがはじめてじゃなかった。義兄は一方的な立場でものを言い、げらげら笑うだけ。召使い全員がわたしたちの喧嘩を聞いていた。それは……醜悪だったでしょう。とてつもなく。わたしは生まれてこのかた、この口のせいで苦労ばかりしているようだわ」

ジャイルズは彼女の頭のてっぺんにキスをした。「しかし、その口が可愛らしい口なのさ」と元気づけるように言う。

半笑いに半泣きという状態に陥りながら、先を続ける。「兄弟ふたりはそのあとも客間で深夜まで飲んでいた。わたしはイアンを寝かしつけて、自分も床についた。ところが、翌朝、客間の床で死んでいるダグラスが発見されたのよ。彼は火掻き棒で頭の付け根を殴られていた。暖炉から持ち出された火掻き棒で」

この展開はあきらかにジャイルズの予想をしのぐものだった。「なんだって！」

オーブリーは胸に恐慌の兆しを感じた。「血がついていたの——髪に、彼の髪に、まだべったりと。ダグラスはすでに死んでいて、冷たかった。彼のためにやれることはなにもなかった。通報を受けた警察官がやってきたわ。つぎは治安判事が。それから、ファーガスも」

「ファーガス？」彼の声の調子が変わったのがわかった。

「ファーガス・マクローリン。ダグラスの腹違いの弟」

「その名前には聞き覚えがある」

オーブリーはまた笑った。苦々しい棘のある声で。「そんなこともあろうかと思った。とにかく、ファーガスは治安判事にこう言ったの。ダグラスとわたしが喧嘩をしていたと、それも一度ならず二度も。客間で言い争うふたりを残して自分は帰ったとファーガスは主張した。姉を若くして死なせたと、わたしがダグラスを責め、脅していたとも言った。でも、昨夜は自分もかなり酔っていたので、どうせ冗談だろうと思ったとも。ダグラスともあろう者がたかが女に命を取られようとは夢にも思わなかった、だから、その場から退出して家へ帰ったのだと」

ジャイルズはオーブリーを強く抱きしめた。全身が安堵の波に満たされる。「だが、警察も治安判事もそのマクローリンの言うことなど信じなかっただろう。きみを陥れるための彼の言葉など」

「彼は……目撃者を見つけてきたのよ」オーブリーの声はかろうじて聞こえるぐらいの囁きになった。「屋敷に雇われてまだまもない従僕を。たぶん、その目的でファーガスが送りこんでいたんでしょう。ほんとうのところはわからない。そのことに気づいたのはもっとずっとあとだったし。あなたに理解できるかしら？　わたしはあまりにもうぶな娘だった。最初は悪夢を見ているんだと思ったわ。まちがいはすぐに正されるだろうと。だけど、そのうち、助けてくれる人はひとりもいないんだと気がついた。イアンにわたしを助けられるわけがないし、両親も姉ももうこの世にいない。ほんとうにひとりぼっちなんだと実感した。それから、ファーガスはいつからこの計画を立てていたんだろうと考えはじめたの」

「なんという、ひどい話だ」ジャイルズは低い声で言った。「しかし、なぜだ？　なぜ彼はそんな計画を立てたんだ？　兄を憎んでいたのか？　復讐のためか？」

「権力よ」オーブリーは彼の腕のなかで向きを変え、まっすぐに彼の目を見つめた。「ダグラス・マクローリンは大金持ちだというだけじゃなく、ファーガスの兄というだけでもなかった。ダグラスは第六代のマンダーズ伯爵だったのよ」

ジャイルズの顔から血の気が失せていく。彼にベッドから押しだされ、この城から追いだされるのを覚悟した。が、肩にまわされた彼の腕にいっそう力がこもっただけだった。あまりに強く抱きしめるので骨が砕けそうだった。その痛みが不思議とオーブリーを安心させた。

「なんということだ」ようやく彼は言った。「あのマンダーズ伯爵殺害だったのか！」

「覚えているの?」

「ああ」彼は小声で答えた。「ああ、覚えている――ほんのわずかだが記憶にある。事件の犯罪性にピールも注目していた。たしか……ああ、そうだ、オーブリー、裁判がおこなわれただろう」

目に涙があふれるのがわかった。「身内の不祥事があったと、あなたに一度言ったことがあったでしょう。不祥事はこのわたしだったのよ。わたしはイアンと引き離され、殺人罪で逮捕された」

彼は彼女の額に唇を押しあてた。「なんてことだ、愛しい女! ぼくの最愛の女」

彼の優しさが緊張の糸を解き、オーブリーはまた声を詰まらせて、すすり泣いた。「あの夜、かっとなって、物騒な言葉を吐いたわたしは、まんまとファーガスの術中にはまってしまった。三カ月の投獄のあと、マンダーズ卿殺害の罪を問われて裁判にかけられた」

「しかし、そんな非道なことがまかり通るとは!」

「でも、証拠の信憑性が高かったから。ファーガスは愛する兄を置き去りして帰った自責の念を巧妙に語って、彼が用意した目撃者も用意周到な証言をした。わたしがかろうじて絞首刑をまぬがれたのは、それまでの評判と女だという理由からよ。それと、牧師さまが勇気をもって味方をしてくださったから」

「だが、きみは裁判で無罪になったんじゃないのか?」ジャイルズは思い出したように言った。「裁判所はきみを……釈放した。そうだろう？」

オーブリーは首を横に振った。「くだされた判決は〝証拠不十分〟だった。それがどれほどむごいことかわかる、ジャイルズ？　イングランドにはない法の抜け道の意味が」

彼は今は眉をひそめ、燃え尽きようとしている暖炉の火を見つめている。「その判決は被告を自由の身とするということではないのか」

「いいえ。獄から出られても、自由の身には一生なれない。〝証拠不十分〟はその人間を疑惑の影で塗りこめる判決なのよ。わたしの評判は地に堕ちた。イアンも、家も失った。愛するものすべてをファーガスに奪われた。失うものはなにも残されていなかった」

彼はゆっくりと首を振った。「だが、どうしてなんだ、オーブリー？　人はそこまで残酷になれるものなのか？」

「財産が欲しかったんでしょう。なによりも爵位が。千載一遇のチャンスと考えたんだと思うわ。もしかしたら事故だったのかもしれない。酒のうえでの喧嘩が生んだ結末だったのかもしれない。あるいは、同じ女給と寝ていたことがなにかの拍子にわかってしまったのかも。そうよ！　推測はいくらでもできる。だけど、ほんとうのことはわたしにはわからない。永遠にわからないでしょうね」

「爵位が欲しいって？」ジャイルズにも事情が呑みこめてきたようだった。「でも、イアンがいるのでは……？」

「ええ。でも、イアンがいる。ファーガスにすればもっとも困難な相手。ファーガスと伯爵位とのあいだに立ちはだかっている唯一の存在。ダグラスが死に、わたしは路頭に放りだされて、ファーガスは屋敷に移り住んだ――亡き兄の跡継ぎの面倒を見るという表向きの理由で」

「つまり、イアンはマンダーズ伯爵なのか」ぴんとこないような口ぶりだ。「あの子には爵位も未来も所領も――たぶん複数――あるというのに、遠く離れたこの土地で暮らしてきたわけか？　召使い部屋の片隅で。何年間も」

「それはあの子になんら害をおよぼさなかったわ。それどころか、ここでの暮らしが計り知れないほどすばらしい影響をあの子に与えたといってもいいくらいよ」

ジャイルズは突然、彼女の両の肩をつかんだ。「オーブリー、叔父はこのことを知っていたのかい？」

涙が彼女の目にあふれた。「あの方がどこまでご存じだったかはわからない」と正直に答えた。「ロリマー少佐は外の世界にはほとんど興味をもたれなかったから。ただ、わたしは自分の素性を偽らなかった。それだけはたしかよ」

ジャイルズは奇妙な目で彼女を見た。「どういう意味だ？　きみは故マンダーズ卿の義妹だと打ち明けたということか？」

オーブリーは下唇を噛んで、かぶりを振った。「わたしは今の仕事を得るために少佐の慈悲にすがったの。たまたま家政婦募集の広告を見て、その名前を思い出したから。少佐はかつて、わたしの父の友人だったし……父の家族には借りがあると思っていらした」

「どんな借りが？」ジャイルズの声音が変わった。

オーブリーは肩をすくめた。「細かい事情はもうどうでもいいから、とにかく、わたしを家政婦として雇ってその借りを返してくださいとお願いしたの。イアンを一緒にお城に住まわせることも条件として。少佐ははじめはしぶしぶ承諾なさったのだけど、途中から、おそらく――わたしを信用してくださるようになっていたんだと思うの、ある程度は」

ジャイルズはふと遠くを見る目つきをした。「オーブリー、きみの父親の名前は？」

彼女は答えるのをためらった。自分でもなぜかわからずに。「父の名はイアン・ファーカーソン」とやっとのことで言う。「ロリマー少佐の部下として大陸で戦った軍人だった。ふたりは篤《あつ》い友情で結ばれていて、父はウォータールーの戦いで、負傷したロリマー少佐の体を引きずって運ぼうとしていたときに銃火を浴びて命を落とした。そのことがあったから、少佐は自分が生きるのを許さなくなったのではないかしら」

ジャイルズの顔に奇妙な表情がよぎった。「ファーカーソン」記憶をたぐる目。「モントフォードではなかったのか。イアン・ファーカーソン。きみの姓のちがいだけじゃないんだ、オーブリー。今……思い出したことがある」

「なに？　なんの話をしているの？」

彼は目を見開いて彼女のほうを向いた。だが、その目は深い憂慮をたたえていた。「ぼくはきみの父上に一度会っている。その夜、彼と何人かの部下がエライアス叔父に贈り物をした。それも、ただの贈り物じゃない——時計だ」彼の目の焦点が結ばれた。「信じられない。だから、叔父はきみにあの時計を渡したのか！」

オーブリーはふたたびシーツに目を落とした。「イアンによ。少佐はそれをイアンにくださったの。まえにあなたに話したとおり」

しかし、ジャイルズは首を振った。「どうしてだ、オーブリー！　どうしてほんとうのことを言わなかった？　どうしてもっと早く素性を明かして、父親がだれなのかを教えてくれなかったんだ？　陸軍中尉のケンロス卿がエライアスに時計を贈ったことはだれもが知っていた」

彼女は目を上げて、かぶりを振った。「それを打ち明けていたら、どんな得があったかしら」と物静かに問い返す。「その時点でほんとうの名前を語るのは、殺人犯にして誘拐犯だと告白するのと同じことだった。あっというまに噂が広まったでしょう。考えてみて。伯爵の娘が素性を偽って家政婦をしているのよ！　結果的にわたしの——そしてイアンの——自由は奪われていたはずよ」

「こんなことはもう続けさせない。これはきちんと解決しなければいけない問題だ」

オーブリーは彼のほうを向いて腕をつかんだ。「いいえ、解決なんかできっこない！　まだわからないの？」

ジャイルズは謎めいた様子で首を横に振った。「きみたちふたりにこんな生活を続けさせるわけにはいかない。きみがミセス・モントフォードという姓の人物で、ぼくの叔父の形見の時計を盗んだ不正直な家政婦だと人々に思わせたままにしておくことはできないよ」

「泥棒だと思われるぐらいなんでもないわ」オーブリーは声を落とし、彼の腕に指を食いこませた。「レディ・オーブリー・ファーカーソンは殺人犯だと思われているのよ。あなたは殺人犯と泥棒のどちらを雇いたい？」

「なにを言いだすんだ、オーブリー？」

今や彼女の手は震えていた。「わかっているの、ジャイルズ？ わたしはあの子を誘拐したのよ。世襲貴族が真夜中にベッドから連れ去られたということなのよ。衣服と宝石とお金も一緒に盗んだわ。それは全部わたしたち一族のものだけれど、法律はそういう見方をしてくれない。わたしを逮捕したら、なにがおこなわれるか想像できる？ イアンになにが起こるかを少しでも考えられる？」

「くそ！」ジャイルズは部屋の闇に目を凝らした。

「ファーガス・マクローリンにはイアンの居場所を知られていない。だれにも知られていないのよ、ジャイルズ。知っているのはあなただけ。わたしの言うことがわかるでしょう？ あなただけに教えたのよ」

彼の表情に暗い影が差した。「きみはそのマクローリンがイアンに危害を加えると本気で思っているんだな？」

彼女はうなずいた。「彼がダグラスにしたことがわかっているんですもの。わたしにしたこともわかっているんですもの。あの男がやめるわけがないでしょう？　同じことがまたくり返されたらどうするの？　悪魔の大計画が実行に移されたら？　それでもあなたは危険を冒せる？」

「いや」とジャイルズ。「いや、そうじゃない。イアンをそんな目に遭わせはしない」

オーブリーは彼の腕をきつく握った。「ああ、ジャイルズ、恐ろしいことはいとも易々と起こるものよ！　イアンは無防備な子どもで、疑うことを知らない。ファーガスは子どもを育てるには不向きでも、知恵のまわる男よ。病気に見せかけるぐらいなんなくやってのけるでしょうよ。あるいは事故に。お願いよ、わかってちょうだい。わたしがなぜあなたに打ち明けずにいたか、なぜこの土地から離れたくなかったかを」

「ああ、オーブリー」ジャイルズは彼女をひしと抱きしめた。「すまない、ほんとうに。きみをそこまで苦しませて」

オーブリーはまたも泣きだし、ジャイルズの胸でしゃくりあげた。彼は信じてくれた。わたしの言うことを信じてくれた。「わたしたちの身を守って、ジャイルズ。このカードウで平和に暮らさせて。身の安全が保証されるだけでいいの」

温かい唇がまたこめかみに押しあてられた。「それ以上のことをするつもりだよ、愛しい女。なんらかの道をかならず見つけてみせる——このめちゃくちゃな状態から抜け出る道を。きみとイアンがきちんと暮らせるようにする。ここでそれを誓おう」

ド・ヴェンデンハイム卿の艶やかな黒塗りの馬車がカードウ山の麓から始まる坂道にさしかかったのは、身を切るように寒い夜半のことだった。もっとも、現実には馬車がもはや艶やかでも黒くもなく、その日、ド・ヴェンデンハイム卿とミスター・ケンブルは骨折り損の旅に出ていたといわんばかりのありさまだった。ダーリントンで車輪がはずれたのを皮切りに、リーズ付近では馬具のひとつにひびがはいり、ダービシャーでは扉の蝶番のひとつがはじけ飛び、あげくの果てに、へたばった御者がバースを過ぎたどこかで郵便馬車の横腹をこすって、光沢のある黒の塗装に青い縞を何本もつけた。

マックスは妻に殺されそうなほど自邸から離れた土地まで旅をしてきたわけで、もし、あと一カ月ケンブルと過ごさなければならないのなら、喜んで安楽死を選ぶという心境だった。もっとも、妻のキャサリンのいるところも安楽とはいいがたいかもしれないが。ケムのほうはどうかといえば、馬車の長椅子式の座席に悠々と寝転がって、いびきをかいていた。蝶番のはずれた扉は昨日首に結んでいたクラヴァットで縛ってある。マックスは御者席に座り、御者をときおりつついて目を覚まさせていた。御者はどうにかこうにか居眠りをせず、馬車はカードウ城の落とし格子の下の恐ろしく狭い石の通路を奇跡的にも無事通り抜けた。

つぎなる奇跡に寝ぼけ眼《まなこ》の出迎え係が現われて、馬車から荷物をおろすのを手伝ったことだった。ケンブルは扉を縛ったクラヴァットをほどいて外に出てくると、伸びをしてから、よろける足で大広間へはいった。「それではまた朝に」肩越しに振り返って、あくびをひとつ。「部屋でひと眠りしてくる」

「では、ベッドメイクをしたほうがよろしいですか？」自分の目方より重そうな鞄を持ち上げながら、出迎え係が不機嫌に訊いた。

「前世では部屋女中だった記憶があるから、自分でするよ」そう言うと、ケムは大型の旅行鞄を床から持ち上げ、階段をふらふらと昇りはじめた。

マックスはいくらか同情するように出迎え係を見て言った。「あいにく、わたしはそのような特技を持ち合わせていないんだ。それと、まことに申し訳ないが、きみの主人を起こしてもらえないかい？」

「ええ？　夜中の三時半ですよ、閣下！」

「わかっている。だが　それでも彼はわたしの帰還を喜ぶかもしれないのさ」

ジャイルズは事実、喜んだ――扉がノックされてマックスの帰還が告げられると大喜びして、腕に服を抱えたオーブリーが浴室へ駆けこむのを許した。

「コーヒーを持っていくわね」ジャイルズが浴室へはいってきて、服のボタンの最後のひとつを留めてやると、彼女は彼の部屋からそっと出ていった。ジャイルズは顔に少し水を浴びせてから服を着て、脇目も振らず図書室へ向かった。長い一日になりそうな予感がした。図書室にはいると、マックスが火の消えた寒々しい暖炉のそばに立ち、革表紙の細身の手帳をめくっていた。

「いったいどこまで行っていたんだ？」ジャイルズは大股に部屋を横切って近づき、握手の手を差しだした。「どう見ても体重が三十ポンド近く落ちているぞ」

マックスはそう聞いてもうれしそうな顔ひとつしなかった。「ジャイルズ、ハギス（羊や子牛の刻んだ臓物を胃袋に詰めて煮た料理）とはなんだか知っているか？ ハウタウディ（鶏の蒸し煮の落とし卵とほうれん草を添えた料理）は？ カレン・スキンク（コダラの燻製、じゃがいも、玉葱、牛乳で作るスープ）は？」

「カレン・スキンク？」ジャイルズはにやりとした。「たしか彼とはイートン校で一緒だったはずだ」

「もう一度訊く」

ジャイルズの口もとから笑みが消えた。「ああ、全部スコットランド料理だろ？」

馬鹿にしたようにマックスの口角が上がった。「そうだ。スコットランド人は高級ワインについては無知蒙昧《もうまい》で、カラスムギと牛や羊の脂身と、家畜の臓物を人間が食べるべきでないそのほかのみすぼらしいものに詰めこんだ食い物だけで生きているという、わたしにとってはじつに不利益な現実を思い知らされたよ。これでただですむと思ったら大まちがいだぞ、相棒」彼は手帳を脇へ投げた。「それだけじゃない、ジョージ・ケンブルと窮屈な馬車に閉じこめられて一カ月近く過ごしたという貸しの合算も始めたからな。しかし、それだけの犠牲を払う価値はあったといえそうだよ、ジャイルズ。これから話すことを聞いたら、きっと身の毛がよだつことだろう」

「そうか」ジャイルズは暖炉のそばの椅子のひとつに腰をおろした。睡眠不足のせいだけでない疲れを感じていた。「おそらく、ぼくも聞いた話にちがいない。それも、つい今しがた」

マックスも同様に、向かい合わせの椅子に腰をおろした。ちょっとのあいだ彼は指の一本で椅子の肘掛けを叩いた。話をどう進めたらいいかと思案をめぐらすように。「ということは、彼女が打ち明けたのか？」ようやくジャイルズに尋ねた。「オーブリーが、ということだが。彼女がほんとうはどういう人間かをもう知っているんだな？」

「マックス、彼女がほんとうはどういう人間かは最初からわかっていた」ジャイルズは言った。「だが、今は彼女の生きてきた道も知った――ともかくも、その一部を。彼女がレディ・オーブリー・ファーカーソンだということ、マンダーズ伯爵殺しの罪を着せられたこともわかっている。そのショックからまだ立ちなおっていない」

椅子に掛けたマックスの緊張が解けたように見えた。「彼女が先に話してくれてよかった」と、いかにもほっとした顔つきになった。「きみの家政婦がじつは逃走中の貴婦人で、あの少年が貴族だったとはな。まったく仰天するが……彼女は陰謀に巻きこまれていたんだ」

ジャイルズは片手の拳を握りしめて膝に置いた。「そのことでぼくは明日ロンドンへ発つつもりなんだ。きみも同行してくれないか、マックス。内務大臣とじっくり話そうと思う」

マックスは粗く黒い眉を両方とも吊り上げた「ピールと？　なぜ？」

ジャイルズは目を細くした。「これを完全に終わらせたいからだ」と、いかめしい声で言う。「オーブリーの無実の罪を晴らしてやりたい。彼女を告発した人間を息ができなくなるまで拷問にかけてやりたい。それに、あの子を、成年に達するまで保護下に置きたい。正当な名を名乗らせ、爵位の相続を主張させてやりたい」

「そうか」マックスはつぶやいた。

ジャイルズは椅子に掛けたまま身を乗りだした。「ぼくは彼女と結婚するよ、マックス」有無を言わさぬ口調で言った。「申し込みは何週間もまえからしていたんだ。彼女が素性を明かしたから結婚したくなったわけじゃない」

「ああ、そうだろうな」

ジャイルズは目を細めた。「ピールには貸しがあるのさ。きみもわかっているだろうが。この事件を洗いなおすことを拒みはしないだろう。マクローリンなる男をどうするかも考えてくれるはずだ」

「きみのその決断には異論ないよ」とマックス。「その非情な決断には。しかし、喜ばしいことに、ジャイルズ、拷問具を用意する必要はなくなったぞ。都合のいいことにマクローリンがみずから幕を引いた」

オーブリーがバターとパンとコーヒーを盆に載せて部屋へはいってきたとき、ジャイルズはまだあんぐりと口を開けたままだった。マックスは勢いよく立ち上がり、盆を受け取った。オーブリーは頰を染めてマックスを見てから、すぐに目をそらした。「これで全部お揃いでしょうか、閣下？」彼女は静かに訊いた。

ジャイルズはすでに立ち上がっていて、彼女に向けて両手を差しだした。「こっちへおいで」と優しく物静かに言う。「ここに座りなさい。マックスはスコットランドまで行ってきたらしいんだ」

「コーヒーをつごう」とマックス。「落ち着いて話したほうがいい」

オーブリーの顔が青ざめた。が、彼女はなにも言わず、ジャイルズに導かれて椅子に座った。

マックスは微笑もうとしたが、彼の顔はそうたやすくは柔和な表情にならない。「あなたの故郷はこの季節、なかなか厳しい天候が続きますな、レディ・オーブリー」と、ポットを注意深く傾けながら言う。「しかし、旅の目的は果たすことができました」

オーブリーの視線はマックスからジャイルズへ、それからまたマックスへ移った。「あなたのお考えは想像するしかありませんが」やっとのことで口を開く。意外にもはっきりとした力強い声だった。「わたしには選択肢がありませんでした。ひとつも。それがどういうことかおわかりになりますか？　そうしなければならないからそうしたのです」

マックスはカップをオーブリーに手渡そうとした。彼女が気づかないので、黙ってテーブルに置いた。「そのためにどなたかに迷惑をかけようなどとは思いもしませんでした」マックスに目を据えたままで続ける。「ただそっとしておいてほしかっただけ、静かに働いて暮らしたかっただけです。事情を説明するべきだったのかもしれません。でも、わたしにはできなかった……どうしても……」

「怖くてできなかった？」マックスがかわりに言った。

オーブリーは目を伏せた。「ええ。怖くて」

「それに、理由がなければ説明もできないとわたしも思います」

マックスのこの言葉でオーブリーの声から鋭さが消えた。「わたしが沈黙を通したためにあなたにこんなご迷惑をかけてしまって申し訳ありません」ジャイルズが身を乗りだして、彼女の手に自分の手を重ねた。「先ほど、ウォルラファン卿にすべてをお話ししました。あなたは実りのない困難な旅をなさっただけでしたわね」

「いや、全然そうではないのですよ」マックスは椅子から乗りだし、自分のためにコーヒーをついだ。「真相を突き止めて大量の大嘘を暴くことを、実りがないと呼ぶならばべつですが」

オーブリーは頭を起こした。「真相？　どういう意味です？」

マックスはゆっくりとコーヒーをかき混ぜた。「ファーガス・マクローリンは悲惨な死に方をしました」とついに言う。「その詳細をここで語ってあなたをうんざりさせることは控えますが、やつのやったことに比べたらそれでも楽な死にざまだったと言えるかもしれません。その後、ケムとわたしは例の従僕を探しだして、正直な意見交換をしましてね」

「正直だと？」ジャイルズはさも不快そうに鼻を鳴らした。「その野郎がその言葉の意味を知っているとしたら驚きだね」

マックスは肩をすくめた。「良心の呵責というやつを覚えたとも考えられる。しかし、やはり一番効いたのはケムの右膝だったかもしれん。とにかく、多少の励ましによって、その男はこっちがたまげるほど包み隠さず語ってくれた」

ジャイルズは顔をしかめた。「聞いているだけで痛そうだ」

マックスは神妙な顔つきになった。「実際痛かったろうな。ケムは、知ってのとおり、異様に気が短いんでね。スコットランドの天候にも辟易していたんだろう。雨が彼のお気に入りのイタリア製の突っかけ靴を台無しにした時点で堪忍袋の緒《お》が切れてしまった。ファーガスが仕込んだ従僕は悪いときに悪いところに居合わせたわけだ」

「お気の毒」ジャイルズは冷たく言った。

マックスは笑みを浮かべた。「とにかくにも、われわれはそいつをしょっぴいて治安判事のところへ行ったんだ。で、ファーガスがすでにこの世になく、ケムの気分は最悪だということを念頭においたのかどうか、じつに雄弁に語りだした。これはごく控えめな表現だぞ」

「なんとね」とジャイルズ。となりのオーブリーが安堵でぐったりするのがわかった。

マックスはもう一度肩をすくめた。「もっと率直にいえば、ジャイルズ、それもじつはたいして必要ではなかった。時間の経過とともに大衆の同情はレディ・オーブリーに集まっていたんだ。エディンバラではマクローリンのご都合主義の本性が露呈しつつあった。それに、屋敷の使用人でレディ・オーブリーの無実を疑った者はただのひとりもいなかった」

今はオーブリーの顔に血の気がかすかに戻っていた。「わたしの味方をしてくれた者も何人かいるんです。裁判が終わったある夜、わたしがイアンを連れて逃げられるように部屋の鍵を開けておいてくれたのはイアンの乳母でした。彼女のことがずっと心配で心配で。ファーガスが復讐をしていなければいいのだけれど」

マックスは微笑んだ。「ファーガスにはほかにやることがあったようですよ、マダム。だれに聞いても、やつの敵は大勢いたという答えが返ってきましたから。自分の背中に目を光らせておくのに忙しかったはずです」

マックスの言っていることを納得しはじめると、オーブリーの体から目に見えて緊張が解けた。「だけど、いったいどういうことでしょう？　これですべてが終わったと？　そういうことなのですか？」

「そういうことですよ」マックスは優しく応じた。「あなたに対する容疑は完全に晴れたばかりか、むしろ、あなたに対する少なからぬ共感が広がっています――当局の側には狼狽がね」

「でも、もうひとつお話があるのでしょう――」オーブリーは口ごもった。「つまり、あなたが――目を見ればわかります――そもそもスコットランドへ旅立った大事な理由は……」

ジャイルズは狐につままれたように彼女を見た。「オーブリー、いったいなんの話をしているんだい？」

マックスはコーヒーカップを受け皿ごと持ったまま、椅子で姿勢を崩した。「彼女はロリマー少佐のことを言っているのさ。彼の死がわれわれの本来の関心事のはずだろう？」

「ぼくは生きている人間に関心を向けることにした」ジャイルズは居心地が悪そうに腰をずらした。

マックスはなだめるような手振りをした。「まあ、落ち着け。そっちの問題も解決したから」

「スコットランドで？」とジャイルズ。「考えられんね、どういうことだか」

「そうだ、それだよ、ジャイルズ」マックスは物思わしげにコーヒーをすすった。「今、キーワードが出たな。考える。優秀な警察官がまず最初にやらなければならないのはそれだ。悲しいかな、警察官としてのわたしの能力は錆びついてしまったようだ。資料の精読と検討と聞きこみにかまけているうちに論理の組み立てに失敗していたんだ」

「ほう。で、今は組み立てたのか?」

が、マックスはジャイルズを見ずに、オーブリーを見た。「親愛なるレディ・オーブリー」と静かに切りだす。「この不快な出来事をそろそろ解決させる潮時だとは思われませんか?」

オーブリーははじかれたように椅子から立ち上がった。その顔は蒼白だった。「おっしゃる意味がわかりません」

マックスは同情するように喉の奥を鳴らした。「レディ・オーブリー、よく練られた見事な計画でしたよ! ああいうことがうまくいくことも稀にはあるのでしょうな。しかし、実際には、おおざっぱな計画さえ、あなたの頭にはなかったのでしょう?」

ジャイルズも立ち上がった。「いい加減にしろ、マックス、こういうのは我慢ならん!」

しかし、オーブリーはふたりを残して、そろそろと戸口のほうへ近づいていた。「もう耐えられないわ。わたしには、もう!」ばたんと扉が閉められた。

ジャイルズは信じられないという顔でマックスのほうを向いた。「なんなんだ、マックス! 彼女の苦しみは終わったんじゃないのか? なぜ彼女をそっとしておけないんだ?」

マックスはすでにエライアスの机へ向かっていた。彼はそこから窓の外に目をやった。「彼女は戻ってくるさ」と言って、コーヒーカップを口へ運ぶ。「戻ってくる。彼女が持ってくるものをなんとしても見たい」

18　ロリマー少佐が語る

数分後、オーブリーはほんとうに戻ってきた。彼女はノックをせずにふたたび図書室へはいった。泣いていたのは明らかだった。一冊の本を手にしている。革装丁の小ぶりの聖書。封筒と便箋がいっぱい挟まれている。オーブリーはほとんど詫びるような目でジャイルズを見てから、マックスが立っている机のそばへ向かい、聖書に挟んだ便箋の一枚を引き抜いて彼に手渡した。

「お気のすむようになさってください、ド・ヴェンデンハイム卿」厳しい口調には諦めが混じっていた。「少しのあいだ、知ることの重荷をあなたに肩代わりしていただきます。わたしの肩は疲れてしまいました」

真っ青な顔をしたオーブリーを心配して、ジャイルズは椅子に座るよううながした。彼女は腰をおろし、ぬるくなったコーヒーに口をつけた。ジャイルズはマックスの黒い目がすばやく便箋の文字を追うのを見守った。「なんということだ《ディオ・ミーオ》！」

「なにが書いてあるんだ？」ジャイルズは迫った。

マックスは悔やむようにオーブリーを見てから、便箋を差しだした。ジャイルズは窓際へ近づいて受け取ると、卓上ランプのほうへ向けた。ちらちら揺れる光のなかでも、その肉太の筆跡は見まがいようがなかった。

親愛なるオーブリーへ
　臆病者の道を選ぶわしを許してくれ。絨毯を汚さぬようにと祈るばかりだ。汚れた絨毯が片づけられるまで、きみが思い悩むのはわかっているからな。正直に言おう。わしはきみの重荷になるより、ジャイルズの、いや、ほかのだれの重荷になるより、むしろ自殺の罪で地獄の火に焼かれたい。どのみちもう死にかけている。痛みもひどい。クレンショーがよこす茶色の瓶ではもはやどうにもならないところまできているらしい。遺体は教会に埋葬させればいい。時機も方法も彼らが望むように。どうせ死んでいるのだから、臆病者と呼ばれようとちっともかまわない。ひょっとしたら、神が慈悲を垂れて、きみの父上のところへ連れていってくださるかもしれない。大昔にわしが行くべきだったところへ。きみの努力に神の祝福あれ。きみと坊やの幸せを祈っている。

「これは！」ジャイルズはもう一度読み返すことを自分に強いた。それから、遺書を手にしたまま腕をおろし、部屋の反対側にいるオーブリーを見つめた。彼女の目は閉じられ、両手は膝の上できつく組み合わされていた。彼はそばにまだ立っているマックスに目を移した。

「こういうことだとぼくが気づくべきだったんだろうな」

「だが、オーブリーはだれにも気づかれたくなかったんだよ」マックスは低い声で言った。

オーブリーは目を開け、曇りのないまっすぐなまなざしを向けた。「わたしは少佐のしたことがまちがいだとは思っていないの。けっしてそうは思わない。彼が臆病だとも思わない」

マックスは片眉を上げた。「それどころか、自分の心臓に銃を突きつけるにはとんでもない勇気がいる」

ジャイルズは頭が混乱していた。「だが、なぜだ、オーブリー？　なぜなんだ？」

彼女はまたも用心深い目でマックスを見やった。「彼が言ったとおりよ」両手がまた震えはじめている。「計画など——なにもなかった。部屋に飛びこんだら血の海で、その手紙を見つけた。それで、う、うろたえてしまったの。もし、わたしがなにもしなければ、少佐にひどい言葉が投げられる。彼の一族にも。そのことに耐えられなかった」

ジャイルズはオーブリーのかたわらへ戻り、彼女の両手を取った。「ああ、愛しい女」

だが、オーブリーはなおも机のそばで椅子をじっと見つめていた。彼女の目は過去に向けられていた。「ほかの人たちにも銃声が聞こえただろうということは想像がついたわ」囁くような声になった。「もしかしたら、村から早く戻ってくるかもしれない。そう思って、銃と遺書を隠した。それさえなければ、証拠は残らないと考えたから。あのときのわたしには筋の通った考えに思えた」

「だけど、それで自分が大変なリスクを負ったじゃないか、オーブリー！」ジャイルズは優しく言った。「なにを考えていたんだ？」

「ジャイルズ、考えたんじゃないのよ！」声が一オクターブ高くなる。「考えたんじゃないの。考えていれば、捜査がおこなわれると気がついたはずだわ。わたしの過去に関する疑問が生まれるだろうということにも。たとえロリマー少佐のためであっても、イアンの秘密を告白する危険は冒せないということにも。でも、あのときは、彼の死を目にした瞬間は、彼が蔑みと憐れみの対象になるのは耐えられないと思っただけだった」

「それで、遺書を隠すという知恵が浮かんだんですね」マックスがつぶやいた。

「ええ、このために殺人罪で絞首刑になるのは恐ろしくなかった」オーブリーは確信をもって言った。「わたしが恐れていたのはスコットランドへ戻されることだったから。でも、真実を語って、彼が下層民のように扱われるのを許すわけにはいかなかった。彼が臆病者呼ばわりされるのを許すわけにはいかなかった。彼はわたしたちのかわりに——みんなのかわりに——そうなったんですもの。状況がちがえば、その椅子に座っていたのはわたしの父だったかもしれないし、あるいは、ほかの勇敢な軍人だったかもしれないのよ」

「きみの言うとおりだ、そうだとも」ジャイルズはオーブリーが叔父の柩に語りかけていた言葉を思い返した。戦場では死ななかったとしても、帰還してから少しずつ死んでいくということもあるのです。わたしたちはそのことを忘れてはいけないんですわ。彼らにどれだけの恩義をこうむっているかをつねに思い出さなくてはいけないんです……

彼女は忘れなかったのだ。エライアス・ロリマー少佐の存在と彼が国王と国家のために払った数々の犠牲が世間の記憶から薄れていっても、戦争の遺児であるオーブリーはそのことを忘れなかったのだ。もし、自分が彼女だったら、あの場でそこまでの勇気を出せただろうか。

「そうとわかった以上」ジャイルズは静かに言った。「ここですべてを解決させなければならないだろうな」

「だめよ！」オーブリーは片手をさっと突きだした。「それはだめ！」

「オーブリー」ジャイルズは言い聞かせた。「きみに疑いがかかったままにしておくわけにはいかないよ。きみは努力した。叔父もきっとわかってくれる」

オーブリーは両手をきつく握りしめた。「ここで真実を明かせば、今以上にひどい見方をされるわ」彼女はすがるようにマックスを見た。「ド・ヴェンデンハイム卿、彼を説得してください！　お願いです！」

マックスは悲痛な面持ちで両手を背中にまわした。「あなたはその場で判断して銃を処分したのですね、レディ・オーブリー？」

　オーブリーの顔にかすかに赤みが戻った。「そうする……つもりでした」

　マックスはがばっと顔を上げた。「そうするつもり？　どういう意味です？」

　広い部屋の片隅に彼女の視線が飛んだ。「とにかく少しでも早く隠そうと思ったのです。だれかが部屋に飛びこんでくるかもしれなかったから。あとで部屋へ取りに戻って池に捨てるつもりでした――」

「くそったれ《マレディジオーネ》！」マックスは罰あたりな言葉を吐いた。「捨てたのですか！」

　オーブリーは下唇を噛んで目を伏せた。「捨てられませんでした。もっと愚かなことをしてしまいました」

「どんなことを？」

　彼女は椅子から立ち上がって部屋を横切った。遠くの隅に嵩も高さもある壺がひとつ置かれていた。由来は不明だが東洋の壺、おそらく水甕《みずがめ》だろう。ジャイルズの記憶にあるかぎり、カードゥ城の図書室の暗い片隅の、彫刻をほどこされたマホガニーの台座の上にはいつもその壺が鎮座していた。うんと幼いころ、その壺で背丈を測った覚えがある。寄宿学校へ送りだされるころに、どうにか頭頂が壺の口のへりに達したのだった。

　オーブリーはその壺に手を触れ、底を覗きこんだ。「このなかに落としました」と、ほとんど謝罪のように言う。マックスは卓上ランプを手にしている。「いったいなにを考えていたのかしら」オーブリーはまだ壺の底に目を凝らしている。「だれも見ないだろうと思える場所を探したのだけれど、急いでいたし、頭が混乱していたのね」

マックスが上からランプで照らす。「いやはや、たとえ見たとしても、これだけ深いとなにも見えない」

オーブリーは叱責の罰を受けている女生徒のように両手の指を組み合わせた。「この場所しか見つけられなかったの。でも、あとで手が届かなくて、取りだすことができなかった。かえってよかったのかもしれないけれど。だれにも見つからなかったから」

「幸運《ベル・フォーチュナ》にも！」マックスの声が急に明るくなった。「池に捨てられていたら、われわれにとっていいことはひとつもなかった」

オーブリーは眉根を寄せた。「でも、あなたでも、この壺の底には手が届かないでしょう、閣下。いくらなんでもそんなに長い腕をおもちではないでしょう」

マックスは微笑み、卓上ランプを下におろした。「では、取ってみせます。だが、ジャイルズの手を借りなければならない。レディ・オーブリー、ふたりで壺を逆さまにしますから、ひざまずいて手をなかに伸ばしていただけますか？」

それはまことに的確な解決策だった。男ふたりが壺をひっくり返すと、繊細な陶磁器に金属がぶつかる不吉な音がした。だが、なにも割れてはいない。オーブリーは片手を壺の首へ押しこんだ。「冷たいものが手に触れているわ！」腕をひねったり曲げたりして、壺の狭い口までピストルを導くと、立ち上がって、それをマックスに差しだしてみせた。

「でかした！」ジャイルズが言う。

壺を無事に台座に戻すと、マックスは銃を受け取った。それからロリマー少佐の机に面して並んだ窓のひとつに直行し、掛け金をはずして窓を外側に押し開けた。さらに、ひとことの説明もなく窓の鉄枠に銃身をあて、目いっぱいの力で付け根から銃口までを引いた。その結果、銃身には見苦しく長いこすり疵《きず》がつくられた。と、驚いたことに、マックスは銃を窓の向こうの庭園へ投げた。

「なんの真似だ？」ピストルはジャイルズの眼前で弧を描いて暗闇に消え、かすかな音とともに藪のなかに着地した。

マックスは黙ってその場に立っていた。両の掌を机にぺたっとつけ、首を窓から伸ばして。

「まもなくミスター・ヒギンズがこの事件の鍵となる大発見をするはずだ。そういう予感がする」

ジャイルズとオーブリーは呆気に取られて視線を交わした。「なんだと？」

マックスは窓から首を引っこめた。「銃の手入れをしていた少佐が誤射してしまったということは馬鹿でもわかる。その暴発によって銃が机から窓の外に飛びだしたにちがいないということは。窓の鉄枠にこすれた疵が銃身についているからな」

「ヒギンズはそんな話を鵜呑みにはしないぞ！」

「ヒギンズはミスター・ケンブルにまかせよう」とマックス。「趣向を凝らした二、三の質問と巧妙な二、三の示唆で、昼食までにケムはヒギンズを藪のなかにひざまずかせているだろうよ」

「ほんとうか？」ジャイルズの顔に笑みが浮かんだ。「きみはヒギンズの推理能力に全幅の信頼を置いているらしいな」

「ケンブルには信頼を置いているさ」いささかげんなりとした口調でマックスは応じた。「ついでに言うと、これは拡大解釈というほどでもない。コラップ卿も去年、同じように銃の手入れをしている最中に亡くなった。ここへ着いた日にその話をヒギンズにしたから、彼が銃を見つけたら銃身の疵についても触れることにするよ。で、ケムがその窓に残った擦過の跡と一致すると気づけば、ヒギンズはひとつの結論を引きだすだろう。われわれは公の場で彼の卓越した能力を褒め称える。気がつくとピールが彼を内務省に呼んでいるというわけだ。わたしはあの男の役に立とうとしているんだよ」マックスは悲しげに首を振った。

「それでこそ真の友人だ」ジャイルズはオーブリーの体に腕をまわした。「さてと、オーブリー、きみは階下へもどって少し休んだほうがいい。長い一日になりそうだ。やらなくてはならないことが山ほどあるからな」

その夜、召使いたちの休憩室には期待感が生みだす重苦しい沈黙が垂れこめていた。カードウ城の使用人が一堂に会することはめったにない。彼らは今、喜びと緊張の両方を味わいながらウォルラファン卿をまえにして座っていた。当の伯爵は場の緊張が高まるのをよしとするかのごとく彼らのまえで落ち着かなげに行きつ戻りつしている。ようやく正面を向くと、大きな咳払いをひとつした。

「ここにいる全員が今、同じことを考えているだろう、なぜ自分はここに呼ばれたのかと」伯爵の威厳に満ちた声が部屋に響き渡った。「それは、いくつかの誤解を解くためであり、また、このカードウ城で近々に起こるであろういくつかの変化を伝えるためである」

彼は体の向きを変え、自分のうしろに立っているマックスとミスター・ヒギンズを見た。オーブリーは部屋の後方からこの様子を眺めていた。この数カ月ではじめて――数年でといってもいいかもしれない――不思議なほど穏やかな気持ちだった。ジャイルズが今夜なにを語るつもりなのか、正確には知らなかったが、ただロリマー少佐に関する噂を一蹴するのが目的なのだろうと考えていた。

「今日の午後、ミスター・ヒギンズが驚くべき大発見をした」伯爵は厳粛に続けた。「叔父の死に関わる発見であるからには、ここにいるわれわれ全員にも関わる重大事だ。そこで、ご本人の口から直接お知らせいただくのが一番よかろうと考えた」

仰々しい咳払いをして治安判事が進みでた。どの召使いも椅子のへりまで身を乗りだし、ヒギンズはおもむろに語りはじめた。彼はときおりド・ヴェンデンハイムに目を向けて解説を求めた。〝軌跡〟とか〝弾道〟とかいう用語の説明がされると聴衆は感じ入ったように深々とうなずいた。治安判事の紆余曲折に富んだ語り口の端々で驚嘆のつぶやきが部屋に流れた。

「結論として」ヒギンズはようやく話の結びにはいった。「この事件の検死陪審の解任とこの事故死に対する評決の修正を要請するつもりです。この悲劇的かつ困難な捜査の過程でみなさんの協力を得たことに感謝します」

安堵のため息が聴衆から発せられるとヒギンズは椅子に腰をおろし、ジャイルズが部屋の前方の定位置に戻った。「さて、もうひとつだけぼくのほうから話しておきたいことがある。叔父に関することだ。それは死に先立つこと数年の叔父の不可解なふるまいにも関わることで、この話はミセス・モントフォードとも関係がある」

オーブリーはかろうじて驚きの声を呑みこんだ。

ジャイルズはテーブルと椅子の海を越えて彼女の目をまっすぐに見据えた。これから語る言葉は彼女だけに向けられているのだといわんばかりに。「おいおいみんなも気づくだろうが、カードウ城は今、大きく変わろうとしている、ぼくとしてはそれがよい変化であることを願っているし、その理由をここにいるひとりひとりに理解してもらいたい。そしてまた、ミスター・ヒギンズもぼくも今まで語ることができなかった、ある重大な秘密をここで知らせておきたいと思う」

全員の目が今は伯爵にそそがれていた。ジェンクスは椅子に座りなおし、ペヴスナーはぽかんと口を開けた。「ロリマー少佐がウォータールーの戦いで負傷したという話はきみたちの多くが知っているだろう」ジャイルズは続けた。「叔父の命をつなぎとめたのは神の御恵みと、戦友であるケンロス卿の勇気ある行動だったということも」

召使いたちはうなずいた。だれもが一度は聞いたことのある話だったから。ジャイルズは意図的に間合いを取った。「しかしながら、ミセス・モントフォードがケンロス中尉のご息女だということは知らない者もいるかもしれない」

召使いたちは息を呑んだ。ペヴスナーは今にも窒息しそうだった。ジャイルズは部屋のうしろのほうにいるオーブリーに微笑みかけた。「叔父がミセス・モントフォードに今の立場を与えた理由はただひとつ、彼女と幼いイアンの身をゆゆしき危険から守るためだったのだ。もっといえば、イアンはミセス・モントフォードの息子ではなく、彼女の甥であり、モントフォードという名も彼女の本名ではない」

「まあっ！」ベッツィが思わず声をあげ、片手をぴしゃっと口にあてた。

伯爵はベッツィに目をやって笑みを浮かべた。「うっとりする物語だろう、ベッツィ？レディ・オーブリーと彼女の甥には、我が叔父の庇護のもと、このカードウで身を隠さなければならない事情があった。つまり、内務省が進めていた複雑きわまる捜査が完全に終わるまで」

ド・ヴェンデンハイム卿とミスター・ヒギンズが神妙にうなずいた。「複雑にして繊細きわまる捜査だ」とド・ヴェンデンハイム。「恐ろしい悲劇だった」

「ああ、恐ろしい悲劇だ、まさに」とジャイルズ。「しかし、その悲劇が——幼いイアンの父親が殺された事件が——ついに解決したということをここで報告できるのは喜ばしい」ジャイルズは議会で演説しているような、いかめしく堅苦しい顔つきになった。「犯罪者が裁きを受け、仕組まれた悪意の罠が解かれたのは、叔父のおかげでもある」

「勇敢な紳士でもいらしたですよ、旦那さまは」最前列に腰掛けた馬丁のひとりがつぶやいた。

「そのとおりだよ、ジム」ジャイルズはその男に感謝のまなざしを向けた。「さて、今はこれ以上は言えないのだが——この数週間で事件の詳細が新聞に漏れることはまちがいないけれども——もうひとつ、ちょっとした朗報があるんだ。今やイアンはいつでも故郷のスコットランドへ帰れる自由と」——ここで芝居がかってひと呼吸おき——「正当な家名と地位を相続する自由を得た。マンダーズ伯爵イアン・マクローリンとなったのだ」

召使いたちはいっせいにうっと息を呑み、顔を見合わせ、オーブリーを振り返った。「まあ、マダム、ほんとなんですか？」ベッツィは椅子から半分身を乗りだした。「あの可哀相な小さい坊やが？　貴族さまに？」

オーブリーは顔を赤らめてうなずいた。「あの子とは今までどおりに接してちょうだい、お願いよ！」

ジャイルズは咳払いをした。全員の視線がオーブリーから彼に戻った。「当然ながら、伯爵の叔母がこのまま家政婦を続けるというのは無理がある」

ベッツィは肩を落とし、ミスター・ジェンクスは眉根を寄せた。

「だが、彼女にはまったくべつの立場で城に残ってくれるよう、ぼくから頼んだ。すなわちカードウ城の女主《あるじ》として」

召使いたちはいっせいにひそひそ話を始めた。ペヴスナーは今にも気を失って椅子から落っこちそうだ。最前列のジムが声をたてて笑い、からかい口調で言った。「どういう意味ですかねえ、閣下、頼んだってのは？」

ジャイルズは悔しそうな顔をした。「まだ返事をもらっていないのさ、ジム。何週間もまえに頼んだのに。じつは、諦めかけているんだ」

うしろのほうの列でベッツィがけらけら笑った。「そんなら、あたしが説得に努めましょう、閣下。困り事は年増のベッツィにおまかせくださいな」

「名案だな」伯爵は両手を上げる仕種で召使いたちを立たせた。「さて、これから、シェリー酒とミセス・ジェンクスお手製の木苺のトライフルがふるまわれるはずだ。みんながそれでよければだが」

「いいですよ、おれは！」馬丁のジムが合いの手をいれた。

伯爵はオーブリーににっこり笑いかけた。「すばらしい！　では、ぼくと一緒に乾杯してくれるかい？　婚約を祝って、とまではいかなくても、はちきれそうな希望のために」

エピローグ　孔雀はねぐらに帰る

毎年恒例のウォルラファン卿主催の慈善舞踏会は女主人には果てしなく長い夜に思われた。オーブリーは早く夫とふたりになりたいと願わずにはいられなかった。しかし、現に今も、メイフェアの邸宅の立派な玄関広間に立ち、最後の招待客を頬へのキスと握手で送りだし、彼らが玄関ステップを降りるまで見届けていた。

ヒル・ストリートでは夜警が午前三時を告げながら、バークレー広場までの舗道に頭《こうべ》を垂れてずらりと並んだ馬たちの脇を通り過ぎた。ウォルラファン卿の舞踏会に招待されることはかねてより社交界シーズンにおける最大の名誉であり、これを望まぬ者はいなかったが、とくに今年はさまざまな噂や憶測が飛び交い、いつにも増して熱気を帯びていた。話題を提供している伯爵がふだんは噂話とは無縁な男だからである。

しかし、世間のくだらぬ噂が政界での彼の立場に弊害を生ずることはなかった。ミスター・ピールと握手を交わし、玄関ステップを降りる内務大臣を見送りながら、オーブリーはあらためてそう感じた。それどころか、一連の経緯が人の口にのぼるたびにジャイルズの叔父の果たした英雄的行為がより明確となり、ジャイルズはその栄誉のおこぼれにあずかった。ロリマー少佐は殺人に絡む醜聞からオーブリーとイアンを身を呈して守ったのだという物語ができあがるまえに、ロリマーの友人たちが少佐の廉直な軍人としての生き方への称賛を定着させていた。

ウォルラファンの村では善良なる市民の意向で、ロリマー少佐の名誉を称える大理石の戦争記念碑が建てられることになった。オーブリーのためにエディンバラで挙げられた結婚式にはスコットランド最高法院の長も列席していた。むろんジャイルズはエディンバラの有力者をひとり残らず招待しており、その招待を断わる勇気はだれにもなかった。突然、だれかの咳払いで現実に引き戻され、オーブリーはにこやかな笑みを顔に貼りつけて振り返った。

「では、今夜はこれで失礼するわね」気品あふれる小柄な女性がこちらへやってきて、オーブリーの左右の頰に形式ばったキスをした。ターバンの羽がちくちくする。「お招きにあずかり、ありがとう」

「お越しいただきまして喜びに堪えませんわ、レディ・カートン」

実際、オーブリーの胸には喜び以上の思いがあった。なんといってもレディ・カートンは夫の特別な友人であり、ド・ヴェンデンハイム卿の叔母、もしくは、それに近い親戚筋の女性でもあった。この親切な貴婦人はロンドンに到着したオーブリーを自分の保護のもとに置き、セシリアを伴ってオーブリーにボンド・ストリートを往復させ、メイフェアの邸宅の少なくとも半数の表敬訪問を敢行したのだった。

「とっても素敵な舞踏会だったわ」レディ・カートンは舞台俳優のように声を張りあげた。「ジャイルズひとりの努力ではこれほどの盛況は望めなかったでしょう。あの子がようやく身を固めてくれたことを神に感謝しなければね。もっとも、結婚式のことは今でも心残りなのよ。社交界の今年最大の出来事だったのに。列席できなくてほんとうに残念だったわ！」

オーブリーはレディ・カートンの肩掛けを取ってくるよう従僕に合図した。「式に列席していただけなかったことはわたくしもとても残念でした。でも、結婚式はどうしてもエディンバラでというのが夫の意向だったので」

レディ・カートンはびっくりするほど力強くオーブリーの肘をつかんでぐいと引き、まわりの人々から離れさせた。「その点は大正解よ！」と急に声を落とし、真剣な口調で続けた。「いいこと、あなたの夫の政治的な勘だけは信用なさいね」

「政治的な勘ですか？」

「ええ、そう！　それがなくてはロンドンではやっていけないの。とにかく、幸先のいいスタートを切ったとわかってうれしいわ。エディンバラへ凱旋を果たしたのだから、今度はロンドンの連中をあっと言わせてやりなさい。あなたはジャイルズの役に立つことしか考えていないのでしょうけど。わたしにはちゃんとわかっていてよ」

「お優しい言葉をありがとうございます」とオーブリー。

レディ・カートンは従僕のほうを向き、カシミヤのショールを肩に掛けさせた。「そうそう、来週あなたのために夜会を催す予定だから覚えておいてね」大きな声が戻ってきた。「それに、セシリアの弟が主催する舞踏会も来週の金曜日にあるわ。ミセス・カステッリ主催の園遊会もね。たちまち人気者になってよ！　セシリアとわたしが請け合うわ」

いつのまにかジャイルズがとなりへやってきて、オーブリーの腰に腕をまわした。「オーブリーは特定の集団には今でも大人気ですよ。たとえば、ぼくの地元とか」彼は空いているほうの手でレディ・カートンの指を取り、唇へ持っていった。「さあ、とっととお帰りを。新婚の夫には来客の相手よりもはるかに有意義な仕事があるので」

レディ・カートンは枝付き眼鏡で彼の手指の節を流すように叩いた。「まったく口の減らない悪党ね！」と言って、さっさと玄関ステップを降りはじめた。そのあとに二十名あまりの招待客が続き、次第に広間から人影が消えた。そのとき、冷たい手がオーブリーの肘に触れ、振り向くとドラコート卿だった。

「お手柄だったよ！　死にそうに退屈なこの季節をきみが活気づけてくれた。夜会服姿のきみがいかに華麗かということもつけ加えていいかい？　その色はピーコックブルーと呼ぶのかな？」

「孔雀に詳しい男からの贈り物なんだ」ジャイルズがひとり言のようにつぶやいた。

オーブリーは笑った。「なんとでもお呼びください、閣下」

「だったら、やはりピーコックブルーだ」ドラコートは陰謀めいた目配せをして身を乗りだした。「きみにはもう必要ないとなると、あのくすんだ灰色の古い服地はナイジェル叔父用にまわしたほうがよさそうだね？」

「ほんとうにもう必要ないかしら？」とオーブリー。

「潔く諦めてくれ、デイヴィッド」とジャイルズ。「忘れるなよ、彼女はスコットランド人だ。膝小僧が擦りきれるまで、あの服を着て床磨きをするだろうから」

ドラコートは怯えたように両手の指先を胸にあててみせた。「からかうつもりかい？　こちらの貴婦人が床磨きを？」

オーブリーはふたりに向かって顔をしかめた。「床磨きは以前もしておりませんでした。人手が足りないときはべつとして――」

「このとおりさ、デイヴィッド」ジャイルズが割りこんだ。「この一週間に六回、綿ごみを見つけようとベッドの下を覗いたり、家具の上に指を滑らせたりしている現場を目撃した」

オーブリーは侮辱されたという顔つきになった。「あら、きれい好きな女性が――使用人を雇うほど裕福であっても――自分の住む家を管理するのはべつに珍しいことではないわ！それにどんな弊害があるというの？　わたしはなにか役に立つことをせずにはいられないんです！　そうしたいんです、カードウ城ではとくに」

ドラコートは肩を片方だけすくめた。「でも、国会の会期が終了するまではヒル・ストリートに足止めされるんだよ。それなら、なにか仕事を見つけたらどう？　で、ものは相談だが、じつはセシリアがまた妊娠して、ナザレ協会での役目を数カ月間代行してくれる人を必要としているんだ」

「わたしがその役目を？」オーブリーはうれしそうに言った。「慈善活動の経験はまるでないけれど」

「そんなことは関係ない」とドラコート。「きみは生まれながらの管理者だから。それに、レディ・カートンひとりじゃとても務まらない。あの地獄のような伝道所で二、三週間過ごせば、きみはロンドン一の手本となるだろう。ぼくが保証する」

「ほんとうに？」

ドラコートはかすかに笑みを浮かべた。「これで少しは名誉挽回できたらしいな。ああ、ちょうどいい！　舞踏室から家内が出てくるところだ」

十五分後、オーブリーはつま先を着替えの間のほうへ向けて舞踏用の靴をひょいと脱ぎ捨てた。ジャイルズも上着とチョッキを脱ぎ、シャツ一枚という雄姿で彼女のまえに立った。

「ああ、足が！」オーブリーはストッキングをくるくる巻いて脱いで、ぽいと脇に投げた。

「ああ、うれしい、やっと舞踏会が終わったわね。満足してもらえたならいいのだけど」

「ぼくを満足させるためになにかをする必要なんかないんだよ、オーブリー」ジャイルズは黒い眉を吊り上げ、彼女を見おろした。「なにもしなくても、ぼくはいつでもきみに満足しているんだから。ところで、ぼくにはなにが一番うれしいかわかるかい？」

オーブリーは夫に歩み寄り、クラヴァットをほどきはじめた。「わたしがあなたの男性美にほれぼれと見とれているとうれしいの？」

「まあ、それはいつものことだが」ジャイルズは笑った。「じつをいうと、カードウのことを思い出していたんだ。城ではじめて会ったときのきみの美しさを。あの古い城の住人になりきっているように見えたことを。きみがあの場所を心から愛しているのはわかっているよ。できるだけ早くふたりであそこへ帰ろうと思う」

クラヴァットがするりと解けて床に落ちた。「約束してくれる？」

「名誉にかけて」ジャイルズはにっこり笑い、彼女の鼻の頭にキスをした。「帰りたいのさ、オーブリー。イアンにはカードウで大きくなってもらいたい。じつは少々ホームシック気味でね。そんな気持ちを味わうのがぼくにはどれほどすばらしいことかわかるかい？　ほかにも考えていた。ぼくたちが幸せに結婚できたということ、カードウ城の呪いが解けたのは今や疑う余地がないということ、それがどんなにうれしいかということをね」

オーブリーは彼の腰に両腕をまわし、糊の利いたリネンのシャツに頬を押しつけた。「あら、カードウ城の花嫁は絶対に幸せになれないという、あの馬鹿げた伝説のことを言っているの？」

ジャイルズのキスは今は喉までおりていた。オーブリーは早くも頭がぼうっとなった。

「そうだ、あの伝説だ」彼は肌に口をつけたままでつぶやいた。

「ただ解けただけじゃないでしょう」と、どうにか声を出す。「木っ端微塵に砕け散ってしまったわ。わたしはあなたもカードウも愛している。とっても幸せよ。こんな幸せな花嫁は、ジャイルズ、どこを探してもいないんじゃないかしら。カードウが恋しいの」

「ぼくがきみを恋しいのと同じだな」彼の言葉が熱を帯びた。「どこであれ、オーブリー、きみがいるところがぼくの帰るべき我が家となるのさ」

欲情の震えがすばやく深く、体をつらぬく。「そうなの?」

「ああ」彼はわずかに体を引いた。「それと、ドラコートの言ったとおりだ。さすがに目が高い。ピーコックブルーはまさしくきみの色だ」

「そう?」オーブリーは睫毛をはためかせた。「昨日、あなたはエメラルドグリーンだと言ったわよ」

「ぼくは政治家だぞ」彼の目も欲情にたぎりはじめている。「欲しいものを手に入れるためには手段を問わないと、つい昨日もグレイ卿に責め立てられたばかりだ」

「そんなことを? 嫌な人」

「ああ、そうとも、ホイッグ党だからな!」ジャイルズは肩をすくめた。「ところで、可愛い女、真珠をつけたきみはとてつもなく素敵だということはもう言ったっけ?」

オーブリーは自信なげにチョーカーをさわった。「これのこと?」

ジャイルズは視線を落としてうなずいた。「それを最初に見たときのことも覚えているよ」片手がシルクの青い夜会服の背中のボタンへ向かう。「あの苦しみのさなかでも、その真珠がきみの素肌にどんなに美しく映えるだろうと思ったことも覚えている」

「で、どうかしら？」

「美しいさ、もちろん」彼は鼓動の一拍ぶんだけ間合いを取った。「今見えるかぎりでも最高に美しい」

オーブリーはちょっと困惑したように彼を見た。「蠟燭をもっとつける？」

ジャイルズの手がつぎのボタンをはずすのがわかった。「いや、いい」囁きと一緒に唇がさまよい、彼女の口をふさごうとしている。「肌をもうちょっとだけ……見せてくれれば」

訳者あとがき

十九世紀英国を舞台としたヒストリカル・ロマンスの秀作を数多く生み出してきたリズ・カーライルの〝Devil〟シリーズから、『月夜に輝く涙』（原題 *The Devil You Know*）に続き、『愛する道をみつけて』（原題 *A Deal with the Devil*）をお届けします。

謎めいた展開を得意として、殺人事件をストーリーに絡ませることもしばしばのカーライルですが、今回のヒロインは登場の仕方からして、ひときわミステリアス。イングランド南西部のサマセットに家政婦の職を得たオーブリーが、ブリストル海峡を望む古城に幼い〝息子〟とともに貸し馬車で向かう冒頭シーンから、このヒロインには氏素性を偽らなければならないほど重大な過去があることを早くもにおわせています。

一方のヒーローは古城の主《あるじ》、ウォルラファン伯爵ジャイルズ・ロリマー。ただし、貴族院の有力議員である彼はロンドンで執務に追われる日々を過ごしており、城にはめったに帰りません。城内のことは元軍人の叔父にまかせきりで、オーブリーを雇ったのも事実上、叔父のエライアスでした。ところが、叔父の身に異変が起こり、彼は否応なしに故郷のカードウ城へ帰らざるをえなくなります。数年ぶりに戻る〝我が家〟。そこには運命的な出会いが待っていました――

ジャイルズ・ロリマーという名前をご記憶の読者もおられるかもしれません。そう、『今宵、心をきみにゆだねて』（ヴィレッジブックス）のヒロイン、セシリアの継息子のジャイルズです。才気煥発なヒロインと押しの強いヒーローの背後に隠れる影のごとき存在だった二十代のジャイルズは、ここでは三十三歳の男盛り、イングランドの命運を握るほどの政治家となっています。

ジャイルズは、しかし、自分の人生の空虚な一点をいまだ埋められず、もてる情熱のいっさいを政治家としての使命に傾けているかに見えます。オーブリーの美しさは彼の意表を衝くものでした。でも、彼女の美しさと家政を取り仕切る高い実務能力を認めつつも、歯に衣着せぬ物言いに最初はむっとします。オーブリーのほうも、ジャイルズの城主にあるまじき無関心さは腹に据えかねています。それでも、おぞましい悲劇を乗り越えるべく、けなげに生き抜いてきたオーブリーがジャイルズとの触れ合いで徐々に心を解きほぐし、そんな彼女の強さと情の篤さにジャイルズが本気で惹かれていくのに長い時間はかかりません。

リズ・カーライルは登場人物を縦横無尽に飛びまわらせるスピンオフの名手で、カーライル・ファンにとっては顔見知りのキャラクターを見つける愉しみがある反面、人物関係はやや複雑化するきらいがなきにしもあらずなのですが、本作は主人公との関係性がわかりやすく組み立てられ、脇役も多すぎず少なすぎず、バランスよく配置されているため、過去の作品を読んでいなくても単独で充分に愉しめると思います。今回、重要な役どころで登場するのは、前述のセシリアと彼女を射止めたドラコート子爵デイヴィッドのほか、『月夜に輝く涙』にも登場したド・ヴェンデンハイム卿と骨董商のケンブル。ド・ヴェンデンハイムは元警察官の力量を発揮して本作の最大の謎を解決に導き、ケンブルの皮肉なユーモアにはますます磨きがかかって、後半のスコットランドへの旅でこのコンビが生み出すおかしみは絶妙です。

設定年代は一八二九年。この年の九月二十九日にロンドンのホワイトホールにイングランドの首都警察、すなわちロンドン警視庁が創設されました。新警察の宣誓式に向かうジャイルズとド・ヴェンデンハイムの様子が生き生きと描写されているのは、歴史的事実を巧みに取り入れることでも定評があるカーライルならではの趣向でしょう。なにしろ、ジャイルズは時の内務大臣、のちに首相となるロバート・ピールの盟友で、ド・ヴェンデンハイムもピールの側近中の側近という設定なのですから。こうした自由な発想を可能にするところがヒストリカル・ロマンスの愉しさのひとつともいえます。

保守党の前身、トーリー党に身を置きながら、台頭しつつある労働者階級の声にも耳を傾け、イングランド社会に正しい道筋をつけようと苦悩するジャイルズの姿は、熱いロマンスの進行のなかで浮くことなく、むしろヒーローの存在感を高めていますし、オーブリーが自分の苦しみを語る場面では、当時のスコットランドの法律や裁判の判決のあり方から彼女の受難がよりリアルに伝わってきます。

カーライルの長編全十八作中、邦訳では五作めとなる『愛する道をみつけて』。歴史の変わり目にある英国で重い過去を背負った二十六歳のヒロインと三十三歳のヒーローの、純なおとなの恋の葛藤と成就を見届けていただけたら幸いです。

二〇一二年一月

ザ・ミステリ・コレクション

愛《あい》する道《みち》をみつけて

著者　リズ・カーライル
訳者　川副智子《かわぞえともこ》

発行所　株式会社 二見書房
東京都千代田区三崎町2-18-11
電話 03(3515)2311［営業］
03(3515)2313［編集］
振替 00170-4-2639

印刷　株式会社 堀内印刷所
製本　株式会社 関川製本所

落丁・乱丁本はお取り替えいたします。
定価は、カバーに表示してあります。

ISBN978-4-576-12017-1
http://www.futami.co.jp/